을 유 세 계 문 학 전 집 · 4 5

엿보는 자

LE VOYEUR
by
ALAIN ROBBE-GRILLET

을유세계문학전집 · 45

엿보는 자

LE VOYEUR

알랭 로브그리예 지음 · 최애영 옮김

을유문화사

옮긴이 최애영

서울대학교 불문학과 학사 석사 졸업. 파리 8대학에서 로브그리예의 『엿보는 자』를 중심 주제로 한 논문으로 박사 학위를 취득했고, 이 소설에 대한 비평서 Le Voyeur à l'écoute(puf, 1996)가 있다. 현재는 한국 문학과 프랑스 문학에 관한 연구와 강의를 하면서, 한국 소설과 프랑스 소설 번역을 동시에 겸하고 있다. 번역서로 『사랑에 빠진 악마』, 『아프리카인』, 『칼 같은 글쓰기』, 『꿈』, 『충격과 교감』 등이 있다.

을유세계문학전집 45
엿보는 자

발행일 · 2011년 7월 25일 초판 1쇄 | 2020년 12월 25일 초판 3쇄
지은이 · 알랭 로브그리예 | 옮긴이 · 최애영
펴낸이 · 정무영 | 펴낸곳 · (주)을유문화사
창립일 · 1945년 12월 1일 | 주소 · 서울시 마포구 서교동 469-48
전화 · 02-733-8153 | FAX · 02-732-9154 | 홈페이지 · www.eulyoo.co.kr
ISBN 978-89-324-0375-5 04860 978-89-324-0330-4(세트)

• 값은 뒤표지에 표시되어 있습니다.
• 옮긴이와의 협의하에 인지를 붙이지 않습니다.

차례

1부

마치 아무도 듣지 않은 듯했다.

두 번째 사이렌이 울렸다. 날카롭고 길게 이어졌다가는 뒤이어 빠르게 세 번, 귀청을 뚫을 듯한 난폭함으로. 결과를 낳지 못한, 대상 없는 난폭함. 첫 번째 것과 다르지 않았다. 외마디도, 멈칫하는 동작도 없었고, 얼굴 표정에는 단순한 떨림조차 없었다.

한 부류의 평행하는 부동의 시선들, 긴장되고, 거의 초조하기까지 한 시선들이 건너뛰고 있었다 — 건너뛰려 하고 있었다. 자신들을 목표물로부터 여전히 분리시키고 있는 그 멀기만 한 거리에 맞서 싸우고 있었던 게다. 빼곡히 모인 머리들은 모두 동일한 자세로 목을 빼고 있었다. 마지막으로 한 줄기 증기가 소리 없이 두껍게 뿜어져 나오며, 그들의 머리 위로 더부룩한 깃털 모양을 공중에 그렸다. 그것은 나타나는 즉시 사라져 버렸다.

약간 떨어진 곳, 방금 연기가 윤곽을 그렸던 영역 뒤로 한 여행자가 그 기다림과는 동떨어져 있었다. 뱃고동은 기다림에 열중한 다른 승객들만큼이나 부재 상태에 빠져든 그의 주의를 끌지 못했다. 그들처럼 선 자세로 몸통과 팔다리를 뻣뻣이 펴고, 여행자는 바닥에 눈을 고정시키고 있었다.

사람들은 종종 그에게 이 이야기를 들려주었었다. 그가 아주 어린 아이였을 때 — 아마 25년이나 30년 전쯤일 것이다 — 그는 신발 상자였던 커다란 종이 상자를 하나 갖고 있었고, 그 속에 노끈 조각들을 수집하고 있었다. 그는 아무거나 간직하지 않았다. 질이 떨어지는 쪼가리들이나, 사용되어 후줄근해지거나 해어진 것들, 지나치게 손상된 것들은 원하지 않았고, 언젠가 관심을 끄는 일이면 어디에든 유용하게 쓰기 위해 지나치게 짧은 잔챙이 끄나풀들은 내버렸다.

이것은 확실히 굉장한 사건이었을 것이다. 그것은 삼실을 꼬아 만든 섬세하고 가느다란 줄이었다. 완벽한 상태였고, 가운데를 바짝 둘러 죄며 8자 모양으로 꼼꼼히 감겨 있었다. 길이가 꽤 길어 보였다. 적어도 1미터, 아니 2미터도 될 것 같았다. 누군가 훗날 쓸 요량으로 — 혹은 수집용으로 — 꾸리를 만들어 두었다가 아마 부주의로 그것을 흘려 버린 것일 게다.

마티아스는 그것을 집으려고 허리를 굽혔다. 몸을 일으키는 순간, 그는 오른쪽으로 몇 발짝 떨어진 곳에 일고여덟 살 된 계집아이가 커다란 두 눈을 그에게 차분히 얹고는 진지한 태도로 그의 얼굴을 빤히 쳐다보고 있다는 것을 알아차렸다. 그는 웃을 듯 말 듯 미소를 지었지만, 아이는 응답할 기미를 전혀 내비치지 않았다. 그가 가슴께로 들어 올린 자기 손안의 노끈 꾸리를 향해 아이의 눈동자가 움직이는 것을 보기까지는 몇 초밖에 걸리지 않았다. 좀 더 면밀한 관찰은 그를 실망시키지 않았다. 그것은 지나치게 번쩍거리지도 않고, 꼬임이 규칙적이고 섬세했으며, 아주 견고했다 — 멋진 전리품이었다.

한순간 그는 그 끈 앞에서, 아주 오래전에 그 자신이 잃어버렸던 물건을 다시 보는 것 같았다. 똑같이 생긴 가느다란 줄 하나가 그의 생각 속에 어떤 중요한 자리를 벌써 차지했었음에 틀림없다. 그 끈은 그의 신발 상자 안에 다른 것들과 함께 있었던 것일까? 순간, 추억은 비에 젖은, 수평선이 지워진 어떤 풍경의 희뿌연 빛을 향해 표류해 갔다. 거기에 가시적인 역할을 하는 끈이라곤 어떤 것도 없었다.

그는 주머니 속에 그것을 넣기만 하면 되었다. 그러나 그는 시늉만 할 뿐, 여전히 팔을 반쯤 접은 채 머뭇거리며 자신의 손을 응시하기만 했다. 지나치게 긴 손톱이 눈에 들어왔지만, 그것은 이미 그가 알고 있던 사실이었다. 게다가 그는 손톱이 자라면서 아주 뾰족한 형태를 띤다는 사실도 확인했다. 당연히 그것은 그가 손톱을 자르던 방식이 아니었다.

아이의 시선은 여전히 그를 향하고 있었다. 그러나 아이가 응시하고 있는 것이 그인지, 아니면 그 너머의 무엇인지 정확히 알기는 어려웠다. 어쩌면 정해진 대상이 없었는지도 모를 일이다. 그의 눈은 지나치다 싶을 만큼 크게 벌려 있어서, 아주 거대한 규모의 대상이라면 모를까, 하나의 개별적인 물체를 외따로 포착하는 것은 불가능했다. 필시 아이는 그저 바다를 바라보고 있었을 게다.

마티아스는 팔을 내려뜨렸다. 갑자기 기계가 멈추었다. 출발할 때부터 배를 따라다니던 바닥의 소음과 함께 진동이 단번에 그쳤다. 출구로 사용될 좁은 복도를 입구까지 벌써 빼곡히 채운 승객들은 모두 부동의 자세로 침묵을 지키고 있었다. 그들이 하선 준비를 마친 지도 이미 지루한 몇 분이 흘렀고, 대부분 손에 여행 가방을 들고 있었다. 모두 왼쪽으로 고개를 돌린 채, 부두 위를 바라보고 있었다. 거기에는 스무 명 정도의 밀집된 한 무리가 얼어붙은 자세로, 말 없이, 그 조그만 증기선의 승객들 가운데 아는 얼굴을 찾고 있었다. 표정은 양편 모두 같았다. 잔뜩 긴장되고 거의 초조하기까지 하며, 기이하게 획일적이고, 돌처럼 굳어 있었다.

배는 진항 속도로 나아가고 있었다. 선체에 부딪히며 갈라지고 미끄러지는 물살 소리만 들려왔다. 한 마리의 회색 갈매기가 그보다 약간 더 빠른 속도로 뒤에서 날아오더니 부두 앞으로, 배의 좌현을 천천히 지나, 한쪽 눈을 아래로 향하며 염탐하기 위해 머리를 왼쪽으로 기울인 채, 최소한의 미세한 움직임도 없이 갑판 위로 활공했다. 표정 없고 냉담한, 동그란 눈.

전기 음향의 고동이 배를 불렀다. 기계들이 다시 작동하기 시작했다. 배는 곡선을 그리기 시작하며 선착장으로 조심스레 다가갔다. 선착장 저편 기슭을 따라 항구의 연안이 빠르게 지나갔다. 흰색과 검은색의 줄무늬가 있는 작달막한 등대, 반쯤 폐허가 된 요새, 뱃도랑의 수문, 연안의 둑을 따라 줄지어 서 있는 집들.

한 목소리가 말했다. "오늘은 배가 제 시각에 도착하는군." 그리고 누군가가 바로잡았다. "거의." 어쩌면 동일한 사람이었는지도 모른다.

마티아스는 손목시계를 보았다. 횡단하는 데 꼭 세 시간이 걸렸다. 다시 전기 음향의 고동 소리가 울려 퍼졌다. 그리고 몇 초 뒤에 한 번 더. 앞서 지나간 새와 비슷하게 생긴 회색 갈매기 한 마리가 날개를 단 한 번도 떨지 않고, 마찬가지로 느리게 똑같은 수평 궤적을 따라 같은 방향으로 지나갔다. 머리를 약간 돌려 아래쪽 측면으로 부리를 향하고, 눈을 고정시킨 채.

배는 어떤 방향으로도 더 이상 전진하는 것 같지 않았다. 그럼에도 뒤에서 추진기가 돌아가며 격렬하게 휘젓는 물소리가 들려왔다. 이제 부두는 아주 가까이, 몇 미터 높이에서 갑판을 굽어보고 있었다. 조수(潮水)가 빠져나간 게 분명했다. 배를 대기 위해 사용될 경사면 아랫부분의 표면이 드러나 있었다. 그 부분은 다른 곳보다 매끄러웠고, 바닷물에 절어 갈색으로 변해 있었으며, 파르스름한 이끼들로 반쯤 덮여 있었다. 좀 더 주의 깊게 바라보면 배가 돌로 된 기슭에 눈에 보이지 않게 가까워지고 있다는 것을 알 수 있었다.

두 개의 면 — 항구의 연안을 향해 직선으로 아득히 멀어져 가는 둑의 수직 절벽과, 그 둑의 꼭대기에 잇닿은 경사면 — 이 직각을 이루며 만나는 지점에서 한 예리한 능선이 비스듬히 기울어져 있다. 그렇게 돌 기슭은 그 위쪽 끄트머리에서 둑의 꼭대기 면에 이르러, 항구의 연안을 향해 직선으로 아득히 멀어져 가는 수평적인 선으로 이어진다.

연안은 원근법의 효과로 더욱 아득해 보이고, 이 수평 중심선

양편으로 일군(一群)의 평행선들이 갈래를 뻗으며, 아침 햇살을 받아 더욱 강조된 선명함을 띤 채 수평 혹은 수직 방향으로 번갈아 가며 길쭉한 평면들을 연이어 구획 짓고 있다. 먼바다 쪽으로 통행로를 보호하는 육중한 난간의 윗면, 난간의 내벽, 둑 위에 닦아 놓은 둑길 바닥, 항구의 물속 깊이 떨어지는 난간 없는 가파른 벽면 옆구리. 두 개의 수직 방향의 평면은 그늘 속에 있고, 다른 두 개의 수평 방향의 평면은 — 난간 윗면 전체 너비와, 그것이 드리운 그림자의 어두운 좁은 띠를 제외한 둑길 바닥을 말한다 — 태양이 강렬하게 비추고 있다. 이론적으로는 그 전체의 뒤집힌 이미지가 항구의 물속에 보여야 할 것이고, 물 표면에는 여전히 동일한 평행선의 유희 속에 높은 수직 절벽이 만들어 낸 그림자가 항구의 둑을 향해 직선으로 뻗어 있어야 할 것이다.

부두 저쪽 끄트머리로 가면, 건축이 복잡해진다. 둑길은 둘로 — 난간 쪽으로는 표지등 등대까지 가는 좁아진 통로, 그리고 왼쪽으로는 해수면까지 내려가는 접안 경사면으로 — 갈라진다. 비스듬히 보이는 이 경사진 직사각형 사면이 시선을 끌어당긴다. 그것은 절벽이 던지는 그림자 방향으로 뻗으며 그 그림자에 의해 대각선으로 잘려 있어, 어두운 삼각형과 밝은 삼각형을 만족스러울 정도로 선명하게 보여 준다.

다른 평면들은 모두 흐트러져 있다. 항구의 물은 그 위로 반사된 둑의 이미지를 구분해 낼 만큼 충분히 잠잠하지 않다. 그렇듯 그것의 그림자 또한 물 표면의 일렁거림 탓에 끊임없이 일그러져 아주 불명확한 지대를 형성할 뿐이다. 둑길 위로 드리워진 난간 그림자의 경우, 그것은 그림자를 투사하는 난간의 수직면과 혼동되는 경향이 있다. 게다가 둑길과 난간 모두 건조되고 있는 어망들과, 바닷가재와 대하 잡이 통발, 굴 광주리, 게 덫 등의 빈 상자들과 커다란 버들가지 바구니들로 혼잡하기까지 하다. 그 쌓인 물건들 사이로 배의 도착을 맞이하러 몰려든 사람들이 간신히 지나다닌다.

썰물 때면 배는 너무도 낮은 수위에 있어, 항구의 연안을 향해 직선으로 아득히 멀어져 가는 둑의 가파른 절벽 외의 다른 풍경을 갑판에서 보는 것은 불가능하다. 그것은 표지등 등대 조금 못미처, 배가 접안하게 될 경사면이 있는 곳에서 단절되어 있다. 경사면 아랫부분은 바닷물에 절어 갈색으로 변해 있고 파르스름한 이끼로 반쯤 뒤덮인, 더 매끄러운 표면으로 끝이 난다. 마치 모든 전진이 끝나 버린 듯, 접안 기슭은 여전히 같은 거리에 떨어져 있다.

그러나 좀 더 주의 깊게 보면, 돌 기슭이 눈에 띄지 않게 아주 조금씩 가까워지고 있음을 알 수 있었다.

아침의 태양은 평소와 마찬가지로 엷은 베일에 가려 있어 그림자들을 간신히 표시하고 있었지만, 어쨌든 경사면 아래쪽으로 뾰족한 부리를 향하며 더 어두운 부분과 더 밝은 부분의 대칭되는 두 평면으로 그 사면을 분할할 만큼은 강했다. 내리막 아랫부분에는 바닷물이 비스듬한 각도로 차오르며 해조들 사이에서 찰랑대고 있었다.

그 삼각형의 돌 기슭을 향해 다가가는 작은 증기선의 움직임은 방향 자체가 비스듬했고, 절대 정지에 점점 더 가까워지는 느린 속도로 그늘에서 빠져나오며 모습을 드러내고 있었다.

접안 경사면의 요각(凹角) 모퉁이에서 바다는 규칙적이고 율동적으로 올라왔다 내려가기를 반복했다. 리듬과 진폭에 육안으로 보이는 경미한 변화가 있었지만, 그래 봐야 10센티미터와 2, 3초를 넘지 않았다. 경사면 아랫부분에는 무성한 녹색 해조 타래들이 물속으로 가라앉았다 다시 물 위로 떠오르곤 했다. 때때로, 복합적인 주기이긴 하지만 아마도 규칙적인 간격으로, 더 강한 역류가 찾아와 평온한 율동을 부숴 버렸다. 두 개의 물 더미가 서로를 향해 다가와 찰싹, 따귀 때리는 소리와 함께 부딪치면, 몇 개의 거품 방울들이 약간 더 높은 곳으로 솟아올라 벽면에 튀었다.

배는 경사면 가장자리와 평행하게 옆구리를 놓은 채 계속 이동하고 있었다. 그리고 배가 부두를 따라 계속 전진해 나가고 있었던 — 계속 나아가고 있다고 여겼다 — 만큼 그것으로부터 여전히 떨어져 있긴 했지만, 그 거리의 폭이 분명 조금씩 줄어들고는 있었을 것이다. 마티아스는 좌표를 하나 가지려고 애썼다. 접안 경사면의 모퉁이에서 바닷물이 갈색 암벽에 부딪히며 올라왔다 내려갔다 하고 있었다. 연안에서 꽤 떨어진 거리 때문인가, 흔히 항구 바닥을 더럽히는 그 자질구레한 잔해들의 어떤 것도 물 표면에 보이지 않았다. 비탈 아랫부분에서 자라고 있는 해조들은 — 파도에 휩쓸려 반복적으로 들려 올랐다가는 다시 아래로 떨어졌다 — 심해에서 건져 온 것처럼 싱싱하고 반들거렸다. 그것들은 절대 오랫동안 공기에 노출되지 않았던 게 분명했다. 잔파도는 매번 풀어헤친 해조 덤불들의 끄덩이를 끌어당겼다가 곧장 뒤로 잡아채고는, 물이 흘러내리는 돌 위에 또다시 내버렸다. 얽힌 리본 모양의 해조 뭉치들은 경사진 사면을 따라 흐늘흐늘 널브러졌다. 이따금씩 더 강한 역류가 소용돌이치며 좀 더 높은 곳까지 적시고는 물러나면서, 포석들 사이로 움푹 파인 곳에 얕은 물웅덩이를 남겼다. 그것은 한순간 하늘을 반사하며 반짝거렸고, 물은 곧장 빠져나갔다.

구석진 수직 벽면 위에서 마티아스는 마침내 8자 모양의 기호를 선택했다. 그것은 그가 좌표로 사용할 수 있을 만큼 꽤 뚜렷이 새겨져 있었고, 정확히 그의 정면에, 즉 경사면이 나타나는 곳에서 왼쪽으로 4, 5미터 지점에 표시되어 있었다. 그는 그 기호에서 눈을 떼지 않으려고 애썼다. 물살이 한 번 급작스레 올라오자 그것이 사라져 버렸다. 3초 후, 그 자리를 다시 보았을 때, 이제 그는 눈여겨보았던 그 그림을 그 자리에서 다시 알아볼 수 있다고 확신할 수 없었다. 돌에 새겨진 다른 불규칙한 파임들이 모두, 그의 기억 속에 남아 있던 나란히 붙어 있는 두 개의 작은 동그라미의 이미지와 닮았고, 또 마찬가지로 닮지 않았다.

둑 위에서 뭔가가 날아와 물 표면에 내려앉았다. 흔히 보는 담뱃갑의 색깔을 띤 종이 뭉치였다. 모퉁이 구석 쪽으로 수위가 올라가고 있었고, 동시에 파도가 경사진 비탈면에 부딪혔다 더욱 강하게 되밀려 오곤 했다. 그 파란색 종이 위로 충격이 주기적으로 가해졌고, 그때마다 찰싹, 따귀 때리는 소리가 종이 뭉치를 집어삼켰다. 거품 몇 방울이 수직 벽면에 튀고, 거친 소용돌이가 또다시 해조 더미들을 물속에 파묻고는 더 멀리, 포석들 사이로 움푹 파인 곳까지 튀어 올랐다.

파도는 이내 물러갔다. 흔들거리는 해조들은 젖은 돌 위에, 비탈을 따라 나란히 길게 널브러져 있었다. 햇빛을 받는 삼각형 속에서 조그만 물웅덩이가 하늘을 반사하고 있었다.

물이 완전히 빠져나가기 전에 반짝거리던 웅덩이가 갑자기 어두워졌다. 마치 커다란 새 한 마리가 날아가며 그늘을 만든 듯했다. 마티아스는 눈을 들었다. 흔들림이 없는 그 회색 갈매기는 침착하게 뒤에서 날아오며, 한 번 더 똑같이 느리게 수평 궤적을 그리고 있었다. 움직이지 않는 날개는 끝을 경미하게 떨어뜨리며 나란한 두 개의 무지개 모양으로 펼쳐져 있었고, 머리는 오른쪽으로 기울여, 동그란 한쪽 눈으로 바닷물을 감시하고 있었다. 바닷물을 — 그게 배가 아니었다면 — 혹은 아무것도.

방금 물웅덩이 위로 지나간 그림자가 갈매기였다면, 그 각각의 위치를 따져 볼 때 그 새는 아무튼 저것일 수밖에 없었다.

햇빛을 받는 삼각형 지대에서, 둑길에 움푹 파인 곳은 말라 있었다. 비탈의 아래쪽 경계에서 파도가 일어 해조들을 위로 뒤집었다. 4, 5미터 더 왼쪽에서, 마티아스는 8자 형태의 그 기호를 식별해 냈다.

그것은 누워 있는 8자였다. 지름이 10센티미터에 약간 못 미치는 똑같은 두 개의 동그라미가 나란히 접해 있었다. 8자 중심에는 쇠로 된, 한 오래된 녹슨 배목의 중심축처럼 보이는 불그스레하게 튀어나온 돌기가 보였다. 배목에 의해 벽에 수직으로 지탱되던 고리 하나가 썰물의 역류 속에서 오른쪽 왼쪽으로 자유롭게 흔들거리다, 결국 돌에 두 개의 동그라미를 양쪽으로 팠을 가능성이 있다. 아마도 과거에 선착장 앞에 배를 정박하기 위해 밧줄을 그 고리에 통과시켜 묶었을 것이다.

그러나 그것은 너무 아래에 위치해 있어, 거의 언제나 물속에, 그리고 때로는 몇 미터 수면 아래 잠겨 있어야만 했을 것이다. 다른 한편, 그것의 보잘것없는 크기는 평소 사용되는 밧줄의 굵기와 상관없는 것처럼 보였다. 조그만 고기잡이배를 묶을 밧줄은커녕 질긴 가느다란 줄 외에는 거의 아무것도 거기에 묶을 수 없었을 것이다. 마티아스는 승객들이 몰려 있는 방향으로 시선을 90도 돌렸다. 그러고는 갑판 쪽으로 시선을 내렸다. 사람들은 종종 그에게 이 이야기를 들려주었었다. 비가 오는 어느 날이었다. 사람들은 그를 홀로 집에 남겨 두었고, 그는 다음 날의 산수 숙제를 하는 대신, 뒤편 창가에 앉아서 정원 끝 울타리의 말뚝들 가운데 한 곳에 앉아 있던 바닷새 한 마리를 그리는 데 오후 나절을 모두 보냈었다.

비 오는 날이었다. 겉보기엔 여느 날들처럼 비가 오는 날이었다. 그는 창문과 마주하며, 벽 깊이 창 구멍 속으로 끼워 넣은 묵직한 책상 앞, 편안한 자세로 글씨를 쓸 수 있도록 책 두 권을 쌓아 높이를 올린 의자에 앉아 있었다. 방은 아마 매우 어두웠을 것이다. 오직 책상 윗면만 밀랍 입힌 떡갈나무가 — 겨우 — 반들거릴 정도의 빛을 바깥에서 받았을 것이다. 공책의 흰색 페이지가, 어쩌면 아이의 얼굴과 함께 — 엄밀히 말해 그의 손까지 포함하여 — 유일하게 제대로 된 선명한 얼룩을 만들고 있었다. 그는 두 권의 사전 위에 앉아 있었다. 아마도 벌써 몇 시간이나 그렇게 보냈을 것이다. 그의 그림은 거의 완성되어 있었다.

방은 몹시 어두웠고, 바깥에는 비가 오고 있었다. 커다란 갈매기는 말뚝 꼭대기에 꼼짝하지 않고 앉아 있었다. 아이는 그 새가 날아오는 것을 보지 못했었다. 그는 새가 언제부터 그 자리에 앉아 있었는지 알지 못했다. 비록 정원이 바다에서 아주 멀리 떨어져 있지는 않았지만, 평소에 갈매기들은 날씨가 아무리 고약한 날에도, 그토록 집 가까이 다가오지는 않았다. 정원과 바다 사이, 3백 미터 거리에 펼쳐진, 식물이라곤 낮게 깔린 풀만 자라는 황량한 벌판이 해안의 만(灣) 쪽으로 물결처럼 굽이져 있었고, 왼쪽으로는 낭떠러지가 시작되면서 뚝 멈추어 버렸다. 정원은 사람들이 그 황무지 일부에다 양들 때문에 철사 줄을 나무 말뚝에 고정시켜 울타리를 둘러 치고, 매년 그 안에 감자를 심던 네모난 쪼가리 텃밭에 불과했다. 필요 이상으로 굵은 말뚝들은 원래 그런 용도로 만들어진 게 아니었음을 보여 주었다. 좁다란 가운데 길 끝에 세워진 말뚝은, 지탱해야 할 쪽문의 성글게 이어 붙인 판자들의 얇은 두께에도 불구하고 다른 것들보다 더 굵었다. 원통 모양의 말뚝은 거칠게 껍질을 벗긴 소나무 둥치였는데, 땅에서 150센티미터 정도의 높이로 끝이 거의 평평하게 깎여 있어 갈매기에게는 이상적인 횃대였다. 새는 울타리 경계선 쪽으로 머리를 돌려, 한 눈은 바다를 향하고 다른 눈은 집을 향하며 옆모습을 보이고 있었다.

해마다 그 무렵이면 울타리와 집 사이의 네모난 정원에는 며칠

간 계속된 비로 죽은 식물들이 쓰러져 썩어 가고 있었고, 초목이라곤 오로지 그 사이로 삐죽 올라와 있던 몇몇 철 늦은 말라깽이 잡초들뿐이었다.

날씨는 바람 한 점 없이 아주 고요했다. 보슬비가 가늘고 차분히 지속적으로 내리고 있었다. 빗줄기가 수평선을 가로막긴 했지만, 아주 가까운 거리의 시야를 흐릴 정도는 아니었다. 그와 반대로, 아주 가까운 사물들은 — 특히 그것들이 갈매기처럼 밝은 색깔일 때 — 그처럼 씻긴 대기 속에서 광채를 더 발산하는 것처럼 보였다. 아이는 몸통의 윤곽과 접은 회색 날개와 단 하나의 발(다른 쪽 발을 정확히 가리고 있었다) 그리고 동그란 한쪽 눈을 보여주는 흰색 머리뿐만 아니라, 부리의 구부러진 접합선과 아래로 뾰족하게 떨어지는 끄트머리, 꼬리와 날개 가장자리 깃털의 세부 모양에다 발을 뒤덮은 비늘에 이르기까지 모두 재현했었다.

그는 아주 매끄러운 종이 위에 아주 가늘게 깎은, 심이 단단한 연필로 그림을 그렸다. 공책의 다음 페이지들에 흔적을 남기지 않으려고 그는 연필 끝을 살짝 대기만 했다. 그럼에도 꽤 검고 선명한 선이 그어졌다. 그는 모델을 충실히 재현하기 위해 세심한 주의를 기울였던 만큼, 한 번도 지울 필요가 없었다. 그림 위로 머리를 기울이고, 팔뚝은 떡갈나무 책상 위에 올려놓고, 다리는 공중에 늘어뜨린 채로 그처럼 불편한 의자에 오랫동안 앉아 있었던 탓에 그는 피로를 느끼기 시작했다. 하지만 그는 움직이고 싶지 않았다.

그의 뒤쪽으로 집은 텅 비어 있었고, 깜깜했다. 도로에 면해 있는 앞방들은 아침 햇살이 밝혀 줄 때를 제외하면 다른 방들보다 훨씬 더 어두웠다. 하지만 그가 공부하기 위해 앉아 있던 방은 오로지 그 유일한 창문을 통해서만 빛을 받을 뿐이었다. 조그맣고 네모난 창문은 두꺼운 벽 깊숙이 박혀 있었고, 벽지는 몹시 어두운 색깔이었다. 어두운 색깔의 나무 가구들은 높고 둔중했으며, 서로 바짝 붙어 있었다. 그 방에는 거대한 장롱이 적어도 세 개가 있었다. 그중 두 개는 복도에 면한 방문 맞은편에 나란히 놓여 있었다. 그가 그의 노끈 수집을 갈무리해 두던 신발 상자는 세 번째 장롱 속 아랫단 오른쪽 구석에 있었다.

모퉁이 구석, 접안 경사면 아래쪽에서 바닷물이 올라갔다 내려가기를 반복하고 있었다. 파란색 종이 뭉치가 빠르게 물을 먹어 반쯤 풀어진 채 몇 센티미터 높이의 두 물 더미 사이에 파인 골 속에서 떠다니고 있었다. 그것이 흔히 보는 빈 담뱃갑이라는 게 지금은 더 잘 드러났다. 그것은 물의 움직임에 따라, 그러나 같은 수직 벽에서 가까워지지도 멀어지지도 않고 오른쪽이나 왼쪽으로 이동하지도 않으면서, 여전히 수직 방향으로만 올라갔다 내려갔다 하고 있었다. 돌에 새겨진 8자 형태의 기호와 똑같은 방향에서 그것을 보고 있었기에, 마티아스는 그것의 위치를 특징짓기가 쉬웠다.

그것을 막 확인하는 순간, 그는 첫 번째 것과 약 1미터 정도 떨어진 곳, 같은 높이에서 누운 8자 모양의 두 번째 그림을 식별해 냈다. 녹슨 쇠붙이의 흔적처럼 보이는 같은 불그스레한 돌기를 중심으로 나란히 새겨진 두 개의 동그라미였다. 그렇듯, 두 개의 고리가 거기에 고정되어 있었을 것이다. 접안 경사면 쪽에 가까이 있는 것은 곧 파도에 잠겨 사라졌고, 다른 것 또한 뒤이은 파도가 삼켰다.

바닷물은 수직 벽을 따라 흘러내리며 앞쪽으로 역류하여 경사진 면에서 되밀려 오는 파도와 부딪쳤다. 조그만 원뿔 모양의 물이 찰싹, 따귀 때리는 소리와 함께 하늘을 향해 솟아올랐고, 몇 개의 물방울이 주변으로 다시 떨어졌다. 그리고 모든 것이 질서를 되찾았다. 마티아스는 표류하던 담뱃갑을 눈으로 찾았다 — 그것이 정확히 어디쯤 떠 있을 것이라고 추정하는 것은 불가능했다. 그는 창문과 마주하며, 벽 깊이 창 구멍 속으로 끼워 넣은 묵직한 책상 앞에 앉아 있다.

창문은 거의 정사각형인데 — 너비 1미터에 높이는 그보다 약간 더 길다 — 네 개의 같은 크기의 유리창 위에는 커튼도 없고, 창문 아랫부분만 가리는 반쪽짜리 베일 방장(房帳)도 없다. 비가 오고 있다. 바다는 아주 가까이 있으면서도 보이지 않는다. 대낮이지만 바깥에서 들어오는 빛은 밀랍 입힌 책상 윗면에 반사될 정도로만 간신히 — 희미하게 — 비칠 뿐이다. 방 안의 나머지 부분은 매우 어둡다. 꽤 커다란 방 크기에도 불구하고 창문이라곤 하나밖에 없는 데다, 그나마 그 유일한 구멍조차 벽의 두께 때문에 방 안에서 볼 때 꽤 움푹한 거리에 뚫려 있었던 탓이다. 어두운 색깔의 떡갈나무 정사각형 책상이 그 너비가 반은 좋이 벽 깊이 창 구멍 속으로 들어가 있다. 책상 위에는 공책이 책상 가장자리와 평행하게 놓여 있고, 그 위로 약간 더 큰 네 개의 직사각형들 —

네 개의 유리창이 풍경 전체를 가리는 안개를 바라보고 있다 — 을 꼽지 않는다면, 책상 위의 흰색 페이지들이 유일하게 선명한 얼룩이다.

그는 두 권의 사전으로 높이를 올린 묵직한 의자 위에 앉아 있다. 그는 그림을 그린다. 흰색과 회색의 커다란 갈매기를 그리고 있다. 지역 사람들이 '고엘랑'이라 부르는 종의 커다란 갈매기이다. 새는 머리를 오른쪽으로 향한 채 옆모습을 보이고 있다. 부리의 구부러진 접합선과 아래로 뾰족하게 떨어지는 끄트머리, 꼬리와 날개 가장자리 깃털의 세부 모양에다 발을 뒤덮은 비늘에 이르기까지 모두 알아볼 수 있다. 하지만 거기에는 여전히 뭔가 빠진 게 있는 것만 같다.

그림에는 뭔가 빠진 게 있었다. 그것이 뭔지 정확히 말하는 것은 어려웠다. 그래도 마티아스는 뭔가 석연치 않은 게 — 혹은 뭔가 빠진 게 — 있다고 생각했다. 그의 오른손에는 연필 대신 굵은 노끈 꾸리의 촉감이 느껴졌다. 방금 갑판에서 주운 것이었다. 마치 입가에 미소를 머금으며 그것이 자신의 소중한 재산임을 주장하기 위해 그에게 다가올 주인을 발견하기를 바라는 듯, 그는 그 앞에 무리 지어 선 승객들을 바라보았다. 그러나 아무도 그나, 그가 발견한 물건에는 관심이 없었고, 모두 그에게 계속 등을 돌리고만 있었다. 약간 후미진 곳에 그 계집아이 또한 마찬가지로 버림받은 것처럼 보였다. 아이는 상갑판의 모퉁이를 지탱하는 한 쇠기둥에 붙어 서 있었다. 두 손은 등 뒤로 오목한 허리에다 모으고, 다리는 빳빳하게 약간 벌리고, 머리는 기둥에 기댄 채. 약간은 지나치게 경직된 자세였음에도 불구하고, 아이는 여전히 사랑스러운 태도를 유지하고 있었다. 그의 얼굴에는 흔히 상상 속에서 모범 학생을 장식하는, 자신감과 신중함에서 배어 나오는 온화함을 한껏 발산하고 있었다. 아이는 마티아스의 시선을 끈 이래 줄곧 같은 자세로, 좀 전에는 바다가 있었지만 이제는 부두의 수직 벽이 서 있는 곳 — 아주 가깝다 — 을 향해, 같은 방향을 바라보고 있었다.

마티아스는 양모로 겹을 댄 반코트 주머니 속에 그 가느다란 끈을 집어넣었다. 그는 자신의 텅 빈 오른손 손톱이 지나치게 길고 뾰족하다는 사실을 깨달았다. 그 다섯 손가락에 침착성을 부여하기 위해, 그때까지 왼손에 들고 있던 작은 트렁크의 손잡이를 바꿔 걸었다. 가방은 흔히 보는 모델이었고, 붉은 기가 도는 갈색에다 짙은 갈색과 초콜릿색 사이의 더욱 짙은 색깔의 소재를 모서리에 덧댄, 아주 질긴 '목질 섬유'의, 신뢰감을 주는 튼튼한 제품이었다. 손잡이는 두 개의 금속 버클에 연결되어 있었고, 가죽을 모방한 것으로 보이는 좀 더 유연한 소재로 만들어져 있었다. 자물쇠, 두 개의 경첩과 여덟 군데 모퉁이마다 세 개씩 박혀 있는 굵은 리벳들은 손잡이의 조립 부분과 마찬가지로 구리처럼 보였다. 그러나 약간 마모된 아랫면의 리벳 네 개가 원래의 재질을 드러내 보이고 있었다. 그것은 구리로 살짝 도금된 흰색 금속이었고, 물론 다른 스무 개의 리벳들도 — 그리고 아마 나머지 금속 부분들 역시 — 마찬가지였다.

내부는 두툼하고 질긴 날염 천이 전체를 덮고 있었다. 무늬는 그런 종류의 천에서 흔히 볼 수 있는, 심지어 기혼 여성들이나 여자아이들 여행 가방에서도 볼 수 있는 것과 비슷했다. 하지만 언뜻 보기에만 그럴 뿐, 바탕의 장식 무늬는 작은 꽃들이나 꽃다발들 대신 아이들 방에 설치된 커튼에서나 볼 수 있을 것 같은 아주 작은 인형들이었다. 그러나 아주 가까이 들여다보지 않는다면, 아무것도 구분되지 않았다 — 그것들은 단지 크림색 천에 점점이 찍힌 강렬한 색깔들의 얼룩일 뿐, 꽃다발들이라 해도 다를 것이 없었다. 가방 안에는 중간 사이즈 정도의 수첩과 안내서 몇 부 그리고 아홉 개의 직사각형 종이 상자 안에 열 개씩 정렬된 아흔 개의 손목시계가 들어 있었는데, 그중 한 자리는 비어 있었다.

마티아스는 그날 아침, 배에 오르기 전에 벌써 첫 번째 판매에 성공했었다. 값이 가장 저렴한 150크라운짜리 시계였던 탓에 큰 이윤을 남긴 것은 아니었지만, 그는 그 마수걸이를 기분 좋은 신호로 여기려고 애썼다. 그는 자신이 태어난 그 섬에서 재고의 상당 부분을 몇 시간 안에 팔아 치울 수도 있을 것이다. 거기에서 그는 개인적으로 여러 가족을 알고 있었고, 그의 나쁜 얼굴 기억력에도 불구하고, 어쨌든 그 전날 수집한 정보들 덕분에 어려움이 없지는 않겠지만 옛 추억들을 되찾는 척할 수 있을 것이다. 오후 4시에 반드시 배를 다시 타야만 하는 엄연한 현실에도 불구하고, 그 짧은 한나절 동안에 그는 지니고 간 것을 모두 팔 수도 있을 것이다. 그것은 물리적으로 불가능하지 않았다. 게다가 판매는 그의 작은 트렁크 내용물에만 국한되지 않았다. 이따금 주문을 받은 다음, 대금을 상환하는 조건으로 제품들을 우송하는 경우도 있었다.

그의 여행 가방을 구성하고 있던 아흔 개의 시계들에 한정한다 해도, 이윤은 벌써 대단할 것이다. 115크라운짜리 열 개에 1150 크라운, 130크라운짜리 열 개에 1300크라운이면 2450크라운, 150크라운짜리 열 개, 그중 특별한 시곗줄이 달려 있는 네 개는 5 크라운이 더 비쌌다……. 계산을 단순화하기 위해, 마티아스는 평균 단가를 200크라운으로 가정했다. 그 전주(前週)에, 그가 비슷한 상품 조합으로 정확히 같은 판매 성과를 거두었으니, 200이라는 수치는 적절한 근사치였다. 그렇게 보면, 그는 대략 1만 8천 크라운어치를 갖고 있는 셈이었다. 그의 총수익은 26~38퍼센트 사이에서 오르락내리락했다. 평균 30퍼센트로 어림잡았을 때, 3 곱하기 8은 24, 3 곱하기 1은 3, 3 더하기 2는 5, 그러니까 총수익이 5천 크라운이 넘을 것이다. 이것은 일반 시장에서의 한 주 동안의 실적, 그것도 훌륭한 실적에 해당하는 영업 이익이었다. 특별 경비로 드는 뱃삯(왕복)이 60크라운밖에 안 되니, 그것은 사실상 무시해도 될 것이었다.

이 여행을 시도하기로 결심하기 위해서는 마티아스에게 이 예외적인 시장에 대한 희망이 필요했다. 시장 개척에 관한 그의 이론적인 구도 속에 이 여행이 애초에 포함되어 있던 것은 아니었다. 주민이 겨우 2천 명밖에 되지 않는 그 협소한 섬 하나를 위해 세 시간의 뱃길을 오가는 것은 너무 많은 시간 낭비인 데다 일을 복잡하게 만들기까지 했다. 그곳에는 그의 마음을 끌어당기는 것이라곤 아무것도 없었다. 어린 시절의 우정도, 어떤 종류의 옛 추억도 거기에는 없었다. 섬의 집들은 모두 하나같이 똑같아서, 그가 대부분의 어린 시절을 보냈던, 그리고 착오가 없다면 그가 태어난 곳이기도 했던 그 집조차도 그는 알아볼 자신이 없었다.

사람들이 지난 30년 이래 아무것도 변하지 않았다고 그에게 말해 주기는 했다. 그러나 박공에 차양을 덧붙이거나 정면에 벽토를 바르는 것만으로도 집 모양새를 알아보기 힘들게 만드는 데에는 충분했다. 가장 사소한 세부 사항에 이르기까지 모든 것이 그가 떠날 때 남겨 두었던 그대로 있다고 가정해도, 그는 자신의 기억이 불확실하고 부정확하다는 사실을 여전히 셈에 넣어야만 했다. 경험을 통해 그는 자신의 기억을 신뢰해선 안 된다는 사실을 익히 알고 있었다. 배경의 실제적인 변화들도, 심지어 기억이 흐릿한 영역들조차도 — 그런 곳들이 너무 많아서 그로 하여금 대부분의 이미지들을 포착하지 못하게 했음에도 불구하고 — 그가 가장 두려워해야 할 것들은 아니었다. 그보다는 여기저기서 과거의 땅이나 돌들의 위치를 차지할 수 있을, 정밀한 그러나 왜곡된 재현들을 더 두려워해야 했다.

생각해 보면 집들은 모두 똑같았다. 두 개의 네모난 작은 창문들 사이로 나지막한 현관문이 나 있고, 맞은편에도 같은 형태의 문이 있었다. 양쪽의 두 출입문을 잇는 타일 깔린 복도가 중앙을 가로지르며 집 내부를 대칭적인 두 그룹으로 갈랐다. 한편에는 부엌과 침실 하나, 그리고 다른 편에는 두 번째 침실과, 아마 거실이나 특별한 날을 위한 식당 혹은 일종의 골방으로 남겨 둔 그 방이 있었다. 앞쪽의 부엌과 침실은 도로에 면해 있었고, 아침 햇살을 받았다. 그러니까 그 방들은 동향이었다. 뒤쪽의 다른 방들은 갑자기 나타나는 낭떠러지를 향해 있었다. 낮게 깔린 풀만 자라는 3백 미터의 황량한 벌판이 약하게 굽이지며, 오른쪽으로 해안의 만(灣)을 향해 내려가고 있었다. 겨울비와 서풍이 창문을 거세게 때리곤 했고, 오직 날씨가 잠잠한 편일 때만 덧창을 열어 둘 수 있었다. 그는 오후 나절 내내 정원 끝, 울타리의 말뚝 위에 내려앉은 한 마리 바닷새를 그리며, 벽 깊이 창 구멍 속으로 끼워 넣은 묵직한 책상 앞에 앉아 있었다.

장소들의 배치도 그것들의 방향도 충분한 지표를 제공하진 않았다. 낭떠러지로 말할 것 같으면, 그것은 섬 둘레 어디서나 — 맞은편 기슭 위에서처럼 — 마찬가지였다. 물결처럼 굽이진 땅 모양새들과 해안의 만들 또한 해변에 널린 조약돌들이나 회색 갈매기들만큼 서로 쉽게 혼동되었다.

마티아스는 다행히도 그런 것을 고민하지 않았다. 그에게는 벌판 가장자리에 있던 그 집도, 횃대에 앉아 있던 그 새도 다시 찾을 의향이 없었다. 떠나기 전날, 잊어버렸던 섬의 지형과 그곳 주민들에 대해 그가 엄청난 정성을 들여 정보를 수집한 것은 오로지 가장 편리한 일주 코스를 정하고, 다시 만나게 된 기쁨을 너무도 당연하게 여기게끔 분위기를 조성하며 그 가정(家庭)들 속으로 파고 들어가 쉽게 본론으로 들어가기 위한 것일 뿐이었다. 게다가 다정한 태도를 보이려는 — 그리고 특히 상상력을 발휘해야 하는 — 추가의 노력은 그 기획에 필수적으로 요청되는 것이었고, 그것은 그가 거기에서 끌어낼 것으로 기대하는 5천 크라운이라는 수익의 형태로, 비길 데 없는 보상을 받게 될 것이다.

그는 돈이 절실히 필요했다. 거의 석 달 동안 판매가 정상 수준을 크게 밑돌고 있었다. 만약 일이 잘 해결되지 않는다면, 그는 빠른 시일 내에 저가로 — 아마 손해를 보면서 — 재고 정리를 단행하고 다시 한 번 새로운 직업을 찾아야만 할 것이다. 궁지에서 벗어나기 위해 고려된 방법들 가운데 이 조그만 섬에서의 시장 개척이 즉각 중요한 자리를 차지했다. 그 시기에 현금 1만 8천 크라운은 그에 대한 이윤으로 그에게 돌아오는 30퍼센트보다 훨씬 더 많은 것을 의미했다. 팔린 시계들이 금방 교체되지는 않을 것이므로, 그는 그렇게 그 금액으로 좀 더 나은 시절이 오기까지 참고 견딜 수 있을 것이다. 이 선택받은 영토가 그의 작업 구도 속에 처음부터 포함되지 않았던 것은 십중팔구 그가 어려운 시기를 예견하고 그곳을 남겨 두기를 원했던 때문이었던 게다. 이제 상황이 이 여행을 반드시 하지 않으면 안 되게끔 그를 강요하고 있었다. 그러나 우려했던 대로, 실천적인 측면에서 이 여행에는 골칫거리가 한두 가지가 아니라는 사실이 드러났다.

배는 아침 7시에 떠났고, 그 때문에 마티아스는 평소보다 일찍 일어나야만 했다. 그가 시외버스나 지역을 운행하는 기차를 타고 시내를 떠날 때는 거의 언제나 8시경이었다. 게다가 그가 사는 집에서 기차역은 아주 가까이 있었지만, 항구는 아주 멀리 떨어져 있었다. 그리고 어떤 시내버스도 그를 바로 항구 가까이 데려다 주지는 않았으므로, 아예 처음부터 끝까지 걸어가는 것이 그보다 못하지 않았다.

이른 아침 시각, 생자크 구역에는 어떤 그림자도 얼씬거리지 않았다. 지름길이라 판단하고 들어선 한 작은 길을 지나가다, 마티아스는 비명 소리가 들려오는 것만 같았다. 그것은 꽤 희미했지만, 너무도 가까이서 들려오는 것 같아 고개를 돌렸다. 그 옆에는 아무도 없었다. 골목은 그의 앞쪽, 뒤쪽 모두 텅 비어 있었다. 가던 길을 계속 걸어가려 할 때, 그는 두 번째로 같은 신음 소리를 포착했다. 그것은 아주 분명하게 그의 귓가에 바싹 붙어 들렸다. 순간, 그는 어떤 1층 집 창문에 주목했다. 오른손을 뻗으면 바로 닿을 수 있는 곳이었다. 이미 날이 훤히 밝았고, 유리창 뒤편에 늘어뜨린 단순한 베일 커튼으로는 바깥의 빛이 차단될 수 없었음에도 불구하고, 내부에는 불을 밝히고 있었다. 사실, 내부 공간은 꽤 넓은 데 반해, 유일하게 나 있는 창문의 크기는 보잘것없었다. 아마 1미터 너비에, 높이가 약간 더 긴 정도였을 것이다. 같은 크기의 거의 정사각형인 유리창 네 개로 구성된 창문은 도회지 건물보다는 농가에 더 잘 어울렸을 것이다. 커튼 주름들 때문에 내부의 가구들은 잘 구분할 수가 없었다. 단지 침실 깊숙한 곳에서 전깃불이 강렬하게 비춰 주는 것만 볼 수 있었다. 램프 — 침대맡의 램프 — 의 원뿔대 모양 전등갓이 보였다. 그리고 흐트러진 침대의 모양은 좀 더 흐릿했다. 침대 가까이 서서, 그 위로 몸을 약간 기울인 한 남자의 실루엣이 천장을 향해 팔을 쳐들고 있었다.

장면 전체가 굳어 버린 상태로 머물러 있었다. 그의 몸짓이 완성되지 않은 자세였음에도 불구하고, 남자는 조각상처럼 움직이지 않았다. 침대 옆 머리맡 테이블 위, 램프 아래에는 파란색의 조그만 직사각형 물체가 놓여 있었다. 틀림없이 담뱃갑일 게다.

마티아스는 그다음의 일을 기다릴 시간이 없었다 — 물론 그다음에 어떤 일이 계속 벌어지게 되어 있다고 가정했을 때의 이야기이다. 그는 비명이 그 집에서 들려오는 것이라는 단언조차 하지 않았을 것이다. 그는 그것들이 닫힌 창문에 파묻힌 소리보다는 덜 막힌, 훨씬 더 가까운 곳에서 난 소리라고 판단했었다. 그것에 대해 곰곰이 생각하자, 그는 자신이 과연 발음되지 않은 단순한 비명 소리를 들었던 것인지 의심스러워졌다. 이제 그는 그것들이 무슨 소리였는지 기억하는 것은 불가능했지만, 알아들을 수 있는 단어들이었다는 생각이 들었다. 그 목소리의 음색에 따르면 — 아무런 슬픔도 느껴지지 않았을 뿐만 아니라, 유쾌하기까지 했다 — 희생자는 아주 어린 여자이거나, 아니면 여자아이였음에 틀림없었다. 아이는 상갑판 모퉁이를 지탱하는 한 쇠기둥에 붙어 서 있었다. 두 손은 등 뒤로 오목한 허리에다 모으고, 다리는 빳빳하게 약간 벌리고, 머리는 기둥에 기대고 있었다. (모든 승객들이 강렬해지기 시작한 햇살 때문에 눈꺼풀을 어느 정도 찌푸리고 있었던 반면) 아이는 커다란 두 눈을 지나치다 싶을 만큼 벌린 채, 좀 전 그의 눈을 바라볼 때의 차분함으로 계속 정면을 똑바로 바라보고 있었다.

그토록 완고한 고집 앞에서, 그는 우선 그 꾸리가 아이의 것이라고 믿었었다. 그 아이 자신이 노끈 수집을 할 수도 있었다. 하지만 그다음엔 그런 생각이 터무니없다고 여겼다. 그건 계집아이들의 놀이가 아니었다. 사내아이들은 그 반대로, 언제나 칼들과 노끈들, 체인들과 고리들로 주머니가 가득 차 있었다. 그리고 담배처럼 피우는, 구멍이 숭숭한 클레마티스 줄기들도 그 속에 들어 있었다.

하지만 그는 사람들이 그의 취향을 많이 격려해 주었던 기억은 떠오르지 않았다. 근사한 조각들은 대개의 경우, 가사일에 필요하다는 이유로 집에 굴러 들어오는 즉시 압수당했다. 그가 항의할 때면, "그가, 어쨌든 그것으로 아무것도 하지 않으면서" 분개하는 것을 사람들은 이해하지 못하는 것처럼 보였다. 신발 상자는 뒷방의 가장 큰 장롱 속 아래 선반에 놓여 있었다. 장롱은 열쇠로 잠겨 있었고, 사람들은 오직 그가 숙제를 마치고 과제를 익혔을 때만 그 상자를 주었다. 때로는 새롭게 획득한 것을 그 속에 넣을 수 있기까지 며칠을 기다리기도 했다. 그때까지 그는 그것을 오른쪽 바지 주머니에 깊숙이 간직했다. 그 속에 붙박이처럼 늘 들어 있던 조그만 놋쇠 체인과 함께. 그러한 조건 속에서는 아무리 꼼꼼하게 잘 만들어진 끈이라 하더라도 광채와 산뜻함의 일부분을 금방 잃어버리게 되고, 가장 많이 노출된 꾸리의 나선 부분은 때를 타게 되며, 꼬여 있던 실오라기들이 풀어 헤쳐지면서 실들이 여기저기 마구 삐져나오기 마련이다. 금속 고리들과의 지속적인 마찰이 마모를 더욱 부추겼던 것이다. 지나치게 긴 기다림 끝에, 최근 발견된 노끈은 결국 내버려야 하거나 포장용으로 사용되기에 적합한 상태가 되고 마는 경우도 생겼다.

불안이 그의 머리를 뚫고 지나갔다. 상자에 보관된 조각들 대부분은 주머니를 거치지 않았거나, 그러한 시련을 겨우 몇 시간만 견딘 다음에 그 속에 담겼었다. 그러면 도대체 어떤 신뢰를 그것들에게 준단 말인가? 당연히 신뢰는 다른 것들보다 적을 수밖에 없다. 보상하기 위해서는 그것들에게 더욱 엄격한 시험을 거치게 했어야만 했을 것이다. 마티아스는 8자 모양으로 감긴 노끈 조각을 다시 검사하기 위해 반코트 주머니에서 그것을 꺼내 보고 싶었다. 그러나 그의 왼손은 오른쪽 주머니에 닿지 못했고, 오른손은 작은 트렁크를 쥐고 있느라 자유롭지 못했다. 그러나 하선(下船)의 혼란에 휩싸이기 전에 그것을 땅에 내려놓고, 그 끈을 그 속에 안전하게 보관하기 위해 심지어 그의 여행 가방을 열어 볼 수 있을 정도의 시간은 아직 충분히 남아 있었다. 동전과 은화들의 접촉이 지나치게 거칠었고, 그런 상황이 그의 끈에 좋을 것은 하나도 없었다. 마티아스는 그와 함께 그 놀이를 하기 위해 어떤 짝도 필요하지 않았으므로, 학교 친구들에게 자랑할 목적으로 가장 멋진 표본들을 지니고 다니지 않아도 되었다. 게다가 그들이 그 놀이에 최소한의 재미라도 느낄지 알 수도 없었다. 진실을 말하자면, 다른 사내아이들이 주머니에 넣고 다니던 노끈들은 그의 것들과 아무 상관이 없는 것 같았다. 어쨌든 그것들은 더 적은 주의를 요청했고, 그들에게 눈에 띄게 적은 고민거리를 안겼다. 불행히도 시계 가방은 신발 상자가 아니었다. 그는 상품을 펼치는 순간 고객에게 나쁜 인상을 심어 줄 만한 의심스러운 물건으로 가방을 어지럽게 하는 일은 피하려 했다. 상품을 잘 전시하는 것은 다른 무엇보다 중요했다. 그리고 2천 명이 조금 못 되는 — 아이들과 가난한 자들까지 포함해서 — 주민들로 하여금 여든아홉 개의 손목시계를 사게 만들기를 바란다면, 그는 어떤 것도 소홀히 해서는 안 되고, 어떤 것도 우연에 맡겨서는 안 되었다.

마티아스는 속셈으로 2천을 89로 나누어 보았다. 계산이 얽혔고, 그는 너무 고립되어 있어 방문하지 않을 오막살이들을 고려하여, 나누는 숫자를 1백으로 뭉뚱그려 계산하는 방법을 택했다. 대략 20명당 한 개가 답으로 나왔다. 즉 한 가구당 평균 다섯 명을 가정한다면 네 가구당 한 개를 팔아야 한다는 말이었다. 물론 실제 상황에서는 일이 다르게 진행된다는 사실을 그는 경험으로 알고 있었다. 그에 대해 호의적이라고 느껴지는 가정에서는 때때로 단번에 두세 개씩 물건을 대기도 했다. 하지만 전체적으로 네 가구마다 하나씩 팔아 가는 리듬은 달성하기가 어려울 것이다 — 어려울 테지만, 불가능하지는 않다.

오늘의 성공은 무엇보다 상상력에 달려 있는 것 같았다. 그는 과거에 낭떠러지 근처에서, 한 번도 알지 못했던 반 친구들과 함께 놀았던 것으로 해야만 할 것이다. 썰물 때가 되면 그들은 아주 가끔 드러나는 지역들을 함께 탐험했을 것이고, 그곳들은 애매하면서도 있음 직한 형태들로 채워질 것이다. 그는 '그의 미녀'라 불리는 꽃갯지렁이와 '바다의 아네모네'인 말미잘을 활짝 피우는 방법을 친구들에게 가르쳐 주곤 했다. 또 그들은 해변의 고지대에서 이해할 수 없는 잔해들을 줍기도 했고, 부두의 모퉁이 구석, 접안 경사면 아랫부분에서 규칙적인 리듬으로 올라왔다 내려가기를 반복하는 바닷물과 이쪽저쪽으로 누웠다가 몸을 들어 올리는 해조들을 몇 시간이 흐르도록 함께 지켜보기도 했다. 그는 그들에게 자신의 노끈들을 맡기기까지 했으며, 그들과 함께 복잡하고도 막연한 온갖 종류의 놀이들을 만들어 내곤 했다. 사람들은 그리 많은 기억을 간직하고 있지 않다. 그처럼, 그는 그들을 곧바로 태엽 시계의 구매로 인도할 어린 시절들을 그들에게 만들어 줄 것이다. 젊은이들에게는 아버지를, 어머니를, 할머니를, 혹은 아무거나 알았을 것이므로 훨씬 더 용이할 것이다.

예컨대 형제와 삼촌을 들 수 있다. 마티아스는 배가 출발하기 한참 전에 선착장에 도착해 있었다. 그는 해운 회사의 뱃사람과 이야기를 나누었고, 그도 그 자신처럼 그 섬에서 태어났다는 사실을 알게 되었다. 그의 가족은 여전히 그곳에 살고 있었고, 특히 그의 누이는 세 딸과 함께 살고 있었다. 그들 가운데 둘은 약혼했지만, 막내는 어머니에게 많은 걱정을 끼치곤 했다. 사람들은 그 아이를 도저히 제자리에 얌전히 있게 할 수가 없었고, 아이에게는 그 어린 나이에도 불구하고 벌써 걱정스러울 정도로 많은 열렬한 추종자들이 있었다. "진짜 말썽꾸러기 악마라니깐요." 남자는 몇 번이나 되뇌었는데, 그의 흐뭇한 미소는 그가 그 모든 것에도 불구하고 그 조카를 얼마나 좋아하는지 보여 주었다. 그 집은 읍내를 나오면서 큰 등대로 가는 길목의 마지막 집이었고, 그 아낙은 과부 — 유복한 과부 — 였다. 세 딸의 이름은 마리아, 잔 그리고 자클린이었다. 마티아스는 머지않아 이용하리라 생각하고는, 그 세 가지 정보를 그 전날에 이미 수집한 것들에 추가했다. 그의 직업에서 필요 이상의 세부 사항이라는 것은 없었다. 그는 그 동생을 오래전부터 알고 있었을 것이고, 필요에 따라서는 그에게 '6루비' 급 시계도 팔았을 것이었고, 그 뱃사람은 아주 사소한 수선조차 하지 않고 수년간 그것을 사용해 왔을 것이었다.

남자의 몸짓에서, 마티아스는 그가 손목시계를 차고 있지 않다는 사실을 확실히 알아차렸다. 두 팔을 들어 올리고 우체국 소형 화물차 뒤편에 덮개의 고리를 채우는 동안 그의 두 손목이 작업복 소매 밖으로 나와 있었던 것이다. 만약 시곗줄이 최근에야 벗겨졌다면 — 예를 들어 시계방에 맡겼다거나 — 피부에 선명하게 관찰되었을 더 밝은 색의 띠가 왼쪽 손목에 나 있지도 않았다. 사실상, 시계는 수선할 필요가 전혀 없었다. 남자는 작업 도중에 손상을 입힐까 봐, 단순히 주중에는 시계를 차지 않을 뿐이었다.

두 팔을 내려뜨리고 남자는 뭔가를 외쳤지만, 배에서는 기계 소리 때문에 아무것도 알아들을 수가 없었다. 그리고 동시에 그는 자동차에서 옆으로 물러서며, 운전사에게 작별 인사를 했다. 모터를 멈추지 않은 채 서 있던 소형 화물차는 머뭇거림 없이 즉시 출발하여 해운 회사의 조그만 관리실 주위로 재빨리 커브를 틀었다.

직원이 띠를 두른 챙 모자를 쓰고 개찰구에서 표를 검사한 다음 관리실로 돌아갔다. 그러고는 문을 닫았다. 뱃사람은 밧줄을 풀어 갑판 위로 던진 다음 주머니에서 담배쌈지를 꺼내 담배 마는 일을 시작했다. 그의 오른편에는 소년 수습 선원이 두 팔을 약간 벌린 상태로 늘어뜨리고 있었다. 그들 둘만 부두 끝에 남아 있었다. 그리고 그들 옆에는 나무랄 데 없는 시계를 손목에 찬 남자도 함께 서 있었다. 사내는 마티아스를 발견하고 좋은 여행을 바라는 뜻으로 그를 위해 손을 흔들었다. 돌 기슭이 비스듬히 뒤로 조금씩 물러가기 시작했다.

정확히 7시였다. 마티아스는 일정이 아주 빠듯하던 터라, 그 사실을 확인하며 만족해했다. 안개가 지나치게 끼지만 않으면 지체되는 일은 없을 것이다.

어쨌든 일단 그곳에 도착하면, 단 1분도 허비해서는 안 될 것이다. 그에게 섬 일주의 가장 어려운 점은 극히 제한된 시간 안에 그 여행을 마쳐야 한다는 것이었다. 증기선 회사는 그의 임무를 용이하게 해 주지 않았다. 배는 화요일과 금요일, 주당 2회만 운항했고 당일에 왕복했다. 섬에서 나흘간 민박하는 것은 고려 대상이 전혀 아니었다. 그 기간은 한 주 전체나 마찬가지였다. 이번 작업으로 남긴 이윤 전체가, 혹은 거의 대부분이 사라져 버릴 것이다. 따라서 그는 10시 배 도착에서 16시 15분 배 출발 사이의 너무도 짧은 이 유일한 한나절로 만족해야만 했다. 그렇게 그에게는 6시간 15분 — 혹은 360 더하기 15, 즉 375분 — 이 주어졌다. 계산이 필요했다. 여든아홉 개의 시계를 팔려면, 그는 개당 얼마만큼의 시간을 들일 수 있을까?

375 나누기 89는…… 90과 360으로 계산하면 결과가 즉시 나온다. 9 곱하기 4는 36 — 시계 한 개당 4분이다. 정확한 숫자로 계산하면 약간의 여유가 있을 것이다. 한편으로 계산에서 제외된 15분과, 다른 한편으로 아흔 번째 것(이미 팔린 것)에 해당하는 시간이 — 즉, 4분이 — 더 남는다. 15 더하기 4, 19분. 이것은 돌아갈 배를 놓치지 않기 위한 여분이다. 마티아스는 4분 만에 성사될 이상적인 판매를 상상해 본다. 도착, 감언이설, 상품 진열, 품목 선택, 라벨에 기입된 가격 지불, 나오기. 고객 측의 모든 망설

임, 모든 보충 설명, 모든 가격 흥정을 제거해도, 어떻게 한 과정의 전부가 그토록 짧은 시간 안에 끝까지 전개되기를 희망할 수 있을까?

읍내를 나오면서 큰 등대로 가는 길목의 마지막 집은 네모난 두 개의 작은 창문들 사이로 나지막한 현관문이 나 있는, 평범한 단층집이다. 마티아스는 지나가며 첫 번째 창문의 유리를 두드린다. 그러고는 멈추지 않고 곧장 현관문까지 계속 간다. 그가 문 앞에 도착하는 바로 그 순간, 그의 눈앞에서 문이 열린다. 복도로 파고든 다음 오른쪽으로 90도 돌아 부엌으로 들어가자마자 즉시 커다란 테이블 위에 작은 트렁크를 납작하게 올려놓기까지 그는 걸음을 늦출 필요조차 없다. 신속한 동작으로 자물쇠를 작동하고, 뚜껑이 용수철 튀듯 젖혀진다. 맨 위에는 가장 값비싼 품목들이 있다. 그는 왼손에 첫 번째 시계 상자를 쥐고, 오른손으로 보호 용지를 들어 올리고는 425크라운짜리 멋진 숙녀용 시계 세 개를 손가락으로 가리킨다. 주인 여자는 그 가까이에 서 있고, 그녀의 두 큰 딸들이 — 한 명씩 양쪽으로(어머니보다 약간씩 작다) — 그녀를 둘러싸고 서 있다. 세 사람 모두 가만히 주의를 기울인다. 완벽하게 동시적인, 동일하고 빠른 동의의 몸짓으로 일사불란하게, 세 개의 머리가 기울어진다. 벌써 마티아스는 종이 상자에서 세 개의 시계를 떼어 내어 — 거의 잡아 뜯다시피 한다 — 차례차례 손을 내미는 세 여자에게 — 어머니 먼저, 오른쪽 딸, 왼쪽 딸에게 차례차례로 — 그것들을 건넨다. 돈은 전액이 준비되어 테이블 위에 얹혀 있다 — 425 곱하기 3은 1275 — 1천 크라운짜리 지폐 한

장, 1백 크라운짜리 지폐 두 장, 25크라운짜리 은화 세 개. 계산이 끝나고 가방은 찰카닥 다시 닫힌다.

그는 떠나면서 작별 인사를 몇 마디 하려 했다. 그러나 어떤 소리도 그의 입 밖으로 나오지 않았다. 이 사실을 깨닫는 순간, 동시에 그는 장면 전체가 멍청하게 말 한마디 없이 펼쳐졌다는 생각을 하게 되었다. 일단 도로 위에서 닫힌 현관문 뒤에 이르러, 한 번도 열어 본 적이 없는 가방을 손에 들고 선 그는 모든 것이 아직 시작조차 하지 않았다는 사실을 절감했다. 출발점으로 되돌아간 그는 그의 반지 낀 손으로 나무판자를 두드렸고, 그것은 텅 빈 궤짝처럼 깊이 울렸다.

니스가 덧칠된 페인트는 최근에 다시 칠해졌고, 나무의 결 무늬와 울퉁불퉁한 표면을 감쪽같이 모방하고 있었다. 방금 울렸던 문소리에 따르면, 그 속임수 층 아래의 나무는 진짜가 아니라는 사실에 의심의 여지가 없었다. 얼굴 높이에는 두 개의 동그란 나무 마디가 나란히 그려져 있고, 그것들은 두 개의 굵은 눈과 — 더 정확히 말해 안경 한 벌과 — 모양이 비슷했다. 그것들은 그런 종류의 장식에는 흔히 볼 수 없는 세심함으로 형상을 재현하고 있었다. 그러나 비록 사실주의적 감각의 수법에 의한 것이긴 하지만, 그곳에서는 마치 우발적인 것 자체가 법칙들에 부합하는 듯, 그것들은 진실인 듯한 차원을 거의 넘어서는, 선들에 의한 어떤 완벽한 재현을, 너무도 의도적으로 잘 계산된 것처럼 보이는 탓에 결국은 인위적인 어떤 얼굴을 제시하고 있었다. 그럼에도 자연 속에서는 그와 같은 그림이 명백히 불가능하다는 사실을 어떤 특별한 세부 사항으로써 증명하기는 어려웠을 것이다. 전체의 대칭 구도가 목공 세공에서 흔히 쓰이는 기술로 설명될 수 없을 만큼 믿기지 않을 정도는 아니었기 때문이다. 정확히 그 자리에 페인트를 긁으면, 아마도 바로 그런 방식으로 절단된 — 그게 아니라면 어쨌든 그와 매우 근접한 어떤 형상을 제공하는 — 두 개의 진짜 마디를 나무 속에서 발견했을지도 몰랐다.

목질 섬유들이 아래위 똑같이 가장자리는 두껍고 바닥은 파인 두 개의 동그라미를 만들고 있었고, 각각의 동그라미 꼭대기에는 위쪽으로 향한 조그만 돌기가 갖춰져 있었다. 안경 한 벌이라기보다는 눈속임으로 칠한 두 개의 사실적인 고리를 — 나무판자 위로 드리워진 고리들의 그림자와 그것들을 고정시키는 데 사용되는 두 개의 배목과 함께 — 보는 것 같았다. 그것들의 위치에는 분명 놀랄 만한 것이 있으며, 그것들의 보잘것없는 크기는 평소에 사용되는 삼밧줄과는 거의 상관없는 것 같았다. 가느다란 줄 외에는 거기에 거의 아무것도 묶을 수 없었을 것이다.

접안 경사면의 아랫부분에 자라고 있는 녹색 해조들로 인해, 마티아스는 미끄러져서 균형을 잃으며 들고 있던 귀중한 물건들에 손상을 입히지나 않을까 염려되어, 발 디딜 곳을 조심스레 찾아야만 했다.

몇 발짝 옮기고 나자, 그는 위험에서 벗어나 있었다. 경사면을 타고 오른 다음, 그는 연안을 향해 직선으로 뻗은 둑길을 따라, 가던 길을 계속 걸어갔다. 그러나 승객들은 어망들과 올가미들 사이로 매우 느리게 빠져나갔고, 마티아스는 바라는 것만큼 빠른 속도로 걸을 수가 없었다. 비좁고 복잡한 통로를 보니, 옆 사람들을 밀친다고 도움이 될 턱도 없었다. 그저 흐름에 자신을 맡기는 수밖에 없었다. 그럼에도 불구하고 그는 약간의 조바심이 가슴을 죄어 오는 것을 느꼈다. 그와 마주한 현관문이 열리는 데 너무 지체되고 있었다. 이번에는 얼굴 높이로 손을 올리고 — 나무 위에 그려진 두 눈 사이로 — 다시 문을 두드렸다. 문이 아주 두꺼웠던가 보다. 둔탁한 울림이 내부에서는 겨우 들렸을 게다. 그가 손에 낀 굵은 반지로 다시 문을 두드리려는 순간, 현관에서 소리가 들려왔다.

이번에는 조금 덜 유령 같은 뭔가를 만들어 구성하는 게 관건이었다. 고객들이 말을 하는 것은 필수적이었다. 이를 위해서는 우선 그들에게 말을 건네야 할 것이다. 몸짓들을 과장되게 빠른 속도로 전개하는 것 또한 중요한 위험 요소였다. 물론 빨리한다고 해서 자연스럽지 말라는 법은 없다.

불신에 찬 어머니의 얼굴 쪽으로 문이 빠끔히 열렸다. 예기치 않은 방문으로 일을 방해받으면서 — 모든 사람들을 다 알고 지내는 그 조그만 섬에서 — 한 낯선 형상과 마주한 그녀는 벌써 문을 되밀어 버리려는 태세였다. 마티아스는 번지수를 잘못 안 사람이었거나 혹은 행상인이었고, 이것이 더 낫지도 않았다.

물론 그녀는 아무것도 묻지 않았다. 그는 상당히 힘들게 느껴지는 노력을 감행했다. "처음 뵙겠습니다, 아주머니." 그가 말했다……. "안녕하세요?" 코앞에서 문이 쾅 닫혀 버렸다.

문은 쾅 닫혀 버린 게 아니라, 여전히 닫혀 있었다. 마티아스는 현기증이 날 것만 같았다.

그는 난간이 없는 쪽 가장자리에 너무 치우쳐 둑길을 걷고 있었다. 그는 한 무리의 사람들이 지나가도록 걸음을 멈추었다. 둑 위에 잔뜩 쌓아 놓은 빈 상자들과 바구니들로 좁혀진 통로가 행렬을 위험스럽게 옥죄고 있었다. 난간 없는 수직 절벽의 저 아래 바닷물을 향해 그의 시선이 떨어졌다. 물이 돌에 부딪히며 일렁거리고 있었다. 부두의 그림자가 그것을 암녹색으로, 거의 검게 물들이고 있었다. 통로가 뚫리자마자 그는 가장자리에서 — 왼쪽으로 — 물러서며 가던 길을 계속 걸어갔다.

그의 뒤에서 한 목소리가 그날 아침에는 배가 정시에 도착했다고 반복했다. 그러나 그것이 전적으로 정확한 사실은 아니었다. 사실, 배의 접안이 5분은 좋이 지연되어 완료되었다. 마티아스는 손목을 움직이며 자신의 시계로 눈길을 던졌다. 그 모든 도착 과정은 한없이 길기만 했다.

자신의 사업은 한 치도 진척시키지 못하고 미리 배분한 것과는 상관없이 얼마만큼의 시간이 흘러가고 나서야, 마침내 그는 그 부엌으로 들어갈 수 있었다. 주인이 껄끄러운 마음으로 그를 집 안으로 들였다는 게 확연히 눈에 보였다. 그는 부엌 한가운데를 차지하는 커다란 타원형 테이블 위에 가방을 납작하게 올려놓았다.

"아주머니께서 직접 판단하시죠." 그는 애써 발음했다. 그러나 자신이 내는 소리와 잇따른 침묵에 귀 기울이며, 그는 그 문장이 너무도 부자연스럽게 들린다고 느꼈다. 거기에는 확신이 — 밀도가 — 걱정스러울 정도로 결여되어 있었다. 차라리 아무것도 말하지 않았더라면 더 나았을 것이다. 테이블은 그의 여행 가방에 겹을 댄 안감이 그랬어야 했던 것처럼, 작은 꽃들이 날염된 밀랍 입힌 천으로 덮여 있었다. 그는 가방을 여는 즉시 수첩을 들고는 고객에게 인형들을 감추려는 바람으로, 젖혀진 뚜껑 바닥에 재빨리 그것을 내려놓았다.

수첩이 있어야 할 자리에는 맨 윗줄의 시계들을 보호하는 종이 위로, 8자로 감긴 노끈 꾸리가 보란 듯이 누워 있었다. 마티아스는 그 집 현관문 앞에서 나무판자 한가운데 나란히 그려진, 대칭적인 변형이 가해진 두 개의 동그라미를 응시하고 있었다. 마침내 현관에서 소리가 들려왔고, 어머니의 불신에 찬 얼굴 쪽으로 문이 빠끔히 열렸다.

"처음 뵙겠습니다, 아주머니."

한순간, 그는 그녀가 대답할 것이라고 믿었으나, 그것은 틀린 생각이었다. 그녀는 말없이 그를 계속 바라보기만 할 뿐이었다. 긴장된 — 거의 초조하기까지 하다 — 그녀의 표정은 놀람과는 다른 것, 언짢은 기분이나 의심과는 다른 어떤 것을 보여 주고 있었다. 그리고 혹 그것이 두려움이라 해도, 무엇이 그런 감정을 야기했는지는 짐작하기 어려웠다. 표정의 특징들이 처음 나타나던 모습 그대로 중지된 채 굳어져 버렸던 게다 — 갑자기 사진판에 고정된 것처럼. 그 부동의 상태는 해독을 용이하게 하기는커녕 시도된 해석을 매번 더 의심스럽게 만들기만 할 뿐이었다. 그 형상은 명백히 어떤 의미를 — 처음 보는 순간에는 쉽게 알아낼 수 있을 것이라 생각하고 있던 아주 평범한 어떤 의미를 — 지니고 있음에도 불구하고, 마티아스가 그것을 그 속에 가두려고 애쓰던 지시 대상들 앞에서 끊임없이 달아나고 있었다. 그녀가 관찰하고 있는 것이 그 자신 — 그녀의 불신을, 놀람을, 두려움을…… 부추기는 그 — 인지, 아니면 저 너머의 무엇 — 도로와 그 도로변을 따라 펼쳐지는 감자 밭과 철사 줄 울타리와 그 너머, 식물이라곤 낮게 깔린 풀만 자라는 황량한 벌판 저 너머의 무엇 — 바다에서 오는 어떤 무엇 — 인지조차 단정하기 어려웠다.

그녀는 그를 보는 것 같지 않았다. 그는 그에게 상당히 힘들게 느껴지는 노력을 감행했다.

"처음 뵙겠습니다, 아주머니." 그가 말했다. "아주머니께 전해 드릴 소식이 있습니다……."

눈동자는 단 1밀리미터도 움직이지 않았다. 하지만 그는 …… 인상을 받았다 — 인상을 상상했다, 인상 — 물고기들을 잡은 혹은 해조들로 넘치는 혹은 약간의 개흙만이 담긴 어망 — 을 끌어 당겼다, 그 시선이 그에게 멈춰 있다고 상상했다.

고객의 시선은 그에게 놓여 있었다. "아주머니께 전해 드릴 소식이 있습니다. 아주머니 동생의 소식이죠. 배를 타는 동생 말입니다." 아낙은 마치 말을 하려는 듯, 입술을 오물거리며 몇 번 입을 열었다 — 간신히. 그러나 어떤 소리도 거기서 새어 나오지는 않았다.

그러고는 아주 낮게 몇 초간 지연된 다음, 말소리가 들려왔다. "제겐 동생이 없어요." 조금 전에 오물거리던 입술의 움직임들과는 전혀 일치하지 않는 너무도 간략한 말이었다. 곧이어 기다리던 소리들이 — 메아리가 되어 — 도착했다. 그것은 인간의 것이 아닌, 왜곡된 소리이긴 했지만 좀 더 분명한, 질 나쁜 축음기가 재생해 내는 그런 목소리를 연상시켰다.

"어떤 동생을 말씀하시나요? 제 동생들은 모두 배를 타거든요."

입술만큼이나 시선 또한 움직이지 않았다. 그것은 밭과 철사 줄 울타리 너머로 낮게 깔린 풀만 자라는 황량한 벌판을, 낭떠러지를, 머나먼 바다를 향해 아득히 멀어져 갔다.

마티아스는 포기하려다 말고, 증기선 회사에서 일하는 동생과 관련된 일이라고 처음부터 다시 설명을 시작했다. "아, 그래요, 조제프 말씀이군요." 목소리는 그에게 대답하기 위해 좀 더 규칙적이 되었다. 그리고 그녀는 무슨 심부름이라도 있는지 물었다.

그때부터 다행히도, 대화가 활기를 얻으며 빨라졌다. 억양과 표정이 적절한 상태로 돌아왔고, 몸짓과 말이 웬만큼 정상적으로 기능하기 시작했다. "……손목시계…… 그게 요즘엔 질도 좋아졌고, 동시에 값도 싸졌고, 품질 보증서와 생산자 검증서가 함께 들어 있고, 검인에다 일련번호까지 찍혀 있고, 방수 처리가 되어 있고, 녹도 슬지 않고, 절대 고장 나지도 않고, 충격에도 강하고……." 그 모든 것이 바로 시간을 의미한다는 사실을 깨달았어야 했다. 하지만 그 순간, 문제는 그 동생이 시계를 차고 있었는가를 — 그리고 언제부터 차고 있었는가를 — 아는 것이었다. 그것은 새로운 단절의 위기를 가져왔다. 마티아스는 다음 단계로 넘어가기 위해 자신의 온 정신을 집중해야 했다.

그렇게 그는 부엌과 그곳의 커다란 타원형 테이블까지 무사히 도달했고, 대화를 계속 유지하면서 그 위에 가방을 올려놓았다. 그다음엔 밀랍 입힌 날염 천과 밀랍 입힌 날염 천의 조그만 꽃무늬들이 있었다. 약간 지나치다 싶을 정도의 빠른 속도로 일이 진행되었다. 가방의 잠금장치를 누르는 손가락, 활짝 열어젖혀지는 뚜껑, 층으로 쌓인 시계 상자들 위의 수첩, 뚜껑 바닥에 날염된 인형 그림들, 뚜껑 바닥의 수첩, 시계 상자 더미 위의 8자로 감은 가느다란 끈, 항구의 연안을 향해 직선으로 멀어져 가는 둑의 가장자리가 수직으로 떨어졌다. 마티아스는 물가에서 난간 쪽으로 물러섰다.

승객들의 행렬 사이에서 앞쪽으로, 그는 허공을 바라보던 계집아이를 눈으로 찾았다. 그가 보고도 미처 알아보지 못한 게 아니라면, 아이는 더 이상 보이지 않았다. 뒤쪽에서 발견할지도 모른다는 생각에, 계속 걸어가며 뒤를 돌아보았다. 놀랍게도 그는 이제 맨 마지막에 뒤처져 있었다. 그의 뒤쪽으로 부두는 새로이 텅 비어 있었고, 일군(一群)의 평행선들이 갈래를 뻗으며 지은 경계에 따라 수평 혹은 수직 방향으로 번갈아 가며 길쭉한 평면들이 연이어 구획 지어져 있었고, 그림자의 띠와 빛의 띠가 교대로 나타나고 있었다. 저 끝에는 항구의 입구를 표시하는 표지등 등대가 서 있었다.

둑길이 형성하는 수평적인 띠는 끄트머리에 이르기 전에, 어떤 변형을 겪고 있었다. 둑길은 급작스럽게 안으로 들어가면서 너비의 3분의 2를 상실했고, 그렇게 좁혀진 채, 2, 3미터가량 불쑥 이동한 상태로 검은 물속으로 가파르게 빠져드는 난간 없는 절벽과

(먼바다 쪽의) 육중한 난간 사이로, 나지막한 표지등 등대까지 계속 뻗어 나갔다. 마티아스에게 접안 비탈은 심한 경사 때문에 더 이상 보이지 않았고, 그 경사가 얼마나 가팔랐던지 둑길이 그곳에서 까닭 없이 끊어져 버린 것처럼 보였다.

그 지점에서 그가 서 있던 지점까지, 원칙적으로 통행 전용으로 남은 공간이 온갖 종류의 너무도 많은 물건으로 혼잡해서, 그 많은 승객들과 그들을 마중 나온 친척들이 도대체 어떻게 그곳에서 길을 헤쳐 나갈 수 있었는지 그는 의아하기만 했다.

그가 연안을 향해 중단했던 걸음을 다시 시작했을 때, 둑 위에는 그 방향으로도 이젠 아무도 없었다. 둑이 갑자기 텅 비어 버렸다. 저기, 연안 가두리의 둑 위로 줄지어 선 집들 앞에는 몇몇 사람들이 여기저기에 서너 개의 작은 무리를 지어 멈추어 서 있었고, 몇몇은 이리저리 흩어져서 각자 자신의 일에 열중하고 있는 모습들이 보였다. 남자들은 모두 어부들이 입는 헐렁한 점퍼에, 조각을 대고 기워 얼룩덜룩하고 물 바랜 파란색 목면 바지를 입고 있었다. 여자들은 앞치마를 입고 있었고, 맨머리였다. 그들은 모두 나막신을 신고 있었다. 저들이 배에서 내린 승객들과 그 가족들일 수는 없었다. 그들은 사라져 버렸다 — 벌써 그들의 거주지나 혹은 어쩌면 읍내로 향하는 가까운 한 골목으로.

그러나 읍내는 항구에 늘어선 집들 뒤에 있지 않았다. 그것은 대략 삼각형으로 생긴 광장이었는데, 가장 짧은 변은 연안 가두리의 둑 쪽으로 열려 있고, 꼭짓점은 안쪽을 향해 있었다. 그 둑은 읍내의 토대를 이루고 있을 뿐 아니라, 네 개의 길이 모이는 곳이기도 했다. 삼각형의 긴 두 변에 각각 하나씩, 그리고 꼭짓점에 나머지 두 개 — 오른쪽엔 요새로 가는 길이 나 있었고, 그것은 요새의 성곽을 돌아 북서쪽으로 해안을 따라갔으며, 왼쪽엔 큰 등대로 가는 도로가 나 있었다.

광장 중심에서 마티아스는 그가 알지 못하던 한 석상을 — 어쨌든 그것에 대한 기억은 없었다 — 발견했다. 지역의 의상을 입은 (이제 그런 옷은 아무도 입지 않는다) 한 여인이 자연 그대로의 암석을 모방하여 깎은 화강암 언덕 위에 높이 서서, 먼바다를 향해 수평선을 살피고 있었다. 비록 받침대 표면에 아무런 이름도 새겨져 있지 않았지만, 그것은 추모비임에 틀림없었다.

그가 석상을 둘러싼 키 높은 철책을 따라 — 곧은 수직 창살들이 일정한 간격으로 늘어서며 원을 만들고 있다 — 그 장소의 전체적인 조화를 완성하는 넓은 직사각형 타일 바닥을 지나가고 있는데, 돌로 된 시골 여인의 그림자가 그의 눈앞에 불쑥 나타났다. 그림자는 알아보기 힘들 정도로 변형되었지만 타일 위로 선명하게 투사되고 있었다. 먼지로 뒤덮인 주변의 표면에 비해 그 윤곽이 너무 짙고 선명하여, 그는 어떤 견고한 몸체에 부딪히는 듯한 감각을 느꼈다. 그는 장애물을 피하기 위해 본능적으로 움직였다.

필요한 급커브를 채 시작하기 전에 이미 그는 자신의 착각에 대해 미소를 짓고 있었다. 그는 그 몸체 한가운데에 발을 놓았다. 글씨를 정상적으로 기울여 쓰는 법을 가르치기 위해 초등학교 어린이들에게 나눠 주던 흰색 종이에 그어진 굵고 검은 사선들의 규칙성으로, 철책의 창살들이 그의 둘레에 빗금을 치고 있었다. 마티아스는 과감하게 행동하긴 했지만, 가능한 한 빨리 그 창살 망에서 빠져나오기 위해 오른쪽으로 방향을 틀었다. 그러고는 광장의 울퉁불퉁한 포석 위로 내려왔다. 태양이, 선명한 그림자들이 증명해 주듯, 아침 안개를 모두 걷어 버렸다. 그 계절에 그토록 맑은 하루가 예고되는 경우는 드물었다.

카페 겸 담배 가게는, 전날 그가 알게 된 사실에 따르면, 차고도 겸하고 있었는데, 삼각형의 오른쪽으로 해묵은 뱃도랑에 이르는 골목의 모퉁이에 위치해 있었다.

출입문 앞에는 나무로 된 두 개의 뒷다리로 지탱되는 커다란 광고판이 지역 영화관의 주간 프로그램을 알려 주고 있었다. 일요일마다 바로 그 차고 안에서 몇 차례 상영이 이뤄지고 있는 것 같았다. 강렬한 색깔의 포스터에는 거대한 체구의 한 남자가 르네상스풍의 옷을 입고, 긴 잠옷처럼 보이는 엷은 색깔의 옷을 입은 앳된 한 인물을, 한 손으로 그녀의 두 손목을 등에 고정시키며 자신의 몸에 밀착시키고는, 다른 자유로운 손으로 그녀의 목을 죄고 있었다. 포로는 가학자에게서 벗어나려고 애쓰며 상체와 얼굴을 반쯤 젖히고 있었고, 그녀의 엄청난 금발 머리카락이 바닥까지 흘러내리고 있었다. 배경 깊숙한 곳에는 기둥에 빨간색 휘장이 쳐진 넓은 침대가 하나 있었다.

광고판이 출입문의 상당 부분을 가리는 위치에 세워져 있어서 마티아스는 카페 안으로 들어가기 위해 우회해야 했다. 홀 안에는 손님도 없었고, 계산대 뒤에는 주인도 없었다. 그는 인기척을 내는 대신, 잠시 기다렸다가 다시 나와 버렸다.

주변에는 아무도 보이지 않았다. 게다가 그 장소는 구조 자체로 인해 외딴 느낌마저 주었다. 담배 가게를 제외하면 가게라곤 하나도 없었다. 식료품 가게, 정육점, 빵 가게, 주된 카페는 모두 항구 쪽으로 나 있었다. 뿐만 아니라, 2미터가 넘는 높이의 성벽이 — 완전히 막혀 있다 — 초벽(初壁)이 훼손되고 지붕 마룻대에 군데군데 기와가 빠진 상태로, 광장 왼쪽의 반 이상을 차지하고 있었다. 두 갈래의 길이 만나는 삼각형 꼭짓점의 교차로에는 공공의 성격을 띤 듯 보이는 조그만 건물이 정원 끝에 홀로 서 있었고, 정문 박공에는 깃발 없는 긴 깃대가 서 있었다. 초등학교이거나 읍사무소일 가능성이 컸다 — 아니면 동시에 둘 다일 수도 있다. 모든 곳에서(석상 주위를 제외하고), 보도(步道)가 전혀 없다는 사실이 놀라웠다. 옛날의 포석들이 그대로 깔려 있는 도로는 튀어나와 있지 않으면 움푹 파여 있었고, 집들의 바닥 높이까지 올라와 있었다. 마티아스는 다른 나머지 것들과 마찬가지로, 그 소소한 사실을 잊어버렸었다. 주변을 돌아보던 그의 시선이 다시 나무 광고판에 멈췄다. 그는 그 포스터가 시내 여기저기에 붙어 있는 것을 벌써 몇 주 전에 본 적이 있었다. 남자 주인공의 발아래 뒹굴고 있는, 팔다리가 꺾이고 더러워진 인형이 처음으로 그의 눈에 띈 것은 아마 포스터가 평소와는 다른 기울기로 붙어 있었기 때문일 것이다.

결국은 누군가의 관심을 끌지도 모른다는 희망으로, 그는 눈을 들어 카페 위층의 창문을 바라보았다. 연안 가두리의 둑을 따라 서 있는 집들은 대개 한 층이 더 있는 데 비해 그 집은 모든 이웃

집들처럼 2층짜리 건물이었고, 그 단순함은 거의 초라하기까지 했다. 그 순간, 맞은편에 열려 있는 골목에서 그는 정면의 대열을 따라 나란히 걸어왔던 집들의 뒷모습을 알아보았다 — 좀 더 높이 솟아 있음에도 불구하고 그 건축물들은 마찬가지로 단순하고 보잘것없었다. 광장과 연안 가두리의 둑 모퉁이에 있는 마지막 집이 항구의 반짝이는 물 위로 한 자락 그림자를 던지고 있었다. 박공 너머로 부두의 저 먼 끝이 문득 보였다. 부두는 마찬가지로 역광을 받으며, 한 줄기 수평적인 빛의 선으로만 표시되어 난간과 절벽 사이로 뻗어 있었고, 접안 경사면에 밧줄로 묶어 둔 배와 짧은 사선으로 만나고 있었다. 배는 보기보다는 더 멀리 정박해 있었고, 썰물로 인해 더 크게 부각된 둑 앞에서 그 조그만 크기는 가소로워 보였다.

마티아스는 태양으로부터 눈을 보호하기 위해 손을 올려 눈썹 차양을 만들어야 했다.

치마가 펑퍼짐한 검은색 원피스에 좁은 앞치마를 두른 여자가 집들 모퉁이에서 나타나 그를 향해 광장을 건너왔다. 추모비의 보도 위로 오르는 일이 없도록 하기 위해 그녀는 곡선을 그렸고, 그 탓에 어쩌면 티 하나 없었을 그녀의 차림새가 불규칙한 땅바닥을 지나며 더러워졌을 수 있었다. 그녀가 두세 걸음 정도밖에 안 되는 거리까지 다가왔을 때, 마티아스는 그녀에게 인사를 하고, 차고 주인이 어디에 있는지 아느냐고 물었다. 그리고 한나절 사용할 자전거를 대여하려 한다는 말을 덧붙였다. 여자가 영화관 포스터를, 즉 그의 뒤쪽에 위치한 담배 가게를 가리켰다. 그러고는 내부에 아무도 없다는 사실을 알고 나자, 마치 그 경우에는 해결책이 없다는 듯 난감한 표정을 지었다. 그가 아쉬워하지 않도록, 그녀는 차고 주인이 그에게 자전거를 대여하지 않았을 것이라는 의견을 — 아주 모호한 표현으로 — 내놓았다. 혹은 그녀의 문장이 의미하는 것은 오히려…….

그 순간 한 남자의 머리가 광고판 위로, 출입문의 문틀 속에 나타났다.

"마침 그분이 저기 오시네요." 그녀가 말했다. 그리고 뱃도랑으로 가는 골목으로 들어갔다. 마티아스는 가게 주인에게 다가갔다.

"멋진 계집애예요! 그죠?" 가게 주인이 골목을 향해 눈길을 한 번 힐끗 던지며 말했다.

비록 문제의 사람에게서 특별히 매력적이라 할 만한 것은 아무것도 보지 못했고 또 아주 앳되다는 느낌을 받지도 않았지만, 마티아스는 눈길을 보내며 호응했다 — 직업적인 고심으로. 사실, 사람들이 그런 시각에서 그녀를 바라볼 수 있으리라는 생각은 아예 들지조차 않았었다. 단지 그는 그녀가 섬의 옛 방식대로 검은색의 가느다란 리본을 목둘레에 두르고 있었다는 사실을 생각해냈을 뿐이었다. 그는 자신의 용건을 즉각 설명하기 시작했다. 카페 '대서양 횡단'(시내의 큰 카페들 중 하나)의 주인인 앙리 아범의 소개로 왔고, 한나절 사용할 자전거 — 좋은 자전거 — 를 하나 대여하려고 하는데, 금요일까지 섬에 머물 의향이 없으므로 그것을 오후 4시, 증기선이 출발하기 전에 되돌려 주겠다고 했다.

"여행자이신가요?" 남자가 물었다.

"손목시계." 마티아스는 그의 작은 트렁크를 가볍게 치며 동의를 표했다.

"하하! 시계를 납품하시는군요." 남자가 따라 말했다. "그거 아주 괜찮은 일이지요." 그러나 곧이어 얼굴을 찌푸리며 말했다. "이렇게 후진 고장에서는 하나도 못 파실 겁니다. 시간만 낭비하실걸요."

"한번 시도해 보는 거죠." 마티아스가 유쾌하게 대답했다.

"그럼요, 그럼요. 손님이 알아서 하실 일이지요. 그래서 자전거를 한 대 원하신다고요?"

"예. 가능한 한 잘 굴러가는 것으로요."

차고 주인은 잠시 생각하더니, 자신의 생각으로는 여섯 구역을 도는 데 자전거가 필요할 것 같지는 않다고 말했다. 그는 빈정대듯 입을 뾰족이 내밀며 그들 둘레의 광장을 가리켰다.

"나는 특히 시골을 다닙니다. 전문이라고 할 수 있죠." 마티아스가 설명했다.

"아, 그러신가요! 시골이라고요? 그것 좋지요!" 차고 주인이 동의했다.

그는 눈을 둥그렇게 뜨며 마지막 단어를 내뱉었다. 낭떠러지 근처에 사는 주민들과의 시계 거래는 그에게 더욱더 공상적으로 보였다. 그럼에도 대화는 아주 화기애애하게 계속되었다 — 마티아스의 취향에는 약간 길었다. 그의 대화 상대자는 언제나 그와 전적으로 같은 의견으로 시작하고는, 필요에 따라 그의 문장 표현들을 설득된 어조로 반복하면서 곧바로 의혹을 도입하고, 다소 단정적인 정반대의 주장을 통해 모든 것을 파괴해 버리는 묘한 응답 방식을 갖고 있었다.

"결론적으로, 손님은 이 고장을 방문하시겠다는 말씀이군요. 날씨가 화창합니다. 절벽으로 말할 것 같으면, 경관이 좋다는 사람들이 있지요." 그가 결론을 내렸다.

"이 고장은 이미 잘 알고 있어요. 내가 태어난 곳이죠." 마티아스가 대꾸했다.

그리고 분명한 증거의 표시로, 그는 자신의 성(姓)을 말해 주었다. 복합적인 고찰들에서 빠져나오던 차고 주인이 이번에는 더욱 복합적인 논리를 과감하게 전개했다. 그곳을 돌아보겠다는 엉뚱한 생각을 하기 위해서는 그곳에서 태어났어야만 했다는 것, 거기서 손목시계를 단 한 개라도 팔겠다는 희망은 그 장소에 대해 총체적으로 무지함을 드러내 준다는 것, 그리고 그런 이름들은 아무 데나 다 있다는 것이었다. 더군다나 그 자신은 그 섬에서 태어나지도 않았고 — 물론 아니다 — 거기에 '눌어붙을' 생각도 없었다.

자전거로 말하자면, 남자는 아주 훌륭한 것을 한 대 갖고 있지만, 그것이 '지금 여기에는' 없었다. 그는 '도움이 되기 위해' 그것을 찾으러 갈 터이고, 마티아스는 틀림없이 반 시간 후에는 그것을 갖게 될 것이다. 그는 고맙다고 했다. 그리고 그 상황에 맞춰, 촌락들을 살펴보기에 앞서 읍내의 집들을 빨리 한 바퀴 돌고 정확히 45분 후에 물건을 찾으러 다시 오겠다고 했다.

혹시나 하는 생각에, 그는 그의 상품을 보여 주겠다고 제안했다. "무적의 최저가에다, 모든 시험을 거쳐 보증된 눈부신 제품들이죠." 남자가 제안을 받아들였고, 그들은 홀 안으로 들어갔다. 거기서 마티아스는 문에서 가장 가까운 테이블 위에 가방을 놓고 열었다. 그가 위층의 시계 상자를 보호하는 종이를 들어 올리자마자, 그의 고객은 생각을 바꾸었다. 그는 손목시계를 살 필요가 전혀 없었다. 손목에 이미 하나를 차고 있었고(그가 소매를 걷어 올렸고 그것은 사실이었다), 또 하나를 여분으로 갖고 있었다. 다른 한편으로 그는 제시간에 약속한 자전거를 가져오기 위해 서둘러야 했다. 성급해진 그는 여행자를 카페 밖으로 거의 밀어내다시피 했다. 오로지 그 작은 트렁크의 내용물을 확인하려는 목적으로 그렇게 행동한 것만 같았다. 그 속에서 그는 도대체 무엇을 볼 것이라 기대했던 것일까?

나무 광고판 위로 마티아스는 화강암 석상을 보았다. 멀리 눈에 보이는 둑 부분을 둘로 자르고 있었다. 그는 기복이 심한 포석들 위로 내려왔다. 그리고 광고판을 돌아 나오기 위해 축소판 읍사무소 — 읍사무소처럼 생긴 건물 — 방향으로 한 걸음 내디뎠다. 건물이 좀 더 새것이었더라면, 그 크기 때문에 그것을 축소 모형으로 취급했을 것이다.

삼각형 합각 너비 전체가 문 위에 걸쳐 있었고, 두 개의 물결 곡선이 엇갈리며 꼬인 — 다시 말해 두 개의 기하학 사인 곡선이 같은 수평축 위로 2분의 1 주기의 편차를 두고 전개되고 있다 — 띠 장식이 정면 전체를 따라, 1층과 2층 사이에 길게 뻗어 있었다. 어떤 건축 양식에도 속하지 않는 그 모티프는 지붕에 튀어나온 돋을 장식에도 반복되고 있었다.

거기서부터 시선은 왼쪽으로 광장의 폭 전체를 훑어 나갔다. 읍사무소 앞의 조그만 정원, 큰 등대 길, 지붕 마룻대가 쓰러져 가는 담벼락, 좁은 길 그리고 반대편을 향한 항구 위의 첫 집들의 뒷면, 포석들 위로 그림자를 던지고 있는 모퉁이 집의 박공, 반짝이는 물 사각형 위로 역광을 받는 둑 중심 부분, 추모비, 햇살을 받으며 접안 경사면 앞에 정박한 조그만 증기선, 표지등 등대가 있는 둑의 저 끝, 수평선까지 펼쳐진 먼바다.

정육면체 모양의 추모비 받침대는 남쪽 측면에도 아무런 글씨가 적혀 있지 않았다. 마티아스는 담배 사는 것을 잊어버렸다. 잠시 후에 다시 지나칠 때 사면 될 것이다. 담배 가게의 홀 안에는 아페리티프 광고판들 사이에 시계 소매상 조합이 지방 전체에 배포한 벽보가 붙어 있었다. '시계는 시계방에서!' 섬에는 시계방이 없었다. 가게 주인은 그 지역을 험담하는 편에 속했다. 검은 리본을 두른 여자에 대한 그의 감탄은 틀림없이 반어적 표현이었던 게다. 그저, 좋아하는 표현 방식의 후속 없는 말머리였던 셈이었다.

"멋진 계집애예요! 그죠?"

"정말 그렇군요! 멋진 계집애로 말하자면…… 구미가 당기죠!"

"저런, 까다롭지 않으시네요! 알코올 중독자가 득실거리는 이 고장에서 계집애들은 하나같이 다 끔찍하지요."

그럼에도 불구하고 그자의 비관주의적인 예언들("이렇게 후진 고장에서는 하나도 못 파실 겁니다")은 나쁜 징조였다. 그것들에 객관적인 중요성을 부여하지는 않았지만 — 그의 예언들이 시장에 대한 실제적인 지식과 일치한다고 믿지는 않았지만 — 마티아스는 그 말을 듣지 않았더라면 더 좋았을 것이다. 그는 자신의 방문 계획을 읍내에서 시작하겠다는 이 새로운 결정에 대해서는 어떤 당혹감을 느꼈다. 그의 원래 프로그램에 따르면, 그와는 반대로, 그는 자신의 일주를 — 시골 방문을 마치고 배가 떠나기 전에 여유가 남아 있을 경우 — 읍내에서 마무리하기로 되어 있었다. 그로 인해 그의 자신감은 정성스레 만들어졌지만 너무도 상처받기 쉬워, 벌써 흔들리고 있었다. 그는 그 동요 속에서 그래도 여전히 성공의 보증을 보려고 애썼지만 — 그것은 액땜이었다 — 실제로는 기획 전체가 타격을 입었다는 것을 느꼈다.

그는 그러니까 저 우울한 집들을 방문하는 데 45분을 바치는 것으로 여정을 출발할 것이고, 물론 실패만 겪을 것이다. 마침내 그가 자전거를 타고 길을 떠날 때는 11시가 넘을 것이다. 11시에서 4시까지 5시간 15분 — 315분 — 만 남는다. 다른 한편으로 시계 한 개당 판매에 드는 시간은 4분이 아니라 적어도 10분을 잡아야 했다. 그에게 남은 최대 315분을 사용함으로써 그는 오직 서른한 개 반의 시계만을 팔아 치우게 될 것이다. 그러나 불행히도 그 계산 자체에도 이미 오류가 있었다. 그는 우선 이동에 드는 상당한 시간과, 무엇보다 아무것도 사지 않을 사람들을 — 물론 사는 사람들보다 더 많을 것이다 — 상대로 허비할 시간을 감안했어야 했다. 그의 가장 유리한 계산에 따르면(그것은 그가 여든아홉 개의 시계를 이곳에서 판매하는 것이다), 2천 명의 주민들 가운데, 어찌 되었건 거절하는 사람은 1911명일 것이다. 한 명당 단 1분을 가정할 때, 그것은 1911분을 의미했고, 그것은 — 60으로 나눌 경우 — 서른 시간도 넘었다. 거절하는 경우만 따져도 그랬다. 그에게 주어진 시간은 그것의 5분의 1도 채 되지 않았다! 부정적인 대답 하나당 5분의 1분 — 12초 — 이다. 그 모든 거절에서 해방되는 것조차 시간이 충분하지 않으므로, 차라리 즉시 포기하는 편이 나았다.

그 앞에는 부두의 입구 쪽으로 그를 다시 안내할 건물 정면들이 항구의 연안 가두리 둑을 따라 줄지어 있었다. 비스듬히 내리쬐는 햇빛은 그곳에서 조명을 집중할 어떤 두드러진 대상도 부각시키지 못했다. 석회 초벽으로 칠한 집들은 습기로 얼룩져 있었고 너무도 노후하여, 시대를 알 수 없는 것처럼, 나이를 알 수 없었다. 전적으로 군사적 요충지였던 것은 사실이지만, 그 덕택에 과거 수세기 동안 조그만 항구가 화려하게 번창할 수 있었다. 하지만 주거 밀집 지역은 섬이 지녔던 과거의 중요성을 이젠 별로 반영하지 않았다. 신식 군대에 대항하여 방어가 불가능해진 기지를 해군이 버린 다음, 한 번의 화재가 쇠락한 중심가를 완전히 파괴해 버린 것이다. 그 자리에 다시 건축한 집들은 훨씬 덜 화려했고, 이제 항구는 스무 척 정도의 범선과 미미한 중량의 트롤선들만 보호해 줄 뿐, 거대한 부두나 혹은 여전히 무게감 있는 중후한 덩치로 읍내를 저쪽 편에서 경계 짓는 요새의 규모에는 더 이상 미치지 못했다. 그곳은 이제 후배지(後背地)도 시장도 없는 아주 초라한 어항(漁港)에 불과했다. 사람들은 트롤망으로 잡은 갑각류와 생선을 대륙에다 하역했고, 이윤은 나날이 열악해져 갔다. 섬의 특산물인

긴 다리 거미게는 특히나 팔리지 않았다.

썰물 때면 가두리의 둑 발치에 드러난 개펄에, 그 게들의 잔해들이 여기저기 흩어져 있었다. 아주 약간 기울어진 거무스레한 넓은 흙 위에는, 썩어 가는 해조 머리카락들로 덮인 평평한 돌들 사이로 그것들의 불룩하고 가시 돋친 등딱지들과 굵은 집게 게의 더 길쭉하고 매끈한 등딱지들이 함께 눈에 띄었고, 곧 녹슬어 버리게 될 통조림 깡통, 거의 새것으로 보이는 자그만 꽃 그림들로 장식된 도기 조각, 구멍이 숭숭한 파란색 법랑 국자가 여기저기 반짝이고 있었다. 또 꽤 많은 양의 각진 다리들 — 약간 구부러진, 날카로운, 지나치게 긴 발톱으로 끝나는, 하나나 둘 혹은 세 마디의 다리들 — 혹은 다리 조각들 — 그리고 많게 혹은 적게 부러진 굵고 뾰족한 집게들도 — 어떤 것들은 진짜 괴물이라 해도 좋을 정도의 엄청난 크기가 놀랍다 — 있었다. 아침 햇살 아래 요오드와 중유와 약간 상한 새우의 냄새들이 혼합되어 전체가 벌써 강한 냄새를 풍기고 있었지만, 그렇다고 혐오감을 일으키지는 않았다.

둑 가장자리로 다가가기 위해 길을 벗어났던 마티아스는 집들이 있는 방향으로 되돌아섰다. 그는 광장의 모퉁이를 형성하고 있는 가게 — 봉재 재료 가게이자 철물점이자 잡화점 — 방향으로 둑을 완전히 다시 가로질렀다. 그리고 그 가게와 정육점 사이에 열린 어둑한 구멍 안으로 들어갔다.

반쯤 열려 있던 문이 그가 그것을 손에서 놓자마자 슬그머니 닫혀 버렸다. 쨍쨍한 햇살 아래 있다가 들어간 터라, 그는 아무것도 구별할 수가 없었다. 그는 철물점의 진열창을 등 쪽에서 (그를 향하지 않고 반대편을 향하고 있다) 보았다. 왼쪽으로 양철에다 에나멜 칠을 한 구멍이 숭숭한 긴 손잡이의 둥근 국자가 그의 눈에 띄었다. 그것은 개펄 바닥에 드러나 있던 파란색의 국자와 비슷했고, 그보다 아주 약간 더 새것이었다. 더 자세히 들여다보자, 꽤 굵은 한 점이 파열되면서 부채꼴 모양의 검은 자국을 남겨 놓았다는 사실을 알 수 있었다. 그것은 한 점을 중심으로 선들이 외곽으로 확산되며 가장자리로 갈수록 색깔이 점차 엷고 흐려지다 사라져 갔다. 오른쪽에는 시계들처럼 종이 상자에 세트로 들어 있는 열두 개의 작은 칼들이 — 모두 비슷하다 — 생산자의 인장임에 틀림없는 작은 그림 쪽으로 동그라미를 그리며 끝을 향하고 있었다. 칼날은 약 10센티미터 길이였는데, 자르지 않는 쪽은 두꺼웠지만 다른 쪽은 매우 날카로웠고, 흔히 보는 칼들보다 훨씬 더 얇았다. 그것들은 얇고 날카로운 모서리를 하나만 갖고 있어서 삼각형 단면으로 된 단검에 더 가까웠다. 마티아스의 기억에는 그와 같은 도구들을 일찍이 본 적이 없었다. 아마 그것들은 조각을 내는 어떤 특별한 작업 — 어떤 지시 사항도 명시하는 수고로움을 보이지 않으므로 아주 흔한 작업 — 을 위해 어부들에게 유용했던 게다. 종이 상자는 오로지 맨 위에 대문자로 적힌 '필수품' 이란 상표와, 칼들이 방사선 모양으로 배치되며 형성한 중심의 톱니바퀴 속에 찍힌 인증 마크와, 빨간색 테두리로만 장식되어 있었다. 그 그림은 Y자 모양의 가늘고 곧은 몸통에, 무성한 잎이 달린 나무 한 그루를 재현하고 있었다 — 나뭇잎은 양쪽 가지를 살짝 넘을 정도이지만 양 가지 사이의 오목한 골까지 떨어져 뒤덮고 있었다.

마티아스는 보도 없는 차도 위에 다시 서 있었다. 물론 그는 단 한 개의 손목시계도 팔지 못했다. 철물점 진열창에는 어망을 수선하기 위한 굵은 노끈 뭉치들에서 검은색 견사를 꼰 가는 밧줄 그리고 바늘꽂이에 이르기까지, 잡다한 물건들이 점차 봉재용 품목으로 옮겨 가고 있었다.

정육점을 지나, 마티아스는 다음 입구 속으로 사라졌다.

그는 똑같이 생긴, 좁고 빛이 들어오지 않는 복도 속으로 나아갔고, 이젠 그 배치를 알고 있었다. 하지만 그는 더 많은 성공을 거두지는 못했다. 그가 두드린 첫 번째 문에선 아무 대답이 없었다. 두 번째 문에선 아주 늙은 노파가 완전히 귀가 먹었음에도 불구하고 다정하게 맞아 주었지만, 재빨리 포기해야만 했다. 그녀는 그가 원하는 것을 하나도 이해하지 못했고, 그는 그 방문에 아주 만족한 듯 억지 미소를 지으며 자리를 떴다. 노파는 처음엔 오히려 당혹해하다가, 기뻐하는 기색을 보이더니 그에게 열렬히 감사하기까지 했다. 허리를 굽히는 인사를 여러 번 서로 주고받은 다음, 그들은 충만한 온정을 한 줌 맞잡으며 서로 헤어졌다. 조금만 더 했더라면 그녀는 그를 껴안기까지 했을 것이다. 그는 2층까지 불편한 계단을 올라갔다. 거기에선 한 어머니가 한마디 던질 틈조차 주지 않고 그에게 퇴짜를 놓았다. 아파트 안에는 아기가 큰 소리로 울어 대고 있었다. 2층에는 추하고 더럽고 소심한, 화요일인데도 학교에 가지 않았으므로 아마 병든, 아이들만 있었다.

다시 연안 가두리의 둑 위에 선 그는 정육점 주인을 설득하려는 의도로 한 걸음 뒤로 갔다. 정육점 주인은 두 명의 고객을 상대하고 있었다. 가게 주인과 그의 고객들 중 어느 누구도 그의 말에 관심을 기울여 주지 않았고, 그는 가방을 그저 열어 보는 것조차 하지 못했다. 그는 고집을 부리지 않았고, 고기의 차가운 냄새에 쫓겨났다.

그다음 가게는 카페 '희망에서'였다. 그는 안으로 들어갔다. 카페에서 무엇보다 먼저 해야 할 일은 언제나 마시는 것이었다. 그는 계산대로 다가가, 그의 작은 트렁크를 두 발 사이에 내려놓고, 압생트를 주문했다.

종업원 여자아이는 겁먹은 얼굴로 매 맞은 개 같은 소심한 태도를 보였다. 그녀가 크게 용기를 내어 눈꺼풀을 들어 올릴 때면 갑자기 커다란 두 눈 — 아름답고 어두운 눈 — 을 볼 수 있었지만, 그것은 섬광처럼 지나가는 아주 짧은 한순간에 불과했다. 그녀는 얼른 다시 시선을 떨구었고, 그 잠자는 인형의 긴 속눈썹만이 감탄을 자아낼 따름이었다. 상처받기 쉬운 듯한 그 모습에 더하여, 그녀의 몸매는 가냘프기까지 했다.

마티아스가 문 앞에서 만난 세 남자가 — 세 명의 뱃사람이 — 대화를 나누며 카페 안으로 들어와 한 테이블에 앉았다. 그들은 붉은 포도주를 시켰다. 종업원 여자아이는 어설픈 신중함으로 포도주 병과 포갠 세 개의 유리잔을 들고 바를 돌았다. 그녀는 말 한마디 없이 손님들 앞으로 잔들을 하나씩 놓았다. 그리고 그것들을 더욱더 조심스럽게 채우기 위해, 머리를 옆으로 기울이며 상체 윗부분을 숙였다. 그녀는 등 쪽의 연약한 피부 위로 둥글게 목이 파인 검은색 원피스를 입었고 그 위로는 앞치마를 두르고 있었다. 그녀의 머리 모양이 목덜미를 완전히 드러내 주었다.

뱃사람들 중 하나가 계산대 쪽으로 얼굴을 돌렸다. 마티아스는 자신의 시선을 거둘 수밖에 없도록 한 것이 무엇인지 채 이해하기도 전에 급작스레 몸을 돌려, 한 모금 마셨던 압생트 잔으로 되돌아왔다. 그 앞에는 새로운 한 인물이 나타나, 금전 등록기 곁에 위치한, 내부로 통하는 문의 틀에 기대서 있었다. 마티아스는 어렴풋이 인사를 건넸다.

사내는 그의 인사를 알아차린 것 같지 않았다. 그는 포도주 따르기를 마치던 여자아이에게 시선을 고정하고 있었다.

그녀는 그 일에 익숙하지 않았다. 그녀는 잔 속의 술 높이를 끊임없이 살피면서 한 방울도 잃어버리지 않게끔 찰찰하게, 지나치다 싶게 느린 속도로 부었다. 세 번째 잔이 가장자리까지 채워졌을 때, 그녀는 병을 다시 세웠다. 그리고 두 손으로 병을 잡고는 눈을 내리뜬 채 제자리로 되돌아갔다. 바 건너편에서 사내가 그를 향해 머뭇머뭇 걸어가는 그녀를 매섭게 지켜보고 있었다. 그녀가 주인이 있다는 것을 얼핏 — 속눈썹 한 번 깜빡이는 사이 — 보았음에 틀림없었다. 왜냐하면 자기 신발 끝에 그어진 나무판자의 줄무늬에 최면이 걸린 듯, 그녀가 갑자기 그 자리에 멈춰 서 버렸기 때문이다.

다른 인물들도 벌써 굳어 버린 상태에 있었다. 여자아이의 소심한 이동까지 일단 멈추자 — 그러한 조건 속에서 계속되기에는 너무도 불확실하고 모험적이었다 — 장면 전체가 응고되었다.

모든 사람들이 침묵했다.

종업원 여자아이는 자신의 발끝을 내려다보며 서 있었다. 카페 주인은 종업원 여자아이를 쳐다보고 있었다. 마티아스는 주인 남자의 시선을 보았다. 세 명의 뱃사람은 그들의 잔을 바라보고 있었다. 아무것도 혈관 속에 흐르는 피의 박동을 — 단지 하나의 떨림에 지나지 않을지라도 — 드러나게 하지 않았다.

그 상황이 지속된 시간을 측정하겠다고 나서는 것은 헛된 일일 것이다.

두 개의 음절이 울려 퍼졌다. 하지만 그것은 침묵을 끊기는커녕, 오히려 그것과 사방에서 하나가 되었다.

"자니?"

약간은 멜로디가 섞인, 깊은 저음의 목소리였다. 화를 내지 않고 말했음에도 불구하고, 거의 베이스 톤의 그 단어는 가장된 부드러움 아래 뭔지 모를 위협을 내포하고 있었다. 그게 아니면, 그와는 정반대로 그 위협의 외양 속에 가장이 들어 있을 수 있었다.

실행에 있어서 — 마치 명령이 모래밭과 정체된 물을 통과하여 그녀에게 이르기까지 긴 시간이 걸린 듯 — 현저한 시간 차를 두고 여자아이는 얼굴을 들지 않고 방금 말한 자를 향해 겁에 질린 걸음으로 다시 나아가기 시작했다. (사람들은 그의 입술이 움직이는 것을 과연 보았던가?) 그의 곁에 — 한 발짝 정도 — 혹은 그가 손을 뻗으면 닿을 거리에 — 도착한 그녀는 병을 제자리에 놓기 위해 몸을 굽혔다. 구부린 목덜미에 살짝 튀어나온 척추 마디가 뾰족하게 도드라졌다. 그러고는 다시 몸을 일으켜 막 씻은 유리잔들을 꼼꼼하게 닦는 데 열중했다. 바깥에는 유리문 저편, 포석 깔린 길과 개펄 너머로, 항구의 물이 햇빛을 받아 빛 파편들이 되어 춤을 추며 반짝이고 있었다. 일렁거리는 마름모꼴들은 고딕식 아치 모양의 누운 불꽃들이 되고, 주름지게 오므라들며 돌연 섬광을 그리는 선들은 단번에 늘어나 수평적으로 길게 뻗었다가는 다시 지그재그로 부서졌다. 인내의 유희, 끊임없는 해체로 이뤄지는 언제나 균열 없는 조립.

뱃사람들의 테이블에서 꽉 다문 잇새로 휘파람 소리가 났다. 그리고 곧이어 말소리가 되돌아왔다.

열정이 담긴, 그러나 나지막한 목소리가 던진 음절들이 띄엄띄엄 건져 올라왔다. "……받아야 마땅……." 가장 어린 사내가 시작했다. 그리고 다른 곳에서 시작한 굼뜬 언쟁을 계속 이어 갔다. "그 계집애가…… 받아야 마땅……." 침묵……. 짧은 휘파람 소리……. 그는 알아내고자 하는 욕구에 사로잡혀 눈을 찌푸리며 실눈을 뜨고, 조그만 중국 당구대가 처박혀 있는 어두운 구석을 응시했다. "난 그 계집애가 뭘 받아야 마땅할지 모르겠어요."

"아! 그래." 다른 두 사내 중 하나가 — 그 옆에 앉은 자다 — 더 크게 울리는 음색으로, 첫마디의 감탄사를 과장되게 끌며 대꾸했다.

마주 앉은 제3의 사내가 술잔 바닥에 남은 포도주를 들이켜고는 그 화제에 벌써 염증이 난 듯, 무덤덤하게 말했다. "따귀 몇 대…… 그리고 너도 마찬가지야."

그들은 침묵했다. 내부로 이어지는 문을 통해 주인 남자가 사라졌다. 속눈썹 한 번 깜빡이는 사이, 마티아스는 여자애의 크고 어두운 눈을 보았다. 그는 한 모금을 마셨다. 유리잔들을 닦는 일이 끝났다. 침착한 태도를 유지하기 위해 그녀는 앞치마의 풀린 매듭을 다시 묶는다는 핑계로 두 손을 등 위에다 놓았다.

"채찍!" 어린 사내의 목소리가 다시 들려왔다. 그는 잇새로 짧게 두 번 휘파람 소리를 내고는 더욱 모호한 어투로 — 마치 꿈을 꾸는 사람처럼 — 그 단어를 반복했다.

마티아스는 바로 아래, 자신 앞에 놓인 노란색의 탁한 알코올 바닥을 내려다보았다. 계산대 가장자리에 놓인 자신의 오른손, 너무 오랫동안 깎지 않고 방치해 두었던 손톱 그리고 그것들의 비정상적인 날카로움이 눈에 들어왔다.

그는 반코트 주머니에 손을 집어넣었다. 그 속에서 그는 가느다란 끈의 감촉을 느꼈다. 그의 발치에 놓인 가방, 그의 여행 목적, 작업의 긴급함이 뇌리에 떠올랐다. 그러나 카페 주인은 이제 거기 없었고, 종업원 여자아이가 150이나 200크라운을 가볍게 처분할 리는 없었다. 포도주를 마시는 이들 가운데 둘은 손목시계를 살 만한 범주에 속하지 않은 게 뻔했다. 가장 어린 사내의 경우, 그는 바람피운 아내인지 성실하지 못한 약혼녀인지에 관한 이야기 나부랭이를 곱씹고 있어서, 그의 주의를 딴 데로 돌리기는 쉽지 않을 것이다.

마티아스는 압생트 잔을 비우고 나서 주머니 속의 동전을 흔들며 값을 치르려는 시늉을 했다.

"3크라운 70센트요." 여자아이가 말했다.

그의 예상과 달리, 그녀는 어떤 거북한 기미도 보이지 않고 자연스럽게 말했다. 압생트는 비싸지 않았다. 그는 은화 세 닢과 10센트짜리 동전 일곱 닢을 계산대 위에 나란히 늘어놓았다. 그리고 완전 새것으로 반 크라운을 더 냈다.

"고맙습니다, 손님." 그녀는 모두 주워서 금전 등록기 서랍 안에 뒤죽박죽 떨어뜨렸다.

"안주인은 없어요?" 마티아스가 물었다.

"로뱅 부인은 위층에 계세요." 여자아이가 대답했다.

카페 주인의 윤곽이 다시 내부로 통하는 문의 틀 속, 정확히 같은 자리에 — 개구부(開口部)의 축 안이 아니라 곧은 문설주에 기대서 있다 — 부각되었다. 마치 그가 처음 나타났던 순간부터 전혀 움직이지 않았던 것처럼. 얼굴 표정에도 변화가 없었다. 닫혀 있고, 딱딱하고, 밀랍 같은 그 얼굴 위로는 각자의 성향에 따라 공격성 혹은 근심 — 혹은 단순히 부재 — 를 읽을 수 있었다. 또한 가장 음험한 계획들을 그 얼굴에 붙여 줘도 무방했다. 종업원 여자아이가 깨끗한 유리잔들을 계산대 아래에 정리하기 위해 몸을 굽혔다. 유리문 저편에는 바닷물의 반사광 파편들이 햇살을 받으며 흔들거리고 있었다.

"멋진 하루!" 마티아스가 말했다.

그는 몸을 굽혀 왼손으로 가방을 들었다. 그는 당장 서둘러 바깥으로 나서야겠다는 생각에 마음이 급해졌다. 만약 아무도 그의 말에 응하지 않으면 더 이상 연연해하지 않고 떠날 작정이었다.

"이분이 아주머니를 만나고 싶어 했어요." 그 순간 여자아이의 얌전한 목소리가 말했다. 반쯤 역광을 받고 있는 항구의 물 위에는 빛의 조각들이 견디기 힘들 정도로 강렬하게 반짝이고 있었다. 마티아스는 두 눈 위로 오른손을 올렸다.

"무슨 일로 그러시오?" 주인 남자가 물었다.

마티아스는 그를 향해 돌아섰다. 사내는 아주 큰 키에 어깨가 위압적으로 떡 벌어진, 거의 거인이었다. 그 몸집에서 뿜어져 나오는 강건한 느낌은 그것과 따로 떼어 생각하기 힘든 어떤 부동성으로 인해 더욱더 증대되었다.

"로뱅 씨예요." 여자아이가 설명했다.

마티아스는 상냥한 미소를 지으며 머리를 기울였다. 이번에는 카페 주인이 답례했다. 그러나 겨우 감지할 수 있을 정도의 표시만 했을 뿐이다. 그는 마티아스와 거의 같은 연배처럼 보였다.

"과거에 로뱅이라는 사람을 알았던 적이 있어요. 제가 아직 어린 아이였을 때였죠. 한 30년쯤 됐습니다……." 그는 섬에 사는 사람이라면 누구에게나 적용될 수 있을 초등학교의 추억들을 막연하게 떠올리기 시작했다. 그리고 덧붙였다. "로뱅, 아주 힘이 센 녀석이었죠! 이름이 아마 장, 장 로뱅이었을 겁니다……."

"사촌입니다. 그런데 걔가 그렇게 힘이 세지는 않았지요. 아무튼 갠 죽었어요."

"아니!"

"서른여섯이 되던 해에 죽었습니다."

"말도 안 돼!" 마티아스가 갑자기 슬픔에 젖어 외쳤다. 그가 지어낸 가짜 추억들을 가로질러 서로 만날 가능성이 없어졌다는 사실로 인해 그 상상의 로뱅에 대한 그의 우정이 현저히 증폭되었다. 그는 자신의 성(姓)을 슬쩍 말해 주었다. 그리고 그런 식으로 자신에 대해 신뢰감을 갖게 하면서 상대에게 말을 시켰다. "그 딱한 친구는 무엇 때문에 죽었습니까?"

"그 일로 내 아내를 만나려 했던 거요?" 진짜 로뱅이 따지듯 물었다. 그의 당혹감은 가장된 것이 아닐 수 있었다.

마티아스는 그를 안심시켰다. 그의 방문 목적은 완전히 다른 것이었다. 그는 손목시계를 판매하고 있으며, 마침 아주 참한 숙녀용 모델들이 있는데, 로뱅 부인처럼 세련된 취향을 가진 여성이라면 관심을 가질 게 틀림없을 것이라 했다.

로뱅 씨는 칭찬에 속지 않는다는 것을 보여 주기 위해 가볍게 팔을 움직였다 — 그가 무대에 등장한 이래 실제로 보인 첫 동작이었다. 여행자는 잘 알았다는 듯 능숙하게 웃음을 터뜨렸건만, 불행하게도 그것은 어떤 메아리도 일으키지 못했다. 뱃사람들의 테이블에는 사랑에 빠져 놀림감이 되어 버린 어린 사내의 왼쪽에 앉은 불그레한 남자가 그 길게 빼는 "아! 그래"를 — 누구도 그에게 아무런 대꾸를 하지 않으므로, 뚜렷한 이유 없이 — 연방 반복했다. 마티아스는 가격에 비해 품질이 아주 뛰어난 신사용 제품들도 갖고 있으며, 그런 것들은 어디에서도 찾을 수 없을 것이라고 바쁘게 설명했다. 그는 기다리지 않고 즉시 가방을 열어 사람들을 둘러 세우고 감탄스러운 자신의 상품을 자랑하면서 그것의 이점들을 조목조목 말했어야 했다. 그런 작전은 자연스러운 운신을 요구했고, 그러기에는 계산대가 너무 높았다. 그러나 홀 안의 테이블을 이용하기 위해서는 가장 진지한 고객인 카페 주인에게 등을 돌려야만 했다. 하는 수 없이, 그는 거의 만족스럽지 못했음에도 불구하고 그 해결책을 선택했고, 따라서 어느 누구도 설득할 수 없는 너무도 동떨어진 곳에서 연설을 시작했다. 종업원 여자아이는 그가 마셨던 유리잔을 씻고 닦아 제자리에 정돈한 다음, 아연으로 된 바의 윗부분에 그가 방금 마셨던 장소를 행주로 닦고 있었다. 그 옆에는 세 명의 뱃사람이 벌써 새로운 잡담을 시작했다 — 마찬가지로 한중간에서, 마찬가지의 경제적인 표현으로, 진전이나 결말에 대한 아무런 고심 없이. 지금은 대륙에 운반해야 할 거미게(그들은 '갈퀴게' 라고도 했다) 세트에 관한 이야기였다. 그들은 늘 거래해 오던 생선 도매상과 그들을 대립시키는 어떤 갈등 때문인 듯, 그것들을 판매하는 방식에 관해 의견이 분분했다. 그게 아니면, 결정된 사안에 전적으로 만족하지 않은 상태에서 그들이 동의했던 게다. 토론을 끝맺기 위해, 다른 두 사람과 마주 앉은 최고 연장자가 한잔 사겠다고 선언했다. 여자아이는 붉은 포도주 병을 집어 들고 다시 바를 나와, 머뭇머뭇 옮겨 갔다.

마티아스는 (유리 보호를 위한 철제 덮개가 있는 250크라운짜리 신사용) 시계 시리즈 하나를 보여 주기 위해 카페 주인에게 다가갔고, 그때 남자의 시선이 시계 상자를 떠나 자신의 고용인이 포도주를 따르고 있는 테이블 쪽으로 옮겨 가는 것을 보았다. 그녀는 머리를 기울인 채, 잔 속에서 액체가 올라오는 것을 더 잘 지켜보기 위해 목과 어깨를 구부리고 있었다. 그녀의 검은 원피스는 등 쪽으로 목선이 둥글게 파여 있었다. 그녀의 올림머리가 목덜미를 드러내 주었다.

사람들이 그에게 더 이상 관심을 보이지 않자, 마티아스는 시계 상자를 가방에 다시 넣었다. 불그레한 얼굴의 뱃사람이 그를 향해 올려다보며, 재빠르게 찡끗, 공모의 눈짓을 그에게 보냈다. 동시에 그는 옆에 있는 어린 사내의 팔꿈치를 쳤다.

"이봐, 꼬마 루이. 너 시계 하나 필요하지 않아? 응? (윙크) 그 자클린에게 선물하려면 말이야?"

어린 사내는 대답 대신 잇새로 짧게 두 번, 휘파람을 불었다. 여자아이가 허리를 꼬면서 벌떡 몸을 일으켰다. 섬광 같은 한순간, 마티아스는 그녀의 눈동자와 어두운 빛을 반사하는 홍채를 보았다. 그녀는 꼭두각시처럼 뒤꿈치로 방향을 튼 다음, 그가 처음에 그녀에게 어설픔의 특징으로 부여했던, 관절 달린 인형의 느리고 연약한 — 십중팔구 잘못 짚었을 게다 — 걸음걸이를 곧장 되찾으며, 술병을 들고 계산대 뒤로 되돌아갔다.

그 또한 카페 주인에게 되돌아왔다. '이색적인' 숙녀용 시리즈를 들고.

"여기 로뱅 부인을 위한 것이 있습니다. 이것이야말로 부인의 마음에 꼭 들 겁니다! 첫 번째 시계는 275크라운이고, 이건 349크라운인데, 겉모양이 아주 고풍스럽지요. 이건 500크라운입니다, 이런 물건이 말입니다. 어느 시계방엘 가도 이 가격으로는 싸구려밖에 못 사지요. 시곗줄은, 제 경우는 그냥 덤으로 드립니다! 이것 보세요. 진짜 보석입니다!"

열성을 다했지만 헛수고였다. 겨우 시작하자마자, 잘 연기되지 못한 그의 유쾌한 기분은 저절로 사그라졌다. 분위기는 너무도 불리했다. 그러한 상황에서 끈기를 부리는 것은 의미가 없었다. 아무도 그의 말을 귀담아듣지 않았다.

그러나 아무도 거절의 의사를 분명히 밝히지도 않았다. 어쩌면 그들은 이따금씩 그의 시계들에 건성으로 눈길을 던져 가며, 그가 떠나지 못하도록 툭툭 두세 마디씩 대꾸하면서 저녁까지 계속 가리라 생각하고 있었는지도 몰랐다. 그럴 바에야 즉시 떠나는 게 나았다. 거절의 절차를 반드시 정식으로 치러야만 하는 것은 아니었다.

"마음 내키면 올라가 보시오." 마침내 카페 주인이 말했다. "아내는 아무것도 사지 않을 겁니다. 하지만 선생이 아내의 무료함을 달래 주기는 할 거요."

남편이 따라올 것이라 생각한 마티아스는 그것이 사실이 아님을 알아차렸을 때 이미 빠져나갈 핑계를 찾고 있었다. 사실, 카페 주인은 청소나 요리를 하느라 바쁠 — 그가 말하기를, 이 때문에 그녀가 여전히 무료함을 달랠 필요가 있을 것이라는 생각이 꽤 기이하게 여겨진다 — 자신의 아내를 만나려면 어떻게 가야 하는지를 그에게 설명하려 했다. 어찌 되었든, 마티아스는 벽으로 가로막힌 듯한 얼굴의 그 거인이 없는 곳에서 자신의 설득 수단들의 위신을 되찾기를 희망하며, 마지막으로 한 번 더 시도해 보기로 결심했다. 그때까지 줄곧 그는 말이 입에서 떨어지는 즉시 모조리 삼켜 버리는 허공에 대고 — 가장 적대적인 허공들 가운데 하나이다 — 말하고 있다는 느낌을 가졌었다.

그는 작은 트렁크를 잠그고 홀 안쪽으로 갔다. 바 뒤쪽으로 열리는 문을 통과하게 하는 대신, 중국 당구대 쪽에 위치한 다른 출구를 그에게 가리켰던 것이다.

문짝이 다시 닫혔고, 그는 안마당을 — 그곳 자체가 깊고 어두웠다 — 향한 작은 유리문을 통해 어렴풋이 빛을 받는 꽤 추저분한 현관에 들어섰다. 그 주위는 과거에 일률적으로 노란 황토색으로 칠한 벽들이 더러워지고, 갈라지고, 긁히고, 군데군데 균열이나 있었다. 바닥과 계단의 나무는 신발창들이 지나다닌 만큼이나 잦은 물청소로 눈에 띄게 마모되었지만, 사이사이에 낀 먼지로 시커멓게 변해 있었다. 잡다한 물건들, 빈 병을 모아 둔 상자들, 커다란 골판지 상자들, 원뿔대 모양의 빨래 기구, 폐기된 가구 조각들이 모퉁이마다 혼잡하게 했다. 그것들이 아무렇게나 그때그때 내버려져서 무질서하게 쌓여 있는 게 아니라, 어떤 방법으로 정리되어 있다는 사실은 알 수 있었다. 하지만 전체적으로 지나치게 낀 때로 인해 불쾌감을 자아내거나 하지는 않았다. 그곳의 모든 것은 실제로 아주 평범해 보였다. 단지 마룻바닥을 밀랍으로 칠하지 않았고(더구나 이것은 평균적인 모습에 해당했다), 페인트를 다시 칠할 필요가 있다는 정도만 지적할 수 있을 뿐이었다. 그곳에 흐르는 완전한 침묵은 매 순간 카페를 점령하던, 제대로 된 말 한마디 없던 침묵 속의 긴장보다 훨씬 덜 맥 빠지고, 더 정당화되는 것이었다.

좁은 복도가 오른쪽으로 꺾어지고 있었다. 아마도 가게 뒤편과, 더 멀리는 거리와 만날 게다. 그에 더하여, 두 개의 계단이 있었다. 둘 다 협소했고, 그것들이 건물의 다른 몸채로 연결시켜 주는 것 같지는 않았으니, 그렇게나 계단이 많은 이유가 좀처럼 이해되지 않았다.

마티아스는 홀을 나가면서 그 앞쪽으로 보게 될 첫 번째 계단을 선택하도록 예정되어 있었다. 둘 다 그러한 정의(定義)에 어느 정도는 부합할 수 있었으나, 그중 어느 것도 완전히 부합하진 못했다. 그는 몇 초가량 머뭇거렸다. 그리고 결국 더 멀리 떨어진 것을 선택했다. 다른 것이 명백하게 후미진 곳에 있었기 때문이다. 한 층을 올라갔다. 그곳에서 그는 — 이미 예고된 것처럼 — 두 개의 문과 마주쳤다. 그중 하나는 손잡이가 없었다.

두 번째 문은 닫혀 있지 않고 문틀에 대어 있기만 했다. 아주 살짝 밀기만 해도 돌쩌귀가 돌아갈 것만 같아, 그는 문짝이 움직이지 않도록 너무 세지 않게 두드렸다.

그리고 기다렸다. 문을 칠한 페인트가 나무무늬나 안경 한 벌, 눈들, 고리들 혹은 감아 놓은 노끈의 8자 모양 둘레를 모방하고 있는지 분간할 수 있을 정도로 층계참은 충분히 밝지 않았다.

그는 그의 굵은 반지로 다시 두드렸다. 염려했던 것처럼, 문이 저절로 열렸다. 그렇게 해서 그는 문이 여전히 어떤 현관에 면해 있을 뿐이라는 사실을 알게 되었다. 다시 한 번 기다렸다. 그러나 이젠 어디를 두드려야 할지 알 수가 없어서 그냥 안으로 들어갔다. 이제 그는 세 개의 문 앞에 서 있었다.

가운데 문이 활짝 열려 있었다. 열린 문을 통해 그의 시야에 펼쳐진 방은 카페 주인이 예고한 부엌이 아니라, 넓은 침실이었다.

출처를 명확히 알 수 없고, 무엇인지 전혀 알 수도 없는 어떤 것과의 유사성 때문에 마티아스는 놀라움을 느꼈다. 방 한가운데는 아무것도 없었다. 그로 인해, 처음 다가가는 순간부터 바닥에 깔린 흰색 타일과 검은색 타일이 눈에 먼저 들어왔다. 사방으로 변을 맞댄, 네 개의 접시만 한 흰색 팔각형 사이로 같은 수의 작은 검은색 정사각형이 배치되어 있었다. 마티아스는 집 안의 가장 멋진 방들 — 침실보다는 오히려 식당이나 살롱 — 에는 마룻바닥 대신 타일을 까는 섬의 오랜 관습을 그제야 기억해 냈다. 그럼에도 이 방은 그 용도에 있어 어떤 의심의 여지도 남겨 놓지 않았다. 문과 마주 보는 벽을 따라 긴 쪽이 배치된 넓고 낮은 침대가 방 한 모퉁이를 차지하고 있었던 것이다. 벽과 직각을 이루는 칸막이 벽면에는 오른쪽으로 머리맡 테이블이 램프 하나를 떠받치고 있었다. 그리고 닫힌 문 한 짝, 그다음엔 타원형 거울이 솟은 화장대가 차례로 보였다. 조그만 천연 양가죽 양탄자가 침대 발치에서 그 모퉁이의 조화를 완성했다. 오른쪽 칸막이벽을 따라 좀 더 앞쪽을 보기 위해서는 방 안으로 얼굴을 들이밀어야 했을 것이다. 마찬가지로 왼쪽 부분 전체 또한 마티아스가 서 있는 현관을 향해 반쯤 열린 문짝에 가려 있었다.

타일 바닥은 완벽하게 깨끗했다. 무늬 없고 광택 없는 그리고 새것 같은 흰색 타일들을 손상시키는 수상한 흔적이라곤 어떤 것도 보이지 않았다. 계단이나 복도의 광경과는 대조적으로, 전체가 말끔하고 (어떤 기묘한 기미에도 불구하고) 거의 매력적이기까지 한 분위기를 풍기고 있었다.

그 장소가 약간 비정상적인 성격을 띠는 것이 오로지 타일 바닥 탓이라고 볼 수는 없었다. 그 색깔들은 그렇게 뜻밖이라 할 만한 것은 아무것도 떠올리지 않았고, 그것들이 침실에 있다는 사실은 쉽게 설명되었다. 이를테면 방들의 용도를 서로 뒤바꾼 아파트 내부의 구조 변경의 결과라든가. 침대, 머리맡 테이블, 직사각형의 조그만 양탄자, 거울 달린 화장대는 크림색 바탕 위에 잔잔한 꽃무늬가 알록달록 흩뿌려진 벽지가 그렇듯이, 모두 아주 흔한 모델들이었다. 침대 위에는 유화 한 점(혹은 거장의 작품처럼 액자에 끼운 조잡한 복사본)이 전적으로 유사한 어떤 방 모습을 보여 주고 있었다. 나지막한 침대 하나, 머리맡 테이블, 양가죽 양탄자. 그 위에 무릎 꿇은 한 계집아이가 잠옷 바람으로 기도를 하고 있다, 목덜미를 구부리고, 두 손을 모은 채. 저녁이다. 램프가 45도 각도로 아이의 오른쪽 어깨와 목을 비추고 있다.

머리맡 테이블 위에는 램프가 켜져 있었다 — 대낮이 되었으니, 잊어버린 게다. 단순한 베일 커튼은 바깥에서 들어오는 빛을 겨우 거를 정도여서, 마티아스는 불이 켜져 있다는 사실을 금방 알아차리지 못했었다. 그러나 원뿔대 모양의 전등갓이 안쪽에서 밝혀지고 있다는 사실에 착오가 있을 수는 없었다. 바로 그 아래에는 파란색의 조그만 직사각형 물체가 반짝이고 있었다. 담뱃갑이 틀림없었다.

나머지는 모두 질서 정연해 보였지만, 침대는 그와 반대로 싸웠거나 혹은 정리 중에 있는 어떤 양상을 띠고 있었다. 침대 덮개로 쓰이는 것으로 보이는 짙은 빨간색의 장식 휘장은 벗겨져서 뒤집혀 있기까지 했으며, 한쪽은 타일 바닥에 늘어뜨려져 있었다.

열기 같은 것이 방에서 전해져 왔다. 마치 무슨 아궁이 같은 것이 — 마티아스가 서 있는 입구의 반쯤 열린 문에서는 보이지 않는 어떤 아궁이가 — 있어서, 그것이 이 계절에 아직도 타고 있는 것처럼.

층계참 끝쯤에는 빈 쓰레기통이 있었고, 좀 더 멀리에는 두 개의 빗자루가 벽에 기대서 있었다. 계단 아래에 이르렀을 때, 그는 연안 가두리의 둑으로 곧바로 데려다 줄 — 그는 그렇게 생각했다 — 좁은 복도를 이용하기가 꺼려졌다. 그는 카페의 홀 안으로 다시 들어갔다. 이제 그곳에는 아무도 없었다. 그는 그 상황에 대해 곧 마음을 달랬다. 뱃사람들, 카페 주인, 아마 전혀 겁에 질리지도, 어설프지도, 순종적이지도 않을 소심한 걸음걸이의 그 여자아이, 그 누구도 아무것도 사지 않았을 것이다. 그는 유리문을 열고 다시 울퉁불퉁하고 사이가 벌어진 포석들 위, 항구의 반짝이는 물 앞으로 나왔다.

그 시점에 날씨는 더욱 맑아졌다. 양모로 안을 댄 반코트가 그를 무겁게 누르기 시작했다. 4월 날씨로는 정말 아주 화창한 날이었다.

하지만 그는 시간을 너무 많이 잃기만 했고, 햇살 아래 몸을 쬐며 머뭇거릴 수가 없었다. 그는 다른 생각에 잠겨, 집게발이 떨어져 나간 게들이 잔뜩 널린 훤히 드러난 개펄이 내려다보이는 연안의 둑 가장자리를 향해 몇 발짝 걸어갔다. 그러고는 다시 등을 돌려 건물 정면들이 가지런히 늘어선 곳으로, 그의 직업의 불확실한 수행 현장으로 되돌아왔다. 불그스레한 진열대…… 유리문…….
그는 기계적인 움직임으로 오리 부리처럼 생긴 손잡이를 돌리고는, 다음 가게 안으로 들어갔다. 그곳은 다른 이웃 가게들보다 더 낮고 깊고 어두웠다. 한 고객이 가게 주인 맞은편에서 계산대 위로 고개를 숙인 채, 상인이 아주 조그만 흰 직사각형 종이에다 하고 있는 긴 덧셈을 반대 방향으로 확인하고 있었다. 그녀들이 셈을 놓칠까 봐, 그는 아무런 말도 하지 않았다. 가게 주인은 연필 끝으로 하나하나 짚어 가면서 낮은 목소리로 숫자들을 중얼거리다가 잠시 중단하고는 새로 온 손님에게 미소를 지으며 손짓으로 기다려 달라는 표시를 했다. 그리고 계산 속으로 곧장 다시 빠져 들어갔다. 그녀가 어찌나 빨리 해 나가는지, 마티아스는 상대방이 그 계산을 어떻게 통제하는지 궁금했다. 게다가 그녀는 동일한 개수의 숫자 시리즈들을 끊임없이 다시 시작할 뿐, 끝까지 가는 것 같지 않았다. 그녀의 계산이 계속 틀리는 게 분명했다. 그녀는 좀 더 힘을 주어, "47" 하고 말하고는 종이 위에 뭔가를 기입했다.

"5예요!" 하고 고객이 항의했다.

그녀들은 다시 한 번, 이번에는 소리 높여 합창하며, 하지만 더욱더 현기증 나는 속도로 의심되는 숫자들의 행렬을 확인했다. "2에 1은 3에 3은 6에 4는 10……." 가게는 잡다한 상품들로 가득 차 있었고, 바닥에서 천장까지, 그것도 사방으로 칸막이들 속에 층층이 쌓여 있었다. 이미 보잘것없는 것이기는 하지만, 그래도 진열대 구실을 하는 유리 뒤까지 선반들이 설치되어 있었고, 그로 인해 가게 안은 더욱 어두웠다. 바닥에도 바구니들과 상자들이 쌓여 있었다. 결국 L자 형태로 조립된 두 개의 넓은 판매대가 남은 공간을 차지하고는 있었지만, 온갖 종류의 물품들 더미 아래 가려, 그것들조차 보이지 않았다. 그래도 50제곱센티미터 정도의 자유로운 표면이 예외적으로 남아 있긴 했다. 바로 그 위에, 그 두 아낙이 이쪽저쪽에서 머리를 맞대며 들여다보고 있던, 숫자들로 가득한 직사각형의 흰 종잇조각이 외따로 놓여 있었다.

각양각색의 품목들이 거기에 뒤죽박죽 뒤섞여 있었다. 사탕, 초콜릿 바, 잼 항아리들이 있었다. 재단된 나무 장난감과 통조림 깡통들이 있었다. 달걀로 가득한 바구니는 그냥 바닥에 놓여 있었다. 그 옆에는 비수처럼 길고 잔물결 모양으로 얼룩덜룩한 유선형의, 빳빳한 등 푸른 생선 한 마리가 채반 위에서 외롭게 번쩍거리고 있었다. 뿐만 아니라 볼펜과 책, 나막신, 짚을 엮어 깔창을 만든 운동화에다 자투리 천 묶음도 있었다. 그리고 다른 많은 물건이 더 있었다. 그 잡다한 성격이 너무도 부조화를 이루고 있어서, 마티아스는 안으로 들어오기 전에 가게의 간판이 무엇을 지시할 수 있는지 쳐다보지 않았던 것을 후회했다. 한 모퉁이에는 눈높이에 진열을 위한 마네킹이 서 있었다. 팔은 어깨 바로 아래까지, 몸통은 허벅지에서 20센티미터까지, 사지를 자른 젊은 여성의 몸이었다. 머리는 '우아한 매력'을 자아내기 위해 앞쪽 옆으로 살짝 기울였고, 이른바 자연스러운 포즈를 취하느라 한쪽 골반이 다른 쪽보다 약간 더 튀어나와 있었다. 그녀는 절단된 상태를 느끼게 할 수 있는 만큼 더욱더 보통 여성보다 가늘고 작은 몸집으로 리본이 잔뜩 들어 있는 선반에 얼굴을 기댄 채 등을 돌리고 있었다.

그녀는 단지 브래지어와 도시풍의, 스타킹을 고정하는 밴드가 달린 좁은 벨트만 입고 있었다.

"45!" 가게 주인이 의기양양하게 소리 질렀다. "아주머니가 옳았어요." 그리고 그다음 숫자들의 행렬을 공략했다.

등을 가로지르는 가느다란 실크 줄 위로 어깨의 황금빛 피부가 부드럽게 반들거렸다. 살짝 튀어나온 척추 마디가 연약한 목이 시작되는 부분에 살 아래로 뾰족하게 도드라졌다.

"다 됐군요!" 가게 주인이 외쳤다. "결국은 우리가 끝을 봤어요."

마티아스의 시선은 한 줄로 정렬된 병들과 다른 한 줄의 알록달록한 병조림들 위로 지나갔다. 그러고는 반원을 그린 다음 그녀 위에 멈추었다. 고객이 일어나더니 안경 너머로 그를 뚫어지게 바라보았다. 별안간 당한 일이라, 그는 그런 특별한 상황에서 무슨 말을 해야 좋을지 기억해 낼 수가 없었다.

그는 몸짓밖에 되찾지 못했다. 그는 그 50제곱센티미터 정도의 자유로운 계산대 표면 위에 그의 가방을 올려놓고는 자물쇠를 작동시켰다. 그러고는 재빠르게 검은색 수첩을 들어내어 젖힌 뚜껑 바닥에 놓았다. 첫 번째 시리즈의 시계들을 — '고급' 제품들이다 — 보호하는 종이를 들어 올릴 때까지 그는 한마디도 발음하지 않았다.

"잠시만 기다리세요." 가게 주인이 아주 싹싹한 미소를 띠며 말했다. 그녀는 진열대로 몸을 돌린 다음, 몸을 굽혀 그 아랫부분을 꽉 메우고 있던 서랍들 앞의 바닥을 치웠다. 그러고는 더없이 득의만면한 표정으로 그중 하나를 열고, 그가 그녀에게 제시한 것과 완벽하게 똑같은 열 개의 손목시계가 든 종이 상자를 드러내 보였다. 이번에야말로 상황은 어떤 기습적인 반박도 불가능했다. 마티아스는 너무도 강력한 논리 앞에서 여전히 아무런 말도 찾지 못했다. 그는 자신의 상품을 가방에 다시 넣고 그 위에 수첩을 되놓았다. 그리고 자물쇠를 다시 잠그기 전에, 바닥에 누워 있는 선명한 색깔의 조그만 인형들을 한순간 힐끗 쳐다보았다.

"사탕, 반의 반이나 주시죠." 그가 말했다.

"그러죠. 어떤 걸 드릴까요?" 그녀는 향기와 가격을 쭉 늘어놓았다. 그러나 그는 그것에 아랑곳하지 않고, 반짝거리는 포장 종이의 빛깔이 가장 선명하게 눈에 띄는 유리병을 가리켰다.

그녀는 25그램만큼 사탕의 무게를 단 다음, 조그만 셀로판 봉지에 담아 그에게 내밀었고, 그는 삼실을 꼬아 만든 섬세하고 가느다란 끈이 들어 있는 반코트 오른쪽 주머니에 그것을 넣었다. 그리고 사탕 값을 지불한 다음, 가게를 나왔다.

그는 가게 안에서 너무 오랜 시간 동안 머물러 있었다. 시골집들처럼 길에서 막바로 접근해 들어갈 수 있었기에 그 안으로 기꺼이 들어갔지만 매번 단골들 때문에 기나긴 몇 분을 기다려야만 했고, 결국 실망만 했을 뿐이었다.

다행히 그다음엔 가게 없는 건물들이 연속으로 이어졌다. 2층은 사탕 가게 주인의 거처일 것이라 추측하고는 탐색을 포기하고, 그다음 층들을 지나다녔다.

닫힌 문들이 줄지어 선 어두운 복도들과 실패로 점철된 좁은 계단들, 그는 다시 그의 유령들 사이에서 갈피를 잡지 못했다. 한 추저분한 층계참 끝에서, 그는 손잡이 없는 문을 그의 굵은 반지로 두드렸고, 그것은 저절로 열렸다……. 문이 열렸고, 경계심 가득한 얼굴이 빠끔 열린 문 사이로 나타났다 — 그 사이로 그는 바닥을 덮고 있는 흰색 타일과 검은색 타일만 겨우 확인할 수 있었다……. 바닥의 타일들은 회색으로 통일되어 있었고, 그가 들어간 방은 주목할 만한 어떤 것도 보여 주지 않았다 — 빨간색 장식 휘장을 바닥까지 늘어뜨린 흐트러진 침대만 제외하면……. 그곳에는 흐트러진 침대나, 양가죽 양탄자나, 머리맡 테이블이나, 그 위의 램프가 없는 것처럼, 빨간색 장식 휘장도 없었고, 파란색 담뱃갑도, 꽃무늬 벽지도, 벽에 걸린 그림도 없었다. 그를 안내한 방은 그저 부엌일 뿐이었다. 그는 한가운데 있는 커다란 타원형 테이블 위에 가방을 납작하게 놓았다. 그러고는 밀랍 입힌 날염 천, 밀랍 입힌 날염 천의 무늬, 가짜 구리 자물쇠의 찰카닥 하는 소리 등등…….

최종적으로 한 가게에서 — 안이 너무 어두워 그는 아무것도 식별할 수 없었고, 어쩌면 아무 소리도 듣지 못했던 것 같다 — 빠져나왔을 때, 그는 자신이 부두의 끝 지점에, 즉 표지등 등대를 향해 멀어져 가는 일군의 평행선들이 거의 직각을 이루며 시작되는, 그 평행선들이 한 점에서 모이는 것처럼 보이는 그 장소에 이르렀다는 사실을 깨달았다. 햇빛을 받은 두 개의 수평 방향의 띠가 두 개의 수직 방향의 그림자 띠와 번갈아 나타나고 있었다.

읍내 또한 거기서 끝이 났다. 마티아스는 당연히 단 한 개의 시계도 팔지 못했고, 뒤편의 서너 골목에서도 마찬가지였다. 사기를 북돋우기 위해, 그는 결국 시골이 그의 전문이라고 생각하려 애썼다. 아무리 좁은 곳이라 해도, 도시는 필시 다른 자질들을 요구했던 게다. 부두 위의 길은 텅 비어 있었다. 그 길에 들어서려는 순간, 그는 육중한 난간에 통로가 열려 있는 것을 앞쪽으로 보았다. 난간은 그런 식으로 연안 가두리 둑의 경계를 표시하면서, 오른쪽으로 과거 왕립 도시의 폐허로 보이는, 반쯤 허물어진 옛 성벽으로 연결되고 있었다.

그 너머에는 굴곡이 그리 심하지 않은 바위투성이의 해안이 — 썰물 때에도 모래밭에 자리를 내주지 않고, 바닷물까지 서서히 내려가는, 아주 약간 경사진 넓은 회색 암석층이다 — 전환 국면 없이 혹은 거의 급작스레 시작되고 있었다.

마티아스는 화강암 몇 계단을 내려가 평평한 바위들 사이에 이르렀다. 이제는 왼쪽으로 둑의 바깥 사면(斜面)을 볼 수 있었다. 그것은 수직 벽이었지만, 햇빛을 받고 있었다. 난간과 그 토대의 경계가 구분되어 분리되지 않고 하나의 수직 벽을 형성하는 유일한 측면이었다. 웬만큼 편안한 보행이 가능한 한, 그는 바다를 향해 계속 나아갔다. 그러나 그는 곧 벌어진 한 틈 앞에서 멈춰야 했다. 폭이 아주 넓은 것도 아니었지만, 투박한 신발과 반코트에 귀중품이 든 가방까지 들고 있던 터라 부자유스러웠던 것이다.

그러자 그는 태양을 마주 보며 바위 위에 앉았다. 그리고 작은 트렁크가 미끄러지는 일이 없도록 그것을 곁에 바짝 붙여 놓았다. 여기서 부는 바람은 미풍이긴 해도 좀 더 강했다. 하지만 그는 반코트의 벨트를 풀고, 단추도 완전히 끄르고, 옷자락을 완전히 뒤로 젖혔다. 기계적인 동작으로, 그는 윗저고리 왼쪽 안주머니에 들어 있는 지갑을 더듬었다. 태양이 해수면에 격렬하게 반사되고 있어서, 그는 눈을 반도 넘게 감아야만 했다. 갑판 위에서 보았던 계집아이가 생각났다. 아이는 두 눈을 크게 뜨고 얼굴을 들고 있었다. 두 손을 등에 모은 채. 아이는 쇠기둥에 묶여 있는 것만 같았다. 그는 다시 윗저고리 안주머니 속으로 손을 집어넣어 지갑을 꺼내고는, 지역 일간지들 가운데 하나인 『서쪽의 등대』에서 그 전날 오려 둔 신문 조각이 아직도 그 속에 있는지 확인했다. 하긴, 그 기사 조각이 날아갔을 리는 만무했다. 마티아스는 지갑을 다시 제자리에 넣었다.

조그만 파도가 비탈 아래쪽 암벽에 부딪혀 부서지더니, 좀 전까지만 해도 바싹 말라 있던 높이까지 치솟으며 돌을 적셨다. 바다가 올라오고 있었다. 갈매기가 한 마리, 두 마리 그리고 세 번째 갈매기가 날개를 평평하게 펴고 움직이지 않는 자세로, 천천히 바람을 거슬러 잇달아 날아갔다. 그는 둑의 수직 절벽 위에 고정된 쇠고리들을 다시 보았다. 접안 경사면의 요각(凹角) 모퉁이에서 규칙적으로 올라왔다 내려가며 일렁거리는 바닷물이 그것들을 저버렸다가는 되돌아와 파묻어 버리곤 했다. 방금 지나가던 새들 가운데 마지막 새가 자신의 수평적인 궤도에서 돌연 벗어나, 조약돌처럼 뚝 떨어지며 해수면을 뚫고 사라졌다. 조그만 파도 하나가 찰싹, 따귀 때리는 소리와 함께 암석을 때렸다. 그는 비좁은 현관 속, 흰색 타일과 검은색 타일이 깔린 침실 쪽으로 빠끔 열린 문 앞에 다시 서 있었다.

소심한 걸음걸이의 그 여자아이가 양탄자의 양털 위에 맨발을 올려놓고, 흐트러진 침대 가장자리에 앉아 있었다. 머리맡 테이블 위에는 조그만 램프가 켜져 있었다. 마티아스는 저고리 안주머니 속에 손을 넣어 지갑을 다시 꺼냈다. 그리고 신문 기사 조각을 끄집어내고 지갑을 제자리에 넣은 다음, 기사 내용을 꼼꼼히 다시 읽었다. 한 번 더, 처음부터 끝까지.

기사가 실제로 특별한 내용을 말해 주진 않았다. 길이가 그저 2차적인 중요성을 띠는 잡보 기사의 길이를 넘지도 않았다. 게다가 시체 발견의 정황을 서술하는 데만 쓸데없이 절반은 좋이 넘을 공간을 써 버렸고, 맨 마지막에는 경찰이 예상하는 수사 방향에 대한 언급을 할애하고, 시체 자체에 대한 묘사에는 겨우 몇 줄만 남겨 놓았을 뿐, 희생자가 겪은 폭력들 차원의 재구성은 아예 한 줄도 쓰지 않았다. 이 분야에서 형용사 '끔찍한', '파렴치한', '가증스러운'은 아무 소용이 없었다. 여자아이의 불행한 운명에 대한 모호한 탄식들 또한 별 도움이 되지 못하기는 마찬가지였다. 소녀의 죽음을 이야기하기 위해 사용된, 베일로 가린 것 같은 두루뭉술한 표현들로 말하자면, 그것들은 모두 그 종류의 기사 면에 통용되는 언론의 언어 관습에 속했고, 최선의 경우래야 그저 일반론의 수준에나 되돌려 놓을 뿐이었다. 집필자들은 그들 자신부터 아무것도 모르고 있다고 추측될 만한 어떤 독특한 경우에 대해 기사를 쓸 때는 최소한의 실제적인 정보라도 제공하려 애쓰지 않고, 유사한 경우에 부딪칠 때마다 사용하던 같은 용어들을 그대로 써 버린다는 사실이 확연히 느껴졌다. 나이나 머리카락 색깔처럼 두

세 가지 기초적인 세부 사항들에서 출발하여 장면을 처음부터 끝까지 완전히 새로 지어내야만 했다.

조그만 파도 하나가 마티아스가 앉은 곳에서 몇 미터 아래에 있는 암석을 때렸다. 그의 눈이 아리기 시작했다. 그는 바닷물에서 눈을 돌려 연안의 높은 지대 쪽을 바라보았다. 그곳에는 좁은 '세관원들의 길'이 남쪽을 향해 해안을 따라가고 있었다. 거기에도 햇빛은 마찬가지의 강도로 눈이 부셨다. 그는 눈을 완전히 감았다. 저편 둑 난간 뒤로, 연안 가두리의 둑을 따라 삼각형 광장과 철책으로 둘러싸인 기념비까지, 건물 정면들이 가지런히 늘어서 있었다. 그 가운데 연이은 가게 정면들이 다시 떠오른다 — 철물점, 정육점, 카페 '희망에서'. 그곳 계산대에 서서, 그는 3크라운 70센트를 주고 압생트를 마신 적이 있다.

그는 2층 좁은 현관 안, 흰색 타일과 검은색 타일이 깔린 침실의 빠끔 열린 문 앞에 서 있다. 소녀는 양탄자의 양털을 맨발로 짓이기며, 흐트러진 침대 가장자리에 앉아 있다. 그녀 옆에는 뒤집힌 빨간색 장식 휘장이 바닥까지 늘어뜨려져 있다.

밤이다. 조그만 램프가 머리맡 테이블 위에 홀로 불을 밝히고 있다. 오랜 시간, 장면은 죽은 듯 조용하다. 다시 말소리가 들린다. "자니?" — 뭔지 모를 위협을 숨기고 있는 듯한, 약간은 멜로디가 섞인, 깊은 저음의 목소리. 그때 마티아스는 화장대 위 커다란 타원형 거울의 틀 속에서 방 왼쪽에 버티고 있는 사내를 발견한다. 그는 서 있다. 그는 뭔가에 시선을 고정하고 있다. 그러나 사내와 관찰자 사이에 놓인 거울의 존재로 말미암아 그 방향을 명시할 수는 없다. 여전히 두 눈을 아래로 떨군 채, 소녀는 일어나 방금 말한 사내를 향해 겁먹은 동작으로 걷기 시작한다. 그녀는 방의 가시적인 부분을 떠난 다음, 몇 초 뒤에 타원형 거울의 시야 속으로 나타난다. 그녀의 주인 곁에 — 한 발짝 정도 — 혹은 그가 손을 뻗으면 닿을 거리에 — 도착한 다음, 그녀는 멈추어 선다.

거인의 손이 천천히 다가가며 연약한 목 아랫부분에 가 내려앉는다. 손이 거기에 밀착되며 어떤 가시적인 노력도 없이, 그러나 거역할 수 없는 힘으로 누른다. 가냘픈 몸이 어쩔 수 없이 순종한다, 조금씩 조금씩. 두 다리를 접으며 소녀는 한 발, 그다음엔 다른 한 발을 뒤로 물린다. 그리고 그녀 스스로 타일 바닥 위에 — 사방으로 변을 맞댄, 네 개의 접시만 한 흰색 팔각형 사이로 같은 수의 작은 검은색 정사각형이 배치되어 있다 — 자발적으로 무릎을 꿇는다.

사내는 손아귀에 힘을 빼고 나서, 마찬가지 베이스 톤의 목소리로 — 그러나 이번에는 더욱 베일에 가린 듯한, 목이 쉰, 알아듣기 힘든 목소리이다 — 대여섯 마디를 중얼거린다. 실행에 있어 — 마치 명령이 모래밭과 정체된 물을 통과하여 그녀에게 이르기까지 긴 시간이 걸린 듯 — 현저한 시간 차를 두고 여자아이는 조심스럽게 — 그렇게 보인다 — 천천히 두 팔을 움직인다. 복종하는 그녀의 조그만 두 손은 허벅지를 따라 거슬러 올라가다 엉덩이 뒤쪽을 지나, 마침내 등 위로 오목한 허리보다 약간 아래에서 멈춘다. 여자 포로들처럼 손목을 교차한 채. 그때 어떤 폭력성을 품은 듯한 목소리가 들려온다. "넌 아름다워……." 그리고 거인의 손가락이 그의 발치에서 대기하는 먹잇감 위로 다가와 내려앉는다. 그녀는 너무도 조그맣고 가늘어 그와의 비율이 불균형을 이루는 것처럼 보일 정도이다.

목이 시작되는 부분에서 머리카락을 틀어 올려 완전히 드러난 목덜미를 따라, 손가락 끝이 매끄러운 살갗을 어루만진다. 그리고 손이 귀 아래로 미끄러져, 같은 방식으로 입과 얼굴을 스치며 휘어진 긴 인형 속눈썹 사이로 크고 어두운 두 눈을 마침내 뜨고 얼굴을 들도록 강요한다.

더욱 강력한 파도가 찰싹, 따귀 때리는 소리와 함께 암석에 부딪혔다. 분출한 포말이 바람에 흩날리며 마티아스 바로 옆에 몇 방울 떨어졌다. 여행자는 자신의 여행 가방에 불안한 눈길을 던졌다. 그 위로는 한 방울도 떨어지지 않았다. 그는 시계를 보고 벌떡 일어났다. 11시 5분이었다. 차고 주인이 요구했던 45분이 벌써 흘러갔고, 자전거가 준비되어 있을 것이다. 그는 평평한 바위를 재빨리 올라갔다. 그리고 조그만 화강암 계단을 통해 난간을 뛰어넘어 부두의 울퉁불퉁한 포도(鋪道)를 따라, 한 시간 전에 배에서 내렸을 때와 같은 방향으로 광장을 향해 급히 같은 길을 걸어갔다. 사탕 가게 주인 여자가 지나가는 그를 알아보고 가게 문 너머로 인사했다.

철물점 모퉁이를 돌자마자 추모비 뒤로, 그는 온통 니켈로 도금한 반짝거리는 자전거를 보았다. 그것은 영화관 광고판에 기대서 있었다. 반들거리는 수많은 금속 부품들이 사방팔방으로 햇살을 반사하고 있었다. 그것에 가까이 다가가면서, 마티아스는 바람직

한 부속품들뿐만 아니라 용법을 모르는, 따라서 쓸데없는 장식에 불과하다고 판단되는 다른 여러 가지 것들까지 모두 장착하여 완벽하게 보강된 기계라는 사실을 알아차렸다.

그는 대여료를 지불하기 위해 광고판을 돌아, 카페 겸 담배 가게 안으로 곧장 들어갔다. 홀 안에는 아무도 없었다. 그러나 쪽지 하나가 눈에 잘 띄게, 계산대 한가운데 탄산수 사이펀 손잡이에 걸려 있었다. 거기에는 '보증금으로 2백 크라운을 여기 두시고, 문 앞에 있는 자전거를 가져가세요. 감사합니다' 라고 적혀 있었다.

지갑에서 지폐 두 장을 꺼내면서, 마티아스는 그 방식에 짐짓 놀랐다. 가게 주인이 그 금액을 직접 챙기지 않고 그를 신뢰하면서 왜 그에게 보증금을 요구하는 것일까? 그것은 그의 신용을 불필요하게 시험하는 것이었다. 그가 그의 결정을 순순히 따랐는데, 주인이 오기 전에 도둑이 불시에 나타난다면, 그다음에는 그가 그 금액을 놔두었다는 증거를 어떻게 댈 수 있을 것인가? 그와 반대로, 그가 그 방침을 실행하지 않고도 도둑이 지나갔다고 쉽게 우길 수도 있을 것이다. 아마 섬에는 악한이나 불신할 만한 사람이 아무도 없었던 게다. 그는 두 장의 지폐를 사이펀 아래 밀어 넣고 홀 밖으로 다시 나왔다.

그가 두꺼운 양말의 목 속으로 바지 아랫단을 집어넣고 있을 때, 예의 쾌활한 목소리가 들려왔다.

"멋진 물건이에요! 그죠?"

그는 눈을 들었다. 차고 주인의 머리가 광고판 위로, 출입문의 문틀 속에 나타나 있었다.

"정말 그렇군요! 멋진 물건으로 말하자면……." 마티아스가 동의했다.

그의 시선이 영화관 포스터를 따라 내려갔다. 르네상스풍의 옷을 입은 사내의 헤라클레스 같은 풍모로 보아, 이 인물은 그 어린 여자의 가슴을 힘들이지 않고 자신의 몸 쪽으로 끌어올 수 있었을 것이다. 따라서 그녀의 몸을 그렇게 뒤로 휜 상태로 유지하고 싶은 자는 바로 그였다 — 아마 그녀의 얼굴을 더 잘 응시할 수 있기 위해서일 게다. 그들의 발치엔 흰색과 검은색의 타일 바닥을 가로질러 누워 있는…….

"지난 일요일 프로였지요." 차고 주인이 끼어들었다. "오늘 아침 우편으로 새로운 포스터와 필름이 오길 기다리고 있어요."

담배 한 갑 살 요량으로, 마티아스는 잠시 그의 대화 상대자와 함께 담배 가게 안으로 들어갔다. 가게 주인은 사이펀 병 아래 놓인 보증금을 보더니 깜짝 놀란 표정을 지었다. 그는 그 형식이 불필요한 것이었다며 이의를 제기했다. 그리고 지폐 두 장을 마티아스에게 돌려주고는 사이펀에 걸려 있던 쪽지를 구겨 뭉쳤다.

문 입구에서 그들은 무의미한 말들을 몇 마디 더 주고받았다. 가게 주인은 자전거의 품질에 대해 다시 자랑을 늘어놓았다. 타이어, 브레이크, 변속기 등등. 마침내 그는 자전거에 올라타는 마티아스에게 행운을 빌어 주었다.

여행자는 감사의 뜻을 표했다. 그리고 떠나면서 말했다. "4시경에 돌아오겠습니다." 그는 오른손으로 핸들을 잡고, 왼손에는 작은 트렁크를 들었다. 멈춰 설 때마다 시간을 단축하기 위해 그것을 짐받이에 묶어 두고 싶지 않았던 것이다. 여행 가방은 그리 무겁지 않았고, 페달을 밟는 데 지장을 주지도 않았다. 왜냐하면 그는 대단한 속도를 낼 생각도 없었고, 위험한 곡예를 부릴 생각도 없었기 때문이었다.

그는 우선 울퉁불퉁한 포석들 위로 읍사무소까지 갔다. 그리고 그곳에서 왼쪽으로, 큰 등대 길로 접어들었다. 광장의 포석들을 벗어나자마자 자전거는 아주 만족스럽게 굴러갔고, 그는 아무런 어려움 없이 운전해 갔다.

거리를 따라 늘어선 작은 집들은 벌써 시골집의 전형적인 모습을 보여 주었다. 그것들은 모두, 두 개의 네모난 작은 창문들 사이로 나지막한 현관문이 나 있는 단층집이었다. 그 집들은 돌아오는 길에 시간이 남으면 들를 것이다. 읍내에서 쓸데없이 너무 오래 지체한 탓이었다. 그는 배가 떠나기까지 그에게 남은 시간을 대략적으로 빨리 계산했다. 겨우 다섯 시간이다. 그 길이의 시간에서 자전거 주행에 드는 만큼 최대 한 시간을 — 총 거리가 (착오가 없다면) 10에서 15킬로미터를 넘지 않아 그 정도로 충분했다 — 빼야 했다. 그러면 판매를(그리고 거절을) 위해서는, 약 네 시간, 다시 말해 240분이 그에게 남아 있었다. 고집불통의 고객들 곁에서 끈기를 부리며 길게 노닥거리지는 않을 것이다. 사지 않겠다는 의향을 간파하는 즉시 가방을 접을 것이다. 그런 방법으로, 그는 몇 초 사이에 대부분의 거절들을 신속히 처리할 것이다. 효율적인 판매를 위해, 마을 안에서의 짧은 도보 이동까지 포함하여 한 개당 10분 정도는 잡아야 마땅할 것이다. 그러한 토대 위에서, 그에게 주어진 240분은 스물네 개의 시계 판매를 — 가장 비싼 것들은 아니겠지만, 예를 들어 평균 150에서 170크라운짜리, 그러니까 이윤으로는…… — 의미했다.

읍내의 경계를 넘어서려는 순간, 증기선 회사의 선원과 그의 누이와 세 조카들이 마티아스의 기억에 떠올랐다. 그는 마지막 집 바로 앞에 서 있었다. 다른 집들과는 오른쪽으로 조금 떨어져 있어서, 그는 사실을 명백하게 왜곡하지 않고서도 그 집을 시골의 첫 번째 집으로 간주할 수 있었다. 그는 자전거를 멈추고 벽에 기대 세웠다. 그리고 현관문의 나무판자를 두드렸다.

그는 손톱을 쳐다보았다. 기계기름으로 얼룩진 긴 흔적이 채 마르지 않은 상태로, 손가락들 안쪽으로 가로줄을 그어 놓았다. 하지만 자전거 체인에는 손을 대지 않았었다. 그는 핸들을 살펴보고, 오른쪽 손잡이 아래와 브레이크의 레버 위에 손을 대 보았다. 검지와 중지 끝에 새로운 얼룩들이 묻었다. 아마 차고 주인이 브레이크의 접합 부분에 새로 기름칠을 하고는 손잡이 닦는 것을 잊어버렸던가 보다. 마티아스가 손을 닦을 뭔가를 눈으로 찾고 있는데, 문이 열렸다. 그는 황급히 주머니 속에 손을 감추었다. 그 속에서 아직 뜯지 않은 담뱃갑과 사탕 봉지와 마지막으로 노끈 꾸리가 만져졌다. 그는 물건으로 가득한 주머니 속에서 다른 손의 도움 없이 아주 다급하게, 그러나 가능한 한 꼼꼼히 그 노끈에 대고 손마디 안쪽을 문질렀다.

그리고 곧장 사전 준비 단계로 말들이 오갔다. 증기선 회사에서 일하고 있는 남동생, 파격적인 가격의 손목시계, 집 한가운데를 가르는 복도, 오른쪽으로 첫 번째 문, 커다란 부엌, 그 가운데를 차지하는 타원형 테이블(그것은 오히려 식탁에 가까웠다), 잔잔한 꽃무늬가 알록달록 날염된 밀랍 입힌 천, 가짜 구리 자물쇠 누르기, 뒤로 젖혀지는 뚜껑, 검은색 수첩, 안내서들…….

테이블 건너편, 찬장(마찬가지로 대개는 식당에 두는 찬장) 위에는 커피 분쇄기에서 하기 학교에서 가져온 가시 돋친 물고기에 이르기까지의 잡다한 물건들 사이로 직사각형 사진틀이 하나 있었다. 크롬으로 도금한 금속 액자, 보이지 않는 받침대 뒤로 기울인, 20센티미터 높이의 액자에는 비올레트의 사진이 꽂혀 있었다. 어린 비올레트.

물론 비올레트는 아니었지만, 어쨌든 그녀와 많이 닮은 사람이었다. 특히 얼굴이 닮았다. 왜냐하면 그녀의 복장은 비록 그녀의 몸 형태가 이미 성숙한 어린 여자의 것이라고 할 수 있을 징후들을 보이기 시작했음에도 불구하고 — 작은 키로 인해 — 그녀가 아직 아이였다는 사실을 보여 주고 있기 때문이었다. 그녀는 평상복 — 농촌 여자아이들의 옷 — 을 입고 있었다. 시골 사람들이 이처럼 스냅 사진을 찍어 확대하는 습관은 없기 때문에 이 소소한 사항은 놀라웠다. 대개 시골에서 사진은 어떤 행사를 기념하며, 일요 정장(일반적으로 그 나이의 여자아이는 성체 배령을 한다)을 하고, 사진관 의자에 앉아 종려나무 화분 옆에서 촬영을 한다. 그러나 비올레트는 그와 반대로, 한 소나무의 곧은 둥치에 등을 기대고 서 있었다. 머리를 나무껍질에 대고, 다리를 빳빳하게 약간 벌리고, 두 팔을 뒤로 모은 채. 신뢰와 강요가 애매하게 혼합된 그녀의 자세는 그녀를 나무에 묶었다고 상상하게 할 수도 있었다.

"아주 참한 딸아이를 두셨군요!" 여행자는 붙임성 있게 말했다.

"말도 마세요. 진짜 저주가 따로 없다니까요. 저 아이의 순종적인 표정을 믿지 마세요. 저 계집아이의 몸속에는 악마가 들어 있답니다!"

허물없는 대화가 시작되었다. 그러나 마티아스는 여자아이들의 교육 — 반항적인 기질로 걱정을 끼치는 어린 자클린의 교육 — 에 갖는 그의 관심에도 불구하고, 심지어 그 언니들인 잔과 마리아의 행복한 약혼이 그에게 일으키는 기쁨에도 불구하고, 그 어머니는 그에게 어떤 것도 살 의향이 없다는 사실을 알아차렸다. 결혼 선물은 이미 오래전에 해결되었고, 지금으로서는 최소한의 필수품에 한하여 생활비를 지출하고 있었다.

불행히도 그 아낙은 말수가 많았고, 그에게는 아무짝에도 쓸모없는 장광설이 한도 끝도 없이 이어지는 것을 그는 잠자코 듣고 있어야만 했다. 그러나 경솔하게 자신을 가족의 친구로 소개한 탓에, 감히 그녀를 중단시키지도 못했다. 그렇게 해서 그는 두 사위의 정확한 상황과 미래 부부들의 계획을 알게 되었다. 대륙으로 신혼여행을 갔다 온 다음, 그들 중 한 부부는 섬으로 돌아와 살 것이며, 다른 부부는 살림 차릴 곳을……. 비올레트는 뒤꿈치를 나무 밑동 너비 — 약 40센티미터 — 만큼 완전히 벌렸지만 밑동 양옆으로 붙인 상태로, 두 다리를 모두 나무둥치에 대고 서 있었다. 앞쪽으로 자라고 있는 수풀 때문에 그것들을 그 자세로 묶고 있는 가느다란 줄이 보이지 않는다. 양손은 서로 반대편 팔꿈치가 꺾이는 곳에 가 있고, 겹친 두 팔뚝은 오목한 뒤편 허리에 묶여 있다. 또한 어깨는 아마도 겨드랑 아래로 지나가는, 하지만 어떻게 지나가는지는 추적할 수 없는 가느다란 가죽끈들로, 뒤쪽에서 나무둥치에 묶여 있음에 틀림없다. 아이는 나른한 것 같으면서도 긴장되어 보인다. 오른발은 발가락 끝으로만 땅을 딛고 왼쪽 발끝을 둥치 너머 바깥으로 향하면서 왼쪽 팔꿈치가 보이지 않았고, 오른쪽 골반이 왼쪽보다 높이 올라가며 좀 더 튀어나온 상태에서 머리를 오른쪽으로 약간 기울이고 있어, 몸 전체가 오른쪽으로 약간 비틀려 있다. 사진은 지난여름에 섬을 다녀간 관광객이 찍은 것인데, 약간 경직된 포즈에도 불구하고 아주 생기가 넘쳤다. 이방인은 단 한나절만 섬에 머물렀었다. 천만다행이었다 — 그자와 또 무슨 일이 벌어졌을지 누가 알겠는가 말이다. 아낙은 그 딸에게 엄격한 체벌이 필요했을 것이라고 생각했다. 그러나 운명의 장난으로 아이의 아버지는 죽었고(아마 여행자가 이 사실을 알고 있었을 게다), 아이는 그 상황을 이용하여 가엾은 엄마를 조롱했다. 그녀는 막내 때문에 미쳐 버릴 지경이었다. 그녀는 그토록 신중한 큰 딸들이 곁을 떠나고, 매정한 그 아이와 단둘이 남을 때를 벌써부터 두려워하고 있었다. 열세 살에, 그 아이는 가족의 수치였다.

마티아스는 자신의 어머니에게 그런 식으로 미움받기 위해, 그 아이가 도대체 무엇을 실제로 할 수 있었는지 궁금했다. 여자아이가 조숙한 것은 분명해 보였다. 그러나 '매정한', '사악한', '못돼먹은'…… 그것은 다른 문제였다. 약혼 관계를 깼다는 — 그렇게

들 주장했다 — 애송이 어부의 이야기는 썩 명확하지 않았다. 어린 여자아이에게 '빠져 버린' 그 청년으로 말할 것 같으면, 그는 그 속에서 꽤 야릇한 역할을 어쨌든 하고 있었다. 하지만 그 이방인이 그곳을 다녀간 추억으로, 오후 한나절을 함께 보낸 그녀의 어린 딸에게 고급 액자에 넣은 사진을 보낸 것은 무엇 때문이었겠는가? 어머니는 미소를 지워 버린 표정으로, '마술적인 힘'을 말했다. 그리고 '얼마 전까지는, 그보다 덜한 일로도' 그 아이를 마녀로 불살라 버렸을 것이라고 단언했다.

소나무 발치에서 마른풀들이, 그리고 면직 원피스 아랫단이 불타오르기 시작했다. 비올레트는 반대 방향으로 몸을 비틀고는 입을 벌리며 머리를 뒤로 젖혔다. 그럼에도 불구하고 마티아스는 작별 인사를 건네는 데 마침내 성공해 가고 있었다. 물론 그는 무척이나 너그러운 외삼촌에게 그의 귀염둥이 자클린이 최근에 저지른 엉뚱한 짓을 이야기해 줄 것이다. 아니, 그가 그 아이를 오늘 낮에 만날 가능성은 없을 것이다. 왜냐하면 그 아이는 그가 지나가는 도로에서 멀리 떨어진 낭떠러지 근방에서 양들을 지키고 있을 것이고, 설사 그가 큰 등대까지 곧장 가지 않고 길을 벗어난다 하더라도, 그것은 반대 방향 — 마레크의 농장 쪽 — 이 될 것이기 때문이었다.

그는 그 모든 시간을 또 허비해 버린 것에 헛된 후회를 느끼게 되리라는 예감이 들어, 시계 들여다보는 일을 피했다. 그보다는 차라리 페달을 더 빨리 밟으려고 애썼다. 그러나 이제는 여행 가방이 그를 거북하게 만들기 시작했다. 그는 변화를 주기 위해 왼손에 핸들 손잡이와 작은 트렁크의 손잡이를 한꺼번에 쥐고 자전거를 달렸지만, 그것도 그리 편하지는 못했다. 지면의 경사가 심해져, 속력을 늦춰야만 했다. 게다가 햇볕과 더위가 기승을 부리기 시작했다.

그는 외딴집들을 방문하기 위해 도로변에 두 번 멈췄다. 그곳에서도 너무 서둘러 나오느라, 10초만 더 머물렀더라면 가능했을 판매 기회를 놓쳤다는 느낌을 그는 떨치지 못했다.

방앗간으로 가는 분기점에 이르렀을 때는 직진해 버렸다. 문득 우회가 불필요하게 느껴진 것이다.

조금 더 멀리, 궤도에서 아주 약간 후미진 곳에 물러앉은 한 조그만 집 앞에서는 집 모양새가 너무 조촐하다는 핑계로 멈추지 않고 지나쳐 버렸다. 도로는 이제 평평했다. 그는 어쨌든 마레크의 농장에는 가야 할 것이라고 생각했다. 그는 오래전부터 그 집 사람들을 알고 있었고, 그들에게는 틀림없이 뭔가를 팔 것이다. 그곳으로 가는 길은 2킬로미터 전환점이 지난 다음, 간선 도로에서 왼쪽으로 꺾였다. 같은 지점에서, 오른쪽으로는 남서쪽 해안과 만나는 오솔길이 시작되었다 — 거기에는 비올레트가 낭떠러지 근처에서 양들을 지키고 있다…….

바다가 여전히 올라오고 있다. 바람이 이쪽으로 부는 만큼 더욱 더 바다는 힘차게 치솟는다. 높은 파도들이 충돌한 다음, 반들거리는 가파른 편암 옆구리를 타고, 희끄무레한 폭포수들이 역방향으로 흘러내린다. 돌출한 바위들 사이에 숨어 있던 미세한 갈색 거품들이, 부딪혔다 되밀리는 파도가 그 배후를 덮치자, 소용돌이치며 솜털처럼 햇빛 속에 날아오른다.

오른쪽으로 굽어 들어간 해안의 안쪽에서는 파도들이 하나씩 차례로, 매끄러운 모래 위로 평온하게 올라왔다가는 스러진다. 파도들이 물러나면서 남긴 가느다란 거품 레이스들이 불규칙적으로 나아가며 — 끊임없이 지워지고, 혹은 새로 결합하며 다시 만들어진다 — 잇달아 꽃 줄을 그린다.

벌써 전환점이다. 그리고 2킬로미터를 가리키는 흰색 경계석이 있다. (이곳에서 큰 등대 길 끝에 있는 마을까지는 1천6백 미터밖에 남지 않았다.)

곧 분기점이 나타난다. 왼쪽은 농가로 가는 길이, 그리고 오른쪽은 비포장 도로처럼 보이는 길이 나 있다. 이 길은 처음에는 자전거가 어렵지 않게 들어갈 수 있을 만큼 아주 넓게 시작하다가, 그다음에는 다져진 흙바닥의 단순한 오솔길로 — 히스와 난쟁이 가시양골담초 덤불들 사이로 군데군데 토막 난 바퀴 자국들이 선을 두르고 있다 — 좁아지지만, 거북하지 않게 자전거를 달릴 수 있을 정도는 된다. 그 길로 몇백 미터가량 가면, 땅은 낭떠러지 쪽 첫 굽이들을 향해 완만하게 기울어진다. 마티아스는 그저 내려가기만 하면 된다.

2부

발 하나 길이보다 폭이 좁은 그림자 하나가 희뿌연 먼지로 뒤덮인 도로를 직선으로 가로막고 있었다. 그것은 약간 비스듬히 통행로를 가로지르며 뻗어 있었다. 하지만 그것이 길을 완전히 폐쇄하지는 않았다. 둥그스름한 — 거의 평평한 — 끄트머리가 도로 중간을 넘어서지 않고, 왼쪽 부분 전체를 자유로이 남겨 두었기 때문이다. 그 끄트머리와 도로변에 낮게 깔린 짧은 풀들 사이에 조그만 개구리 한 마리의 시체가 으깨져 있었다. 그것은 허벅다리를 벌리고 팔은 십자로 편 채, 먼지 위에 겨우 표시가 날 정도로 약간 더 짙은 회색의 얼룩을 만들고 있었다. 이제는 손상될 수 없는, 바싹 마르고 딱딱한 껍질만 남은 것처럼, 몸은 두께를 완전히 상실해 버렸고, 네 다리를 쫙 펴고 뛰어오른 — 그러나 공중에서 응고되어 버린 — 동물의 그림자가 그럴 것 같은 만큼이나 땅에 바짝 밀착되어 있었다. 실제로 훨씬 더 짙은 오른쪽의 진짜 그림자가 점차 희미해지기 시작하더니, 몇 초 후에는 완전히 사라져 버렸다. 마티아스는 하늘을 향해 고개를 들었다.

구름 한 조각의 위쪽 가장자리가 태양을 막 가리더니, 구름 바깥으로 분사된 빛의 술 장식이 빠른 속도로 움직이며 태양이 여전히 그 뒤에 위치해 있음을 알려 주고 있었다. 작은 크기의 구름 조각들이 새로 남서쪽에서 몰려와 여기저기 흩어져 있었다. 대부분은 바람에 느슨하게 헤쳐져, 불명확한 형태들을 보여 주었다. 한순간, 마티아스는 앉아 있던 개구리가 새가 되어 날아오르는 모습을 지켜보았다. 개구리는 몸을 쭉 펴더니, 꽤 짧은 목과 약간 굽은 부리를 가진 새가 되었다 — 옆모습과 접은 날개깃으로 보아 갈매기 같았다. 그는 새의 굵고 동그란 눈까지도 알아볼 수 있었다. 1초 사이에, 거대한 갈매기가 전신주 꼭대기에 내려앉은 것만 같았다. 기둥 그림자는 원래 형태 그대로, 도로를 가로질러 다시 뻗어 있었다. 희뿌연 먼지 속에서 전선들의 그림자를 분간해 낼 수는 없었다.

그 너머로 1백 미터가량의 거리에서 농부 아낙이 장바구니를 들고 마티아스를 향해 걸어오고 있었다. 아마 큰 등대 마을에서 오는 것일 게다. 꼬부라진 길의 굴곡과 교차점의 배치 방향으로 인해, 아낙은 마티아스가 어느 샛길에서 빠져나왔는지 볼 수 없었다. 따라서 그는 읍내에서 바로 도착했을 수도 있고, 혹은 마레크의 농가에서 되돌아오는 길일 수도 있었다. 반면, 아낙이 설명되지 않는 그 정지는 눈여겨보았을 것이다. 그 자신 또한 곰곰이 생각했을 때 그 사실이 놀라울 따름이었다. 한 손으로는 니켈로 도금한 자전거 핸들을 잡고, 다른 손으론 목질 섬유로 된 조그만 여행 가방을 들고, 구름을 쳐다보며 도로 한가운데 멈춰 서 있던 이유는 도대체 무엇이었을까? 그제야 그는 자신이 그때까지 (언제부터였던가?) 알 수 없는 무기력감 속을 떠돌고 있었다는 사실을 깨달았다. 그러나 무슨 이유로 마치 더 이상 어떤 것도, 어느 곳도 그를 부르지 않는 듯, 느긋하게 자전거를 밀고 있었는지, 도대체 무슨 이유로 자전거 위에 올라타지 않았는지, 그는 도무지 이해할 수가 없었다.

맞은편 아낙은 이제 50미터 거리까지 다가와 있었다. 그녀는 그를 바라보고 있진 않았지만, 그의 존재와 그의 기이한 행동을 틀림없이 뇌리에 각인시켜 두었을 것이다. 안장에 뛰어오른 다음, 읍내에서 혹은 농가에서 혹은 어디에서든 태연하게 자전거를 타고 오는 시늉을 하기에는 너무 늦었다. 그곳에는 자전거에서 내리게 할 오르막길이라고는 아주 완만한 것조차도 없었고, 오로지 기계의 민감한 어떤 지점에 — 이를테면 변속기에 — 갑자기 발생한 조그만 — 심각하지 않은 — 고장만이 그가 거기에 멈춰 선 것을 정당화해 줄 것이다.

그는 대여한 자전거를 물끄러미 바라보았다. 그것이 태양 아래 반짝거리고 있었다. 그사이, 그러한 조그만 장애들이 때로는 새 기계도 덮칠 수 있다는 생각에 이르렀다. 작은 트렁크의 손잡이를 이미 쥐고 있던 왼손으로 핸들을 잡고는, 체인을 검사하기 위해 몸을 굽혔다. 그것은 기름칠이 꼼꼼하게 되어 있었고, 크랭크의 톱니바퀴 장치 속에 제대로 위치해, 완벽한 상태에 있는 것 같았다. 그럼에도 불구하고 아직 오른손에 선명하게 남아 있는 기름 자국들은 그가 적어도 한 번은 그곳에 손을 대야만 했다는 사실을 증명하고 있었다. 그러나 다른 한편으로 그 흔적은 불필요한 것이었다. 왜냐하면 그가 실제로 체인에 손을 스치자마자 그의 네 손가락 마지막 손마디들 안쪽으로 시커먼 기름이 흠뻑 묻어 버렸고, 그것은 앞선 얼룩들의 선명한 자국과 중요성을 모두 제거해 버렸으며, 게다가 그것들을 부분적으로 덮어 버리기까지 했다. 무사히 남아 있던 엄지손가락의 기름 자국 위로 그는 일부러 두 개의 선을 가로로 덧그었다. 그러고는 다시 일어섰다. 주름진 누리끼리한 얼굴이 두 발짝 거리까지 다가왔을 때, 그는 늙은 마레크 부인을 알아보았다.

마티아스는 섬에서 한나절을 보낼 요량으로 그날 아침에 증기선을 타고 도착했었다. 즉시 자전거를 마련하려고 애썼지만, 차고 주인이 그에게 제안한 것을 준비할 때까지 기다리느라, 계획과는 반대로 항구에서 먼저 순회를 시작했었다. 상품을 — 저렴한 가격과 훌륭한 품질에도 불구하고 — 하나도 팔지 못했기 때문에, 그 다음에는 시골 도로변의 집들에서 가능성이 더 많을 것 같아, 그 집들을 닥치는 대로 모조리(거의 모조리) 방문했었다. 하지만 그 모두가 헛일이었고, 또 많은 시간을 허비해 버렸다. 그래서 2킬로미터 전환점에 — 교차점에 — 도착했을 때는 시간이 지체된 게 덜컥 불안해졌고, 농가까지 또다시 우회하기보다는 곧장 가는 것이 더 현명할 것이라 판단했었다. 그러나 설상가상으로 카페 겸 담배 가게에서 대여한 자전거의 변속 장치가 제대로 작동하지 않더니 그만…….

늙은 아낙은 그에게 말을 건네지 않고 그냥 지나치려 하고 있었다. 그녀는 그를 정면으로 바라보고도 마치 그를 알지 못하는 듯 고개를 돌렸다. 그는 우선 그 상황에 홀가분함을 느꼈지만, 그 반대가 오히려 더 낫지 않을까 하고 속으로 되물었다. 그다음엔 그녀가 그와 몇 분 동안 한담을 나누는 것이나, 혹은 어쨌든 단순한 인사말 한마디쯤 그에게 하는 것에 불쾌감을 드러낼 이유야 없을 것이라 생각하면서도, 어쩌면 그녀가 일부러 그를 알아보지 못하는 것처럼 할지도 모른다는 생각이 그의 뇌리를 스쳤다. 하지만 그는 바로 그 순간에 들여야 할 상당한 노력에도 불구하고, 어찌되든 간에 먼저 나서서 말을 건네기로 결심했다. 적어도 그런 방식으로, 사정을 알게는 될 것이다. 그는 미소와 비슷할 것이라 상상하고 찌푸리기 시작하던 얼굴의 주름을 더욱 강조했다.

그러나 얼굴 움직임만으로 아낙의 주의를 끌기에는 너무 늦었다. 그녀는 말라 버린 개구리 시체와 전신주 기둥의 둥그스름한 끄트머리 사이의 까다로운 길목을 벌써 지나가 버렸다. 곧이어 그녀는 다른 방향으로 멀어져 갈 것이다. 더욱더 접근할 수 없는 영역을 향한 그녀의 걸음을 중단시키기 위해서는 사람의 목소리가 필요했다. 마티아스는 반들거리는 금속 핸들에 얹혀 있던 오른손에 잔뜩 힘을 주었다.

매끄럽지 못한 문장 하나가 그의 입에서 튀어나왔다. 그것은 너무도 급작스러워 상냥하게만 들리지도 않았고, 문법적으로 정확하지도 않아 거의 종잡을 수 없는 데다 지나치게 길기까지 했다—어쨌든 그가 '마레크', '안녕하세요', '못 알아보는' 같은 핵심적인 표현들은 말하고자 했다. 늙은 아낙은 아무것도 이해하지 못한 채 그를 향해 돌아섰다. 그는 마음을 가라앉힌 다음, 자신의 이름을 대고 필수 사항을 보충하면서 반복했다.

"저런!" 아낙이 말했다. "못 알아봤었어요."

그녀는 '괴상한 몰골'이란 말로 시작하며, 그가 피곤해 보인다고 말했다. 그들이 지난번에 만났을 때, 그러니까 그게 벌써 2년도 더 된 일이었는데(그녀가 시내에 사는 사위네 집에 마지막으로 갔을 때), 그때만 해도 마티아스는 여전히 콧수염을 기르고 있었다……. 그는 반박했다. 그는 콧수염도 턱수염도 기른 적이 결코 없었다. 하지만 늙은 아낙은 그러한 주장에 설득된 것 같지 않았다. 화제를 바꾸기 위해, 그녀는 그가 무얼 찾아 이 고장에 왔는지 물었다. 특히 석유로 불을 밝히는 시골에서는 그가 수선할 전기 제품을 발견할 가능성이 그리 많지 않을 것이라고 말했다.

마티아스는 이동 전기 수선공 일은 더 이상 하지 않으며, 지금은 손목시계를 판다고 설명했다. 한나절을 보낼 요량으로 그날 아침에 증기선으로 도착했었다. 자전거를 대여했는데, 운이 따르질 않아 주인이 주장하던 것만큼 잘 굴러가질 않았다. (그는 기름때로 덮인 자신의 손을 보여 준다.) 그 때문에 2킬로미터 전환점까지 시간을 많이 잃어버렸다. 그리고…….

마레크 부인이 그의 말을 가로막았다. "맞아요. 집에 왔더라도 아무도 만나지 못했을 거예요."

여행자는 그녀가 말하게 내버려 두었다. 그녀는 며느리가 보름 남짓 대륙으로 떠난 사실을 이야기했다. 남편(그녀의 맏아들)은 아침나절 내내 읍내에 남아 있어야 했고, 조제핀은 화요일마다 자신의 가족과 함께 점심 식사를 했다. 아이들은 12시 반이 되어야 학교에서 돌아오고, 사내애들 중 가장 큰 애는 빵집에서 수습생으로 일하고 있는데, 저녁에나 귀가했다. 그 녀석은 판단력을 완전히 상실해 버려서, 그 전주(前週)에는…….

마티아스는 계획했던 것과는 반대로 항구에서 순회를 시작했으니, 아버지나 아들을 만날 수도 있었을 터였다. 시골의 고객들에게 더 많은 기대를 걸고, 그다음에는 도로변의 집들을 모두 방문하며 업무에 열을 올렸었다. 하지만 어디서든 헛되이 시간만 잔뜩 낭비하고 말았다. 어쨌든 오랜 친분이 있는 마레크의 집에서는 더 호의적으로 맞아 줄 것이라 기대하고 있었으니, 세상에 그 댁 방문만큼은 함부로 소홀히 해서는 안 될 것이었다. 그런데 집이 닫혀 있는 것을 보고 가족의 — 마레크 부인과 그녀의 자식들과 손자들의 — 최근 소식을 가져가지 못해 이만저만 실망이 아니었다. 평소에는 식사를 위해 한자리에 모이는 그 시간에 그들이 아무도 없었다는 사실은 무엇을 의미할까? 그곳에 아무도 없는, 그 이해할 수 없는 정적에 불안해했어야 하지 않을까?

그는 귀를 쫑긋 세우고 자신의 침묵을 엿듣는다. 호흡이 — 숨소리가 그를 동요시킬 것이다 — 저절로 멈춘다. 내부에는 어떤 미세한 소리도 들리지 않는다. 아무도 말하지 않는다. 어떤 것도 움직이지 않는다. 모든 것이 죽어 있다. 마티아스는 닫힌 현관문 쪽으로 약간 더 몸을 기울인다.

그는 그의 굵은 반지로 나무판자를 다시 두드린다. 그것은 텅 빈 궤짝처럼 깊이 울린다. 하지만 그는 이미 자신의 몸짓이 불필요하다는 것을 알고 있다. 누군가가 있다면, 그 화창한 날씨에 문이 열려 있을 것이고, 아마 창문들도 모두 활짝 열려 있을 것이기 때문이다. 그는 고개를 들어 2층 창문들을 쳐다본다. 거기서는 어떤 인기척도 — 창문짝을 밀어 닫는다거나, 걷혔던 커튼이 다시 떨어진다거나, 창가의 실루엣이 뒤로 사라진다거나 — 공기를 흔들지 않았고, 밖으로 내밀었던 상체가 방금 사라졌다거나 혹은 어떤 상체가 불쑥 나타나 밖으로 몸을 내밀 것이라는 사실을 짐작하게 하는, 활짝 열린 창틀이 일으키는 그런 잔상이나 전조의 동요조차 없다.

자전거를 벽에 기대어 놓고, 그는 안마당의 다진 흙바닥 위로 머뭇머뭇 몇 발짝 걸어간다. 그는 부엌 창문까지 다가가, 창유리를 통해 한번 들여다본다. 그러나 내부는 너무 어두워서 어떤 것도 분간해 낼 수 없다. 그는 왔던 길 입구를 향해 돌아서서, 그쪽 방향으로 2, 3미터쯤 걷다 멈추고는, 반대 방향으로 다시 걸어가 현관문과 1층의 닫힌 덧창들에 다시 한 번 눈길을 던진 다음, 이번에는 정원 울타리까지 계속 걸어간다. 얇은 판자를 성글게 이어 붙인 쪽문도 마찬가지로 빗장이 걸려 있다.

그는 집 쪽으로 되돌아온다. 그는 부엌임에 틀림없는 창문으로 다가가서 통나무 덧창들을 단순히 당겨 놓은 게 아니라, 단단히 닫아 놓았다는 것을 확인한다. 따라서 내부를 보려 하는 것은 불가능하다.

그는 자전거가 있는 곳으로 돌아간다. 이젠 떠나는 수밖에 없다.

그의 실망이 크다. 그는 적어도 거기에서만큼은 더 호의적으로 맞아 줄 것이라 기대하고 있었는데. 도로를 달리는 내내, 그는 그들이 없을지도 모른다는 생각은 하지 못하고, 어린 시절의 절친한 친구들 집에 잠시 들를 생각에 마냥 즐거워하고 있었는데.

고향에 한 번도 돌아오지 않았던 그가 자전거를 타고 도착하는 광경을 보면서 어린 시절의 친한 친구들이 깜짝 놀랄 것이라 상상하며, 아침부터 — 그 전날 저녁부터 — 내내, 그는 그들 집에 잠시 들를 생각에 마냥 즐거워하고 있었다. 하지만 로베르 마레크의 네 아이들은 시내에 있는 그들의 삼촌 집에 — 그 자신의 거처와 아주 가까운 곳에 있었다 — 짧은 방학 때 이따금씩 다녀가곤 하던 것을 벌써 여러 차례 볼 기회가 있었다. 아이들이 지난번에 봤을 때보다 많이 자랐을 게다. 그들을 알아보지 못할 가능성이 아주 컸겠지만, 부모가 그 사실을 알아차리지 못하게끔 힘들이지 않고 잘 해낼 것이다. 어쩌면 사람들이 점심 식사를 함께하자고 붙잡지는 않을까. 요깃거리로 가져간, 반코트 왼쪽 주머니 속에서 뜨거운 태양열을 받으며 푹 익어 버렸을 샌드위치 두 쪽을 혼자 먹는 것보다는 물론 그게 더 유쾌했을 것이다.

날씨가 정말이지 지나치게 더워졌다. 지면의 경사가 심해져서 그는 속도를 늦춰야만 했다. 그는 외딴집들을 방문하기 위해 도로변에 두 번 멈췄다. 그러나 사람들이 그에게 아무것도 사지 않으리라는 것을 금방 알아차리고는 그곳에 들어서자마자 곧장 다시 나와 버리다시피 했다. 방앗간으로 가는 분기점에 이르렀을 때는 직진해 버렸다. 그 사람들에 대해 입수한 정보들은 그들에게 가장 수수한 시계조차도 판매할 희망을 그에게 남겨 두지 않았던 것이다. 그런 상황에서 그곳에 가는 것은 소용없는 일이었다. 그는 그런 식으로 꽤 많은 시간을 허비했다.

조금 더 멀리, 그는 길 뒤쪽에, 관리 상태가 나쁜 긴 오솔길 끝에 물러앉은 한 조그만 집을 발견했다. 집 모양새가 너무 초라하여 그는 그곳에 가기를 포기했다. 시계를 보았다. 정오가 넘었다.

이젠 도로가 더 이상 경사지지 않아, 자전거를 달리는 것이 덜 힘들었다. 곧이어 그는 2킬로미터 전환점에 도달했다. 흰색 경계석 위에는 최근에 다시 칠한 페인트 글씨로 '검은 바위 등대 — 1.6km' 라고 쓰여 있었다. 그 고장에선 모든 사람들이 '큰 등대' 라고 말했다. 거기서 50미터를 더 간 다음, 그는 간선 도로를 떠나 왼쪽으로, 마레크의 농가로 가는 곁길로 들어섰다.

풍경이 눈에 띄게 변했다. 길 양쪽으로 비탈진 오르막은 거의 끊이지 않는 빽빽한 덤불로 덮여 있었고, 그 뒤로는 항풍(恒風) 방향인 남동쪽으로 기울어진 소나무 둥치가 여기저기 한 그루씩 솟아 있었다(다시 말해 왼쪽 나무들은 덤불 위로 기울어 있고, 오른쪽 나무들은 덤불에서 멀어지고 있었다).

그의 기획에 믿음을 주던 그 근접한 목표 지점에 조금이라도 더 빨리 도달하려는 마음에, 마티아스는 페달을 더 빨리 밟고 싶었다. 자전거 체인이 불쾌한 소리를 내기 시작했다 — 측면에서 톱니바퀴의 이빨에 긁히면서 내는 마찰음 같았다. 그는 비탈길을 힘겹게 오른 다음에 변속을 하면서 뭔가 비정상적인 낌새를 이미 느꼈지만, 걱정하지는 않았었다. 그리고 쇠 긁는 소리도, 단순히 그것이 그의 생각에서 빠져나간 게 아니라면, 조금씩 잦아들었었다. 이제는 정반대로 그 소리가 너무나 급속도로 심화되어, 여행자는 자전거에서 내리는 쪽을 택했다. 그는 도로 위에 가방을 내려놓고, 손으로 페달을 돌리면서 변속기를 검사하기 위해 웅크리고 앉았다. 그의 검사 결론은 약간 무리해서라도 체인을 더 팽팽하게 당기면 되리라는 것이었다. 그러나 기계를 작동하면서 체인에 스치는 바람에 손가락이 온통 기름때로 덮이고 말아, 고랑의 풀로 대충 닦아 내야만 했다. 그는 자전거에 다시 올라탔고, 수상한 소리는 거의 사라졌다.

농가 앞에 펼쳐진 안마당의 다진 흙바닥 위로 들어서자마자(막다른 길목 끝의, 주머니 모양의 단순한 확장이다), 그는 1층의 두 창문에 통나무 덧창들이 당겨져 있는 것을 보았다. 창문들 사이로, 활짝 열려 있으리라 기대했던 현관문 역시 닫혀 있었다. 1층 창문들 바로 위에 위치해 있는 2층의 두 창문은, 그것들의 덧창들은 열려 있었지만, 유리창을 때리는 강렬한 햇빛에도 불구하고 닫혀 있었다. 두 창문 사이로, 현관문 위쪽에는 회색 돌로 된 넓은 공간이 있었고, 그곳에는 세 번째 창문이 결여된 것처럼 보였다. 그 자리에는 조그만 석상을 놓아두기 위한 것인 듯, 벽의 두께 속에 파 놓은 아주 조그만 벽감(壁龕)이 있었다.

현관문 양쪽에는 가시남천 덤불이 둥글게 자라고 있었고, 아직은 파릇한 꽃들이 노란색으로 물들려 하고 있었다. 마티아스는 첫 번째 창문의 닫힌 덧창 아래, 왼쪽 가시남천 덤불의 왼쪽으로, 집 벽에다 자전거를 기대 세웠다. 그리고 작은 트렁크를 여전히 손에 쥐고 현관문에 다가가서는, 아무도 문을 열지 않으리라는 것을 이미 알고 있었지만, 혹시나 하는 생각에 나무판자를 두드렸다.

몇 초가 지난 다음, 그는 그의 굵은 반지로 다시 두드렸다. 그러고는 뒤로 물러나 2층 창문을 향해 고개를 들었다. 분명히 아무도 없었다.

그는 마당 구석의 건초를 쌓아 두는 헛간 쪽을 바라보았다. 그리고 그가 왔던 길 입구를 향해 돌아서서, 그쪽 방향으로 2, 3미터쯤 더 걷다 멈춘 다음, 반대 방향으로 다시 걸어갔다가, 이번에는 채소밭 울타리까지 계속 걸어갔다. 얇은 판자를 성글게 이어 붙인 쪽문이 사슬과 맹꽁이자물쇠로 잠겨 있었다.

그는 집 쪽으로 되돌아왔다. 부엌임에 틀림없는 오른쪽 창문의 덧창이 그가 보기에는 마치 햇빛을 피하기 위해 단순히 그것들을 밀어 놓은 것처럼, 잘 맞물려 있는 것 같지 않았다. 그는 바짝 다가가 그것들을 벌려 보려고 했으나 헛수고였다. 안쪽에 갈고리가 채워져 있었다.

마티아스는 그곳에서 돌아서는 수밖에 없었다. 그는 옆쪽 창문 아래 벽에 기대 세워 놓은 자전거를 집어 들고 그 위에 올라탔다. 그리고 오른손으로 핸들을 잡고, 왼손으로는 — 왼쪽 핸들 손잡이에 약간 의지하면서 — 여행 가방을 들고, 역방향으로 길을 다시 떠났다. 간선 도로 위로 올라서자마자 쇠 긁는 소리가 더욱 심하게 나기 시작했다. 그 앞에는 1백 미터 정도의 거리에서, 한 농부 아낙이 장바구니를 들고 그를 향해 걸어오고 있었다.

톱니바퀴 장치의 회전판 속으로 체인을 밀어 넣기 위해 그는 다시 자전거에서 내려야만 했다. 전번처럼, 그는 손가락을 더럽히는 상황을 피할 수가 없었다. 그가 작업을 마치고 일어섰을 때, 그의 앞으로 지나치려던, 누리끼리하고 주름진 얼굴의 아낙이 마레크의 노모임을 깨달았다.

그녀는 그를 금방 알아보지 못했다. 그가 먼저 말을 건네지 않았더라면, 그녀는 그를 쳐다보지도 않고 지나쳐 버렸을 것이다. 그만큼 그녀는 그곳에서 그를 만나리라곤 생각하지 못했던 것이다. 자신의 부주의를 변명하기 위해, 그녀는 마티아스의 얼굴이 지난번 시내에서 보았을 때와는 달라졌다고 주장했고, 오늘은 아주 피곤해 보인다고도 했다 — 배를 타기 위해 평소보다 더 일찍 일어나야 했는데도 그 때문에 더 일찍 잠자리에 들지 않았으니, 그건 당연했다. 게다가 그는 며칠 전부터 잠을 제대로 자지 못한 터였다.

그들의 지난번 만남은 벌써 2년 전으로 거슬러 올라갔다. 마티아스는 그 이후 직업을 바꾸었고, 지금은 손목시계를 팔고 있다고 알려 줬다. 그는 품질이 뛰어난 제품들을 아주 저렴하게 제안하고 있고 로베르와 그의 아내가 틀림없이 마음에 들어 했을 텐데 농가에 아무도 없어 많이 아쉬웠었다. 부부 두 사람이 모두 집에 없고, 아이들조차 집에 없는 일이 어떻게 일어났는지? 아무튼 마티아스는 모두가 잘 지내고 있기를 바랐다.

그랬다. 그들은 모두 건강했다. 할머니는 그들이 집에 없는 각자의 이유들을 설명했다 — 아비는 읍내로 내려갔고, 어멈은 보름가량 여행을 떠났고, 아이들은 학교에서 아직 돌아오지 않았고 등

등……. 그리고 마티아스가 오후 나절에 다시 들를 수 있다면 이번에는 로베르를 만날 수 있을 것이며, 조제핀도 있을 텐데, 그 딱한 아이는 항상 15분씩 늦게 도착하니, 제시간에 일을 시작하려면 시계가 꼭 필요할 것이라고 밝혔다.

아비와 어린 세 아이들이 대개 12시 반쯤 귀가하니, 여행자가 그들을 아슬아슬하게 놓친 것 같았다. 그들은 벌판을 가로질러 집 뒤의 정원 안쪽으로 통하는 지름길을 이용하는데, 그녀가 덧붙이기를, 아마 지금쯤은 그들이 모두 집에 와 있을 게다. 그러나 그녀는 마티아스에게 함께 집으로 가자고 청하지 않았고, 그는 그 나름대로, 시간 때문에, 식사 시간에 방해될까 염려되어, 감히 제안하지 못했다. 그녀는 시계들을 보자고만 했고, 그는 도로 한복판에서, 심지어 맨땅에 여행 가방을 내려놓고 제품을 펼쳐 보여야 했다. 바로 옆에는 도로 위의 먼지 속에 으깨진, 바싹 마른 두꺼비 시체가 하나 있었다.

집으로 돌아가느라 바쁜 늙은 아낙은 결심하는 데 오랜 시간을 들이지 않았다. 손자 — 빵집에서 수습생으로 일하는 녀석 — 에게 그의 열일곱 번째 생일을 위해 참한 선물을 하나 주고 싶다는 마음을 품고 있었던 것이다. 그녀는 150크라운짜리 (금속 시곗줄이 달린) 모델을 선택했다. 그녀의 말에 따르면, 그 나이의 사내애에겐 그것으로 충분했다. 여행자는 그녀가 그 선택에 후회하지 않을 것이라고 확인시켜 주었지만, 물건의 세부적인 특징들은 그녀의 관심을 끌지 못했다. 그녀는 특징과 보증 내용에 관한 설명을 중도에 잘라 버리고는, 마티아스에게 돈을 지불하며 고맙다는 말과 함께 행운을 빌어 주었다. 그리고 걸음을 재촉하여 가 버렸다. 가정 방문 판매에 익숙하던 여행자는 웬만큼 정성 들인 포장 수단이 없던 터라, 시계를 어디에 넣어야 할지 난감해했고, 그녀는 태엽이 감겨 있긴 했지만 바늘을 제 시각에 맞추지 않은 상태로, 시계를 — 아주 간단히 — 그녀의 손목에 찼다.

작은 트렁크 앞에 웅크린 마티아스는 종이 상자들과 안내서들과 검은색 면포 수첩을 제자리에 정렬한 다음, 젖혀 있던 뚜껑을 다시 내려 닫고는, 찰카닥 자물쇠를 작동시켰다. 도로의 희뿌연 먼지 위로, 처음에는 개구리의 잔해로 착각했던, 회색을 띤 얼룩을 더 가까이 들여다보았다. 뒷다리가 아주 짧은 것으로 미루어, 실제로는 두꺼비였다. (더욱이 도로 위에서 압사하는 것은 언제나 두꺼비들이었다.) 동물의 사체가 먼지로 인해 그렇게 보였던 것만큼 바싹 말라 있지 않았으니, 그것의 죽음은 기껏해야 지난밤의 일이었을 수 있다. 납작해지면서 변형되고 비워진 머리 쪽에 붉은 개미 한 마리가 아직 유용할 만한 찌꺼기를 거두려 애쓰고 있었다.

주변 도로의 색깔이 변했다. 마티아스는 눈을 들어 하늘을 보았다. 바람에 반쯤 헤쳐진 구름 한 점이 빠른 속도로 나아가며, 또다시 태양을 가리고 있었다. 날씨가 차츰 흐려지고 있었다.

여행자는 자전거에 올라탔다. 그리고 길을 계속 갔다. 공기가 더욱 선선해졌고, 반코트도 더욱 견딜 만했다. 지면은 올라가지도 내려가지도 않았다. 만족스러운 길 상태가 주행을 편안하게 해 주었다. 바람은 측면으로 불면서, 자전거 여행자에게 거의 불편을 끼치지 않았다. 그는 작은 트렁크를 손에 든 채 별로 힘들이지 않고 페달을 밟아 나갔다.

그는 조그만 외딴집을 — 가장 평범한 단층집이다 — 방문하기 위해 도로변에 멈췄다. 섬의 대부분의 집들처럼 그 집 앞에도 두 그루의 가시남천 덤불이 현관문 양옆에 서 있었고, 해안을 마주 보고 있었다. 그는 자전거를 창문 아래 벽에 기대 세우고, 현관문의 나무판자를 두드렸다.

문을 열어 준 사람은, 빠끔 열린 문 사이로, 그가 예상했던 것보다 더 낮은 높이에 나타났다. 키를 보아, 아이 — 그것도 꽤 어린 아이 — 였던 것 같은데, 마티아스는 그게 사내아이인지 계집아이인지 분간할 수가 없었다. 실루엣이 어둠침침한 복도 속으로, 너무도 황급히 뒤로 물러나 버렸던 탓이다. 그는 안으로 들어갔고, 그 자신이 문을 닫았다. 어둑한 공간에 미처 눈이 익숙해지지 않은 터라, 그는 자신이 통과한 그 문이 어떻게 열렸었는지 알 수 없었다.

한 남자와 한 여자가 테이블에 서로 마주 앉아 있었다. 그들은 식사를 하고 있지는 않았다. 아마 벌써 마쳤던 게다. 그들은 마치 여행자를 기다리고나 있었던 것처럼 보였다.

그는 아무것도 놓여 있지 않은 밀랍 입힌 날염 천 위로 그의 작은 트렁크를 올려놓았다. 그리고 무언의 동의를 이용하여 자신감 넘치는 태도로, 입담을 늘어놓으며 제품을 끄집어냈다. 의자에 앉아 있던 두 인물은 그의 말을 공손히 듣고 있었다. 그들은 얼마만큼의 관심을 갖고 상자들을 서로 돌려 보며 검토했고, 몇 마디 짧은 의견까지 수고롭게 주고받기까지 했다. "이건 편리하게 생겼군." "이건 틀이 더 멋있어." 등등……. 그러나 그들은 속으로 다른 것을 생각하고 있는 듯한 인상을 주었다 — 피로하다거나, 당황스럽다거나, 오래전부터 아프다거나, 혹은 엄청나게 괴로운 일에 시달리고 있다거나. 혹은 아무것도 생각하고 있지 않았는지도 모른다. 그리고 그들의 의견은 대개 엄격히 객관적인 개념들에 한정되어 있었다. "이건 좀 더 납작하군." "이건 유리가 볼록해." "이건 시계 판이 직사각형이야."……. 그런 것들이 명백히 모두 쓸데없는 말이라는 사실이 그들을 거북하게 하는 것 같진 않았다.

마침내 그들은 가장 싼 시계들 가운데 하나를 골랐다. 늙은 아낙이 산 것과 정확히 같은 것이었다. 그들은 열의 없이, 그리고 마치 이유 없는 듯, 그 시계를 가리켰다. (하지만 저것이 아닐 이유도 없지 않은가?) 그들은 그 시계에 대해 어떤 의견도 교환하지 않았다. 그들이 그것을 보았다 해도, 그것은 아주 건성이었을 뿐이었다. 남자가 지갑을 꺼내 돈을 지불했을 때, 여행자는 그들에게 두세 배는 더 비싼 시계를 사도록 만들려고 더 강하게 주장하지 않았던 것을 후회했다. 그들이 특별히 더 망설이지 않고, 마찬가지의 무관심으로 그런 시계를 구입했을 수도 있지 않을까.

아무도 그를 배웅하지 않았다. 그들은 벌써 다른 곳을 바라보고 있었고, 밀랍 입힌 날염 천 위에 놓인 금속 시곗줄이 달린 새 시계는 여자와 그녀의 남편 사이에서 외면당하고 정당화되지 못한 채 반짝거리고 있었다.

'검은 바위' 마을까지 인가는 더 이상 없었다. 마티아스는 1킬로미터 가까운 거리를 그렇게 부지런히, 규칙적으로 자전거를 달렸다. 도로 위로, 자전거는 이제 아주 희미한 그림자만을 — 간헐적이긴 하지만 — 던지다가 곧 자취를 완전히 감춰 버렸다. 회색빛 하늘에는 엷은 베일로 가려진 파란색 반점들이 드문드문 순간적으로 나타났다 사라졌고, 그 위로 아주 가까이 등대가 서 있었다.

건조물은 지역에서 가장 높이 솟은 것 중 하나였고, 가장 막강한 것 중 하나이기도 했다. 그것은 위로 갈수록 좁아지는 모양의, 흰색을 칠한 원통형 탑 자체 외에 신호기, 라디오 기지국, 조그만 전기 발전소, 안개 짙은 날을 대비한 네 개의 거대한 사이렌이 전진 배치된 초소, 기계들과 설비를 보호하는 온갖 부수적인 건물, 그리고 고용인들과 그들 가족의 거주지들을 포함하고 있었다. 엔지니어들이나 단순 기계공들까지, 충분한 재력의 고객층을 구성했겠지만, 불행하게도 그들은 방문 판매원에게 시계를 사는 사람들이 아니었다.

엄밀히 말하는 마을이 남아 있었다. 과거에는 서너 채의 오두막에 불과했지만, 조촐한 방식이기는 하나 다른 시설들이 이웃하여 건설되면서, 마을 또한 동시에 함께 개발되어 갔다. 그 마을이 그의 어린 시절 이후 어찌나 커져 버렸는지, 마티아스가 좀 더 나은 기억력을 갖고 있다 하더라도, 그곳을 쉽게 알아보지는 못했을 것이다. 열 가구 정도의 작은 집들이 서둘러 지어지긴 했지만 외양은 좋았고, 지금은 과거의 집들을 둘러싸며 감추고 있었다. 그러나 더욱 두꺼운 벽과 더욱 낮은 지붕과 네모난 조그만 창문들이, 잘 아는 눈들에는 여전히 여기저기 드러났다. 새 집들은 비와 바람의 세계에 속하지 않았다. 솔직히 말해 — 아주 사소한 세부 사항들을 제외하면 — 새 집들은 더 나이 든 집들과 별로 차이가 나지 않았다. 하지만 그것들은 풍토도 이야기도 지리적 맥락도 없는 것처럼 보였다. 기후 조건이 그 이후 약간 변화된 게 아니라면, 저 집들이 어떻게 같은 악천후 속에서도, 어쩌면 같은 정도의 성공적인 효과를 누리며 저렇게 꿋꿋이 버틸 수 있을까 의아스러웠다.

이제 그곳에 도달하고 있었다. 식료품 가게가 있었고, 마을 입구에 거의 이르렀을 때는, 당연히 들어가 마실 곳이 있었다 — 어느 곳에 도착했어도 마찬가지였을 것이다. 자전거를 출입문 가까이 내버려 두고, 마티아스는 안으로 들어갔다.

내부의 배치는 시골이나 대도시들의 교외에 — 혹은 조그만 어항(漁港)들의 가두리 둑 위에 — 있는 그런 종류의 여느 장소들과 같았다. 바 뒤에서 서비스를 하는 여자아이는 겁먹은 얼굴과, 바 뒤에서 서비스하는 여자아이의 소심한 개의 소심한 개 태도 같은 소심한 태도를……. 바 뒤에는, 숱 많은 희끗희끗한 회색 머리카락 아래로 만족한, 쾌활한 얼굴을 한 뚱뚱한 여자가 파란색 작업복을 입은 두 노동자에게 마실 것을 따르고 있었다. 그녀는 활기 있고 정확한, 숙련된 동작으로 병을 움직였고, 액체가 술잔 가장자리 꼭대기에 도달하는 정확한 순간에 손목을 약간 돌리면서 병 주둥이를 들어 올렸다. 여행자는 계산대로 다가가 작은 트렁크를 두 발 사이에 내려놓고, 압생트를 주문했다.

기계적으로 여행자는 압생트를 주문하려 했다. 그러곤 그 단어를 발음하기 직전에, 생각을 바꾸었다. 그는 다른 이름을 찾았다.

그러나 아무것도 생각해 내지 못하자, 두 명의 등대 고용인에게 따르고 난 다음 주인 여자가 아직 손에 들고 있던 병을 가리켰다.

"같은 걸로요." 그가 말했다. 그리고 작은 트렁크를 두 발 사이에 내려놓았다.

여자는 먼젓번의 두 술잔과 똑같은 것을 한 손으로 그 앞에 놓고, 다른 손으로 계속 들고 있던 병을 그 잔에다 기울였다. 같은 움직임으로. 그 동작이 어찌나 날렵한지, 그녀가 병을 다시 세웠을 때 분량의 대부분이 잔 바닥과 병 주둥이 사이의 공중에 아직 떠 있었다. 손목 돌리기가 마무리되는 동시에, 쏟아진 액체의 표면이 마치 잔의 이론적인 용적의 범위를 한정하는 가상의 평면인 것처럼 정확히 술잔 가장자리에서 — 최소한의 메니스커스도 없이 — 정지했다.

붉은색이 감도는 꽤 짙은 갈색은 포도주를 재료로 한 대부분의 아페리티프들의 색깔이었다. 주인 여자가 재빨리 선반 위의 자리에 병을 올려놓자, 상이한 상표들의 정렬 속에서, 그것은 그 옆의 것들과 전혀 분간되지 않았다. 좀 전에 여자가 두꺼운 손안에 그 병을 들고 있을 때는 벌어진 손가락들의 위치 혹은 관찰자에 대한 라벨의 위치로 인해 상표의 해독이 불가능했었다. 선반 위에 정돈된 다른 표시물들과 비교될 수 있을, 알록달록한 어떤 종이 모퉁이를 포착하기 위해, 마티아스는 장면을 재구성하고 싶었다. 그러나 그는 실제 장면에서 강렬한 인상을 받지 못했던 하나의 비정상성을 알아차리는 데만 오로지 성공했을 뿐이었다. 주인 여자는 음료수를 따르기 위해 왼손을 사용하고 있었다.

그는 술잔들을 헹구고 닦는 그녀의 모습을 더욱 주의 깊게 연구했다. 두 손은 언제나 똑같은 능숙함으로 움직였다. 그러나 그 복합적인 작업들 속에서, 각각의 손이 맡은 저마다의 기능들과 관련하여 전제되어 있을 법칙을 밝혀내지는 못했으므로, 그것이 일반적인 경우와 일치하는지 아닌지를 간파하는 것은 그에게 불가능했다. 게다가 광경과 고찰 사이에서 그의 머릿속이 뒤죽박죽 얽히며, 급기야는 그 자신이 오른쪽과 왼쪽을 혼동하기에 이르렀다.

여자는 행주를 내려놓았다. 그리고 거기 기다리고 있던 분쇄기를 들고 등받이 없는 나무 의자에 앉더니, 힘차게 커피를 갈았다. 그 속력 때문에 한쪽 팔에 지나친 피로가 올까 봐 염려되어, 그녀는 한 팔씩 차례로 교대하며 손잡이를 돌렸다.

톱니바퀴에 으깨지는 커피 알갱이들의 따닥따닥 갈리는 소리 사이로 두 남자 가운데 한 명이 동료에게 뭐라 말했지만, 마티아스는 그것을 이해하지 못했다. 음절들이 차후에 그의 머릿속에서 다시 구성되었다. 그것들은 '벼랑'과, 좀 더 불분명했지만 동사 '묶다' 처럼 들렸다. 그는 귀를 쫑긋 세웠다. 그러나 이젠 아무도 말하지 않았다.

여행자는 그가 도착한 이후로 그들이 그들의 아페리티프를 홀짝 들이켜고는 매번 잔을 계산대 위에 내려놓으며 침묵하는 것을 이상하게 생각했다. 아마 그가 한창 진행 중이던 그들의 대화를 방해했던 것일까? 그는 화제를 상상해 보려 했다. 그러나 문득 그는 그것을 알기가 두려워졌다. 그리고 그때부터는 마치 그들의 말이 그들도 모르는 사이에 그 자신에 관련되었을 가능성이라도 있다는 듯, 그들이 대화를 다시 시작할까 봐 불안해졌다. 그러한 터무니없는 추론의 궤도 위로 올라서면서, 그는 어렵지 않게 훨씬 더 멀리 나아갈 수 있었다. 예를 들어 '그들도 모르는 사이에' 라는 말은 과잉이었다. 왜냐하면 그들이 주인 여자 앞에서는 거리낌 없이 말했음에도 불구하고 그의 존재 — 그 자신의 존재 — 가 그들에게 침묵을 강요했다면, 그것은 당연히 그들이…… '그가' …… 때문에……. '주인 여자 앞에서는' , 아니 오히려 그녀와 '함께' 라고 했어야 했다. 그리고 지금 그들은 서로 모르는 척하고 있었다. 여자는 오직 기계를 채우기 위해서만 분쇄기를 멈췄다. 두 노동자는 언제나 한 모금 더 마실 것이 그들의 술잔 바닥에 남아 있게 했다. 아무도, 겉보기에는 아무 할 말이 없었다. 반면, 5분 전에만 해도 그는 유리문을 통해 그들 세 사람이 함께 열띤 대화를 나누고 있는 것을 보았었다.

주인 여자는 두 사내에게 마실 것을 따르고 있는 중이었다. 그들은 대부분의 등대 고용인들처럼 파란색 작업복을 입고 있었다. 마티아스는 자전거를 가게 정면 창에 기대 세운 다음, 유리문을 밀고, 그들 옆으로 가 나란히 바에 서서 아페리티프를 시켰다. 그에게 시중을 든 다음, 여자는 커피를 분쇄하기 시작했다. 그녀는 지긋한 나이였고, 뚱뚱하고 당당하고 자신의 동작에 확신을 갖고 있었다. 그 시간에 그녀의 가게엔 뱃사람이라곤 아무도 없었다. 그 가게가 있는 집은 2층이 없었다. 출입문 건너편으로 항구의 반짝이는 바닷물은 보이지 않았다.

명백하게, 아무도 할 말이 없었다. 여행자는 홀 쪽으로 돌아섰다. 한순간, 그는 모든 것을 또다시 새로 시작해야 하는 것은 아닐까 두려웠다. 들어서면서 그가 미처 눈여겨보지 못했던 세 명의 어부들 — 꽤 어린 사내 한 명과 두 명의 성인 — 은 안쪽 테이블들 가운데 한 곳에, 붉은 포도주를 한 잔씩 앞에 두고 앉아 있었다. 바로 그 순간, 어린 사내가 말하기 시작했다. 그러나 분쇄기 소리 때문에 마티아스는 막 시작되고 있던 대화의 도입부를 듣지 못했다. 그는 귀를 기울였다. 늘 그렇듯이, 게 매상 감소에 관한 이야기였다. 그 이름 모를 불그스레한 음료수를 마저 마시기 위해, 그는 계산대 쪽으로 되돌아섰다.

그는 주인 여자의 시선과 마주쳤다. 그녀는 커피를 계속 분쇄하면서, 그가 그의 뒤쪽을 바라보고 있는 동안 슬쩍 그를 관찰하고 있었던 것이다. 마치 아무것도 보지 않았던 것처럼, 그는 그의 술잔으로 시선을 내리깔았다. 그의 왼쪽에는 두 명의 노동자가 진열대에 정렬된 병들 방향으로, 정면을 똑바로 바라보고 있었다.

"시계를 판다는 여행자가 혹시 손님 아니신가요?" 여자의 조용한 목소리가 불쑥 물었다.

그가 고개를 들었다. 그녀는 그의 얼굴에서 시선을 떼지 않은 채 — 그러나 그가 보기에는 호의를 갖고 — 분쇄기의 손잡이를 계속 돌리고 있었다.

"예, 맞습니다." 마티아스가 대답했다. "그러니까 사람들이 어떤 여행자가 지나갈 것이라고 미리 알려 줬나 보죠? 이 고장은 소식이 빠르군요!"

"르뒤크 씨네 딸들 중에 마리아라고 있어요. 걔가 손님이 오기 직전에 여기 왔어요. 자기 동생을 찾더군요. 막내요. 오늘 오전에 그 댁에서 손님의 방문을 받았었잖아요. 읍내를 나오면서 마지막 집 말이에요.”

“물론입니다. 르뒤크 부인 댁에 들렀지요. 그분 남동생이 내 친굽니다. 조제프라고, 증기선 회사에서 일하는 동생이지요. 하지만 오늘은 딸들을 한 명도 못 봤어요. 막내가 이 집에 있다고는 말하지 않던데요.”

“여기에도 없었어요. 걔 어머니가 집에서 키우는 양들을 지키라고, 벼랑 근처에 보냈대요. 한데 걔가 또다시 사라져 버린 거예요. 늘 가선 안 되는 곳에 쏘다니다가 말썽이나 빚는 애죠.”

“애를 여기까지 보내요? 가축들과 함께 말입니까?”

“아뇨, 말도 안 돼요. 저기 있잖아요, 왜, 2킬로미터 전환점 아래 말이에요. 마리아가 걔더러 좀 더 일찍 돌아오라고 말하러 갔었는데, 거기에 아무도 없었나 봐요. 양들만 있더래요. 그 계집애가 어느 움푹한 곳에 동물들을 꼼짝 못하게 묶어 놓고는 어디론가 가 버린 거죠.”

마티아스는 농담과 연민 사이에서 망설이며 고개를 끄덕였다. 주인 여자는 그 일에 크게 마음을 쓰는 것 같지 않았다. 하지만 웃지도 않았다. 우천이나 화창한 날씨 따위에 대해 말할 때 취할 수도 있었을, 조금은 직업적인 미소를 입가에 머금은 채, 그녀는 중립적인 — 자신이 말하는 것에 확신을 갖고 있으면서 동시에 그것에 어떤 중요성을 부여하지도 않는 — 표정을 짓고 있었다.

“좀 힘든 애라는 것 같더군요.” 여행자가 말했다.

"진짜 말썽꾸러기 악마예요! 혹시 누군가 개를 봤나 알아보려고 개 언니가 자전거를 타고 여기까지 왔다니까요. 개를 찾아 집에 데려가지 않으면 또 한바탕 난리가 날걸요."

"애들 때문에 다들 애를 먹지요." 여행자가 말했다.

두 사람은 커피 분쇄기 소리를 이겨 내기 위해, 모두 큰 소리로 말해야만 했다. 문장들 사이로, 커피 알갱이들이 따닥따닥 갈리는 소리가 곧바로 공백을 장악했다. 마리아는 '검은 바위' 마을에 오기 위해, 마티아스가 피로한 기색이 역력한 부부 집에 있는 동안, 도로를 지나간 게 분명했다. 그보다 앞선 시점이라면, 간선 도로에서 양들이 풀을 뜯는 낭떠러지 근처까지 벌판을 가로지르기 위해, 그녀가 그와 동일한 오솔길을 이용했을 수는 없었다. 하지만 전환점 이전에 출발하면 아마도 지름길을 하나 택했을 수는 있었다. 간선 도로에서 낭떠러지까지 왕복하고 거기서 잠시 찾아다니기 위해서는, 그 여자아이에게 사실상 얼마간의 시간이 필요했다. 그 시간은 마레크의 농가로 가는 분기점과 마을 사이에 여행자가 유일하게 방문했던 그 집에서 단 하나의 시계를 판매하기 위해 사용한 몇 분을 초과하고도 남았다. 그런데 그 괴리에 들어 있는 의미는 그 분기점과 그 문제의 작은 집을 분리시키는 거리가 아니었다. 그것은 그 괴리가 겨우 5백~6백 미터에 지나지 않을 뿐만 아니라, 그들 — 그녀와 그 — 의 두 궤적에 어쨌든 공통적으로 속해 있다는 사실이었다.

그렇게 마리아는, 그가 그 자신의 자전거에 다시 올라타 있기 전에 벌써 낭떠러지 쪽으로 달리고 있었다. 따라서 만약 그녀가 마레크의 농가로 가는 길 맞은편 오솔길을 택했더라면, 도로 한가운데 멈춰 서서 늙은 아낙과 한담을 나누고 있던 — 혹은 자신의 자전거 체인을, 구름을, 죽은 두꺼비를 응시하고 있던 — 여행자를 발견했을 것이다. 왜냐하면 교차점에서 봤을 때, 길어졌던 그 정지 지점은 말하자면 겨우 두 발짝 거리에 위치해 있었기 때문이다. (이 같은 가정은 — 이에 따르면, 그 여자아이가 낭떠러지에 이르기 위해 마티아스의 코스를 사용했다 — 그녀가 그 정지 시점보다 앞서 도착했을 경우와는 잘 맞지 않았다. 왜냐하면 이 경우에는 바로 그 오솔길 위에서 그녀와 여행자가 마주쳤을 것이기 때문이다.)

따라서 그녀는 다른 길로 왔던 게다. 하지만 그녀는 도대체 무엇 때문에 주인 여자에게 그에 대해 말했던 것일까? 벌판의 굽이들 덕분에, 그녀는 가고 그는 되돌아오는 동안 한 오솔길에 있던 그녀가 다른 오솔길에 있을 그를 발견했으리라는 가정은 — 불가능하다 — 개연성이 거의 없었다. 그것은 불가능했다. 불가능했다. 거기, 암양들이 풀을 뜯고 있던, 바람이 들지 않는 움푹한 그곳에서, 그녀가 그를 가까스로 놓친 것이 틀림없었다. 주위를 빠르게 훑어보고, 몇 번 반복해서 불러 보고, 몇 초간 머뭇거린 다음, 그녀는 간선 도로에 — 아마도 이번에는 그와 동일한 오솔길(그가 알고 있던 유일한 오솔길)을 통해 — 이르렀던 것이다. 하지만 그 오솔길에는 자전거 흔적들이 많았고, 그것들을 서로 구분하기에는 특징들이 너무 없었다. 등대 북서쪽으로 육지가 돌출하면서 형성한 내포(內浦)의 규모로 보아, 양들과 '검은 바위' 마을 사이에 지름길이 또 하나 — 어쨌든 아주 유리한 지름길은 아니다 — 존재한다는 사실은 생각하기 어려웠다.

연역되고 있는 모든 가능성 중에서 마지막 것을 무시하던 순간 문득, 마티아스는 가설 전체를 다시 세워야 되는 것은 아닐까 두려워졌다. 그러나 그 있을 법하지 않은 지름길이 존재한다손 치더라도, 설사 그것이 추론을 의심의 여지 없이 전복시켜 버렸다 할지라도, 결국 그것이 결론들까지 수정할 만큼 충분한 이유가 되지는 못할 것이라고 생각했다.

"난 마을에 도착하는 즉시 이곳으로 왔어요." 그가 말했다. "내가 도착하기 직전에 마리아가 여기를 다녀갔다면, 내가 보지 못한 사이에 나를 앞질러 온 것이겠군요. 그사이 내가 고객들을 방문하고 있었나 보네요. 도로변의 그 조그만 집에서 말이죠. 전환점, 그러니까 2킬로미터 전환점과 마을 사이에 딱 하나 있는 그 집 말입니다. 거기에서 멈추기 전에는, 오랜 친구인 마레크의 집에 갔었지요. 아무도 없더군요. 그 농가 안마당에서 오래 기다렸어요. 그 집 식구들에게 인사도 건네지 않고, 가족 모두의 소식도 알지 못하고, 이 고장에 대해 얘기도 해 보지 못하고 그냥 떠날 수는 없지 않습니까. 나도 이 섬에서 태어났거든요. 로베르 마레크는 어린 시절 동무였지요. 녀석은 오늘 아침에 읍내로 내려가 버렸더군요. 그 친구 어머니는 여전히 정정하신데, 이곳 '검은 바위'에서 장을 보시더라고요. 아주머니도 만났을 수 있겠네요? 다행히 난 귀가 중이던 그 어른을 만났지요. 교차점에서. 아, 분기점을 말하는 겁니다. 하지만 그 농가로 가는 길이 벌판 쪽 건너편의 오솔길로 계속 이어

지니 간선 도로와 교차한다는 게 틀린 말은 아니죠. 마리아가 그쪽으로 지나갔다면 내가 농가에서 기다리고 있던 동안에 그랬을 겁니다. 아주머니가 말했잖아요, 그죠? 벼랑으로 가기 위해 전환점이 지난 다음까지 도로를 쭉 갔다고요. 벼랑, 거기요, 풀을 뜯어 먹게 양들을 묶어 두었던 그 움푹한 곳까지 말입니다."

그만 멈추는 편이 나았다. 시간과 경로의 명확한 제시는 — 요청되기도 전에 제공된 것으로 — 불필요했고, 의혹을 불러일으켰으며, 더 나쁘게는 막연했다. 게다가 뚱뚱한 여자는 마리아가 2킬로미터 전환점을 통해 지나갔다고 단정적으로 말한 적이 없었고, 다만 르뒤크 씨네 암양들이 '전환점이 지난 다음에' 풀을 뜯어 먹고 있다고만 했을 뿐이었다. 하지만 그 말은 그녀가 있는 그 마을을 기준으로 한 것인지 르뒤크 씨네 집이 있는 읍내를 기준으로 한 것인지 알 수 없었으므로 아주 모호한 표현이었다.

주인 여자는 제기된 질문에 대답하지 않았다 그녀는 이제 여행자를 쳐다보지 않았다. 그는 분쇄기 소리 속에서 자신의 말이 들리게끔 충분히 크게 외치지 않았다고 생각했다. 그는 연연해하지 않았고, 자신의 술잔 바닥에 남은 액체를 마시는 척했다. 그다음엔 그가 큰 소리로 말했었는지조차 의심스러웠다.

그는 그 사실이 내심 기뻤다. 무관심한 청취자들에게 그의 알리바이를 하나하나 따져 가며 설명하는 게 아무 소용이 없다면, 그 언니와 관련된 요소들을 그처럼 왜곡하려고 애쓰는 것은 위험하기만 할 뿐이었다. 그녀가 그와는 다른 길 — 주인 여자가 틀림없이 알고 있을 어떤 지름길 — 을 통해 낭떠러지에 이르렀다는 사실은 이미 증명되었다. 그런 조건에서 그 여자아이가 교차점을 지나갔으리라는 억지 주장을 근거로 사용하는 것은 멍청한 짓이었다.

그때 여행자는 뚱뚱한 여자가 '전환점이 지난 다음에' 라고 말한 게 아니라 전환점 '아래' 와 비슷한 무슨 말을 했었다는 것을 기억했다. 그것은 어떤 정확한 사실도 의미하지 않았다. 아니, 심지어 의미가 완전히 결여되어 있기까지 했다. 따라서 그에게 아직 여지가 남아 있다면 그것은…… 그 경우도 마찬가지로 모든 기만의 시도가 헛된 일이라는 점을 명백하게 깨닫기 위해서는 그에게 생각하는 노력이 필요했다. 묶인 양들이 풀을 뜯어 먹고 있던 장소가 정해져 있다는 사실은 반박할 가능성이 전혀 없었다. 사람들은 양들을 언제나 그 근방에다 놓았다 — 아마 그럴 것이다. 그리고 마리아는 종종 거기에 가곤 했다. 어쨌든 그녀는, 바로 오늘, 그 장소를 구석구석 조사했었다. 현장에 그대로 남아 있던 동물들이 가장 확고한 지표를 구성하게 될 것이라는 사실은 더욱더 반박의 여지가 없었다. 게다가 마티아스는 어느 누구 못지않게 낭떠러지 근처의 움푹한 곳을 알고 있었다. 당연히 그는 한 증인의 간접적인 진술을 잘못 해석하는 것처럼 하며 그 장소의 위치를 바꿔 놓지는 못할 것이다.

다른 한편, 상황들이나 코스들과 관련한 온갖 정보들은 하등의 중요성을 갖지 않았다. 유효한 것으로 간직해야 할 유일한 요소는 마리아가 벌판을 가로지르는 그를 보지 못했다는 사실이다. 그렇지 않았다면, 그들이 서로 반대 방향으로 나아갔던 만큼 더욱더 확실히 그 자신이 그녀를 보았을 것이다. 그의 모든 추론들은 오로지, 그가 간선 도로 한가운데 바싹 마른 두꺼비 시체 옆에 정지해 있었는데도 왜 만남이 일어나지 않았는가 하는 문제를 설명하는 것만을 겨냥하고 있었다. 게다가 그곳은 만났어도 별 지장을 초래하지는 않았을 위치였다. 그들이 만나지 못했던 것은 그가 그 시간 동안 마레크의 농가에서 기다리고 있었기 때문이라는 점을 곁들여 증명하려 한다고 해서, 그에게 아무런 도움도 되지 않을 것이다.

여행자가 다른 집에서 — 예컨대, 방앗간에서 — 상품을 펼쳐 보이고 있는 동안, 마리아 르뒤크가 아마 전환점 못미처 처음으로 한 번 여행자를 앞질렀다는 것이 모든 사람의 눈에는 훨씬 더 그럴 법할 것이다. 마티아스가 마레크의 농가에서 보낸 짧은 몇 분에다 그의 곁길 왕복이 더해져서 시간이 늘어나도, 그 여자아이가 낭떠러지 근처 구석구석을 뒤지며 동생을 찾기 위해 필요로 하는 시간으로는 충분하지 못했다.

마티아스는 그 농가에 가지 않았던 — 사실이다 — 반면, 교차점에서 나눈 늙은 아낙과의 대화는 훨씬 더 짧은 시간 안에 끝난 것으로 보였다. 방앗간의 해결책은 확실히 더 수긍할 만했다.

하지만 불행하게도 그 또한 두 가지 이유로 완전히 잘못된 것으로 배제해야 했다. 여행자가 농가로 우회하지 않았던 것만큼이나 방앗간을 경유한 우회 또한 하지 않았다는 것이 한 이유였다.

다른 이유를 들자면, 마리아가 조사에 들인 시간은, 더구나 기껏 시계 하나를 판매하는 — 어떤 교차로 근처에서 — 새 자전거를 수리하는, 개구리 껍질과 두꺼비 껍질을 분간하는, 변화무쌍한 구름의 윤곽 속에서 갈매기의 고정된 눈을 찾아내는, 먼지 속에서 개미 한 마리의 촉수들의 움직임을 지켜보는 시간에 상당할 뿐이라는 사실을 사람들이 수긍해야만 했다.

마티아스는 카페 겸 담배 가게 겸 차고에서부터 대여한 물건을 타고 이동한 경로를 재정리하는 과제에 착수했다. 그 순간의 시각은 11시나 11시 15분쯤이었다. 그다음에 있었던 정지들의 순서를 정리하는 데에는 별 어려움이 없었다. 그러나 그것들 각각의 수치들을 일일이 기록하지 않았기 때문에 그 배분에 대해서는 그렇지가 않을 것이다. 정지와 정지 사이의 주행들 시간으로 말할 것 같으면, 읍내에서 등대까지의 거리가 4킬로미터가 채 되지 않으므로 — 다시 말해 모두 더해 봤자 겨우 15분 남짓 될 것이므로 — 그것들이 계산에 그다지 영향을 끼치지는 못할 것이다.

먼저, 첫 번째 멈춤까지의 주행 거리는 거의 무시할 만하므로, 정확히 11시 15분으로 고정시켜도 되었다.

그곳은 읍내를 나오면서 마지막 집이었다. 르뒤크 부인은 거의 지체 없이 그에게 문을 열어 주었다. 맨 처음은 아주 빠른 속도로 진행되었었다. 증기선 회사에서 일하고 있는 남동생, 파격적인 가격의 손목시계, 집 한가운데를 가르는 복도, 오른쪽으로 첫 번째 문, 커다란 부엌, 그 가운데의 타원형 테이블, 잔잔한 꽃무늬가 알록달록 날염된 밀랍 입힌 천, 자물쇠를 손가락으로 누르기, 뒤로 젖혀지는 뚜껑, 검은색 수첩, 안내서들, 찬장 위에 놓인 직사각형 사진틀, 반짝거리는 금속 받침대, 사진, 내려가는 오솔길, 낭떠러지 근처, 바람을 피한, 은밀하고 조용한, 아주 두꺼운 성벽들로 둘러싸인 듯 고립된, 움푹한 곳……. 아주 두꺼운 성벽들로 둘러싸인 듯……. 부엌 한가운데의 타원형 테이블, 잔잔한 꽃무늬가 알록달록 날염된 밀랍 입힌 천, 자물쇠를 손가락으로 누르기, 용수철 튀듯 뒤로 젖혀지는 뚜껑, 검은색 수첩, 안내서들, 찬장 위에 놓인 직사각형 사진틀, 반짝거리는 금속 받침대, 사진…… 사진이 보이는…… 사진 속에 사진이 보이는 사진, 사진, 사진…….

커피 분쇄기 소리가 갑자기 멈추었다. 여자가 등받이 없는 의자에서 일어났다. 마티아스는 술잔 바닥에 남아 있던 몇 방울을 마저 마시는 시늉을 했다. 왼쪽에 있던 노동자들 중 한 명이 그의 동료에게 뭔가를 말했다. 여행자는 귀를 쫑긋 세웠다. 그러나 다시, 아무도 말하지 않았다.

꽤 짧은 한 문장이 '수프'라는 단어로 시작했다. 아마 '가'라는 단어도 있었던 것 같았다. '수프 먹으러 집에 가……'처럼 들렸던 것 같다. '……야 할 시간이다' 혹은 '……야겠다' 같은 종류의 꼬리말과 함께. 그것은 아마도 표현하는 하나의 방식인 듯했다. 여러 세대 이래로 어부들조차 점심 식사에 더 이상 수프를 먹지는 않기 때문이었다. 여자가 두 남자의 빈 잔을 잡아 개수대에 담그고는 힘차게 씻고, 수도꼭지에 대고 헹군 다음, 물기를 빼기 위해 채반 위에 올려놓았다. 마티아스 바로 옆에 있던 남자가 오른손을 바지 주머니에 찔러 넣더니 잔돈 한 줌을 꺼냈다.

"수프에 또 늦겠군." 그가 바를 뒤덮은 주석 판 위에 자기 앞쪽으로 동전들을 헤아려 놓으며 말했다.

읍내를 떠난 이후 처음으로 여행자는 손목에 차고 있던 시계를 들여다보았다. 1시가 넘었다. 정확히 1시 7분이었다. 섬에 내린 지 벌써 세 시간하고도 1분 가까이 지났다. 그리고 그는 150크라운짜리 손목시계 두 개만 팔았을 뿐이었다.

"학교 가는 애들 때문에 서둘러야겠어." 다른 노동자가 말했다.

미소를 머금은 채 "고맙습니다, 손님들!" 하며, 주인 여자가 재빠른 동작으로 돈을 그러모았다. 그녀는 커피 분쇄기를 들어 벽장 안에 다시 넣었다. 그녀는 분쇄를 마친 다음에 서랍을 비우지 않았다.

"그럼요, 애들 때문에 여간 애먹는 게 아니죠." 마티아스가 반복했다.

두 명의 등대 노동자는 홀 안에 두루 인사한 다음, 나갔다. 그는 그들에게 시계를 권하는 게 더 자연스러웠을 것이라는 생각을 너무 늦게야 했다. 마리아 르뒤크는 '검은 바위' 마을을 떠나면서 어디로 가려 했을까? 그녀는 무엇 때문에 그에 대해 말했을까? 그는 질문을 무관심해 보이게 해 줄 어투를 찾으려 애썼다.

"때론 만족감을 주기도 하지요." 뚱뚱한 여자가 말했다.

여행자는 고개를 끄덕였다. "암요, 물론이죠!" 그리고 잠시 침묵한 다음, "타인의 불행은……" 하고 그가 시작했다.

그는 더 말하지 않았다. 그 문구는 전혀 어울리지 않았다.

"마리아는 벼랑을 따라가는 오솔길로 해서 저기로 되돌아갔어요." 여자가 말을 이었다.

"그건 지름길이 아니잖아요." 마티아스는 그것이 지름길인지 확인하기 위해 단정적으로 말했다.

"걸어 다닐 때는 지름길이 맞아요. 하지만 자전거를 탔으니, 도로보다 시간이 더 걸릴 거예요. 자클린이 혹시 '악마의 구멍' 쪽, 암벽 근처에서 놀고 있지는 않나 알아보려 하더라고요."

"걔가 그리 멀리 있지는 않았을 거예요. 바람 때문에 자길 부르는 소리를 못 들었던 거죠. 늘 가던 장소에 암양들을 조용히 지키고 있는 걸 보게 될 겁니다."

아주 얌전하게. 움푹하고 조용한 그곳에서, 조용히.

"어쩌면 아직 이 근처에서 어슬렁거리고 있는 걸 보게 될지도 몰라요." 여자가 말했다. "혼자가 아닐 수도 있어요. 열세 살에, 응, 딱한 일이에요."

"아아! 걔가 아주 못된 짓을 할 리는 없어요……. 적어도, 벼랑 끝에 바짝 다가가 놀지는 않았잖아요? 암벽이 위태로운 곳 말이에요……. 어떤 때는 그곳 땅이 허물어지기도 하지요. 발 디딜 때 잘 봐야 해요."

"그런 거라면 걱정 붙들어 매세요. 그 아이는 활발하고 민첩하다고요!"

활기에 넘쳤다. 그 계집아이는. 활기 넘치는. 생기 넘치는. 생으로 불사른.

"누구든 발을 헛디딜 수 있어요." 여행자가 말했다.

그는 저고리 안주머니에 있던 지갑에서 10크라운짜리 지폐 한 장을 꺼냈다. 그 기회를 이용해 다른 종이들 사이로 약간 삐져나와 있던 신문 기사 조각을 제자리에 정돈했다. 그러고는 주인 여자에게 지폐를 건넸다. 그녀가 그에게 거스름돈을 돌려줄 때, 그는 그녀가 왼손으로 동전을 하나씩 계산대 위에 내려놓는 것을 확인했다.

그다음, 그녀는 그의 잔을 휙 잡아채더니, 일련의 세척 과정을 빠른 속도로 해치웠다. 개수통, 원을 그리며 문지르기, 수도꼭지, 물 빼기. 물을 빼는 채반 위에 세 개의 동일한 잔들이 새로 정렬되었다. 앞서 바의 주석 판 위에서 그랬던 것처럼 — 하지만 이번에는 확연히 낮은 위치에, 게다가 서로 더 가까이 — 텅 빈 상태로 (다시 말해, 그토록 완벽하게 그것들을 채우던 액체로 인해 불투명해졌던 것과는 달리, 투명하고 색깔 없는 상태로) 엎어져 있었다. 하지만 그 잔들의 형태는 — 중간이 볼록한 발 없는 원통형이다 — 똑바로 서 있으나 엎어져 있으나, 그것들의 모양을 거의 같아 보이게 했다.

마티아스는 여전히 같은 상황에 머물러 있었다. 그의 추론들도, 그의 대화 상대자의 말도 핵심 사안에 관해서는 그에게 아무런 해명을 가져다주지 못했다. 마리아 르뒤크가 그녀의 사라진 여동생과 관련하여 그가 현재 섬에 있다는 사실을 언급한 이유는 무엇이었을까? 그것이야말로 그가 알아야 할 유일한 요소였다. 그러나 낭떠러지의 난쟁이 가시양골담초 덤불 사이로 사방팔방 가르마를 내는 뒤얽힌 오솔길들의 망 속에, 웬만큼 유리한 지름길로 어떤 것이 있는지 논쟁한다고, 그 주제와 관련된 그의 지식이 진전을 보지는 않을 것이었다.

여자아이가 벌판 위에서 길을 가고 있는 그를 발견했기 때문이 아니라면, 어떤 것도 정당화시켜 주지 않는 그의 벌판 횡단을 — 전환점 '아래'에서 — 그 여자아이가 목격했기 때문이 아니라면, 도대체 무엇 때문에 그녀가 그에 대해 말했겠는가? 그가 그녀를 보지 않았을 것이라는 사실 자체는 너무 쉽게 설명될 뿐이었다. 그들 각자가 속해 있던 두 오솔길은 꽤 굴곡이 심한 굽이들로 인해 서로 격리되어 있어서, 그 두 관찰자들로 하여금 서로를 발견하게 해 줄 특혜를 누리는 지점은 매우 드물었다. 그런데 어느 순간, 그들이, 그녀와 그가 유리한 위치에 있었던 것이다. 그러나 그 때 오직 그녀만이 필요한 방향으로 돌아섰던 탓에, 시선의 상호성은 이뤄지지 않았다. 바로 그 순간에 마티아스는 눈을 그저 다른 곳에 — 예컨대 땅바닥으로 혹은 하늘을 향해 혹은 바로 그 방향만 제외하고 어떤 방향으로든 — 두는 것만으로도 충분했다.

여자아이는 그와 반대로, 반짝거리는 자전거와, 그녀의 어머니가 방금 묘사해 준 조그만 밤색 여행 가방 덕택에 흘깃 본 인물이 누구인지 즉각 알아차렸었다. 어떤 혼동도 가능하지 않았다. 그가 그 계집아이에게 지정된 영역에서부터 되돌아오는 것처럼 보였기 때문에, 지금 그녀는 그녀의 여동생이 어디에 숨어 있는지 아마 알게 되리라 기대하고 있었던 게다. 여행자가 그의 여정에 대해 했던 말을 그 어머니가 잘못 일러 줬을 것이라고 가정하면, 마리아는 그가 낭떠러지에서 되돌아오는 중이라는 확신을 가졌을 가능성조차 있었다. 과연, 그가 그토록 말수 많던 르뒤크 부인을 무례하지 않게 떠나려고 노력하는 동안, 그와 그녀의 막내딸 사이에 어쩌면 일어날 수도 있을 만남에 대해 그녀가 말했었다는 사실이 그의 기억에 떠올랐다. 물론 그 생각은 엉뚱했다. 아무 소득도 없을 텐데, 집 하나 없고 불편하기만 한 그 오솔길로 그가 무엇 하러 가겠는가? 그 길은 바다와 가파른 암벽들이 아니라면, 바람이 들지 않는 좁다랗고 움푹하게 꺼진 그곳, 열세 살짜리 여자아이의 불필요한 감시 아래 벌서듯 꼼짝 못하게 묶여 풀을 뜯고 있는 다섯 마리 양들에게나 그저 데려갈 뿐이었다.

그는 어린 농부 아가씨의 복장으로 변장한 사진 속의 비올레트를 금방 알아보았었다. 그녀의 얇은 검은색 목면 원피스는 — 사진 속과 같은 것이다 — 한여름에 더 잘 어울리는 옷이었다. 하지만 날씨가 너무 더워서 우묵한 그곳에서는 마치 8월인 것처럼 느껴졌다. 비올레트는 태양이 내리쬐는 풀밭에서 두 다리를 아래로 접으며 반쯤은 앉고 반쯤은 무릎을 꿇은 채, 곧추세운 나머지 상체가 오른쪽으로 약간 비틀린, 조금 강요당한 듯한 자세로 기다리고 있었다. 오른쪽 발목과 발이 허벅지 윗부분과 틈이 벌어져 있었다. 다른 쪽 다리는 무릎부터 완전히 보이지 않았다. 팔꿈치를 공중으로 띄우고 손은 목덜미 쪽으로 가져간 자세로 — 마치 머리카락을 뒤쪽으로 정리하려는 듯 — 두 팔을 들어 올리고 있었다. 회색 니트 웃옷이 그녀 옆, 땅바닥에 누워 있었다. 소매 없는 원피스는 겨드랑의 오목한 곳을 드러내 보여 주었다.

그녀는 그를 향해 몸을 돌린 채, 커다랗게 뜬 두 눈으로 그의 시선을 떠받치며 그가 다가갈 때까지 움직이지 않았었다. 그러나 곰곰이 생각해 보니, 마티아스는 그녀가 지켜보는 게 그였는지, 아니면 그 너머의 — 아주 광범위한 규모의 — 무엇이었는지 알 수가 없었다. 눈동자는 고정되어 있었다. 얼굴 표정에는 아무 떨림도 없었다. 눈을 그대로 올려 뜬 채 그 불편한 자세를 흩뜨리지도 않고, 그녀는 상반신의 방향을 왼쪽으로 틀었다.

그는 기필코 뭔가를 말해야만 했다. 물을 빼기 위해 채반 위에 엎어 놓은 세 개의 잔이 거의 다 말랐다. 주인 여자는 그것들을 하나씩 들고 날렵한 행주질 한 번으로 닦고는 계산대 아래, 처음 그것들을 끄집어냈던 장소에 치웠다. 그것들은 같은 모델의 다른 복제품들이 일렬로 늘어선 긴 줄 끝에 — 손님들에게 보이지 않는 곳에 — 다시 한 번 정렬되었다.

그러나 시리즈들을 일렬로 길게 정돈하는 방식이 불편했던 탓에, 그녀는 그것들을 선반들 위에 직사각형으로 조밀하게 모아 놓았다. 세 개의 아페리티프 잔들을 유사한 세 개의 잔들 옆에 끼워 넣으면서 첫째 줄이 완성되었다. 둘째 줄이 동일한 형태로 그 뒤에 정렬되었고, 그다음엔 셋째 줄, 넷째 줄……. 그렇게 그 끝이 어둠 속으로 보이지 않을 때까지 벽장 안에 계속되었다. 선반들 위에는 그 시리즈의 오른쪽과 왼쪽, 그 위와 그 아래로, 잔들의 크기와 형태가 상이한 다른 직사각형 시리즈들이 진열되어 있었다. 드물게 색깔의 변화도 있었다.

그러나 세부적으로 손상이나 변질을 겪은 곳이 여기저기 눈에 띄었다. 포도주를 재료로 한 대부분의 아페리티프들을 위해 사용되는 모델의 마지막 줄에 하나가 결여되어 있었다. 게다가 다른 것들과 모델이 같지 않은 두 개의 유리잔이 엷은 분홍 빛깔을 띠며 유독 튀었다. 그러니까 균일하지 않은 그 줄은 (서쪽에서 동쪽으로) 시리즈 모델과 일치하는 세 개, 분홍색 두 개, 빈자리 하나로 구성되어 있었다. 그 시리즈의 잔들은 발이 없었다. 그것들의 윤곽은 아주 살짝 볼록한 큰 술통의 축소된 모양을 연상시켰다. 여행자가 방금 마신 잔도 바로 그것들 — 색깔이 없다 — 가운데 하나였다.

그가 머리카락이 희끗희끗하고 뚱뚱한 여자를 향해 눈을 들었을 때, 그녀는 그를 바라보고 있었다 — 아마, 벌써 오래전부터.

"그런데 마리아는…… 그 아가씨는 내게 뭘 원하던가요? 아주머니가 말했잖아요, 좀 전에…… 그 아가씨가 무슨 일로 나에 대해 말했지요?"

주인 여자는 그의 얼굴을 계속 쳐다보았다. 그녀는 1분 가까이 기다리다가 대답했다.

"아무 일도 아니었어요. 그냥 손님을 봤는지 물었을 뿐이에요. 마을에서 손님을 만날 생각을 하더군요. 걔가 여기까지 온 게 조금은 그 때문이기도 했어요."

다시 한 번 침묵이 흐른 다음, 그녀가 덧붙였다.

"손님의 상품을 구경하고 싶은 눈치였어요."

"드디어 결정적인 말이 나왔군요!" 여행자가 말했다. "모두 한 번 보세요. 수 킬로미터를 달려올 가치가 있다는 것을 직접 확인하시게 될 겁니다. 그 어머니가 딸에게 말해 준 게 분명해요. 멋진 시계를 보고 감탄해 본 적이 한 번도 없으시다면, 다들 마음의 준비를 단단히 하십시오……."

풍자적인 모방에 가까운 어투로 연설을 늘어놓으며 그는 다리 사이에 놓여 있던 작은 트렁크를 들고 돌아서서 세 명의 뱃사람이 마시고 있던 옆 테이블 위에 그것을 놓았다. 그들의 시선이 옆을 향해 돌아왔다. 그들 중 한 명이 더 잘 보기 위해 의자를 움직였다. 여자는 바를 돌아 다가왔다.

가짜 구리 자물쇠의 찰카닥 열리는 소리, 뚜껑, 검은색 수첩, 모든 것이 빗나감도 균열도 없이 정상적으로 진행되었다. 언제나 그랬듯이, 말은 몸짓만큼 원하는 대로 되지 않았다. 그러나 전체적으로 봤을 때 지나치게 충격적인 것은 아무것도 없었다. 주인 여자는 여러 모델을 차 보고 싶어 했고, 그것들을 종이 상자에서 떼어 내었다가 그다음에는 다시 그것들을 그럭저럭 제자리에 집어넣었다. 그녀는 그것들을 차례로 손목에 걸쳐 보고는 이리저리 흔들며 효과를 판단했다. 그녀는 갑자기 우아한 멋 부림에 관심을 보였지만, 그녀의 외양에서 그러한 모습을 내다보기란 불가능했다. 그녀는 결국 숫자가 아니라 서로 얽힌 고리로 된 혼잡한 작은 그림들로 시각을 가리키는, 문자반이 요란하게 장식된 큼지막한 시계 하나를 구입했다. 아마 처음 열두 개 숫자들의 형태가 제작 당시에 명인에게 영감을 주었던 모양이다. 자칫 시각(時刻)을 — 어쨌든 주의 깊게 들여다보지 않고서는 — 거의 읽지 못할 수도 있었다.

두 뱃사람이 아내의 의견을 물어보기를 원하며, 여행자에게 점심 식사 후에 그들 집을 방문해 달라고 부탁했다. 그들은 마을에 살고 있었고, 길은 그리 복잡하지 않았다. 하지만 그들은 각자 자기 집의 위치를 정확하게 알려 주기 위해 아주 장황한 설명 속으로 뛰어들었다. 그들은 필시 불필요하고 중복되는 세부 사항들을 한가득 안겨 주었을 것이다. 하지만 그것들이 너무도 상세한 데다 너무도 자주 되풀이되어 마티아스는 갈피를 잡을 수가 없었다. 하나의 장소 묘사가 의도적인 오류들을 포함한다 해도, 그를 더 헤매게 만들지는 않았을 것이다. 사실, 그는 중복된 설명들에 꽤 많은 모순들이 얽혀 있지 않았을 것이라고 확신할 수가 없었다. 여러 번씩이나, 그는 그 두 남자 중에 한 명이 마치 아무래도 상관없다는 듯, '오른쪽으로' 혹은 '왼쪽으로'와 같은 말을 거의 되는대로 사용한다는 느낌마저 들었다. 그 주거 밀집 지역의 약도만 있어도 모든 것이 명확해졌을 것이다. 그러나 불행히도 그 두 뱃사람 중에 어느 누구도 쓸 것을 지니고 있지 않았고 여자는 방금 산 시계에 한껏 도취해 있어서 그들에게 종이 한 장 건네줄 여념이 없었다. 그리고 여행자는 그의 회계 수첩을 어설픈 그림으로 더럽히고 싶지 않았다. 그는 마을의 모든 집들을 방문하기로 작정해 놓았던 만큼, 계속되는 설명에는 귀를 기울이지 않고 그냥 '예'와 확신에 찬 '알겠습니다'의 추임새로 그 장광설에 적당히 구두점을 찍으며 이해심 많은 표정으로 고개를 끄덕이기로 이내 결정해 버렸다.

두 사람의 집은 카페와 관련하여 같은 방향에 있었으므로, 처음에 그들은 번갈아 말하는 방식으로, 더 가까이 사는 자가 멈춘 지점에서 그다음 친구가 자신의 이야기를 이어 나갔다. 그러나 신중함의 과잉으로, 두 번째 남자가 목표 지점에 도달하자마자 첫 번째 남자가 모든 것을 처음부터 다시 시작했다. 코스의 동일한 부분에 관련된 잇따른 버전들 사이에는 물론 편차가 있었고, 그 괴리는 상당히 커 보였다. 그다음에는 코스의 진입부와 관련하여 돌연 불협화음이 발생했다. 두 남자가 자신의 관점을 마티아스에게 받아들이게 하려고 동시에 말하기 시작했던 것이다. 그러나 그는 어디에 차이점이 있는지조차 이해할 수가 없었다. 식사 시간이 그들에게 그 싸움을 임시로 중단하도록 강요하지만 않았더라도 그것은 끝나지 않았을 것이다. 그 논쟁은 여행자가 현장에서 더 낫다고 판단한 길을 나중에 지적해 줌으로써 종지부를 찍게 될 것이었다. 그는 인생을 길 위에서 보내 왔으므로 그 분야의 전문가임에 틀림없었다.

그들은 포도주 값을 지불하고 제3의 남자와 함께 — 그는 여전히 말이 없었다 — 나갔다. 마티아스는 1시 45분이나 2시 전까지는(섬사람들의 생활 리듬이 대륙 사람들에 비해 현저하게 더뎠기 때문에) 고객들의 집에 나타날 수 없었으므로, 준비해 온 두 쪽의 샌드위치를 먹을 시간이 넉넉하게 있었다. 그는 자신의 상품을 여행 가방 안에 정성스럽게 정돈한 다음, 가방을 다시 닫고는 마실 것을 주문하기 위해 테이블에 앉아서 가게 뒤편으로 사라진 주인 여자가 돌아오기를 기다렸다.

그 순간, 그는 홀에 홀로 앉아, 그의 앞쪽으로, 유리문 너머로, 마을을 통과하는 도로를 바라보고 있었다. 길은 매우 넓고, 먼지로 가득했다 — 그리고 아무도 없었다. 건너편에는 완전히 막혀 있는, 남자 키보다 높은 돌벽이 서 있었다. 아마 등대에 속한 어떤 부속 건물을 보호하는 것일 게다. 그는 눈을 감았다. 졸음이 온다고 생각했다. 그는 배를 놓치지 않으려고 아침에 일찍 일어났었다. 그의 집에서 항구까지 가는 버스는 없었다. 생자크 구역의 한 골목 1층 창문이 어떤 깊숙한 방을 향하고 있었다. 벌써 날이 훤히 밝았는데도 방은 꽤 어두웠다. 조그마한 램프의 불빛이 침대 머리 쪽, 흐트러진 침대 시트 위에 떨어져 선명한 자국을 남겼다. 들어 올린 팔 하나가 아래로부터 비스듬히 조명을 받으며, 벽과 천장에 확대된 그림자를 던지고 있었다. 그러나 그는 배를 놓쳐서는 안 되었다. 섬에서 보낼 그날 한나절은 모든 것을 구제할 수 있기 때문이었다. 아침에 시내에서 배를 타기 직전에 마수걸이한 시계를 꼽아도, 그의 시계 판매 실적은 겨우 네 개에 머물러 있었다. 나중에 수첩에다 그것들을 기록할 것이다. 그는 피곤하다고 생각했다. 카페 안에도, 바깥에도, 침묵을 깨뜨리는 것은 아무것도 없었다. 그러나 곧이어 그는, 그와 반대로 등대 앞에서 바위에 부딪혀 부서지는 소란스러운 파도 소리가 — 닫힌 문과의 거리에도 불구하고 — 규칙적으로 들려온다는 사실을 깨달았다. 그에게까지 전해져 오는 그 소리가 그토록 거세고 분명한데도 그것을 더 일찍 알아차리지 못했다는 사실이 그로선 놀라웠다.

그가 눈을 떴다. 바다는 분명, 거기서 보이지 않았다. 한 어부가 유리문 뒤에 서서 가게 안을 들여다보고 있었다. 한 손은 문손잡이에 올려놓고, 다른 손은 빈 병의 주둥이를 들고 있었다. 마티아스는 술을 마시던 자들 가운데 한 명을 — 아무 말도 하지 않던 자를 — 다시 보는 것 같았다. 가던 길을 되돌아온 게다. 그러나 사내가 홀 안으로 들어왔을 때, 여행자는 자신이 오해했다는 사실을 알게 되었다. 게다가 방금 들어온 자의 기뻐하는 표정은 그 자신의 존재로 인한 것이라는 사실도 알게 되었다. 그 뱃사내는 실제로 그를 향해 다가오며 큰 소리로 외쳤다.

"너 맞지? 내가 허깨비를 보는 건 아니지?"

마티아스는 자기에게 내민 손과 악수하기 위해 자리에서 몸을 일으켰다. 그리고 가능한 한 포옹을 간략하게 줄이고는, 손톱을 손바닥 안에 감추는 방식으로 손을 오므리며 내밀었던 팔을 제자리로 가져왔다.

"아, 맞아! 나야!" 그가 대답했다.

"옛날의 그 마티아스! 정말 오랜만이야, 응?"

여행자는 의자에 다시 털썩 내려앉았다. 그는 어떤 태도를 취해야 할지 알 수 없었다. 그는 우선 속임수가 아닐까 의심했다. 하지만 그자는 단지 그를 아는 척만 했을 뿐이었다. 어부가 그러한 술책으로 얻을 이익이 무엇일지 상상되지 않았으므로, 그는 그러한 생각을 접고 거리낌 없이 동의했다.

"그럼! 꽤 오래됐다고 할 수 있지."

그러는 동안 뚱뚱한 여자가 돌아왔다. 마티아스는 자신이 이방인이 아니고, 그 섬에 정말 친구들이 많이 있으며, 신뢰할 만한 사람이라는 사실을 그녀에게 증명하게 된 것이 기뻤다. 뱃사내가 그녀에게 털어놓았다.

"1리터를 사려고 여기까지 달려오는데, 글쎄, 옛 친구 마티아스와 딱 정면으로 마주친 거요. 이게 얼마 만인지 모르겠구려. 거참, 신기하구먼!"

여행자 또한 얼마 만인지 알 수 없었다. 그도 그것이 희한하게 생각되었다. 그리고 자신의 기억 속을 헛되이 휘저으며, 거기서 정확히 무엇을 찾아야 하는지 스스로에게 묻기까지 했다.

"그런 일이 일어나기도 하지요." 주인 여자가 말했다.

그녀는 빈 병을 들고 가더니, 그 대신 가득 찬 병을 들고 왔다. 그것을 받아 든 뱃사내가 '최선책'은 '다른 것들과 함께' 그의 외상 전표에다 그것을 그어 두는 것이라고 선언했다. 여자는 입을 삐쭉거리며 불만을 표했지만, 항의하지는 않았다. 멍한 표정으로 벽을 응시하면서, 사내는 1리터만 더 있다면 '이 옛 친구 마트'를 점심 식사에 초대할 수 있을 것이라는 의견을 표명했다. 하지만 그것은 어떤 특정인에게 건넨 말이 아니었고, 또 대답한 사람도 없었다.

마티아스가 끼어들 차례인 것 같았다. 그러나 사내가 그를 향해 돌아서더니, 좀 더 친근한 어투로 '그때 이후' 그가 어떻게 되었는지 그에게 묻기 시작했다. 사내가 말하는 그 시기가 언제를 가리키는지 사전에 알지 못한 상태에서 그의 질문에 대답해 주는 것이 어렵게 느껴졌다. 하지만 여행자가 그 주제에 대해 오래 골치를 썩일 필요는 없었다. 겉보기에, 사내는 그의 대답에 귀 기울일 의향이 전혀 없는 것처럼 보였다. 그의 새 옛 동무는 두 팔을 마구 휘저으며 점점 더 빠른 리듬으로 말하고 있었는데, 그 몸짓의 폭과 격렬함 때문에 그의 왼손에 들려 있던 가득 찬 병이 걱정스럽기까지 했다. 마티아스는 일관성이 없는 말의 홍수 속에서, 자신을 그 인물과 묶어 주는 것으로 여길 만한 공통된 과거에 대한 정보들을 혹시라도 집어내려는 노력을 이내 포기해 버렸다. 그의 모든 주의력은 빈손과 붉은 포도주 1리터의 움직임을 겨우 따라갈 정도였다 — 그것들은 때로는 갈라졌고, 때로는 모였으며, 때로는 그 관계가 짐작조차 가지 않았다. 더욱 민첩한 오른손이 왼손을 부추겼다. 이미 왼팔을 거북하게 하고 있던 것과 동등한 짐으로 오른손을 둔하게 만든다면, 두 손의 부산한 움직임을 거의 제로 상태로 — 더욱 느리고, 더욱 질서 정연하고, 덜 펼쳐지고, 아마도 필수적인, 어쨌든 주의 깊은 관찰자에게는 포착하기 쉬운, 조그만 이동들로 — 축소시킬 수도 있었다.

그러나 그와 같은 문장들과 뒤얽힌 몸짓들의 방출은 시간이 지날수록 더욱 심각한 강도를 띠어 가고 있었다. 우선 일시적으로나마 얼마만큼의 진정으로 사태를 중단시켜야 했다. 그 와중에 여기저기 작은 빈틈들이 나타났지만, 그것들은 사용이 불가능했다. 왜냐하면 그것들은 오로지 약간 물러서서 거리를 두고 보았을 때만 발견되었고, 그때는 이미 흐름이 회복되어, 파고들기에는 너무 늦어 버렸기 때문이다. 마티아스는 기회가 명백하게 주어졌는데도, 바로 그 순간에 친구를 위해 두 번째 병을 주문하지 않은 것을 후회했다. 지금 그 시점으로 되돌아가는 것은 민첩한 반응 태도를 요구했고, 그는 그런 면에서 자신의 전적인 무능함을 느꼈다. 그는 눈을 감았다. 뱃사내 뒤로, 위협적인 — 혹은 해방시키는 — 포도주 너머로, 유리문, 도로 그리고 도로 저편에 우뚝 선 돌벽 너머로, 바다는 쉬지 않고 규칙적으로 벼루를 때리고 있었다. 들쭉날쭉 깎인 편암 옆구리에 파도가 달려와 부딪힌 다음에는 거대한 바닷물 더미가 온갖 방향으로 쏟아져 내렸고, 그때마다 떨어지는 폭포들의 철썩거리는 소리가 들려왔다. 그러고는 울퉁불퉁한 암석을 따라 흘러내리는 수많은 흰색 폭포수들의 쏴 하는 소리가 뒤따랐다. 그다음엔 점점 약해지는 폭포수들의 중얼거림이 다음 파도가 몰려올 때까지 길게 이어졌다.

태양은 완전히 사라져 버렸다. 시선을 기슭에서 조금 떼기만 하면 불투명하고, 어둡고, 마치 응고된 듯한 어떤 균질적인 색조의 녹색 바다가 나타났다. 파도들은 아주 가까운 곳에서 생성되는 것 같았다. 그러다 갑자기 부풀어 올라, 연안에서 떨어져 나온 거대한 바위들을 단번에 집어삼키며 우윳빛 부채가 되어 그 뒤로 쓰러지고, 암벽의 굴곡들 속으로 부글거리며 휩쓸려 들어가고, 상상 밖의 구멍에서 불쑥 솟아나고, 도랑과 동굴들 가운데 서로 부딪치고, 혹은 갑자기 화려한 깃털이 되어 하늘을 향해 예기치 않은 높이로 치솟아 올랐다. 그것들은 그렇게 파도가 칠 때면 언제나 같은 지점에서 반복되었다.

어슷한 돌출부에 의해 보호되고 있는 한 움푹한 곳에는 물이 더욱 잔잔하여, 부딪혔다 되밀리는 파도의 움직임에 따라 찰랑거리고 있었다. 두꺼운 층으로 쌓였던 노르스름한 거품이 바람에 너덜너덜 해어지더니, 벼루 꼭대기까지 회오리로 날아오르며 흩어졌다. 기슭을 따라 뻗은 오솔길로, 마티아스는 작은 트렁크를 손에 들고 반코트는 단추를 채우고, 몇 미터 앞선 어부를 따라 빠른 걸음으로 걸어가고 있었다. 어부의 양손에는 가득 찬 병이 하나씩 매달려 있었다. 요란한 소리 때문에 그는 결국 말을 멈추었다. 이따금씩 그는 여행자를 향해 뒤돌아서서 팔꿈치의 무질서한 움직임들 — 더욱 넓게 펼치지 못한, 초기 단계에 유산된 몸짓의 기미들 — 과 함께 그에게 몇 마디 말을 외치곤 했다. 마티아스는 말들을 완전히 전개된 형태로 재구성하려고 시도해 볼 수가 없었다. 그 방향으로 귀를 기울이기 위해서는 눈을 다른 곳에 두어야 했기 때문이다. 그는 더 잘 알아듣기 위해 한순간 걸음을 멈추기까지 했다. 어느 좁은 길모퉁이에는 거의 수직적인 두 개의 암벽 사이로 물결이 지나갈 때마다 바닷물이 부풀어 올랐다가 풀썩 주저앉기를 번갈아 가며 반복하고 있었다. 그러나 파도는 부서지지도 소용돌이치지도 않았다. 거기서 일렁거리는 물 더미는 돌에 부딪혀 오르락내리락하면서도 파란색을 띠며 매끄러움을 유지하고 있었다. 주위 암벽들의 배치된 형세 때문에 그 길목으로 물이 급작스럽게 몰려들었고, 밀려드는 물발의 미는 힘으로 인해 수위(水位)는 첫 파동 때보다 훨씬 더 높이 올라갔다. 그러곤 곧장 아래로 꺼지며, 몇 초 사이, 같은 자리에 깊은 웅덩이를 만들어, 모래밭이나 혹은 조약돌들이나 혹은 넘실거리는 해조들의 끄트머리가 보이지 않는 게 놀라울 지경이었다. 그 반면, 표면은 암벽을 따라, 바이올렛 빛깔이 감도는 마찬가지의 강렬한 파란색으로 남아 있었다. 그러나 시선을 해안에서 조금 떼기만 하면 구름을 잔뜩 짊어진 하늘 아래 불투명하고, 어둡고, 마치 응고된 듯한 어떤 균질적인 색조의 녹색 바다가 나타났다.

더 앞쪽으로 나가 앉은 한 암초는 너울이 거의 의미가 없는 듯 보이는 그 지대에 이미 속해 있어서, 나직한 형태에도 불구하고 주기적인 침수를 피했고, 그저 좁다란 거품 띠가 그 둘레를 간신히 에워쌀 뿐이었다. 갈매기 세 마리가 그곳의 얕은 돌출부 위에서 움직이지 않고 있었다. 새들은, 세 마리 모두, 캔버스 바탕 위에 동일한 스텐실 기법으로 그렸을 때만큼이나 서로 비슷한 모양으로 — 빳빳한 발, 수평적인 몸체, 곧추선 머리, 고정된 눈, 수평선을 향한 뾰족한 부리 — 같은 방식으로 머리를 돌린 채 옆모습을 보여 주고 있었다.

그다음, 길은 내포(內浦)를 따라 갈대숲이 우거진 아주 좁은 골짜기 같은 곳으로 내려가다, 조그만 모래톱에 이르러 끝이 났다. 그 모래 삼각형은 건조한 곳으로 끌어 올린 돛대 없는 조그만 배 한 척과 게 덫 — 버드나무 잔가지를 끈으로 삼아 지탱하며 가느다란 막대들을 얽어 만든 크고 둥근 바구니 — 대여섯 개가 차지하고 있었다. 가파른 비탈길을 통해 모래톱에 연결된, 짧은 풀들이 낮게 깔린 약간 후미진 구석 한가운데, 첫 갈대밭을 등지고 조그만 외딴집 한 채가 서 있었다. 어부가 점판암 지붕을 향해 포도주 1리터 병 하나를 내밀며 말했다. "다 왔어."

마티아스는 돌연 다시 정상적이 된 그 목소리에 놀랐다. 거기에서는 목소리를 들리게 하려고 외칠 필요가 없었다. 귀를 먹먹하게 만들던 바람 소리와 바다 소리가 어찌나 총체적으로 사라져 버렸는지, 마치 수 킬로미터 먼 거리에 옮겨 갔다고 믿을 정도였다. 그는 뒤를 돌아보았다. 내리막은 아직 겨우 시작만 했을 뿐이었다. 그러나 내포의 협소한 공간과, 오솔길 위로 유두(乳頭)처럼 둥그스름하게 돌출한 절벽 꼭대기의 둔덕이 그 모든 것으로부터 오솔길을 분리시키기에 충분했다. 게다가 튀어나온 암석들이 연안의 분지 입구를 4분의 3까지 닫아 버리는 바람에 가려져서, 파도는 — 연이어 밀려오는 물결도, 그 파열도, 최고로 높이 솟아오르는 비말(飛沫)조차도 — 이제 보이지 않았다. 마찬가지로, 물 또한 지그재그로 세워진 방파제들의 보호를 받으며 풍랑이 잠든 고요한 날의 나태함으로 누워 있었다. 마티아스는 수직으로 떨어지는 절벽 가장자리로 몸을 기울였다.

아래엔 해수면을 겨우 넘어서는 높이의, 수평적으로 거칠게 깎은 평평한 암석이 있었다. 그것은 몸을 펴고 편안히 누울 수 있을 정도로 꽤 길고 넓었다. 그 형태가 순수 자연의 산물이든 인공적인 것이든 간에, 사람들은 아마도 작은 고기잡이배들의 접안을 위해, 조수(潮水)가 허락할 때 그곳을 이용하곤 했다 — 혹은 예전에 이용했었다. 잇단 절단면들이 계단 구실을 해 주는 덕택에 몇 칸 정도가 빠져 있긴 했지만, 그 길에서부터 그곳에 접근하는 것은 그리 어렵지 않았다. 그 간략한 부두의 시설을 완비시켜 주는 것은 수직 절벽에 고정된 네 개의 쇠고리였다. 맨 아래, 암석의 평평한 윗면과 같은 높이에 두 개가 약 1미터 간격으로 설치되어 있었고, 나머지 두 개는 남자 키 높이에 약간 더 벌어지게 설치되어 있었다. 두 다리와 두 팔이 그렇게 고정된 비정상적인 자세는 가느다란 몸매를 돋보이게 해 준다. 여행자는 비올레트를 즉시 알아보았었다.

아주 커다란 두 눈, 아직 앳된 얼굴, 통통하면서도 가느다란 목, 금빛 도는 머리카락뿐만 아니라, 또한 겨드랑 근처의 바로 그 오목한 골에다 연약한 살결까지, 닮지 않은 것은 아무것도 없었다.

오른쪽 허리의 관절부 약간 아래에는 다갈색 빛이 감도는 검은색의, 살짝 도드라진 개미만 한 조그만 얼룩이 하나 있었다. 세 개의 점으로 구성된 그 성좌 모양은 묘하게도 V나 혹은 Y의 모양을 떠올렸다.

바람이 들지 않는 움푹한 그곳에서, 해가 내리쬐는 곳의 날씨는 무척 더웠다. 마티아스는 반코트의 벨트를 풀었다. 하늘에 구름이 끼어 있긴 했지만, 바람을 느끼지 않게 되자 곧 대기가 잠잠해진 것만 같았다. 먼바다 쪽에는 내포의 입구를 방어하던 암초들 건너편으로, 물 위에 아주 낮게 솟아 있던 같은 암석이 여전히 같은 거품 레이스와 움직이지 않는 세 마리의 갈매기와 함께 보였다. 새들은 줄곧 같은 방향을 향하고 있었다. 그러나 그것들은 꽤 멀리 있었으므로, 관찰자의 이동에도 불구하고 계속 같은 각도로 — 다시 말해 정확히 옆으로 — 모습을 보여 주었다. 구름 사이로 뚫린 보이지 않는 구멍을 통해 한 줄기 생기 없는 햇살이 밋밋하고 창백한 빛으로 장면을 비추고 있었다. 그 빛 아래에서 새들의 윤기 없는 흰색이 어떤 가늠할 수 없는 거리감을 느끼게 했다. 상상 속에서 그것들은 스무 걸음 정도만큼이나 1해리 거리에 떨어져 있을 수도 있었고, 혹은 힘들이지 않고 팔만 뻗으면 닿을 거리에 있을 수도 있었다.

"다 왔어." 어부의 즐거운 목소리가 말했다. 햇빛이 희미해졌다. 갈매기들의 희끄무레한 깃털이 원래의 60미터 정도 거리로 복귀했다. 가파른 절벽 가장자리에 — 최근의 흙더미가 군데군데 무너진 여파로 가장자리에 너무 가까워졌다 — 땅에 낮게 깔린 풀밭과 집 쪽으로 오솔길이 급경사를 이루며 내려가고 있었다. 그 집은 네모난 작은 창문 하나만을 갖고 있었다. 지붕은 손으로 깎아 두껍고 불규칙적인 점판암 조각들로 덮여 있었다. "다 왔어." 목소리가 반복했다.

그들은 들어갔다. 뱃사내가 먼저 들어간 다음 여행자가 뒤따르며 문을 되밀었다. 찰칵, 문이 저절로 닫혔다. 결국 그 조그만 집은 마을에서 꽤 멀리 있었고, 집주인이 예고했던 대로 '30초' 만에 갈 수 있는 곳이 아니었다. 그의 이름이 현관문에 분필로 적혀 있었다. 'Jean Robin(장 로뱅)'. 아주 꾹꾹 눌러쓴 데다 너무도 삐뚤거리는 그 서툰 모양새는 초등학교 어린아이들의 글씨 쓰기 연습을 떠올렸다. b자의 수직선이 똑바르지 못하고 뒤로 약간 휘어지면서 위쪽 뒤편으로 생긴 고리는 너무 둥글어진 나머지, 앞쪽 아래의 볼록한 배가 뒤집힌 모양이 되어 앞의 것과 붙어 있는 것처럼 보였다. 마티아스는 빛이 들지 않는 현관 속으로 더듬더듬 걸어가면서 그 이름을 쓴 자가 뱃사내 자신일까, 그렇다면 무슨 목적으로 그랬을까 하는 의문을 품었다. '장 로뱅'이란 이름은 실제로 그에게 뭔가를 말해 주고 있었다. 하지만 그 사내가 자신이 속해 있다고 주장하는 그 과거 속으로 그를 재위치시킬 수 있을 만큼 충분히 명확한 것은 아무것도 생각나지 않았다. 집 내부는 무척 어두워서, 바깥에서 본 작은 덩치와 유일한 창문으로 상상했던 것보다 그에게 더 복잡하게 느껴졌다. 여행자는 어슴푸레한 빛 속으로 앞장서 가는 등만 바라보며, 그가 방들을 통과하는지 복도들을 통과하는지 혹은 단순히 문들을 통과하는지조차 알지 못하면서, 몇 번씩이나 급작스럽게 모퉁이를 돌며 걸음걸음 방향을 잡아 갔다.

"조심해. 계단이 하나 있어." 사내가 말했다.

그의 목소리는 이제 낮은 목소리로 속삭였다. 그는 마치 잠자는 누구를, 병든 누구를, 사나운 개를 깨울까 봐 두려워하는 듯했다.

거실은 마티아스에게 오히려 큰 편처럼 보이는 효과를 낳았다. 어쨌든 그가 예상했던 것보다는 확실히 덜 좁았다. 네모난 작은 창문은 — 필시 내포를 향하는 것일 게다 — 강렬한, 거르지 않은 빛을 제공했다. 하지만 그 방의 주변부는 물론이고 중심부에도 미치지 않는 제한된 것이어서, 둔탁한 테이블이 있는 구석과 어긋나게 맞물린 마룻바닥의 몇십 센티미터 정도만 어둠 속에 선명하게 드러날 뿐이었다. 마티아스는 더러워진 유리창을 통해 밖을 내다보기 위해 그쪽으로 향했다.

그는 풍경을 확인할 시간을 미처 갖지 못했다. 한 물건이 — 요리 기구인 것 같다 — 갑자기 거칠게 떨어지는 소리에, 그의 주의가 곧 반대 방향으로 이끌렸기 때문이다. 창문에서 가장 먼 모퉁이에서 그는 두 실루엣을 구분해 냈다. 그중 하나는 어부의 것이었고 다른 하나는 그때까지 그가 주목하지 못했던 사람의 것으로, 사춘기 여자아이 혹은 어린 여자로 보였다. 아주 짙은 색이 아니면 검은색으로 물들인 원피스가 얇고 유연한 몸매에 꼭 끼었고, 그녀의 머리는 사내의 어깨에 미치지 않았다. 그녀는 땅에 떨어진 물건을 줍기 위해 무릎을 굽히며 몸을 구부렸다. 뱃사내는 두 손을 엉덩이에 올린 채 움직이지 않고 그녀 위로 고개를 숙였다 —

마치 그녀를 응시하려는 듯.

그들 뒤로 수평적인 표면에 뚫린 동그란 구멍을 통해 불꽃이 보였다. 노란 불꽃은 나지막하게 누워 있어서 구멍의 표면을 넘지 않았다. 그것은 안쪽 벽에 맞대어 세워져 있는 큼지막한 화덕 아궁이에서 피어나고 있었다. 주철로 된 두 개의 둥근 받침대 가운데 하나가 제거되어 있었다.

마티아스는 커다란 테이블을 돌아, 두 사람이 있는 곳으로 갔다. 그러나 그를 소개하려는 어떤 시도도, 어떤 인사말도 없었다. 넘쳐 나던 모든 활기가 가라앉고, 이제 주인 남자는 찌푸린 눈살로 근심이나 분노의 표정을 그리며 심각한 얼굴을 하고 있었다. 여행자가 등을 돌리고 있는 동안, 그와 부엌의 어린 여자 — 그의 딸? — 그의 아내? — 하녀? — 사이에 무슨 일이 벌어졌음에 틀림없었다.

침묵 속에 모두가 식탁에 앉았다. 식기 세트로 오목한 접시 두 개, 유리잔 두 개, 중간 사이즈의 망치 한 개만이 깔개도 없이 나무 위에 그대로 놓여 있었다. 두 남자는 테이블의 긴 쪽 전체를 차지하는 장의자 양쪽 끝을 각각 차지하며 창문과 마주 앉았다. 뱃사내는 붉은 포도주 두 병을, 자신의 주머니칼에 달린 코르크 마개 뽑이를 이용해 차례로 열었다. 여자가 마티아스를 위해 유리잔 하나와 접시 하나를 더 놓았다. 그런 다음, 삶은 감자가 가득한 냄비를 가져왔고, 마지막으로 익힌 '거미' 두 마리를, 접시에 담는 수고로움을 생략하고 자르지 않은 채로 가져왔다. 그러곤 여행자 맞은편에 — 따라서 그와 창문 사이에 빛을 등지고 — 등받이 없는 의자에 앉았다.

마티아스는 유리창 너머를 보려고 애썼다. 뱃사내 포도주를 따랐다. 그들 앞에는 게 두 마리가 안쪽으로 반쯤 접힌 각진 다리를 위로 하고 나란히 누워 있었다. 그의 맞은편에 앉은 사람이 단순히 목면 원피스만 걸치고 있는 모습을 보며, 마티아스는 너무 덥다고 생각했다. 그는 반코트를 벗어, 의자 뒤의 궤짝 위에 던졌다. 그리고 저고리의 단추를 끌렀다. 이제 그는 이 오두막까지 이끌려온 것을 후회하고 있었다. 여기서 그는 자신이 경계심만 일으키는 성가신 이방인처럼 느껴졌다. 게다가 그곳에서의 자기 존재는 어떤 판매 희망으로도 정당화되지 않았고, 그 점은 그가 예상할 수도 있었을 것이었다.

그와 함께 있던 두 사람이 느긋하게 손톱으로 감자 껍질을 벗기기 시작했다. 여행자는 냄비 쪽으로 손을 내밀었다. 그리고 그들처럼 했다.

갑자기 어부가 웃음을 터뜨렸고, 그것이 어찌나 급작스러웠던지 마티아스는 소스라쳤다. 그의 눈이 검은 원피스에서 갑자기 잠잠해진 옆 남자의 얼굴로 옮겨 갔다. 다시 사내의 잔이 비었다. 마티아스는 자신의 잔을 한 모금 마셨다.

"정말 재미있는 일이야!" 사내가 말했다.

여행자는 대답을 해야 하는지 알 수 없었다. 그는 자신이 하고 있던 일에 몰두하는 편이 더 적절하다고 판단했다. 평상시와는 다른 그의 손톱 길이가 그 일을 용이하게 해 주었다. 그는 얇고 몸에 착 달라붙은 검은 원피스와, 목덜미 아래에 투사된 역광을 바라보았다.

"우리가 여기서 함께 한가하게 감자 껍질을 벗기고 있다는 사실을 생각하면……." 사내가 말했다.

그는 문장을 채 마치지도 않고 웃었다. 그가 게를 턱으로 가리키며 물었다.

"갈퀴인데, 저거 좋아해?"

마티아스는 그렇다고 대답했다. 그리고 마음속으로 묻고는, 자신이 거짓말했다고 결론을 내렸다. 뱃사내는 게 한 마리를 잡고 다리를 하나씩 뜯었다. 그리고 자신의 칼로 배를 두 군데 푹 찔러 꿰뚫은 다음, 단호하고 억센 동작으로 몸통의 등딱지를 단번에 떼어 냈다. 등딱지는 왼손에, 몸통은 오른손에 들고, 그는 살을 유심히 살피며 잠시 멈추었다.

"저들은 이게 텅 비었다고 또 우기겠지!"

그 외침은 생선 도매상을 향한 몇 마디 욕설로 이어졌고, 사내는 당연히, 지나치게 저렴한 거미게의 가격에 대해 늘 하던 불평으로 끝을 맺었다. 그와 동시에 그는 망치를 들었고, 그의 접시와 여행자의 접시 사이에, 테이블 나무 위에 바로 다리들을 놓고 탁탁 짧게 후려쳤다.

그가 더욱 단단한 마디에 악착스레 몰두하자, 약간의 즙이 튀어 여자아이의 뺨에 묻었다. 그녀는 아무 말 없이 검지 뒷면으로 뺨을 닦았다. 그녀는 넷째 손가락에 황금빛 반지를 끼고 있었다. 엄밀히 말해, 그것은 결혼반지로 간주할 수 있었다.

점점 더 커져만 가는 섬사람들의 사는 어려움들, '검은 바위'

마을이 띠어 가는 발전상, 이제 고장의 상당 부분이 혜택을 입고 있는 전기, 그의 집까지 전류가 이르게 하려 할 때 그 자신이 읍에 대립하며 반대했던 사실, 그의 게 덫들과 어망들 사이에서 '꼬맹이'와 함께 벼랑 한구석에서 영위하는 '쾌적한 삶'에 대해 차례로 말하며, 사내는 독백을 계속 이어 갔다. 그렇게 대화는 마티아스에게 어떤 문제도 일으키지 않았다. 사내는 의문형의 문장을 말하는 경우에도 결코 대답을 요구하지 않았다. 그때 대화 상대자는 빈 공간으로 남은 몇 초가 그저 흘러가기를 기다리기만 하면 되었다. 그러면 마치 거기에 어떤 단절도 없었다는 듯, 독백은 다시 시작되었다.

명백히, 뱃사내는 개인적인 이야기를 고집하기보다는 일반적인 이야기들에 머물러 있고 싶어 했다. 그는 마티아스를 알았던 시기나, 그 불명확한 기간 동안 그들을 묶어 주었던 우정에 대해 단 한 번도 암시하지 않았다. 여행자는 시간 속에서 그 위치를 찾아내고 그 기간을 계산하려 했지만 헛된 일이었다. 이따금씩 어부는 그에게 자기 형제를 대하듯 말했다가는, 금방 그를 처음 만나는 손님처럼 대했다. 그의 우정이 증폭될 때 그가 사용하던 '마트'라는 애칭은 어떤 명확한 설명도 가져다주지 않았다. 그날까지 어느 누구도 — 그의 기억이 정확하다면 — 그를 그런 식으로 불렀던 적이 없었기 때문이다.

날짜들이나 기간뿐만 아니라 장소나 상황에 있어서도 정확한 정보가 없기는 마찬가지였다. 마티아스의 판단으로 볼 때 — 모든 종류의 이유로 — 그의 어린 시절로 거슬러 올라가지 않는 한, 그것이 섬에서 있었던 일일 가능성은 극히 희박하지 않을까? 그러나 사내는 그의 어린 시절에 관해서도 말하지 않았다. 반면 그는 가을에 등대에 설치한 새로운 렌즈 시스템에 관해서는 장광설을 늘어놓았다. 그에 따르면, 그것은 가장 짙은 안개조차 뚫을 수 있는, 광학상으로 그전까지는 이르지 못했던 최고의 위력을 지니고 있었다. 그는 그것의 기능을 설명하기 시작했다. 그러나 장치에 대한 그의 묘사는 외양상으로는 어느 정도 기술적인 면모를 띠고 있었지만, 처음부터 너무도 모호하여 여행자는 그 뒤를 아예 이해하려 들지조차 않았다. 마티아스가 보기에, 그자는 의미도 모르면서 들었던 단어들을 단순히 반복하며, 훨씬 더 모호하고 전적으로 불완전한, 자신이 지어낸 담론을 그 단어들로 되는대로 윤색하기만 하는 것만 같았다. 그는 자신의 문장 대부분을 빠르고 크고 복잡한 몸짓들로 강조했지만, 그것들과 텍스트 사이의 관계는 꽤나 동떨어져 보였다. 굵은 집게발들 사이에서 한 집게발의 여러 마디들이 원들, 나선들, 고리들, 8자들로 가득한 궤도들을 테이블 위에 그리고 있었다. 그것들의 껍질이 부러질 때 조그만 조각들이 부서지며 주위에 떨어졌다. 게와 말이 그에게 갈증을 주었고, 뱃사내는 자신의 잔을 채우기 위해 자주 말하기를 중단했다.

반대로, 어린 여자의 잔에는 내용물의 높이에 전혀 변화가 없었다. 그녀는 아무 말도 하지 않고, 간신히 먹기만 했다. 깔끔함을 유지하려는 고심에 — 아마도 초대 손님에게 예절을 갖추기 위한 게다 — 한 조각을 먹고 난 다음에는 매번 손가락들을 정성 들여 빨았다. 그녀는 입술을 내밀며 입을 동그랗게 만들고는 손가락을 앞뒤로 여러 차례 움직였다. 그녀는 자신이 하는 일을 더 잘 보기 위해 창문 쪽으로 몸을 반쯤 돌렸다.

"그게 절벽을 대낮처럼 밝혀 주지." 어부가 결론 삼아 단정적으로 말했다.

물론 그것은 틀린 말이었다. 등대의 빛줄기는 절대 그 발치의 해안을 밝혀 주지 않는다. 자칭 뱃사람이라고 하는 자로서는 놀라운 착오이다. 하지만 이자는 아마 항해자들에게 피해야 할 바위들을 세세히 보여 줄 목적으로 그렇게 하는 것이 바로 등대의 역할이라고 믿는 모양이었다. 그가 야간에는 절대 배를 띄우지 않았던 게 분명했다.

'꼬맹이'는 가운뎃손가락을 입안에 넣은 상태로, 옆을 보며 움직이지 않고 있었다. 그녀는 앞으로 몸을 굽히고 고개를 숙인 채 있었다. 둥글게 당긴 목덜미의 선이 역광을 받아 빛나고 있었다.

하지만 그녀가 빛을 향해 반쯤 몸을 돌린 것은 자신의 손을 깨끗이 닦는 일을 더 잘 지켜보기 위한 것이 아니었다. 그녀의 두 눈은, 마티아스가 그의 자리에서 판단하는 범위 내에서는, 마치 더러워진 유리창을 통해 바깥의 무언가를 발견하려는 듯 창문 쪽을 비스듬히 바라보고 있었다.

"그 계집애는 채찍을 받아야 마땅해!"

여행자는 그자가 무엇에 대해 말하는지 금방 이해하지 못했다. 그가 그 앞의 말에 주의를 기울이지 않았던 탓이다. 그것이 르뒤크 씨네 막내딸 이야기라는 사실을 알았을 때, 그는 뱃사내가 어떤 과정을 거쳐 거기에 이르렀는지 궁금했다. 어쨌든 그는 주인 남자의 판단에 침묵으로 동의를 표했다. 아침부터 그가 들어 온 모든 말에 따르면, 결국 그 아이는 채찍으로 호되게 야단맞거나, 심지어는 더 혹독한 벌을 받을 필요가 있는 것 같았다.

그 순간, 그는 뱃사내가 자기 쪽을 바라보고 있다는 사실을 깨달았다. 그는 흘깃 왼쪽을 쳐다보았다. 사내가 그의 얼굴을 바라보고 있었다. 그 표정이 어찌나 깊은 놀라움을 띠고 있던지, 오히려 마티아스가 놀랐다. 그러나 그는 어떤 특별한 것도 말하지 않았었다. 그것은 단지 그의 대화 상대자가 대답을 받을 것이라고는 더 이상 기대하지 않기 때문이었을까? 마티아스는 그 오두막에 들어온 이후, 달리 문장들을 말했었는지 기억을 더듬어 보았다. 그는 그것에 대해 확신을 갖고 판단을 내릴 수가 없었다. 아마 집이 덥다고 했던 것 같다. 어쩌면 등대에 대해 어떤 평범한 사실을 말했을지도 모른다……. 그는 포도주 한 모금을 마셨다. 그리고 잔을 내려놓으며 말했다.

"애들 때문에 다들 애를 먹지."

그러나 그는 어부가 더 이상 자신에게 관심을 두지 않는다는 사실을 알게 되었고, 그러자 마음이 홀가분했다. 그자는 조금 전의 그 심각한 표정을 되찾고는 침묵하고 있었다. 그의 두 손은 텅 빈 채 활기를 잃었고, 두 팔뚝은 테이블 가장자리에 걸쳐 있었다. 그의 시선은 — 게 찌꺼기들, 텅 빈 병, 아직 가득 찬 병, 검은 옷을 입은 어깨 너머로 — 의심의 여지 없이 네모난 작은 창문을 가리키고 있었다.

"내일은 비가 오겠군." 그가 말했다.

그는 여전히 움직이지 않고 있었다. 20초쯤 흘렀을 때, 그는 말을 고쳤다. "내일…… 아니면 확실히는 모레."

어찌 되었건, 여행자는 멀리 있을 것이다.

어부가 자세를 바꾸지 않은 채 다시 말했다. "네가 그런 식으로 자클린이 오나 살피고 있다면……."

마티아스는 그가 그의 어린 동반자에게 말을 건네고 있다고 추측했다. 그러나 아무것도 그에 대한 최소한의 증거를 제공해 주지 않았다. 정작 그녀 자신은 다시 오물거리며 조금씩 먹기 시작했고, 마치 아무 말도 듣지 않은 것처럼 했다.

"내가 그 계집애를 집 안에 들일 것이라고 기대하는 것까지는 해도 좋아."

그는 정반대의 것을 이해해야 한다는 점을 보여 주는 식으로 '까지는'이란 말에 힘을 주었다. 게다가 그는 섬에 사는 많은 사람들처럼 '지레짐작하다'라는 단어 대신 '기대하다'라는 단어를 사용했고, 지금의 경우, 이 단어는 오히려 '두려워하다'를 뜻했다.

"그 애는 이제 오지 않을 거야." 여행자가 말했다.

그는 그 무분별한 말을 주워 담고 싶었다. "이 시각에 걘 점심을 먹으러 갔을 거라는 말이야." 그는 너무도 황급히 이 말을 덧붙이면서, 자신의 혼란을 가중시키기만 했다.

그는 초조한 눈길을 주위에 던졌다. 다행히 아무도 그의 개입이나 거북함에 관심을 두지 않았다. 여자아이는 껍질 조각 하나를 내려다보면서, 그 속으로 혀끝을 집어넣으려 애쓰고 있었다. 얇은 옷감으로 인해 두 부분으로 — 밝은 쪽과 검은 쪽으로 — 나뉜 어깨선 너머로 사내가 창문을 향해 바라보고 있었다.

낮은, 그러나 분명한 목소리로 그는 두 마디를 말했다. "……게들과 함께……." 하지만 그것은 필시 아무것과도 연결되지 않았다. 그러고는 두 번째로 웃음을 터뜨렸다.

두려움이 마티아스를 엄습했고, 뒤이어 권태가 혼합된 무기력감이 따라왔다. 그는 매달릴 뭔가를 찾았지만 너덜너덜한 조각들만 발견했을 뿐이었다. 그는 자신이 거기서 무엇을 하고 있는지, 한 시간도 더 넘게 무엇을 했었는지 자신에게 물었다. 어부의 오두막에서 벼랑을 따라…… 마을에 이르러 한잔 마신 곳에서…….

오두막에는 그 순간, 식탁에 앉은 한 사내가 있었고, 눈꺼풀을 찌푸린 그의 얼굴이 한 조그만 창문 쪽을 향하고 있었다. 아주 억센 사내의 두 손은 활기를 잃고 텅 비어 있었고, 반쯤 열린 채, 갈퀴처럼 구부러진 긴 손톱들을 내보이고 있었다. 그의 시선이 아주 어린 한 여자의 가늘고 매끄러운 목을 스치며 지나갔다. 그녀 또한 자신의 두 손 위로 시선을 떨군 채, 사내처럼 가만히 앉아 있었다.

마티아스는 사내의 오른쪽, 어린 여자의 맞은편에, 그들 각자와 보기에도 명백히 같은 거리에 앉아서, 옆에 앉은 사내가 차지한 자리에서 보게 될 정확한 광경을 상상했다……. 어부의 오두막에서, 그 순간, 그는 그의 방문 판매를 재개할 때가 되기를 기다리며 점심 식사를 하고 있었다. 어차피 그곳에 가려면, 주인 남자 — 마을에서 만난 옛 동무 — 와 더불어 벼랑을 따라온 것은 잘한 일이었다. 마을에 이르러 한잔 마신 곳에서는 손목시계 하나를 파는 데 성공하지 않았는가?

그러나 그러한 정당화가 그를 만족시켜 주지는 못했다. 그 너머로 더 거슬러 가면서, 그는 큰 등대 길과 읍내 사이에, 그다음엔 읍내 자체에서, 그다음엔 그보다 더 전에, 자신이 무엇을 했었는지 스스로에게 물었다.

요컨대 그는 결국 아침부터 무엇을 하고 있었던가? 그 모든 시간이 그에게는 지루하고 불확실하고 잘못 채워진 것 같았으며, 그것은 판매한 시계 수가 적다는 이유도 아마 없진 않겠지만, 그보다는 오히려, 그 판매들이 — 게다가 실패들이나 삽입된 코스들도 마찬가지이다 — 우연적이기만 했을 뿐 엄격성이 결여된 방식으로 전개되었다는 것이 더 큰 이유였다.

그는 즉시 자리를 뜨고 싶었을 것이다. 그러나 식사가 끝났는지 알지도 못하면서, 그를 맞아 준 사람들을 그토록 급작스럽게 떠날 수는 없었다. 식사 준비에 있어 형식의 완벽한 결여는 여행자로 하여금 그 자신의 상황에 대해 한 번 더 갈피를 잡을 수 없게 만들었다. 그가 처한 상황은 거기서도 여전히, 그가 기억해 낼 수만 있었다면 그 규칙 — 그의 행동에 요긴하게 사용될 수 있었을 — 이 무엇이었든 간에 그것에 따라 행동하는 일이 불가능하다는 것이었다. 그럴 수만 있다면, 그는 필요에 따라 그 뒤로 피신할 수도 있었을 것이다.

그를 둘러싼 상황은 어떤 기준도 제공하지 않았다. 식사는 거기서 끝나는 것만큼이나 계속될 이유도 없었다. 텅 빈 병 하나가 아직 시작하지 않은(마개를 빼 버리긴 했지만) 다른 병 옆에 서 있었다. 게 한 마리가 간신히 알아볼 정도의 수많은 잔껍질 조각들로 산산이 흩어져 있었고, 손도 대지 않은 나머지 한 마리는 처음 식사가 시작될 때처럼 반쯤 접힌 각진 발들을 배의 중심부를 향해 모은 채 가시 돋친 등 위로 누워 있었고, 허연 배딱지는 Y자를 그리고 있었다. 냄비 속에는 아직 반 정도의 감자가 남아 있었다.

하지만 이젠 아무도 먹지 않았다.

규칙적인 파도 소리가 내포 입구의 바위들을 때리곤 했다. 그것은 우선 멀리, 침묵 속에서 감지할 수 없을 만큼 작게 시작되어, 점점 커지다가는 거칠게 부서지는 소리가 되어 그 방 전체를 뒤덮었다.

창문 앞에서 역광을 받으며 기울인 얼굴이 왼쪽으로 미끄러졌다가 — 그렇게 네 개의 네모난 유리창 너머로 시야가 트였다 — 다시 옆으로, 그러나 이번에는 반대 방향으로 놓였다. 이마는 가장 어두운 모퉁이 쪽으로 향하고, 목덜미는 강렬한 햇살에 노출되었다. 검은 옷감 바로 위쪽으로 목이 시작되는 곳에는 너무도 연약한 피부가 가시덤불에 방금 할퀸 것처럼, 아주 생생한 상처가 길게 나 있었다. 상처를 따라 맺혔던 아주 작은 핏방울들이 아직 채 마르지 않은 것처럼 보였다.

마루에 날을 세운 풍랑 하나가 밀려와 벼루 아래에서 부서졌다. 고동치는 심장의 리듬에 따라, 마티아스는 아홉까지 세었다. 또 하나의 풍랑이 부서졌다. 유리창 위로 흘러내린 물방울들의 옛 흔적을 먼지 사이로 추적해 낼 수 있었다. 그 창문 앞에서, 어느 비오는 날, 집에 홀로 남아 있던 그는 정원 끝, 울타리의 말뚝들 가운데 한 곳에 앉아 있던 바닷새 한 마리를 그리는 데 그의 오후 나절을 모두 보냈었다. 사람들은 종종 그에게 이 이야기를 들려주었었다.

눈을 내리뜬 그 얼굴이 원래의 위치로, 유리창을 등지고 희고 붉은 거미 발들의 잔조각들이 담긴 수프 접시 위로 되돌아왔다.

더욱 먼 곳에서 거의 감지할 수 없는 파도 하나가 부서졌다. 혹은 그것은 한 숨결 — 예컨대 여행자의 숨결 — 이 내는 소리였을 뿐이었다.

그는 둑의 수직 옆구리에 부딪히며 규칙적으로, 번갈아, 부풀어 올랐다가는 풀썩 주저앉던 그 물의 움직임을 되찾았다.

그리고 자기 자신에 더 가까이, 그 자신의 접시 속, 칼날과 바늘을 닮은 희고 붉은 조각들의 더미로 되돌아왔다. 쇠고리가 파 놓은 그림은 또다시 바닷물에 잠겨 버렸다.

그가 동작을 수행하며 그를 출발 지점까지 자동적으로 데려가게 해 줄 말을 하려는 참이었는데 — 그의 시계를 들여다보며 "벌써 아무아무 시간이야" 하고 말하고는, ……해야 한다고 구실을 대며 벌떡 일어나서 등등 — 뱃사내가 어떤 급작스러운 결단력으로 냄비를 향해 불쑥 오른손을 내밀어 감자를 하나 들더니, 마치 근시안의 주의력으로 관찰하기 위한 듯, 그러나 아마 정신은 딴데 두고, 눈앞으로 — 지나치게 가깝기까지 하다 — 가져갔다. 마티아스는 그가 그것의 껍질을 벗길 것이라고 상상했다. 그는 아무 일도 하지 않았다. 그는 울퉁불퉁한 모양의 넓적한 그 덩이줄기의 표면을 엄지손가락 끝으로 천천히 쓰다듬었다. 침묵 속에서 다시 한 번 얼마간의 관찰 과정을 거친 다음, 그 덩이줄기는 냄비 속의 다른 것들 곁으로 되돌아갔다.

"거봐, 그게, 그 병(病)이, 도지는구먼." 어부가 혼잣말로 중얼거렸다.

앞선 대화 주제로 곧장 되돌아오는 걸 보니, 아마도 그것이 그의 마음에 더 걸렸던 게다. 그는 두 언니 중에, 동생 자클린을 '다시 한바탕' 찾아 나선 마리아 르뒤크를 만났었다고 말했다. 그는 온갖 모욕적인 이름들을 그녀에게 붙였다. 그 가운데 과장이 최고조에 달한 것들은 '지옥의 창조물'에서 '어린 흡혈귀'에까지 이르렀다. 그리고 자신의 독백 속에 홀로 부글거리며, 그녀가 다시는 그의 집에 발을 들이지 못할 것이고, 집 근처에는 얼씬도 못하게 할 것이며, 그녀를 딴 곳에서 몰래 만나려 하지 않는 게 좋을 것이라고 '애'한테 충고한다고 외쳤다. '애'란 마티아스 앞에 앉아 있는 그 어린 여자를 가리켰다. 화가 치밀어 오른 사내가 의자에서 벌떡 일어나, 그녀를 때리기라도 할 듯한 기세로 테이블 너머로 그녀에게 몸을 기울일 때조차도 그녀는 잠자코 있었다.

격분이 가라앉자, 그는 그 계집아이가 저지른 죄악들 — 여전히 같은 죄악들 — 에 대해 넌지시 말했고, 여행자에게는 그것들이 앞서 들었던 이야기보다 더욱더 모호하게 들렸다. 한정되고 명확한 어느 사실에 대한 명확한 서사 대신, 늘 그렇듯이 원인들과 귀결들의 한없는 연쇄들 속에서 헤어나지 못하는 심리적 혹은 정신적 차원의 요소들 — 그 속에서 주역들의 책임은 사라져 갔다 —

에 대한 아주 수수께끼 같은 비유들만 있었다.

……빵집의 '수습 선원' 쥘리앵은 그러니까 그 전주(前週)에 물에 빠져 죽을 뻔했었다. 자클린 르뒤크 외에도 여러 사람이, 사건이라고 부를 수는 없다 하더라도 아무튼 뱃사내가 들려주던 그 이야기에 연루되어 있었다. 특히 '꼬마 루이'라 불리는 어부 청년과 그의 약혼녀 — 이제 그가 그녀와 결혼하기를 거부하므로, 더 정확히 말하면 그의 전 약혼녀 — 가 있었다. 루이는 막 스무 살이 되었고, 쥘리앵은 그보다 두 살 어렸다. 일요일 저녁에 그들 사이에 말싸움이 터졌고…….

그러나 마티아스는 어느 정도로 그 계집아이가 그 말다툼의 주제가 되었는지, 그리고 결국 문제 되는 것이 타살 시도였는지 자살 시도였는지, 아니면 그냥 단순 사고였는지 가늠할 수가 없었다. 게다가 그 약혼녀의 역할은 최종적인 결별(필시 으름장 정도에 지나지 않았을 게다)에 국한되어 있지 않았다. 빵집 수습생에게 그의 자칭 라이벌의 말을 옮겼던 — 약간 왜곡했다는 것 같았다 — 나이가 더 많은 동료는…….

마티아스는 뱃사내가 그 두 청년이 합심하여 그 계집아이를 바다에 던져 버리지 않은 것을 무엇보다 비난하고 있다고 이해했다. 비올레트의 나쁜 행실과 그들의 불가피한 징벌에 대한 토론을 회피한다는 의혹을 살지도 모른다는 두려움 때문에, 여행자는 길을 다시 떠나고 싶은 마음을 감히 드러낼 엄두도 내지 못했다. 그는 심지어 대화에 적극적으로 참여하는 것이 더 적절하다고까지 판단했다. 주인 남자가 '그 딱한 르뒤크 부인'에 대해 칭찬을 시작하자, 그는 그 세 딸의 어머니를 오전에 방문했던 사실을 기꺼이 이야기했고, 앞으로 있을 두 큰 딸들의 결혼에 대해서는 어떤 세부 사항도 기억나지 않았으므로 즉흥적으로 꾸며 댈 수밖에 없었다. 그다음, 그는 그녀들의 외삼촌 조제프와의 우정을 언급하면서 그가 시내의 증기선 회사에서 일하고 있다고 덧붙였다. 그자와 최근에 나누었던 대화에 대해 말하며, 그는 아주 자연스럽게 그의 한나절 이야기를 통째로 하기에 이르렀다. 그의 거처에서 항구까지 도보로 가야 했기 때문에 그는 배를 타기 위해 새벽 일찍 일어났었다. 가뿐한 걸음으로 쉬지 않고 걸었었다. 선착장에 너무 일찍 도착했고, 출발 전에 남은 시간을 이용하여 한 무역선 선원에게 첫 번째 시계를 팔았었다. 섬에 도착하면서는 — 어쨌든 처음에는 — 운이 덜 따랐었다. 전체적으로 보아 그래도 아침나절에 대해 불평할 수는 없었는데, 그것은 물론 아주 상세한 세부 사항까지 순회 판매를 준비하는 데 들인 정성 덕분이었다. 그 전날 세운 계획에 맞추어, 항구의 집들부터 시작했었다. 그러곤 괜찮은 자전거를 한 대 대여한 다음, '검은 바위' 마을을 향해 떠났고, 모든 집 앞에서 멈췄으며, 그럴 가치가 있을 때마다 외딴집들을 방문하기 위해 간선 도로를 여러 번 벗어나기도 했었다. 그렇게 해서 마레크의 농가에 그가 가진 가장 멋진 상품들 가운데 한 개를 팔았었다. 대여한 물건이 기가 막히게 잘 달려서, 그 모든 우회들에 들인 시간은 무시할 만했고, 그것을 타는 것이 정말 즐거웠다. 판매 자체는 때때로 놀라울 정도로 빠르게 이루어져, 여행 가방을 여는 것만으로도 충분할 때도 있었다. 그만큼 상품의 질이 매력적이었다(자물쇠를 찰카닥 작동시키기, 뚜껑을 뒤로 젖히기 등등……). 몇 분 만에 모든 것이 끝나 있었다. 예를 들어 큰 등대 마을에 이르기 직전, 길가에 살고 있는 한 부부의 집에서의 경우가 바로 그러했다. 조금 더 멀리, 마을 입구의 카페에서 여행자는 마지막으로 시계를 하나 팔았었다. 마침내 점심을 먹으려던 때, 장 로뱅이라는 어린 시절 친구가 다가와 말을 걸고는 곧이어 함께 식사를 나누자고 그를 초대했었다.

그래서 마티아스는 주거 밀집 지역에서 약간 외곽에 위치한 그의 조그만 집까지 그를 따라갔었다. 그것은 바다에 아주 가까운 작은 내포 안쪽에 있었다. 그들은 함께 간직하고 있던 옛 추억을 떠올리고, 그리 많지는 않았지만 그 시절 이후 고장에 들이닥친 변화들을 언급하면서 곧바로 식사를 시작했었다. 점심 식사가 끝난 다음, 여행자는 그의 손목시계 컬렉션을 내보이며 탄복하게 했었다. 하지만 배가 출발하기 — 16시 15분 — 전에 항구로 돌아가도록 예정된 일정에 따라 순회를 계속해야 하므로, 지나치게 오래 머물지는 않았었다.

그는 먼저 '검은 바위' 마을의 철저한 탐색을 마쳤었다. 그곳에서 몇 개를 더 팔 수 있었다. 그중 무려 세 개를 한 가족에게 팔기도 했는데, 식료품점 겸 잡화점을 여는 가족이었다. 한 시간 전에 한잔 마시다가 만났던 두 어부도 다시 만났었다. 그들 중 한 명이 시계를 샀었다.

마을 너머로는, 집 한 채 없는 것처럼 키 작은 나무 한 그루도 없이 바람만 휑하니 지나다니는 벌판을 가로질러, 도로가 동쪽으로 연안을 따라가고 있었다. 하지만 낭떠러지와는 어느 정도 거리가 있었다. 대양은 굽이진 땅 모양새로 인해 대부분의 지점에서 보이지 않았다. 마티아스는 바람에 방해받기보다는 떼밀려 빨리 달렸다. 하늘은 완전히 구름으로 덮여 있었다. 춥지도 덥지도 않았다.

길은 읍내에서 등대까지의 것보다 더 좁고, 관리 상태도 더 나빴지만, 자갈이 깔려 있는 정도는 그런대로 만족할 만했다 — 어쨌든 자전거를 달릴 수 있을 만큼의 상태는 되었다. 도로망의 주요 축에서 벗어나 거의 인적이 끊긴 그 구역에서 통행량의 밀도가 아주 높았을 리는 절대 없었다. 코스는 대략 섬의 거의 맨 끝까지 나아갔다가 섬의 중심으로 되돌아오는 반원 형태의 넓은 곡선을 이루고 있었다. 이따금 수레나 낡은 자동차가 한 대씩 그 위를 지나다니는 것도 오로지 연안 지대의 마을들에서 읍내의 남동쪽까지 뻗은 그 마지막 부분 위에서나 가능했다. 그러나 통행량이 가장 적은 구간 위로는, 그러니까 곶 쪽으로, 왕래가 너무도 희박해서 땅에 낮게 깔린 풀들이 결국 여기저기 도로 가장자리를 침범해 도로 위로 들어오고야 말았다. 바람은 군데군데 조그맣게 모래밭과 먼지 밭들을 일구고 있었고, 그 위로 바퀴가 골을 파 나갔다. 도로 위에는 으깨진 개구리도 두꺼비도 없었다.

전신주도 햇빛도 없었으므로, 직선으로 길을 가로막는 그림자도 보이지 않았다. 말라 버린 시체와 기둥의 둥그스름한 끄트머리 사이에 자유로이 남아 있던 길목을 벌써 넘어섰더라면, 늙은 마레크 부인은 그를 보지 못하고 가던 길을 계속 갔었을 것이다.

여행자는 마지막 순간에 그 자신을 알아보게 하려고 그녀를 불러야 했었다. 농가가 닫혀 있는 이유에 대해 걱정한 다음, 그는 그의 방문 목적, 즉 손목시계의 판매에 마침내 이르렀었다. 그가 섬에서 첫 번째 성공을 거두었던 것은 바로 거기, 도로변에서였다.

그는 배에서 내린 이후 벌어들인 총 금액을, 기억을 더듬어 계산하려 했다. 그러니까 맨 먼저 늙은 마레크 부인과 155크라운…… 두 번째 장소에서는 피로한 기색이 역력하던 부부와 155크라운, 합해서 310, 그다음엔 카페 주인 여자와 275, — 더하기 310이면 585…… 585…… 585……. 그다음에 이어진 작업은 판매가 아니라 선물이었다. 그는 금박 입힌 숙녀용 시계 한 개를 선물했었다 — 그 여자아이에게…… 혹은 어린 여자에게…….

실제로 제3의 인물이 장 로뱅 집에서의 그 점심 식사에 함께 있었고, 뱃사내가 그의 시계 컬렉션에 공공연히 무관심을 표명했으므로(그는 조그만 창문에 기대서서, 바깥을 바라보고 있었다) 마티아스가 그것을 보여 준 대상도 바로 그 인물이었다. 여행자는 작은 트렁크를 긴 테이블 끝에 놓았고 — 찰카닥, 자물쇠 소리, 뒤로 젖혀지는 뚜껑, 옮겨 놓이는 수첩…… — 여자아이는 테이블을 치우다가, 그에게 다가와 들여다보았다.

그는 여행 가방에 든 상자들을 차례로 끄집어냈다. 그녀는 아무 말 없이 눈을 크게 뜨고 감탄만 했다. 그는 그녀가 좀 더 편하게 구경할 수 있도록 해 주기 위해 약간 뒤로 물러섰다.

검은색 어깨 너머로, 그는 그녀가 한 모조 금시곗줄에 손가락을 갖다 대는 것을 보았다. 그다음엔 문자반의 가장자리를 따라 더욱 천천히, 시계 틀을 쓸었다. 그녀의 가운뎃손가락이 테두리 위로 두 번 반복하여 — 한 번은 한쪽 방향으로, 그다음은 반대 방향으로 — 동그라미를 그렸다. 그녀는 조그맣고 가늘었으며, 손이 닿는 곳에서 목덜미를 — 시선 아래로 — 구부리며 고개를 숙이고 있었다.

그는 몸을 약간 굽히며 말한다. "어떤 게 더 좋아?"

여전히 아무 대답 없이, 그리고 돌아서지도 않고 그녀는 상자들을 차례로 다시 만진다. 둥글게 파인 원피스의 목선으로 인해 간신히 드러난, 붉은 방울들이 맺힌 긴 긁힌 상처가 너무도 부드러운 살갗을 찢는다. 마티아스는 보이지 않게 손을 내민다.

그의 몸짓이 곧 멈춘다. 팔이 다시 떨어진다. 그는 손을 내밀려고 하지 않았다. 조그맣고 가느다란 그 어린 여자는 고개를 좀 더 숙이며, 그녀의 목덜미와 찢어진 긴 피부의 상처를 드러내 보인다. 아주 작은 핏방울들이 아직 채 마르지 않은 것처럼 보인다.

"이게 가장 예뻐."

비올레트의 이야기가 끝난 다음, 어부는 다시 섬 생활에 대한 일반적인 — 게다가 묘하게 모순적인 — 고찰들 속으로 달아나서는 좀처럼 나오지 않았다. 특히 좀 더 개인적인 어떤 세부 사항으로 자신의 발언을 설명하고자 하는 것처럼 보일 때면, 매번 그는 이미 제시했던 의견을 정확히 반박했다. 그럼에도 불구하고 담론 전체는 일관된 건축 구조를 — 어쨌든 표면상으로는 — 아주 잘 유지하고 있어서, 그의 이야기를 방심한 귀로 듣기만 하면 그것이 제시하는 비정상성들을 알아차리지 못했다.

마티아스가 손목시계들을 보여 주겠다고 제안한 것은 테이블을 떠나기 — 출구를 향한 첫걸음이다 — 위한 한 가지 이유를 대려는 목적에서였다. 순회를 마치고 16시 15분이 되기 전에는 항구에 돌아가 있어야 하므로, 그는 더 이상 지체할 수 없었다.

작은 트렁크, 자물쇠, 검은색 수첩…….

첫 번째 상자를 건성으로 흘깃 쳐다본 다음 어부는 등을 돌려 창문 밖을 바라보았다. 그의 동거녀는 그와 반대로, 더 잘 보기 위해 다가섰다. 시계를 선물함으로써 그를 맞아 준 그녀에게 감사 표시를 할 수 있을 것이라는 생각이 마티아스의 뇌리를 스쳤다. 그 어린 나이에는 가장 저렴한 모델로도 충분할 것이다.

그다음, 그는 마을로 돌아가 빠른 속도로 탐색을 마쳤다. 거기서 그는 몇 개를 더 팔 수 있었다. 그중에는 무려 세 개를 한 가족에게 팔기도 했는데, 식료품점 겸 잡화점을 여는 가족이었다.

'검은 바위' 마을을 지나자, 도로는 동쪽 방향으로 연안을 따라나 있었다. 하지만 낭떠러지와는 어느 정도 거리가 있었고, 인근의 곶으로 — 그곳에는 여행자를 부르는 집이라곤 어디에도 없었다 — 가는 분기점이 지난 다음엔 연안 지대의 마을들을 향해 읍내 남동쪽까지 안쪽으로 휘어졌다. 마티아스는 시간에 쫓겨 매우 빨리 페달을 밟았고, 곧 집들이 나타나기 시작했다. 그 코스에서 그는 자금자금한 주거 밀집 지역들이나 그것들 사이로 드문드문 있던 외딴집들에서 너무 많은 시간을 허비하지 않고도 꽤 훌륭한 사업 성과를 거두었다. 그러한 성공에 고무되어 큰 둑에 이르기 전에 마지막으로, 폐허가 된 요새가 굽어보는 항구, 연안 가두리의 둑을 따라 늘어선 단조로운 집 정면들, 접안 경사면과 어쩌면 벌써 출발을 준비하고 있을 증기선에 이르기 전에 마지막으로, 그는 바닷가의 한 중요한 어촌까지 다시 내려가기 위해 간선 도로에서(그곳에서는 도로가 내륙 쪽으로 더 굽어 들어와 있었다) 멀리 벗어나기까지 했다.

그러나 그런 식으로, 여행자는 그를 곧바로 항구까지 데려다 줄 지름길을 이용하지 않았다. 그의 시계는 이제 3시를 가리키고 있었고, 그의 프로그램에 따르면 그는 아직 섬의 북서쪽 지역 전체를 탐색해야 했다. 다시 말해 먼바다를 바라보며 큰 등대의 오른쪽으로 사람의 발길이 닿지 않는 황량한 서쪽 연안, 그다음엔 그가 지금 이르고 있는 곳과 대칭을 이루는 '말 떼'라 불리는 깎아지른 곳, 마지막으로 마을들 즉 곶과 요새 사이에 흩어져 있는 단순한 농가 무리들이 — 이 마을들은 대부분 내륙에 위치해 있고 시간이 부족하면 접근이 가장 어려운 곳은 포기할 것이다 — 남아 있었다.

지금은 아직 한 시간 이상이 그 앞에 남아 있었고, 서두르기만 하면 지체된 시간을 힘들이지 않고 만회할 수 있었다. 그래서 그는 간선 도로까지 다시 올라가며 예정된 코스를 고수했다.

곧이어 그는 오전에 읍내를 빠져나오면서 따라갔던 '검은 바위'로 가는 도로와 교차하는 지점에 이르렀다. 거기서 오른쪽으로 몇백 미터 더 가면 비탈길 아래쪽에 세 딸과 함께 사는 르뒤크 과부의 집을 필두로 읍내가 시작되었고, 왼쪽으로는 얼마 가지 않아 방앗간으로 가는 분기점이 나오게 되어 있었다.

사실을 말하자면, 여행자는 그 요소들을 아주 확실히 위치시킬 수 있을 만큼 충분히 정확하게 풍경을 기억하지 못했다. 그는 교차점을 지나치며 간신히 주목했을 뿐이었다. 하지만 그는 그것이 바로 그 교차점이었을 것이라는 데 어떤 의심도 품지 않았다. 그리고 그것이 결국은 유일하게 중요한 사안이었지만, 아무튼 그 두 번째 상황에서 마티아스는 그 문제에 더 오래 골몰할 만큼 한가하지 않았다.

그는 마지막으로 코스의 끝 부분을 — 낭떠러지와 '말 떼' 곶을 통해 미리 예측된 커다란 동그라미를 가리킨다 — 감행하기에 너무 늦지 않았다는 것을 한 번 더 확인할 목적으로 페달을 계속 밟으면서, 기계적인 동작으로 다시 시계를 쳐다보았다. 그는 그 방향으로 계속 직진해 갔다. 그사이 시계 침은 말하자면 움직이지 않았다. 교차점이 확 트여 있었기 때문에 그는 속도를 늦출 필요조차 없었다.

가방을 들어 올렸다 신속히 제자리에 다시 놓는 기발한 방법으로, 마침내 작은 트렁크를 안장 뒤의 짐받이에 고정시킬 수 있게 되었고, 그는 그것이 여전히 자리를 잘 지키고 있는지 확인하기 위해 손가락 끝으로 만져 보았다. 그러곤 아래쪽으로 페달의 움직임, 체인, 톱니 장치를 쳐다보았다. 톱니바퀴가 쇠 긁는 소리를 내지 않고 잘 굴러가고 있었다. 얇은 먼지층이 위치에 따라 두께를 조금씩 달리하며, 니켈 파이프를 덮기 시작했다.

이제 그는 더 빠른 리듬으로 자전거를 달리며, 가끔씩 맞은편에서 다가오는 사람들이 하나같이 놀랄 만큼의 속력으로 질주했다.

그가 앞질러 갈 때면 이따금씩 사람들이 놀람 — 혹은 공포 — 의 외마디까지 지르기도 했다.

집 앞에는 으레 가시남천 덤불들이 있었고, 그 앞에서 그는 땅에 발을 딛기 위해 급브레이크를 밟았다. 그다음, 창문을 두드리고, 그의 자전거를 벽에 기대 세우고, 여행 가방을 움켜쥐고는 곧장 안으로 들어갔다……. 복도, 오른쪽으로 첫 번째 문, 부엌, 그 한가운데의, 잔잔한 꽃무늬가 날염된 밀랍 입힌 천으로 덮은 타원형 테이블, 찰카닥, 자물쇠 소리 등등……. 고객이 입술을 뾰족이 내밀며 거절 의사를 밝히면, 마티아스는 몇 분 이상 고집부리지 않았다. 그는 종종 컬렉션을 풀어 보이지도 않고 떠나기까지 했다. 경험상으로, 아무것도 사지 않을 것이 확실한 자들을 알아보는 데 30초면 충분할 때도 있다.

그쪽 연안을 따라서는 많은 오두막들이 폐허가 되었거나 멈춰 설 여지조차 없을 정도로 완전히 방치 상태에 있었다.

오른쪽으로 가로지르는 길이 나타났다. 읍내로 가는 게 확실했다. 마티아스는 계속 직진했다.

불행히 도로 상태가 상당히 나빠졌다. 여행자는 속도를 늦추고 싶지 않았으므로, 땅바닥의 불규칙한 기복에 따라 안장 위에서 심하게 흔들렸다. 그는 눈에 가장 잘 띄는 구멍들을 피하는 데 그럭저럭 적응해 갔다. 그러나 그 수와 깊이는 점점 더 커져만 갔고, 그의 주행은 점점 더 요행에 좌우되어 갔다.

머지않아 도로 전체가 온통 구멍과 혹투성이가 되었다. 자전거는 지속적인 흔들림 속에 요동쳤고, 게다가 굵은 돌멩이에 바퀴가 부딪히기라도 할 때면 매번 뒷바퀴가 사정없이 튀어 올랐다. 그 충격으로 그의 귀중품이 떨어질 위험까지 있었다. 암만 해도 소용없었다. 마티아스는 속력을 잃어 가고 있었다.

곶에서 불어오는 바람은 걱정스러울 만큼 거세지는 않았다. 낭떠러지 가장자리는 인접한 벌판보다 지대가 더 높아서 그곳을 약간 보호해 주었다. 하지만 자전거를 탄 여행자는 여기서 정면으로 바람을 받았고, 그로 인해 그의 어려움은 가중되었다.

시계를 팔기 위해 이곳저곳에 정지한다는 사실이 이제는 그에게 위안이 되었다. 그러나 운은, 그 운이란 측면에 있어서는, 그에게 더 유리하게 작용하지 않았다. 몇몇 가정 속으로 파고 들어가긴 했지만, 그는 우유부단하고 트집이나 잡는 사람들만 만났고, 그들을 승복시키는 것은 불가능했다.

곧 작심할 것이라고, 단 1분만 더 버티면 이미 보낸 시간을 아쉬워하지 않게 될 것이라고 줄곧 믿으며, 그는 헛되이 끈기를 부렸지만 결국 평소보다 훨씬 더 많은 시간을 허비하고도 두 건이나 실패하고 말았다. 두 번째로 그렇게 맨손으로 나오는 순간, 그는 어느 정도의 불안감 속에 시계를 들여다보았다. 3시 반이 조금 넘었다.

여행 가방을 짐받이에 묶지 않고 그대로 안장 위에 펄떡 뛰어오른 다음, 그는 한 손으로 핸들을 잡고 다른 손으로는 인조 가죽 손잡이를 든 채, 안간힘을 다해 페달을 밟기 시작했다.

다행히 그다음부터는 열악한 도로 상태가 조금 나아졌다. 북쪽 연안의 첫 번째 마을을 지난 다음부터 길바닥은 다시 전적으로 양호하기까지 했다. 그 시점에, 마티아스는 요새와 읍내 방향으로 가는 길 위에 있었다. 그는 다시 바람을 등지고 있었다 — 아니, 거의 그랬다.

그는 신경이 약간 곤두서 있었지만, 활기차고 규칙적인 속도로 자전거를 달렸다.

집들이 조금씩 더 많아져 갔다 — 덜 가난해져 가기도 했다. 그러나 여행자가 그의 상품 세트를 지나치게 서두르며 소개했기 때문에, 혹은 피로가 그의 설득력을 약화시켰기 때문에, 혹은 아주 단순히 그가 농부의 숙고하는 근성에 필수적인 그 최소한의 시간마저 고객에게 주지 않았기 때문에 그는 기대했던 만큼 많은 거래를 성사시키지 못했다.

예정했던 것처럼, 그는 로망 양식의 옛 망루와 '생소뵈르' 마을을 거쳐 아주 짧게 우회했다. 거기서 그는 호의적으로 대우받았음에도 불구하고 단 한 개의 — 그것도 가장 싼 시리즈 중에서 — 시계밖에 팔지 못했다.

그가 다시 시계의 문자반을 들여다보았을 때는 벌써 4시 10분 전이었다.

그는 그 조그만 삼각형 광장까지 넉넉잡아 최대 2킬로미터는 아직 더 가야 하고, 거기서 담배 가게 겸 차고에 자전거를 돌려줘야 한다는 사실을 재빨리 따져 보았다. 더 이상 어떤 우회도 하지 않는다면, 담배 가게에서 배까지 걸어가는 막바지 거리에 차고 주인과 대금을 치르는 데 필요한 30초까지 포함하여 10분가량이면 될 것이다.

문을 더 두드리기 위해 15분의 자투리 시간이 남아 있었다. 따라서 여행자는 최종적으로 아직 몇 집의 문에 운을 걸어 볼 수 있었다.

마치 누군가에게 쫓기기라도 하듯 황급히 서두르며, 소란을 떨며 — 하지만 몸짓으로 에너지를 소모하지는 않으면서 — 그는 마지막 1분까지 자신의 과업에 끈질기게 매달렸다. 약간은 닥치는 대로, 도로변에 있는 어떤 집이 더 부유해 보이기만 하면, 그는 곧장 가방을 손에 들고, 땅으로 풀쩍 뛰어내려 허둥지둥 달려갔다.

한 번…… 두 번…… 세 번…….

1층에 창문이 열려 있을 때면, 그는 창틀에다 자신의 상품을 펼쳐 보일 태세로 바깥에 서서 말을 했다. 그렇지 않으면 문을 두드리지 않고 곧바로 부엌까지 들어갔다. 어딜 가나 그는 몸짓과 말을 — 지나칠 정도로 — 절약했다.

그 모든 시도들은 사실상 불필요했다. 그는 너무 빨리 행동했고, 사람들은 그를 미친 사람으로 생각했다.

4시 5분에 요새가 보였다. 이제는 단숨에 돌아가야 했다. 3백 미터 비탈길을 오른 다음 항구까지 내려가는 일만 남았다. 그는 더욱더 속력을 내고 싶었다.

자전거 체인이 불쾌한 소리를 내기 시작했다 — 측면에서 톱니바퀴 이빨에 긁히면서 내는 마찰음 같았다. 마티아스는 페달을 더욱 힘주어 밟았다.

그러나 쇠 긁는 소리가 너무도 빠르게 심각해져서, 그는 변속기를 검사하기 위해 자전거에서 내리는 쪽을 택했다. 그는 여행 가방을 땅에 놓고 웅크리고 앉았다.

현상을 상세히 검토할 시간이 없었다. 체인을 팽팽하게 조절해 주는 장치를 큰 톱니바퀴 쪽으로 — 손가락들을 되도록 덜 더럽히면서 — 더 밀어 넣는 것으로 만족했다. 그리고 다시 떠났다. 비정상적인 긁힘이 계속 심해지는 것만 같았다.

얼른 자전거에서 다시 내려, 이번에는 체인 조절 장치를 반대쪽으로 틀었다.

자전거에 올라타자마자 상태가 점점 더 악화되어 갔다. 이젠 전혀 앞으로 나아가지도 않았다. 기계가 거의 요지부동이 되어 버린 것이다. 다른 대책을 찾아보기 위해, 그는 페달을 억지로 — 한 번, 두 번, 세 번 — 밟으면서 변속기의 레버를 조작했다. 다시 최고 속력에 이르자 체인이 튀었다.

다시 자전거에서 내려와 여행 가방을 땅에 내려놓고, 기계를 바닥에 눕혔다. 4시 8분이었다. 체인을 작은 톱니바퀴 위로 제자리에 끼워 넣었다. 이번에는 손가락에 기름이 묻었다. 땀이 흘렀다.

손을 닦지도 않은 채 여행 가방을 움켜쥐고는 자전거에 올라앉아 페달을 밟았다. 또 한 번 체인이 튀었다.

두 번째로 그리고 세 번째로, 다시 체인을 위치시켜 보았다. 세 개의 작은 톱니바퀴에 차례로 시도해 보았지만, 체인을 고정시킬 수가 없었다. 그것은 바퀴가 돌기 시작하자마자 벗겨졌다. 하는 수 없이, 이제는 도보로 길을 계속 갔다. 반은 뛰고 반은 걸으며, 왼팔로 여행 가방을 들고 오른팔로 자전거를 밀며. '말 떼' 곳에서 나쁜 길 위를 덜컹거리다 핵심 부품 하나가 잘못되었던 게 틀림없었다.

페달을 사용하지 않고 비탈길 아래까지 자전거를 달릴 수 있을 것이라는 생각이 문득 마티아스의 뇌리에 떠올랐을 때, 읍내로의 내리막은 이미 확실하게 시작되어 있었다. 그는 안장 위로 다시 올라탄 다음, 발로 한 번 힘차게 밀며 앞으로 돌진했다. 안전을 기하기 위해, 작은 트렁크를 들고 있던 손으로 핸들 왼쪽 손잡이에 의지했다.

지금은 톱니 위로 조심스럽게 올려놓은 체인을 더 이상 흐뜨러뜨리지 않는 게 — 따라서 발을 움직이지 않는 게 — 관건이었다. 자칫하면 한 번 더 그것이 튀어나갈 수도 있고 뒷바퀴에 엉킬 수도 있었다. 이젠 체인이 돌아가야 할 필요가 없어졌으므로, 그것을 톱니바퀴 속에 더욱 단단히 고정시키기 위해, 여행자는 아침에 주운 노끈으로 그것을 묶고 싶기까지 했다. 그는 반코트의 양쪽 주머니를 뒤졌다. 그러나 그 꾸리를 거기서 찾지 못했다. 그제야 기억이 났다……. 그는 그것을 더 이상 지니고 있지 않았다.

아무튼 그는 교차로 조금 못미처, 거리의 평평한 부분까지 아무런 지장 없이 이르렀다. 그는 바로 그 앞에서 무분별하게 길을 건너던 계집아이를 피하기 위해 제동을 걸었다. 그러고는 속력을 되찾기 위해 깜빡하고 페달을 한 바퀴, 그다음엔 여러 바퀴를 돌렸다……. 이상한 소리는 사라지고 없었다. 그것도 완전히.

읍내 반대편 끄트머리에서 조그만 증기선의 고동 소리가 들려왔다. 한 번, 두 번, 세 번.

그는 광장의 읍사무소 왼쪽에 이르렀다. 날카롭고 길게, 고동 소리가 다시 울려 퍼졌다.

영화관의 광고판에는 포스터가 바뀌어 있었다. 그는 자전거를 거기에 바싹 대 놓고 카페 겸 담배 가게 안으로 뛰어 들어갔다. 홀 안에는 손님도 없었고, 계산대 뒤에는 주인도 없었다. 그는 사람을 불렀다. 아무도 대답하지 않았다.

바깥에도 역시 모습을 드러내 보이는 사람은 주위에 아무도 없었다. 마티아스는 남자가 그에게 보증금을 돌려주었었다는 사실을 기억했다. 대여금은…….

배에서 사이렌이 길게 부르짖는 소리가 들려왔다. 좀 더 장중한 소리였다.

여행자는 자전거 위로 몸을 날렸다. 그것을 부두 끄트머리에 남겨 둘 것이다. 그리고 아무에게나 — 대여금과 함께 — 그것을 맡길 것이다. 그러나 그는 울퉁불퉁한 포석을 따라 숨이 가쁘도록 페달을 밟으면서도, 차고 주인이 그에게 그 금액이 얼마인지 아직 말해 주지 않았다는 사실을 깨달을 겨를은 있었다. 처음에는 보증금 2백 크라운이 문제 되었고, 그것은 당연히 자전거의 가격에도, 반나절 대여료에도 상응하지 않았다.

마티아스는 감히 부두 위로 달리지는 못했다. 그만큼 바구니들과 상자들이 길을 어지럽히고 있었다. 연안 가두리의 둑 모퉁이에는 돈을 받아 줄 만한 사람으로, 하찮은 구경꾼조차 보이지 않았다. 하는 수 없이 그는 난간에다 자전거를 내버리고 선착장을 향해 곧장 달렸다.

몇 초 사이에 그는 선착장에 가 있었다. 거기에는 10여 명의 사람들이 몰려 있었다. 선교(船橋)는 이미 걷혀 있었다. 작은 증기선은 둑의 수직 벽에서 천천히 멀어지고 있었다.

바다는 이제 만조(滿潮)였다. 물이 경사면의 상당 부분을 — 아마 반은 — 혹은 3분의 2 정도 — 뒤덮고 있었다. 바닥의 해조들은 보이지 않았고, 아래쪽의 돌을 미끄럽게 만드는 파르스름한 이끼마저도 이젠 분간할 수 없었다.

마티아스는 배의 옆구리와 접안 경사면의 비스듬한 모서리 사이에 시나브로 넓어지는 좁다란 물 회랑을 바라보았다. 그것을 뛰어넘는 것은 불가능했다. 거리 때문이 아니라 — 아직은 꽤 좁았다 — 착지할 때 당면하게 될 위험들 — 뱃전 가장자리 위에서 균형을 잡으며 비틀거리거나, 갑판 위로 승객들과 그들의 짐들 한가운데에 엉덩방아를 찧거나 — 때문이었다. 그에게 도약의 발판이 되어 주어야 할 지면은 경사 때문에 어려움을 가중시켰고, 투박한 신발과 무거운 반코트와 작은 트렁크는 마티아스를 거북하게 했다.

그는 육지에 남아 있는, 반쯤 돌아선 가족의 등들을 바라보았다. 옆얼굴들이 — 평행하는 부동의 시선들이 — 배에서 출발하는 동일한 시선들을 만나러 가고 있었다. 일고여덟 살 된 계집아이 하나가 상갑판 모퉁이를 지탱하는 쇠기둥에 붙어 서서, 커다란 두 눈을 그에게 차분히 얹고는 진지한 태도로 그의 얼굴을 빤히 바라보고 있었다. 그는 그 아이가 왜 그를 그렇게 지켜보고 있는지 알 수 없었다. 그때 한 실루엣이 그 이미지를 가로막았다. 배의 갑판원이었다. 마티아스는 그를 기억할 것 같았다. 그는 특정한 의도 없이, 비탈 아래쪽을 향해 세 발짝 앞으로 걸어갔다. 그리고 소리쳤다. "이봐, 어!"

기계들의 소음 때문에 갑판원에게는 들리지 않았다. 선착장 위에서 마티아스 바로 옆에 있던 사람들이 그를 향해 돌아섰다. 그 다음엔 그 옆 사람들이, 그리고 그렇게 점점 번져 갔다.

머리들이 일제히 움직이는 광경을 보고는, 배 위의 사람들도 그 쪽을 바라보았다 — 마치 놀란 듯. 선원이 눈을 들어 마티아스를 보았다. 그는 그의 부름을 되풀이하며 선원을 향해 팔을 흔들었다. "이봐, 어!"

"어이!" 갑판원이 대답하며, 작별 인사로 팔을 흔들었다. 그 옆에는 계집아이가 그 자리에 그대로 있었다. 그러나 배가 선회하고 있던 움직임에 따라 아이의 시선의 방향이 바뀌고 있었다. 아이는 지금 틀림없이 접안 경사면 위의 둑 꼭대기를 보고 있을 것이다. 거기에는 표지등 등대까지 가는 좁혀진 통로 위로 다른 한 그룹이 멈춰 서 있었다. 그들 또한 마티아스를 향해 얼굴을 돌리고 있었다. 처음의 긴장되고 얼어붙은 표정으로 모두가 서로 다시 만나고 있었다.

"아슬아슬하게 놓쳤어." 그가 말했다. 하지만 그것은 특정한 누구에게 건넨 말이 아니었다.

작은 증기선은 뱃머리를 뱃길 쪽으로 향하도록 선회하며 평소대로 운항했다. 섬 주민들은 그들의 집으로 돌아가기 위해 한 사람씩 차례로 부두의 끄트머리를 떠나고 있었다. 여행자는 그날 저녁에 어디서 잠을 자야 할지 막연했다. 그리고 다음 날 저녁, 그리고 또 그다음 날 저녁도 마찬가지였다. 배가 금요일에나 다시 오기 때문이었다. 게다가 그는 섬에 공안원들이 있는지 궁금했다. 그러고는 있든 없든 달라질 건 아무것도 없다고 생각했다.

어쨌든 그의 계획이 그러했으니, 떠났더라면 더 좋았을 것이다.

"불렀어야 했어요! 배가 돌아왔을 텐데."

마티아스는 그렇게 말을 건넨 인물을 향해 돌아섰다. 부르주아처럼 옷을 입은 늙은이였다. 그의 미소는 빈정거림만큼이나 호의를 의미할 수 있었다.

"에이, 괜찮습니다." 마티아스가 대답했다.

부르기는 했었다. 즉시 부르지 않았고, 게다가 아주 절박하게 부르지 않았던 것은 사실이지만. 선원은 그가 배를 놓쳤다는 사실을 이해하는 것 같지 않았다. 자신도 왜 소리쳤는지 알지 못했다.

"그럼 배가 돌아왔을 텐데. 밀물 때는 배를 쉽게 조종하니까." 늙은이가 다시 말했다.

그가 농담하고 있는 것 같지는 않았다.

"꼭 떠나야 하는 건 아니었어요." 여행자가 말했다.

다른 한편으로 자전거를 되돌려 주고 대여료도 지불해야 했다. 그는 비탈 아래 찰랑거리는 물을 바라보았다. 아마 휴조(休潮) 상태에 있는 게다. 요각(凹角) 모퉁이에 부딪혔다 되밀려 오는 파도는 이제 거의 소용돌이치지 않았다.

더 멀리는, 증기선의 추진기가 일으킨 한 줄기의 잔물결이 일렁거렸다. 그러나 항구는 텅 비어 있었다. 오로지 작은 고기잡이배 한 척만 돛대를 흔들며 한가운데서 춤추고 있었다. 물이 될 수 있었으므로, 마티아스는 비탈을 타고 다시 둑 꼭대기로 올라갔다. 그리고 바구니들과 어망들과 게 덫들 사이로 둑길을 홀로 걸어갔다.

그는 비어 있던 오른손을 반코트 주머니 속에 넣었다. 8자로 감은 섬세하고 가느다란 끈이 손에 잡혔다. 그의 컬렉션을 위한 멋진 조각이었다. 사람들은 종종 그에게 이 이야기를 들려주었었다. 예전에 — 아마 25년이나 30년 전쯤일 것이다 — 그는 한 상자 가득 끈조각들을 갖고 있었다.

그는 그것들이 어떻게 되었는지 기억하지 못했다. 그날 아침에 주운 섬세하고 가느다란 끈도 마찬가지로 반코트 주머니에서 사라지고 없었다. 그의 오른손은 담뱃갑 하나와 조그만 사탕 봉지 하나만 잡힐 뿐이었다.

담배를 피워야 할 순간이라는 생각이 들어, 그는 담뱃갑을 꺼냈고, 거기에 몇 개비 — 정확히 세 개비 — 가 벌써 없어졌다는 사실을 확인했다. 그는 주머니 속에 담뱃갑을 다시 넣었다. 사탕 봉지 또한 뜯겨 있었다.

그는 난간 없는 가장자리를 따라 천천히 돌길을 걸어갔다. 해수면이 몇 미터까지 그에게 가까이 다가와 있었다. 저 끝에, 연안 가두리의 둑쪽에는 바닷물이 잔해들과 개흙을 완전히 뒤덮어 버렸다. 그 너머에는 집들과 가게들, 광장 모퉁이의 철물점, 정육점, 카페 '희망에서', 모든 것을 파는 가게 — 여성 내의, 손목시계, 생선, 당과(糖菓)류 등등…….

주머니 속에서 더듬더듬, 마티아스는 셀로판 봉지를 열어 되는 대로 사탕 하나를 집었다. 그것은 파란색 종이에 싸여 있었다. 여전히 한 손으로, 그는 양쪽을 비틀어 놓은 종이를 풀어 사탕을 입안에 넣고, 조그만 직사각형 종이는 뭉쳐서 바다로 던졌다. 그것은 물 위를 떠다녔다.

그는 몸을 약간 더 기울여, 발아래 검은 물속으로 빠져드는 수직 절벽을 보았다. 둑에 의해 투사되는 그림자 띠가 그 시간에는 더욱 엷어졌을 것이다. 그러나 햇빛은 더 이상 없었다. 하늘이 균일하게 덮여 있는 탓이었다.

마티아스는 회색빛 평행선 다발 가운데로 나아갔다. 물이 시작되는 선과 먼바다를 향한 난간의 바깥 모서리 사이로 — 난간의 안쪽 모서리, 난간 밑변과 둑길의 노면이 만나 형성하는 모서리, 난간 없는 수직 절벽의 테두리 — 수평적이고 완고한, 그러나 함정들로 끊어진 선들이 연안 가두리의 둑을 향해 똑바로 멀어져 가고 있었다.

3부

새로운 포스터는 어떤 풍경을 보여 주고 있었다.

마티아스는 어쨌든, 그 엇갈린 선들 사이에서 키 작은 관목 덤불들이 군데군데 흩어져 있는 벌판이 보이는 듯했다. 그러나 틀림없이 겹친 다른 무언가가 있었다. 아무래도 여기저기 눈에 띄는 꾸불거리는 곡선들이나 색깔의 흔적들이 첫눈에 포착된 그림에 속할 수는 없었다. 그럼에도, 그것들이 제2의 그림을 구성한다고 딱히 말할 수도 없었다. 왜냐하면 그것들 사이에 어떤 연관성도 발견하지 못했고, 어떤 의미도 짐작하지 못했기 때문이다. 그것들은 결국 거기에 정말로 하나의 풍경이 있다는 사실을 의심하게 할 정도로, 벌판의 물결치는 굽이들을 혼란스럽게 만들 뿐이었다.

상단에는 주연 배우들의 이름이 적혀 있었다. 마티아스는 인물 자막에서 그 외국 이름들을 벌써 읽은 적이 있다고 생각했다. 하지만 그 이름들에 어떤 얼굴도 대입시키지는 못했다. 맨 아래에는 영화 제목인 듯싶은 것이 굵은 글씨로 넓게 공간을 차지하고 있었다. '이중 회로 위의 X 씨'. 요즘의 제작 관례에는 썩 부합하지 않는 제목이었다. 그것은 별로 구미를 당기지도 않았을뿐더러, 인간적인 어떤 것과도 아무 관련이 없는 것처럼 보였고, 영화의 장르에 대해서도 특별한 정보를 제공하지 않았다. 아마 경찰 이야기이거나 공상 과학 이야기인 것 같았다.

다시 곡선들과 모퉁이들의 얽힘을 풀어 보려 애썼지만, 마티아스는 전혀 아무것도 알아보지 못했다 — 거기에는 겹친 상이한 두 개의 이미지가 있는지, 아니면 단 하나 혹은 세 개 혹은 더 많은 수의 이미지가 있는지조차 단정할 수 없었다.

그는 전체를 보기 위해 1미터 뒤로 물러섰다. 그러나 바라보면 볼수록 그 그림은 그에게 흐릿하고 변화무쌍하고 애매모호하게 느껴졌다. 영화는 토요일 저녁과 일요일에만 상영했다. 그는 금요일 오후에 떠날 예정이므로, 영화 상영에 가지는 못할 것이다.

"멋진 포스터예요! 그죠?" 아는 목소리가 말했다.

마티아스는 눈을 들었다. 광고판 위로, 차고 주인의 머리가 출입문의 문틀 속에 나타나 있었다.

"거, 멋진 포스터로 말하자면……." 여행자가 조심스럽게 입을 열었다.

"사람들이 이렇게 이상야릇한 색깔들을 어디서 찾아내는지 모르겠다니까요!" 상대가 뒤이어 말했다.

이 말은 그가 그 선들의 의미를 발견했다는 암시가 아닐까?

"자전거를 돌려주러 왔어요." 마티아스가 말했다. "이게 나를 아주 골탕 먹였지요!"

"하나도 놀랍지 않네요." 곧이어 차고 주인이 그대로 미소를 머금은 채 대답했다. "요즘의 신제품들은 모두 번쩍거리기만 하지, 도대체 아무런 가치가 없어요."

여행자는 자신의 불운에 대해 이야기했다. 그는 체인의 결함 때문에 막판에 5분은 좋이 잃어버려, 몇 초 차이로 아슬아슬하게 배를 놓쳐 버렸다…….

상대는 그의 말을 귀담아 듣지 않았다. 그만큼 그 사고는 그에게 당연한 것이었다. 그가 물었다.

"지금 선착장에서 오는 길이신가요?"

"지금 막……."

"그러면 자전거를 가져갈 생각이셨나 보죠?" 남자가 외쳤다. 그러나 그의 목소리는 여전히 쾌활했다.

마티아스는 그전에 자전거를 돌려주고 대여료를 지불하기 위해 담배 가게에 들렀었지만 아무도 발견하지 못했다고 해명했다. 그가 광장으로 다시 나오려 할 때 — 어떻게 해야 할지 그는 막막했다 — 개구(開口)의 폐쇄를 알리는 마지막 뱃고동 소리가 들려왔었다. 그래서 그저 작은 증기선이 멀어져 가는 것만이라도 보기 위해 — 요컨대 기분 전환을 하기 위해 — 선착장으로 향했지만 이미 너무 늦은 탓에 서두르지는 않았었다…….

"예, 손님을 봤어요. 나도 거기, 부두 끄트머리에 있었거든요."

"이제 금요일까지 방이 하나 필요해요. 어디서 찾을 수 있을까요?"

차고 주인은 곰곰이 생각하는 것처럼 보였다.

"오늘은 배가 적어도 5분은 늦게 출발했지요." 꽤 긴 침묵이 흐른 다음, 그가 말했다.

물론 섬에는 호텔이 없었고, 변변찮은 민박조차 없었다. 몇몇 개인 가정이 가끔씩 빈방을 세주긴 했지만, 출입이 불편한 데다 편의 시설은 전혀 없었다. 최선의 해결책은 부두의 카페 '희망에서'에 가서 당장 가능한 집들을 알아보는 것이었다. 여행자는 대여료가 얼마인지 알아본 다음, 그에게 요구하는 20크라운을 지불했다. 임대한 기계가 한편으로는 아직 새것이었지만 다른 한편으로는 작동이 고르지 않았던 점을 고려할 때, 그것이 싸다 비싸다 말하기는 어려웠다.

"아, 참, 르뒤크 과부가 가까이 있었군요. 멋진 방을 세주곤 했지요. 하지만 오늘 딸내미가 실종된 이후, 그 아주머니가 화가 나서 미칠 지경이라, 그 집에는 가지 않는 게 좋을 것 같아요."

"실종이라니요?" 여행자가 물었다. "르뒤크 부인과는 오랜 친분이 있고, 오늘 오전에 거기 들렀는데. 무슨 일이 일어나진 않았겠죠, 설마?"

"이번에도 그 꼬맹이 자클린이죠. 정오부터 여기저기 다 찾았는데, 보이질 않아요."

"그래도 멀리 갔을 수는 없잖아요! 섬이 그리 큰 것도 아닌데."

목초지들과 벌판, 감자 밭들, 길가, 낭떠러지 근처의 움푹한 곳들, 모래밭, 암벽들, 바다…….

"신경 쓰지 마세요." 남자가 눈을 찡긋하며 말했다. "그 애가 모든 사람들에게 사라진 건 아니니까요."

마티아스는 당장 자리를 뜰 엄두를 내지 못했다. 그는 다시 한 번 너무 오래 기다렸다. 이제 그는 또다시 문장이 끝날 때마다 대화에 구멍을 낼 위험이 있는 공백들과 싸워야만 했다.

"그러니까 그게 그거였군요." 그가 말했다. "'검은 바위'에서 사람들이 이야기하던 그 양들 이야기 말입니다."

"아! 그래요, 그 아이가 양 몇 마리를 지키고 있었지요. 한데 늑대가 그 양치기 소녀를 물고 가 버린 거죠!"…… 등등…… 등등…….

그다음엔 역시 이런 말들이 있었다. "열세 살에! 말하기조차 딱해요." — "그 계집아이의 몸속에는 악마가 들어 있어요!" — "애들 때문에 다들 애를 먹어요." — "그 계집아이가 받아야 마땅……."

끝날 이유가 없었다. 마티아스가 말하고, 남자가 대꾸하고, 마티아스가 대꾸했다. 남자가 말하고, 마티아스가 대꾸했다. 마티아스가 말하고, 마티아스가 대꾸했다. 귀여운 꼬마 자클린의 가느다란 사악한 실루엣이 낭떠러지 위로, 이 길 저 길을 따라 암벽들 사이로 거닐고 있었다. 여기저기 바람이 들지 않는 움푹한 곳곳에서, 초원들의 풀밭 위에서, 덤불들의 그늘 아래에서, 소나무들의 둥치에 기대어 그녀는 멈춰 서 있었다. 그리고 머리카락과 목과 어깨를 손가락 끝으로 천천히 쓰다듬었다…….

그녀는 잠을 자기 위해서는 언제나 집으로 — 읍내를 나오면서 큰 등대로 가는 길목의 그 마지막 집으로 — 돌아왔다. 그날 저녁, 마티아스는 어머니와 두 언니에게 저녁 인사를 한 다음, 양초를 앞에 들고, 그 가느다란 줄을 정성스럽게 넣어 둔 작은 여행 가방을 왼손에 들고 그의 방으로 올라가게 될 때, 고개를 들어, 몇 층계 위에서 어둠침침한 계단을 통해 그에게 길을 안내해 주는, 검은 원피스를 입은, 가냘픈 어린 농부 아가씨를 볼 것이다. 어린아이 같은 비올레트…… 비올레트! 비올레트! 비올레트!

그는 카페의 문을 밀었다. 뱃사람 세 명 — 어린 사내 하나와 좀 더 나이 든 사내 둘 — 이 한 테이블에 앉아 붉은 포도주를 마시고 있었다. 계산대 뒤에는 매 맞은 개의 겁먹은 얼굴을 한 여자아이가 두 손목을 등 뒤로 오목한 허리에 모은 채, 안쪽 문틀에 기대서 있었다. 마티아스는 두 눈 위로 손을 갖다 댔다.

그는 방을 부탁했다. 그녀는 아무 말도 하지 않고 앞장서서, 좁은 나선 모양의 두 번째 계단을 차근차근 올라갔다. 계단은 갑자기 어두워졌다. 그녀는 그곳을 혼잡하게 하는 상자들과 온갖 종류의 기구들 사이로 유연하게 미끄러져 올라갔다. 그들은 층계참에, 조그만 현관에, 흰색 타일과 검은색의 타일이 깔린 방에 도달하고 있었다……. 침대는 다시 정리되어 있었다. 머리맡 테이블 위에 불 밝힌 램프는 침대 머리 쪽의 빨간색 천과 바닥의 몇몇 타일들과 양가죽 양탄자를 더욱 강렬한 빛으로 비추고 있었다. 화장대 위에는 항아리들과 작은 병들 사이로, 그 사진을 담은 크롬으로 도금된 금속 틀이 뒤로 약간 기울어진 모양으로 세워져 있었다. 바로 그 위로 커다란 타원형 거울이 다시 한 번…… 반사하고 있었다……. 마티아스는 두 눈 위로 손을 갖다 댔다.

여자아이는 그가 사흘간 묵기 위해 항구에서 되도록 가까운 방을 원한다는 사실을 마침내 이해했었다. 그는 그녀가 가르쳐 준 거처에 즉시 갔으나, 사실을 말하자면 그곳은 읍내 자체가 아니라 읍내 가까이, 그러니까 부두 쪽으로 마지막 두 집 다음에, 바다를 따라 펼쳐진 벌판 한가운데 위치해 있었다. 그 장소는 상대적으로 외딴곳이긴 했지만, 엄밀한 의미에서 읍내의 몇몇 구역들 — 예를 들어 해묵은 뱃도랑, 요새의 유적 — 보다는 선착장에서 오히려 더 가까웠다.

그 집은 여행자가 그때까지 다녔던 집들보다 페인트와 벽토가 더 자주 칠해져서 분명 더 깨끗하고 더 나은 외양을 보였지만, 명백히 다른 모든 집들과 연령이 같았고, 마찬가지로 단순화된 건축 구조를 띠고 있었다. 단층 건물에, 지붕 밑 방도 없었으며, 동일한 양쪽 정면에는 거의 정사각형인 두 개의 창문 사이로 나지막한 현관문이 나 있었다. 주된 문은 호랑가시나무 잎처럼 뾰족뾰족하고 질기고 반들거리는 잎사귀를 가진 마찬가지의 가시남천들로 장식되어 있었지만, 꽃이 아마 조금 더 만발한 것 같았다. 그리고 현관문이 면해 있는 도로는 지선(支線)으로, '말 떼' 곶 쪽으로 거슬러 올라가기 전에 마티아스가 방문했던 어촌으로 가는 지름길임에 틀림없었다.

한쪽 문에서 다른 쪽 문으로, 집 한가운데를 곧장 가로지르는 복도 양편으로 네 개의 방이 마주 보고 있었다. 마티아스의 방은 왼편 안쪽에 있었고, 따라서 뒤쪽으로 — 다시 말해 낭떠러지 쪽으로 — 열려 있었다.

낭떠러지는 그리 높지 않았다. 어쨌든 서남쪽 연안 지대나 두

곳, 즉 섬의 양 끝 지점들보다는 높지 않았다. 오른쪽으로는 낭떠러지가 해안의 만(灣)을 향해 더욱 낮아져 갔고, 거기서는 반 킬로미터 정도 떨어진 바다를 볼 수 있었다.

낭떠러지의 가장자리를 표시하는 능선에서 — 집 맞은편에 있다 — 집까지는 기껏해야 3백 미터 정도의 약하게 굽이지는, 짧은 풀만 자라는 황량한 벌판이 펼쳐져 있었다. 그리고 미개간지로 남겨 놓은, 그러나 나무 말뚝에 고정된 철사 줄 울타리로 보호한 쪼가리 텃밭이 하나 있었다. 그 모든 회색 풍경 — 구름 낀 낮은 하늘, 삼각형의 대양, 낭떠러지, 정원 — 은 깊이도 없고 생기도 없었다.

햇빛을 받는 창문은 커튼도, 아랫부분만 가리는 반쪽짜리 베일 방장도 없이 벌거벗은 똑같은 크기의 창유리 네 개로 구성되어 있었고, 너비 1미터에, 높이가 그보다 아주 약간 더 긴 데다, 두꺼운 벽 속에 깊이 박혀 있었다. 그 덕택에 빛을 받을 수는 있었지만, 방이 꽤 넓고, 하잘것없는 보조 채광창조차 없어, 실질적으로는 어둠 속에 남아 있었다. 오직 벽 깊이 창 구멍 속으로 끼워 넣은 조그맣고 묵직한 책상만 거기서 글씨를 쓸 수 있을 만큼 — 셈을 할 수 있을 만큼 — 혹은 그림을 그릴 수 있을 만큼 — 충분한 빛을 받았다.

그 방의 나머지 모든 것은 어슴푸레한 빛 속에 있었다. 아주 어두운 색의 양탄자, 서로 바짝 다가붙은 짙은 색깔의 육중하고 높다란 장롱들, 내부에 구비된 가구들이 빛의 결여를 더욱더 부각시켰다. 어찌나 많은 수의 물건들이 네 개의 벽을 따라 밀집되어 있었는지, 그 방이 거주할 수 있는 방인지 아니면 차라리 불필요한 가구라면 다른 곳에서도 모두 받아들였을 창고인지 의문스러웠다. 특히 세 개의 거대한 장롱이 있었는데, 그중 두 개는 복도에 면한 문 맞은편에 나란히 놓여 있었다. 그것들은 안쪽 벽을 거의 다 차지했고, 보잘것없는 화장대가 들어갈 자리만 남겨 두었다 — 게다가 그것은 창문 왼쪽으로, 빛을 가장 적게 받는 구석에 위치해 있었으며, 그것과 창문 사이에는 직각의 의자 두 개가 꽃무늬 벽지에 붙어 서 있었다. 창틀 건너편에는 다른 두 개의 의자가 그것들과 짝을 이루고 있었다. 네 개 가운데 단지 세 개만 같은 모델이었다.

가구들의 배치는 이렇다. 창문에서 출발하여 왼쪽으로(시곗바늘 반대 방향으로) 돌면서 첫 번째 의자, 두 번째 의자, 화장대(모퉁이에 있다), 장롱 하나, 그다음 장롱(두 번째 모퉁이까지 간다), 세 번째 의자, 길이 방향으로 벽에 붙인 야생 벚나무 침대, 아주 작은 원탁과 그 앞으로 네 번째 의자, 서랍장(세 번째 모퉁이), 복도문, 접이식 판을 올려 닫아 놓은 조그만 사무용 책상 그리고 마침내 네 번째 모퉁이를 비스듬히 차지하는 세 번째 장롱 그리고 다섯 번째와 여섯 번째 의자. 이 마지막 장롱은 가장 중요한 것으로, 언제나 열쇠로 잠겨 있었다. 그의 노끈과 줄 컬렉션을 갈무리해 두던 신발 상자가 그 장롱 속 아랫단 오른쪽 구석에 있었다.

소녀의 몸은 다음 날 아침 썰물 때 되찾았다. 굵은 집게 게를 — 매끈한 등딱지를 가진 이 게는 '잠꾸러기'라 부르기도 한다 — 잡던 어부들이 2킬로미터 전환점 아래, 암벽들 사이를 뒤지다가 우연히 발견했다.

여행자는 카페 '희망에서'의 계산대에 서서 아페리티프를 마시다가 그 소식을 알았다. 이야기를 하던 뱃사람은 시체의 위치, 자세, 상태에 대해 아주 잘 알고 있는 것처럼 보였다. 하지만 그는 그것을 발견한 사람들에 속하지 않았을뿐더러, 그 자신이 그다음에 시체를 조사했다고 말하지도 않았다. 더구나 그는 자신이 이야기하는 내용에 전혀 감정적으로 동요되는 것 같지도 않았다. 그것은 그저 자신이 해변에 던져 버린 마네킹에 관한 이야기였을 수도 있었다. 남자는 천천히, 그리고 정확성을 기하려는 분명한 고심 속에 말을 이어 나갔다. 때로는 거의 논리적이지 않은 순서이긴 했지만, 그는 모든 필수적이고 구체적인 세부 사항들을 제공하고, 그것들 각각에 대해 매우 그럴듯한 설명들을 펼치기까지 했다. 모든 것이 분명하고, 명백하고, 진부했다.

귀여운 자클린은 둥글둥글한 굵은 암석들 사이, 갈색 해조의 양탄자 위에 완전한 나신으로 누워 있었다. 파도가 오가며, 아마 그녀를 벗겼던 게다. 왜냐하면 그녀가 그 계절에, 그처럼 위험한 해안에서 해수욕을 하려다가 익사했을 리는 없었기 때문이다. 그녀는 틀림없이 낭떠러지 가까이서 놀다가 균형을 잃어버렸을 게다. 그곳에서는 절벽이 특히 깎아지른 듯했다. 어쩌면 왼쪽으로 있는 가파른 산기슭을 통해 — 어느 정도는 다닐 만했다 — 바다까지 내려가려 했을지도 모른다. 그녀는 붙잡을 곳을 놓쳐 버렸거나, 미끄러졌거나, 부서지기 쉬운 꺼칠한 암석 표면에 의지하려 했을 것이다. 그녀는 몇 미터 아래로 떨어지며 죽은 것이다. 가느다란 목이 부러져서.

해수욕의 가정과, 밀물에 그녀를 데려가 버렸을 기습적인 파랑(波浪)의 가정을 동시에 제쳐 두어야 했다. 그녀의 폐에는 실제로 물이 아주 조금만 — 익사했을 경우보다 훨씬 더 적게 — 차 있었다. 게다가 그녀의 머리와 팔다리에 발견된 상처들은 암벽들 사이로 죽은 시체가 물결에 흔들리며 입은 손상보다는 돌출한 암석들과의 충돌을 동반한 추락에 더 상응했다. 그럼에도 — 이 또한 정상적인 것이다 — 나머지 부분의 살에는 그러한 반복적인 마찰의 결과와 오히려 더 유사한 표면적인 상흔들도 보였다.

아무튼 비전문가들에게는, 비록 그런 종류의 사고들에 익숙한 자라 할지라도, 여자아이의 몸에서 찾아낸 상이한 상처들과 피멍 자국들의 원인을 자신 있게 확정하기가 어려웠다. 게들이나 몇몇 굵은 물고기들이 특히 부드러운 몇몇 부위를 벌써 유린하기 시작했던 만큼 그것은 더더욱 어려웠다. 남자였더라면, 특히 성인 남자였더라면, 그것들의 공격에 더 오래 버텼을 것이라고 어부는 생각했다.

그는 의사라고 해도 그 경우에 대해 더 많은 것을 자신의 견해로 시원스럽게 말했을 것 같지 않다고 생각했다. 같은 기회를 통해, 여행자는 섬에는 의사가 없으며, 그토록 정통한 듯한 태도로 말하던 그 남자가 해군에서 간호병으로 복무했었다는 사실을 알게 되었다. 그 고장에는 관례에 따라 사망 진단에 한정된 업무를 담당하는 늙은 경비원만 있을 뿐이었다.

사람들은 주변의 갈색 해조들 사이에 흩어져 있던 찢어진 옷 조각들 몇 점과 함께 어머니에게 시체를 돌려주었다. 화자에 따르면, 르뒤크 부인은 막내딸에게 일어난 변고 소식과 그 전날부터 딸이 귀가하지 못했던 주된 원인을 들으면서 '오히려 침착' 했다. 청중 가운데 누구도 그 상황에 놀라지 않았다.

청중은 — 다섯 명의 뱃사람들, 카페 주인과 어린 여종업원이 있었다 — 그의 이야기에 일절 끼어들지 않고, 가장 결정적인 부분에 단순히 고개를 끄덕이며, 처음부터 끝까지 경청했다. 마티아스 또한 그들처럼 하는 것으로 만족했다.

마지막에는 침묵의 순간이 한 번 있었다. 그런 다음, 간호병은 자기 이야기의 몇몇 요소들을 여기저기서 취하고 정확히 같은 용어들을 사용하여, 같은 방식으로 문장들을 구성하며 반복했다.

"갈귀들이 벌써 가장 부드러운 부위들을 조금씩 뜯어 먹기 시작했더라고. 입술, 목, 손…… 다른 부위들도 마찬가지였고……. 겨우 시작했을 뿐이었어. 거의 그대로더군. 아니면 붉은 뱀장어나 노랑촉수 수염장이였을 수도 있을 거야……."

다시 한 번 침묵이 흐른 다음, 누군가가 마침내 말을 했다.

"결국 악마가 그 애를 벌하고 말았을 거야!"

뱃사람들 가운데 한 명 — 어린 사내 — 이었다. 주위에서 웅성거리는 소리가 일었다. 그 소리는 꽤 약했으며, 동의도 반박도 의미하지 않았다. 그다음 모든 사람들이 침묵했다. 유리문 건너편, 포석들과 개펄 너머로, 항구의 물은 그날 아침, 생기 없고 깊이 없는 회색으로 물들어 있었다. 햇빛은 다시 나타나지 않았다.

한 목소리가 마티아스 뒤에서 들려왔다.

"어쩌면 누군가가 밀었을 수도 있어, 그렇지 않아? 그 애를 떨어뜨리려고 말이야……. 그 꼬맹이는 생기가 넘쳤어. 유난히."

이번에는 침묵이 더욱 길었다. 여행자는 홀 쪽으로 몸을 돌려, 안색들을 살피며 그 말을 던진 자를 찾아내려고 애썼다.

"누구라도 발을 헛디딜 수 있잖아." 간호병이 말했다. 마티아스는 압생트를 마저 들이켠 다음, 계산대 위에 빈 잔을 다시 내려놓았다.

그는 계산대 위, 빈 잔 옆에 놓인 그의 오른손을 보고는 얼른 반코트 주머니 속으로 감추었다. 열린 담뱃갑이 잡혔다. 그는 주머니 속에서 담배 한 개비를 집어내어 입술에 가져간 다음, 불을 붙였다.

입 모양을 둥글게 만들며 내뿜은 연기는 바 위로 커다란 동그라미를 그렸다. 그것은 잔잔한 공기 속에 천천히 뒤틀리며 동일한 두 개의 고리를 만들었다. 마티아스는 가능한 한 일찍 집주인에게 가위를 빌려 그 거북스러운 손톱을 자를 것이다. 그는 이틀이나 넘게 손톱을 그냥 그렇게 두고 싶지 않았다. 바로 그때, 2킬로미터 전환점 아래, 낭떠러지 위의 풀밭에 버리고 잊어버렸던 담배 도막 세 개가, 처음으로 생각났다.

조금 걷는 것도 그에게 나쁘진 않을 것이다. 그에게는 결국 달리 할 일도 딱히 없었다. 왕복은 한 시간, 최대 한 시간 반쯤 걸릴 것이므로, 점심 식사에는 어렵지 않게 돌아와 있을 것이다. 전날 그들의 집에서 만나지 못했던 그의 옛 친구 마레크의 농가까지 왕복이나 해야겠다.

그는 바람이 들지 않는 그 움푹한 곳, 그 조그만 분지 속에 다시 왔다. 어쨌든 그곳을 알아볼 것 같았다. 하지만 그곳에 대해 그가 간직하고 있던 기억은 이제 눈앞에 펼쳐지는 것과는 약간 달랐다. 거기에 양들이 없다는 사실이 변화를 설명하기에는 충분하지 않았다. 그는 햇빛이 내리쬐는 비탈 위 평평한 풀밭에 반짝거리며 누워 있는 자전거를 상상하려 해 보았다. 그러나 햇빛 또한 없었다.

게다가 그는 아주 조그만 담배 동강조차 거기서 발견하지 못했다. 그 세 개를 반만 태웠기 때문에 어제저녁이나 오늘 아침에 행인이 주웠을 수도 있었다. 행인이라니! 이런 외진 곳에는 아무도 지나다니지 않았다 — 정확히, 그 어린 양치기 소녀를 찾으러 나섰던 사람들이 아니라면.

그는 다시 발아래 풀밭을 들여다보았다. 그러나 잃어버린 그 도막들에 부여하던 중요성은 그만 거두었다. 다른 모든 곳에서처럼 그 섬에서도 모든 사람들이 마찬가지로 파란색 상표의 그 담배를 피웠다. 하지만 마티아스는 땅에서 눈을 떼지 않았다. 그의 발아래 누워 있는 그 어린 양치기 소녀가 눈에 들어왔다. 소녀는 오른쪽, 왼쪽으로 약간 몸을 비틀고 있었다. 그는 소녀가 소리치지 못하게, 그녀의 윗도리를 뭉쳐서 그녀의 입에 집어넣어 놓았다.

고개를 들었을 때, 그는 자신이 혼자가 아니라는 사실을 깨달았다. 그가 고개를 든 것도 그 때문이었다. 그에게서 15~20미터 정도 떨어진 꼭대기에 서서 꼼짝하지 않고 그를 바라보고 있는 한 가냘픈 실루엣이 회색 하늘을 배경으로 뚜렷이 윤곽을 그리고 있었다.

바로 그 순간, 마티아스는 어린 자클린을 다시 보고 있다고 상상했다. 그는 그러한 출현이 부조리하다는 사실을 깨달으며 동시에 새로 온 여자가 틀림없이 그녀보다 몇 센티미터 더 크고 몇 살 더 많다는 사실에 주목했다. 더구나 주의 깊게 관찰한 그 얼굴은, 그에게 낯선 얼굴도 아니었지만, 비올레트와 닮지도 않았다. 그는 곧 기억했다. 그 내포 구석, 장 로뱅의 조그만 집에 살고 있는 어린 여자와 그가 마주 서 있는 것이다.

그는 그녀를 향해 걸어갔다 — 천천히 — 말하자면 꼼짝하지 않고. 그녀의 옷차림은 — 섬에 사는 거의 모든 여자아이들의 차림새였다 — 그 지역의 옛날 의상을 극단적으로 단순화시킨 데 불과했다. 허리와 엉덩이까지 상체 전체는 몸에 착 달라붙지만 치마는 아주 펑퍼짐한 검은색의 얇은 긴소매 원피스였다. 둥글게 파인 목선은 목을 완전히 드러냈고, 머리 모양은 가운데 가르마를 중심으로, 양 갈래로 머리카락을 목덜미 위로 끌어당겨 땋은 뒤, 양쪽 귀의 윗부분을 감추며 조그맣게 말아 올리는 식이었다. 계집아이들은, 눈에 띄게 같지만 훨씬 더 짧고 종종 소매가 없는 원피스를 입고 다녔다. 계집아이들은 같은 식으로 머리를 땋았지만, 말아 올리지는 않았다.

여자들은 집 밖으로 외출할 때면 유채색의 좁은 앞치마를 벗고 술이 달린 커다란 숄로 어깨를 감쌌다. 그러나 그 어린 여자는, 마티아스가 그의 반코트를 충분히 견딜 정도인데도, 앞치마도, 숄도, 어떤 따뜻한 옷도 걸치지 않았다. 꼭대기에는 바람이 거침없이 지나다녔다. 그 위로 마티아스가 그녀의 곁에 다가갔을 때, 그녀는 한 손으로 치마가 날아가지 않게 주름을 붙잡아야만 했다. 그 순간, 그녀는 마치 나쁜 짓을 하다 들킨 것처럼, 얼굴을 반쯤 돌리고 서 있었다.

"안녕." 마티아스가 말했다. "지금 산책하는 거야?"

"아뇨." 그녀가 말했다. 그러곤 잠시 후에 다시 말했다. "이젠 끝이에요."

그는 전날, 그녀의 목소리가 얼마나 저음인지 미처 알아채지 못했었다. 게다가 그는 그녀의 단 한마디 말만 들었을 뿐이었다. 그녀를 더 이상 아래에서 올려다보지 않아도 되었을 때, 그녀는 사실 꽤 조그마했고, 그녀의 키는 여행자의 어깨에 겨우 왔다.

"오늘 아침은 날씨가 좋지 않군." 그가 말했다.

그녀가 한 발짝 물러서며, 그를 향해 급작스럽게 얼굴을 쳐들었다. 그녀의 눈은 마치 오랫동안 울었던 것처럼 빨개져 있었다. 그녀가 외쳤다. 지나칠 정도로 낮은 목소리로.

"여기서 뭘 찾고 있는 거죠? 그가 그 아이를 죽였다는 걸 잘 알고 있잖아요!"

그리고 그녀는 얼굴을 감추기 위해 고개를 옆으로 휙 돌렸다. 반쯤 아문 그 가느다랗게 긁힌 상처는 필시 최근에 할퀴어진 것일 게다. 원피스 가장자리가 움직이자, 살갗 표면에 약간의 피가 배어 나왔다.

"누구지, 그가?" 마티아스가 물었다.

"피에르요."

"어떤 피에르?"

“피에르요, 당신 친구 말이에요!” 그녀가 안절부절못했다.

그렇다면 그의 이름이 장이 아니었단 말인가? 아마 로뱅도 아니었겠지? 문 위에 쓰여 있던 이름은 그의 것이 아니었던 게다.

그녀는 자세를 바로 하더니 좀 더 침착하게 말했다.

“그리고 내가 당신을 만난 건 잘된 일이에요.” 그녀는 왼쪽 소매 끝을 걷어 올리며, 그 아래 있던 손목시계를, 마티아스에게 받은 선물을 손목에서 풀었다. “이걸 돌려줘야 했어요.”

“이젠 갖고 싶지 않아?”

“당신에게 돌려줘야겠어요.”

“마음 내키는 대로 해요.”(마티아스가 친근한 어투를 버린다.)

“그가 나를 죽일 거예요…… 자키(자클린의 애칭)를 죽인 것처럼…….”

“그가 왜 그 앨 죽였죠?”

어린 여자는 어깨를 으쓱했다.

“당신이 이 시계를 간직하면, 그가 당신을 죽일까요?” 마티아스가 물었다.

그녀는 다시 시선을 딴 데로 돌렸다.

“그가 말했어요, 당신이 말했다고…… 당신이 하는 말을 들었다고 했어요.”

“그가 무슨 말을 들었는데요?”

“당신이 내게 한 말을요.”

“내가 뭐라고 했는데요?”

“모르겠어요.”

마티아스는 그녀가 그에게 내밀고 있던 시계를 받아, 그의 주머니 속에 넣었다.

"그가 왜 그 아이를 죽였을까요?" 그가 물었다.

"모르겠어요…… 자키가 그를 조롱했었어요."

"그건 이유가 못 돼요."

어린 여자는 어깨를 으쓱했다.

"그가 그 애를 죽인 게 아니에요." 마티아스가 계속 말했다. "아무도 그 애를 죽이지 않았어요. 그 애는 혼자 떨어졌어요. 벼랑 끝에 발을 너무 가까이 내딛는 바람에 미끄러졌을 거예요."

"자키는 미끄러지는 애가 아니었어요." 어린 여자가 말했다.

"여기를 좀 봐요. 흙이 수시로 무너져 내리잖아요. 조금만 방심하면 끝이라고요……."

그가 그녀에게 그들과 아주 가까이 있는 낭떠러지 가장자리를 가리켰다. 그러나 그녀는 그의 말을 무시하며, 그쪽으로 시선을 보내지 않았다.

"당신은 아닌 척하고 싶어 해요. 걱정 마세요. 나도 아무 말 하지 않을 테니까요." 그녀가 말했다.

"무슨 증거라도 있나요?"

"당신도 어제 점심을 먹다가 그가 소리치는 걸 들었잖아요. 그 애는 이제 다시는 오지 않을 거라고 했어요! ……그게 뭘 의미하겠어요? ……그가 복수하기 위해 그 애를 아래로 밀어 버린 거라고요. 당신도 그라는 걸 잘 알고 있어요. 그 일이 일어났을 무렵, 그는 이 근방을 어슬렁거리고 있었어요."

마티아스는 잠시 생각에 잠겼다 — 그리고 대답했다.

"그 일이 일어난 게 언제인지 당신은 모르잖아요."

"마리아가 12시 반부터 찾아다녔어요."

"그전에 아침나절이 통째로 있었어요."

어린 여자가 머뭇거리더니, 목소리를 낮추며 결국 말했다.

"자키는 11시가 넘었을 때 아직 여기에 있었어요."

마티아스는 자신의 이동 상황을 마음속으로 다시 더듬었다. 그 점에서 그녀가 주장하는 사실은 정확했다. 그 세부 사항을 누군가가 알고 있다는 것이 그로서는 난처했다. 그가 물었다.

"그 사실을 당신이 어떻게 알아요?"

그러나 대답은 그가 벌써 짐작하지 못했을 만한 어떤 사실도 가르쳐 주지 않았다. 그 어린 친구가 양들을 지키고 있는 동안, 그녀가 그곳으로 몰래 찾아갔었던 것이다. 그녀들은 11시 반경에 서로 헤어졌었다. 그렇게, 누군가가 30분 사이에 그 사고를 위치시킬 수 있었다. 만약 고객들이 여행자가 간선 도로를 이동하는 상황을 그 정도로 꼼꼼하게 주목하기라도 했다면…….

"글쎄, 그래도 빈 시간이 한 시간이나 통째로 남는걸요……. 한 발을 헛디디고도 넘치는 시간이죠."

"그리고 내가 한 발짝이라도 집 바깥으로 내밀 때마다 그러는 것처럼, 그가 날 뒤쫓아 다니며 벼랑 위로 어슬렁거리던 것도 바로 그때였어요!"

"그래요…… 당연히…… 이상해요. 그가 식사하면서 했던 말을 다시 한 번 말해 줘요. 그 애는 다시는 오지 않을 거다……."

"이제 다시는……. 그 애는 이제 다시는 오지 않을 거다!"

"맞아요. 그렇게 들었어요."

"그것 보세요!"

"따지고 보니, 어쩌면 그럴 수도 있겠군요."

그들은 둘 다 한동안 아무 말이 없었다. 그런 다음 그는 그녀가 그 자리를 떠나갈 것이라고 믿었다. 하지만 그녀는 두 발짝을 떼다가, 그에게로 되돌아오며 뭔가를 보여 주었다. 그때까지 손바닥에 감추고 있던 것이었다.

"그리고 이것도 발견했어요."

그것은 담배였다. 그녀가 작은 분지의 바닥을 손가락으로 가리켰다.

"방금 여기서 이걸 발견했어요. 그는 평소에 담배를 반만 피우고 버리지는 않아요. 어제도 자주 그러는 것처럼 담배를 입에 물고 있었어요. 그러다 자키가 발버둥 쳤기 때문에 그걸 잃어버린 거죠."

마티아스는 좀 더 가까이 관찰하려는 듯, 손을 내밀어 그것을 집었다. 그리고 재빠른 동작으로 그것을 반코트 주머니 속에 집어넣었다. 어린 여자가 눈을 휘둥그레 뜨며, 자신의 물건을 되찾으려고 여전히 그를 향해 손을 내민 채, 그를 쳐다보았다. 그러나 그는 단정적으로 말할 뿐이었다.

"정말 증거로군요. 당신 말이 맞아요."

"난 아무 말도 하지 않았을 거예요. 그걸 내게 뺏어 갈 필요는 없었어요. 그걸 바다에 던져 버리려 했었는데……."

그녀가 한 발짝 뒷걸음질 쳤다.

마티아스는 대답하기를 잊어버렸다. 그는 그녀가 휘둥그런 눈으로 그를 뚫어지게 바라보며 뒷걸음질 치는 것을 보았다. 그다음, 그녀는 갑자기 휙 돌아서 등대 쪽으로 달리기 시작했다.

그녀가 벌판의 한 굽이 뒤로 사라졌을 때, 그는 올 때 거쳐 왔던 오솔길 쪽으로 다시 내려갔다. 바람이 들지 않는 분지 바닥의 풀밭에서, 그의 눈에 가장 먼저 충격을 준 것은 정확히 첫 번째 것과 비슷한, 반만 태운 두 번째 담배였다. 좀 전에 도착하면서는 그것을 알아보지 못했었다. 조금 비죽이 튀어나온 풀숲에 감춰져 있어서, 그 도막이 우연히 버려져 있던 그 정확한 지점과 다른 곳에 있는 관찰자라면 어느 누구의 눈도 그것을 발견할 수가 없었다.

그것을 주워 주머니에 넣은 다음, 그는 세 번째 것도 찾기 위해 그것이 놓여 있을 가능성이 있는 사방 몇 미터를 이리저리 샅샅이 돌아다니기 시작했다. 그러나 그 장소에 대해 그가 간직하고 있는 근사치 기억으로는 아주 확실성 있게 둘레를 한정하는 것이 불가능했다.

아무리 찾아도 소용없었다. 그는 세 번째 도막을 찾아내지 못했다. 그것은 그가 생각하기에 다른 두 개보다 크기가 작았다. 그렇듯 그것은 어떤 흡연가가 던진 담배 도막과도 크기가 거의 같았으므로 — 무엇보다 그것 하나만으로는 — 덜 위태로울 것이다. 아무도 순리적으로는, 그것을 무엇에 사용했는지 상상하게 되지는 않을 것이다.

결국 마티아스는 설령 그 세 번째 담배를 앞선 다른 두 개만큼만 태웠다 할지라도, 어쨌든 그것은 장 로뱅이 — 아니, 더 정확히 장 로뱅이라 불리지 않는 그 남자가 — 그 꼬맹이 양치기 소녀를 암벽 가장자리로 끌고 가던 중에 싸우다가 잃어버린 것으로 취급될 수 있을 것이라고 생각했다. 요컨대 가장 중요한 것은 혹시 출동할지도 모르는 수사관이 담배 도막을 하나 이상 찾아내지 못한다는 사실에 있었다. 왜냐하면 그것들이 어디에 사용되었는지 모른다면, 여행자를 — 어쩌면 섬 전체에서, 그 소녀에 대해 절대로 어떤 원한을 품지 않았을 유일한 인물을 — 의심하는 일이 우스워질 것이기 때문이었다.

반쪽짜리 담배가 여러 개비 있다는 사실은, 그와 반대로, 이상하게 보일 수도 있었을 것이며, 암석 위로의 추락과 물속에서의 마찰들, 물고기들이나 게들의 물어뜯기가 시체에 남긴 흔적들과는 다른 흔적들을 동시에 찾아내기라도 한다면, 사랑에 빠진 한 사내의 우롱당한 복수와는 다른 동기들을 추측하게 한다.

따라서 마티아스는 그가 갖고 있던 두 개의 담배 도막을 없애 버리고, 그 어린 여자가 그에게 건네주던 즉시 그 담배 도막을 내던져 버렸다고 주장하는 것으로 충분할 것이다.

시간을 절약하기 위해 — 왜냐하면 그 모든 말들과 조사들이 그를 상당히 지체시켰기 때문이었다 — 마티아스는 간선 도로의 전환점을 거치지 않고 읍내에 이르게 될 다른 오솔길을 택하고 싶었다. 벌판을 가로지르는 복잡한 길들의 망 속에서 선택은 얼마든지 가능했다. 그러나 그는 땅의 기복들 때문에, 그 장소에서는 보이지 않는 목표 지점을 향해 그의 발길을 이끌지 못했고, 결국 추정에 따라, 원래의 길 방향과 약 30도 각도를 예상하고 방향을 잡아야 했다.

또 바퀴 자국이 있는 도로에 만족해야 했다. 가시양골담초들 사이를 걷는 불편함을 제외하면, 낭떠러지로 가기 위해 마리아 르뒤크가 이용했던 지름길을 따라가기를 희망하는 것은 당연했다.

불행하게도 존재하는 그 많은 오솔길들 가운데 어떤 것도 마티아스가 측정한 이론적인 선과 일치하지 않았다. 출발점부터 그는 가능한 두 우회로 사이에서 선택해야 했다. 게다가 그것들은 모두 꾸불꾸불하고 동강동강 잘려 있었으며, 갈라지고, 다시 만나고, 끊임없이 교차했으며, 심지어 히스 덤불들 한가운데서 갑자기 뚝 끊어지기까지 했다. 그러한 상태는 수많은 급커브와 주저함과 후진을 강요했고, 매 순간 새로운 문제들을 제기했으며, 채택한 코스의 전반적인 방향 설정에 있어 모든 확신을 금지했다.

더구나 마티아스는 그 도로들의 얽힘 속에서 종종 진지하게 고민하지도 않고 마구 선택했다. 그가 빠른 속도로 걸었으므로, 여정은 어쨌든 오래 걸리지 않을 것이었다. 담배 세 개비에 대한 그의 고찰 속에서 더욱 심각한 무언가가 그를 거북하게 했다. 즉 낭떠러지 위에 남아 있는 제3의 도막은 그 어린 여자가 주운 것이 아니었다. 그런데 그녀는 범죄를 증명하기 위해 그것의 비정상적인 길이에 기초하고 있었다. 이제 그 2센티미터 담배 도막이 폭로된다면, 여행자는 바로 그 담배가 그녀에게 직접 받은 바로 그것이라고 — 혹시 있을지도 모르는 대질 심문 때 — 어떻게 그녀를 수긍시킬 수 있을까? 그것이 짧아진 것이 설명되기 위해서는, 마티아스가 그것을 버리기 전에 다시 불붙여 피웠어야만 했다. 그러나 그것은 단순하지도 그럴 법하지도 않았다.

놀랍게도 갑자기 간선 도로로 빠져나오는 바람에, 그는 추론들과 가정들을 중도에 멈춰 버렸다. 그는 마레크의 농가로 가는 길 바로 맞은편에 — 다시 말해 2킬로미터 경계석에서 멀지 않은 곳에 — 와 있었다. 또다시.

그는 돌아섰다. 그를 그곳으로 데려오던 그 넓은 오솔길에서, 그는 한 시간이 채 되기 전에 자신이 택했던, 그리고 또 그 전날 자전거를 타고 택했던 바로 그 오솔길을 알아보았다. 몇 번의 우회와 비스듬한 커브를 그린 다음, 그도 모르는 사이에 접합이 이루어졌던 것이다.

그 사실은 그에게 혼란을 일으키지 않을 수 없었다. 그전까지 그가 했던 모든 고찰은 그 오솔길이 필연적이라는 결론을 내리게 했지만, 이제 그는 읍내에서 낭떠러지 위의 그 움푹한 곳까지 가는 지름길이 하나만 존재한다는 사실을 의심하게 되었다. 당연히 뜻밖의 사태가 그를 더욱 지체시켰다. 그는 예정된 시간보다 40분 가까이 늦게 점심 식사에 나타났다.

그렇게 시간을 정확히 지키지 못한 것에 대해서는 그 자신이 먼저 언짢았다. 왜냐하면 매년 그 시기에는 열린 레스토랑이 하나도 없었으므로, 카페가 오직 그를 도와주기 위해 그의 식사를 준비하기로 했기 때문이었다. 그가 홀에 들어섰을 때는 그가 유일한 손님이었고, 주인은 예절 바르게 그러나 단호하게 주의를 주었다. 마티아스는 달려오느라 숨이 차서, 침착성을 잃었다.

"내친김에 옛 친구인 마레크네 집까지 갔어요." 그가 변명했다. "아시죠, '검은 바위' 쪽으로. 그들이 예상했던 것보다 더 오래 나를 붙잡아 두는 바람에 그만……."

그는 즉시 그 말이 신중하지 못했다는 사실을 깨달았다. 그는 곧바로 입을 닫았다. 로베르 마레크가 그를 식사에 붙들고 싶어 했지만, 여기서 그를 기다리기 때문에 친구의 초대를 사양했었다는 말을 — 처음에 의도했던 대로 — 덧붙이지 않았다. 로베르 마레크가 어쩌면 '희망에서' 에서 막 나갔을 수도 있으니, 거짓말로 함정을 더 깊이 파지 않는 것이 나았다. 그에게 죄책감을 심어 주었던 첫 번째 거짓말은 의혹을 불러일으킬 수 있는, 불필요하고 명백한 반증에 그를 이미 지나치게 노출시켰다.

"하지만 손님은 큰 등대 길로 도착하던걸요?" 카페 문 앞에서 하숙인의 동정을 살폈던 카페 겸 레스토랑 주인이 물었다.

"예, 물론이죠."

"걸음으로는, 훨씬 더 짧은 길도 있었어요. 왜 그들이 그 길을 알려 주지 않았을까요?"

"아마 길을 잃을까 걱정되었던 게지요."

"하지만 간단한걸요. 초원을 깊이 쭉 따라오기만 하면 되거든요. 오솔길이 여기서 시작돼요. 뒤쪽으로 말이에요."(오른팔의 모호한 움직임.)

장소들이나 농가에서 만난 사람들에 관련된 모든 새로운 질문을 비껴가기 위해선 다른 이야기를 꺼내는 것이 시급했다. 다행히 주인 남자는 그날 낮에 말수가 더욱 많았고, 그 스스로 그날의 화제, 즉 르뒤크네 막내딸의 생명을 앗아 간 사고 쪽으로 빠져나갔다. 낭떠러지의 위험들, 암석의 취약함, 대양의 배신, 어른들이 금지한 일을 저지르는 아이들의 불복종…….

"내가 전반적인 견해를 말할까요? 참, 말하기가 딱하지만, 그 일이 커다란 상실은 아닐 겁니다 — 누구에게도. 그 계집아이는 진짜 악마였어요!"

마티아스는 그 이야기들을 방심한 귀로 들었다. 그 모든 것에 대해, 어떤 것도 더 이상 그의 흥미를 끌지 않았다. 그는 그토록 경솔하게 제공한 그 거추장스러운 거짓 지시 사항에 크게 신경이 쓰였다. 그의 대화 상대자가 또다시 그것을 빗대어 말하지나 않을까 걱정되었던 탓이다. 그의 머릿속에는 오직 한 가지 생각만 있었다. 즉, 그 빌어먹을 농가에 정말로 — 마침내 — 가기 위해 그리고 허위 사실을 단순한 예견된 사실로 바꾸기 위해 점심을 최대한 빨리 먹어 치우기.

그럼에도 불구하고, 일단 항구의 연안 가두리 둑 위로 다시 나왔을 땐 — 위험에서 빠져나와 더욱 편안해져서 — 그는 늙은 마레크 부인과 카페 주인이 언급한, 초원을 가로지르는 지름길을 찾으러 나서지 않았다. 그는 왼쪽으로 돌아, 언제나처럼 조그만 삼각형 광장을 향했다. 그는 샛길들을 불신하기 시작했다.

그는 울퉁불퉁한 포석들보다 연안 가두리의 둑 가장자리를 따라가는 평평하고 넓적한 돌들이 더 좋았다. 그곳이 걷기에는 더 편했다. 그러나 그는 아직 밀물로 뒤덮이지 않은 — 2, 3미터 아래의 — 개펄에 잔뜩 깔린 잔해들을 바라보느라 지체하지는 않았다. 그는 그다음에 오는 장애물 — 철물점의 진열창 — 을 어렵지 않게 지났다. 광장 한가운데, 추모비는 구름 낀 하늘 아래 외양이 더욱 친숙하게 느껴졌다. 그 둘레로 원을 그리는, 수직 창살로 된 높다란 철책은 보도의 타일 위로 지금은 그림자를 드리우지 않았다. 암석 위에 높이 솟은 석상은 여전히 먼바다를 바라보고 있었지만, 어떤 불안감도 그 화강암 얼굴 위로 읽히지 않았다. 여행자는 차분히 옛날에 알았던 사람들을 방문하러 갈 것이다. 그러나 늙은 아낙이 그에게 이미 핵심적인 이야기를 해 주었으므로, 그들에 대해 새삼 중요한 — 엔간한 — 소식을 알게 되지는 않을 것이다. 그의 눈이 영화관 광고판 위에 붙은 얼룩덜룩한 포스터와 우연히 마주쳤다. 그는 눈을 돌렸다. 그는 차분히…… 방문하러 갈 것이다…… 등등.

거리는 텅 비어 있었다. 그것이 놀라울 이유는 하나도 없었다. 모든 사람들이 그 시각에는 식탁에 앉아 있는 탓이었다. 섬에서는 정오의 식사가 대륙보다 훨씬 더 늦게 시작되었다. 카페 겸 레스토랑 주인은, 그다음에 그 자신이 방해받지 않고 식사를 할 수 있도록 통상적인 시간보다 좀 더 일찍 마티아스에게 식사를 차렸다. 읍내를 나오면서 마지막 집은 다른 집들처럼 현관문과 창문들이 모두 닫혀 있었다. 그 모든 침묵은 안심이 되었다, 안심이 되었다, 안심이 되었다…….

해안을 기어오른 마티아스는 곧이어 두 간선 도로와 — 그가 '검은 바위' 쪽으로 따라갔던 길이다 — 동쪽과 서쪽 기슭에 이르는, 섬의 한쪽 끝에서 다른 끝으로 S자 곡선을 그리는 길의 교차점에 이르렀다. 이 두 번째 길은 그가 전날 순회 막바지에, '말뚝' 곳에 이르기 위해 지나갔었다.

몇 걸음 조금 더 멀리, 가시양골담초들이 꼭대기를 덮은 두 개의 나지막한 담장 사이로 지선(支線) 하나가 오른쪽으로 열렸다. 가운데 파인 골은 벌거벗었고 측면으로 두 줄의 바퀴 자국이 나 있는, 풀이 무성한 — 두 바퀴 손수레가 겨우 지나갈 정도의 — 작은 길이었다. 마티아스는 식사 시간이 끝나기 전에는 차마 농가에 모습을 나타낼 수 없다고 생각했다. 따라서 그는, 그것이 마리아르뒤크가 이용했고 그날 아침 낭떠러지에서 출발하면서 찾아내지 못했던 바로 그 길이 아닌지 알아보기 위해, 그 통로를 한가로이 시도해 볼 시간의 여유가 충분히 있었다.

벌판의 오솔길들과는 반대로, 그 길에는 어떤 갈림길이나 오류의 가능성도 없었다. 돌을 맞물려 쌓은 나지막한 담장이나 낮은 비탈을 따라 난 밭들 사이로, 길은 규칙적이고, 지속적이고, 외따로, 현저하게 직선으로 깊숙이 들어갔다. 마티아스는 약 1킬로미터가량 계속 그 길을 따라갔다. 그다음에 길의 방향이 바뀌면서, 여행자를 왼쪽으로 데려갔다. 모퉁이는 꽤 둔각이었다. 어쩌면 그러는 편이 나았다. 해안 지대로 너무 빨리 이르러서는 안 되었던 것이다. 게다가 다른 해결책을 제안할 어떤 부수적인 곁길도 없었다.

겨우 10분이 지났을 때, 그는 또다시 간선 도로 위의 전환점이 시작되는 곳을 걷고 있었다. 흰색 경계석 위에는 최근에 다시 칠한 페인트 글씨로 '검은 바위 등대 — 1.6km' 라고 쓰여 있었다.

그것은 같은 두께의 (그리고 수평축의) 반쪽 원통에 연결된 평범한 직육면체 모델의 킬로미터 표지였다. 주된 두 면은 — 반원으로 끝나는 정사각형이다 — 검은색 글씨를 담고 있었다. 둥근 표면은 그 위로 아주 최근에 칠한 노란색 페인트로 반들거렸다. 마티아스는 두 눈 위로 손을 갖다 댔다. 점심을 먹기 전에 아스피린을 복용했어야 했다. 잠에서 깬 이후 그의 정신을 멍하게 마비시켜 가던 두통이 이제 통증다운 통증을 일으키기 시작했다.

마티아스는 두 눈 위로 손을 갖다 댔다. 그 마레크네 오랜 친구들에게 아스피린 몇 알을 부탁할 것이다. 아직 50미터. 그리고 그는 농가로 가는 길로 — 왼쪽으로 — 돌았다.

풍경이 눈에 띄게 변했다. 길 양쪽으로 비탈진 오르막이 시야를 막았고, 거의 끊이지 않는 빽빽한 덤불로 뒤덮여 있었다. 그 뒤로는 소나무 둥치가 여기저기 한 그루씩 솟아 있었다. 거기까지는 어쨌든, 모든 것이 질서 정연해 보였다. 나무둥치들이 더욱 많아졌다. 그것들은 온갖 방향으로 기울어지고 비틀려 있었지만, 전반적으로는 항풍(恒風)의 방향으로, 다시 말해 동남쪽으로 기울어지는 경향을 띠고 있었다. 어떤 것들은 땅 표면 가까이 누워 있거나, 혹은 4분의 3은 잎을 잃어버린, 들쭉날쭉한 시든 머리를 치켜든 채 거의 누워 있었다.

길은 농가보다 더 멀리 계속되지 않았다. 그것은 그 집 안마당에 이르러 넓어지며 끝이 났다.

중요한 부분에 있어서는 다시 말할 것이 아무것도 없었다. 건초를 쌓아 두는 헛간들, 채소밭의 울타리, 가시남천 덤불이 있는 회색 집, 창문들의 배치와 현관문 위의 돌로 된 벌거벗은 넓은 공간……. 전체가 현실과 거의 일치했다.

여행자는 안마당을 걸어갔다. 흙을 다진 땅이 발소리를 흡수했다. 창문 네 개가 모두 닫혀 있었지만, 덧창은 열려 있었다 — 당연했다. 2층 정면에 있는 두 창문 사이의 거리가 아주 넓다는 사실만 유일하게 충격을 주었다. 거기에는 명백히, 무언가가 결여되어 있었다. 이를테면 벽 속에 파 놓은 벽감(壁龕) 말이다. 거기에 조그만 처녀 마리아의 석상이나, 소중히 간직한 결혼 꽃다발이나, 혹은 어떤 페티시 인형을 놓아둘 수도 있었을 것이다.

가시남천 덤불들 가운데 한 그루가 완전히 죽어 버렸거나 거의 다 죽어 가고 있다는 사실을 깨달았을 때, 그는 현관문의 나무판자를 두드리려던 참이었다. 왼쪽의 나무는 벌써 꽃봉오리가 올라와 있는 반면, 오른쪽 나무는 말라 반쯤 오그라들고 거무튀튀한 반점이 있는, 갈색 기가 도는 잎사귀 몇 잎만이 겨우 줄기 끝에 달려 있었다.

걸쇠는 잠겨 있지 않았다. 마티아스는 문을 밀고 복도로 들어갔다. 아주 가까이서 목소리들이 — 어떤 격렬한 말다툼의 파편들이다 — 들려왔다. 그는 멈춰 섰다.

그가 문을 놓자마자 문짝은 아무런 소리도 내지 않고 저절로 천천히 원래 위치로 돌아갔다. 부엌문은 빠끔히 열려 있었다.

"그런 거야? ……대답 못해?"

"애를 좀 내버려 둬라. 곧장 집으로 돌아와서는 안마당에서 너를 기다렸다고 방금 재가 말했잖아!"

늙은 아낙의 목소리였다. 그녀는 기진맥진해 있었다. 마티아스는 그의 둔탁한 신발을 타일 바닥 위에 조심스럽게 놓으면서, 앞으로 한 발 내밀었다. 10~15센티미터 벌어진 틈새로 테이블 한쪽 구석만 보였다. 잔잔한 꽃무늬가 알록달록 날염된 밀랍 입힌 천 위로 안경 한 벌, 고기 써는 칼 그리고 똑같이 나란히 쌓아 놓은 — 깨끗한 — 흰 접시 두 벌이 서로 가까이 있었다. 그 뒤로는 벽에다 핀으로 꽂아 놓은 우체국 달력 아래 의자에 아주 어린 사내가 부동의 자세로, 고개를 들고 무릎 위에 두 손을 올려놓은 채, 완고한 시선으로 꼿꼿이 앉아 있었다. 그는 열대여섯 살쯤 되어 보였다. 꼭 다문 입술의 긴장을 풀지는 않았지만, 그의 얼굴은 — 빛나고 당당했다 — 그 장면에서 그가 감당하는 중심 역할의 무게를 짐작하게 했다. 다른 인물들은 부엌의 다른 곳에서 말하고 움직였지만, 그들 가운데 어느 누구도 보이지 않았다. 그 순간, 사내의 목소리가 들렸다.

"재가 말했어…… 재가 말했어! 잰 거짓말을 했다고요. 늘 그렇듯이. 저 암노새 같은 고집쟁이 얼굴을 좀 보세요. 너는 네 머릿속에 뭐가 들어 있는지 너 자신이 잘 알고 있다고 상상하겠지? 판단력이라곤 눈곱만큼도 없는 어린애 같으니라고……. 게다가 자기한테 던진 질문에 대답도 못해!"

"하지만 재가 말했고 또 말했으니까……."

"벙어리처럼 의자에 저러고 앉아만 있잖아요!"

"자기가 해야 할 말을 벌써 여러 번 반복했으니까 저러지. 네가 같은 말만 계속 반복하잖아."

"당연히 횡설수설하는 사람은 나겠지요!"

묵직한 남자 발걸음이(로베르 마레크인가 보다. 말하는 남자가 그일 수밖에 없다) 시멘트 바닥에 부딪혔다. 그러나 아무것도 시야의 한계를 넘지 않았고, 수직 벨트 사이로 보이는 광경은 완전히 응고되어 있다. 바닥의 시멘트 타일, 나무 테이블의 잘 다듬어진 다리, 잔잔한 꽃무늬가 날염된 밀랍 입힌 천의 가장자리, 강철로 테를 두른 안경 한 벌, 검은색 손잡이가 달린 기다란 칼, 쌓아 놓은 네 개의 움푹한 접시들 그리고 그 뒤에 바짝 붙여 쌓아 놓은 똑같은 모양의 접시들, 어린 남자의 상체와, 그 왼쪽으로, 그가 앉은 의자의 등받이 귀퉁이, 얇은 입술에 고정된 눈의 얼어붙은 얼굴, 벽에 매달려 있는 그림 달력.

"그 짓을 한 게 저 아이라는 걸 내가 알게 되면……." 아버지의 목소리가 으르렁거렸다.

늙은 아낙이 탄식을 늘어놓기 시작했다. 신의 자비에 호소하면서 신음하는 도중에, 몇몇 단어들이 라이트모티프처럼 되풀이되었다. "……살인자…… 살인자……. 아비가 아들을 살인자라고 믿다니……."

"오, 어머니, 그만하세요!" 남자가 외쳤다. 탄식 소리가 그쳤다.

잠시 침묵이 흘렀고, 연이은 그의 발걸음 소리가 그 공백에 뚜벅뚜벅 점을 찍었다. 그런 다음, 그가 좀 더 침착하게 다시 말했다.

"어머니가 얘기했어요. 내가 없는 사이에, 그…… — 그 사람 이름이 뭐라고 했죠? — 그 시계를 파는 여행자가 여기에 왔다 갔었다고요. 쥘리앵이, 자기가 주장한 대로 문턱에 앉아 있었다면,

그자가 어쨌든 쟤는 보았을 거잖아요!"

"쟤가 잠시 비켜 있었을 수도 있잖아…… 그지, 이쁜아?"

마티아스는 갑자기 웃고 싶은 충동에 사로잡혔다. 섬에서 아이들에게 말할 때 관습적으로 사용하는 그런 애정 표현이 저 냉담한 얼굴에 너무도 어울리지 않았기 때문이다. 터지는 웃음을 참느라 애쓰는 동안, 그는 모호하게 오간 대꾸들을 그만 놓쳐 버렸다. 그러나 새로 개입한 목소리를 분간할 수는 있었다. 더 젊은 여자의 목소리였다. 소년으로 말하자면, 그는 눈썹 하나 까딱하지 않고 잠자코만 있었다. 그 모든 말들이 정말 그에 관련된 것인지, 곁에 있는 사람들이 그에게 질문을 하고 있는 게 맞는지 결국에는 의아스럽기까지 했다. 두 번째 여자 목소리는 무대 뒤에선 아이 어머니의 것이라고 상상할 수 있었다……. 하지만 그녀는 여행 중이었으므로, 그건 아니었다. 아버지가 끼어든 여자를 거칠게 침묵시켰다.

"먼저, 문 앞에서 움직이지 않았다고 말한 건 쥘리앵이었어요. 그러니까 저 애가 거짓말한 거예요, 어쨌든 간에……. 빵집에서 자기 자리조차 제대로 지키지 못하는 불량한 자식! 거짓말쟁이, 도둑놈, 살인자……."

"로베르, 네가 미쳤구나!"

"거봐요! 또 내가 미친 거죠……. 너 대답할 거야, 안 할 거야? 그자가 여기에 와 있는 동안, 너 거기 있었지 — 안 그래? — 그 벼랑 위에. 내가 도착하기 전에 집에 돌아올 만큼의 시간이 딱 네게 있었던 거야 — 할머니가 너를 보지 않았으니 도로로 오지는 않았을 테고……. 말 좀 해 봐, 이 고집불통아! 그 꼬맹이 자클린을 만나서 개에게 또 말썽거리를 찾은 거야? 오! 내가 잘 알아. 그 애가 성녀는 아니었지. 그 애를 조용히 놔두면 되었을 것을…….
그래서? 둘이 싸운 거야? — 아니면 뭐야? 본의 아니게 그 애를 떨어뜨린 거였어? 너희 둘이 암벽 가장자리에서 말다툼을 하다가…… 아니면 저번 날 저녁에, 둑 꼭대기에서 너를 바닷물에 처박아 넣으려 한 일 때문에 복수하려 했던 거야? ……그런 거야?
……뭐라고 말 좀 해 봐 — 응? — 아님, 이제 내가 네 대갈통을 부숴 버릴까?"

"로베르! 얘야, 넌 지금 흥분하고 있어. 넌 지금……."

어떤 급작스러운 열기가 그를 엄습해 오자, 여행자는 본능적으로 복도의 어슴푸레한 빛 속으로 물러섰다. 그는 어떤 변화가 생겼다는 사실을 방금 깨달았다. (도대체 어느 순간이었던가?) 접시들과 달력 사이, 그 맞은편의 시선 하나가 이제 그를 응시하고 있었다. 즉시 냉정을 되찾으며, 그는 결연히 문을 향해 걸어갔고, 그때 아버지의 목소리가 점점 더 크게 반복되고 있었다.

"대답을 해! 이제 대답을 해!"

"누가 왔어요." 남자애가 말했다.

마티아스는 신발을 타일에 과장되게 끌면서 살짝 열린 문을 그의 굵은 반지로 두드렸다. 모든 소리가, 부엌에서, 단번에 멈췄다.

그다음, 로베르 마레크의 목소리가 말했다. "들어오시오!" 그리고 동시에, 내부에서 문짝을 거칠게 당겼다. 사람들이 그에게로 왔다. 모든 사람들이 그를 아는 것만 같았다. 누리끼리한 얼굴의 늙은 아낙, 가죽점퍼를 입은 남자, 한구석에서 설거지를 하던 여자아이에 이르기까지. 문 쪽으로 반쯤 되돌아선 여자아이는 냄비를 손에 들고 하던 일을 멈추고는, 그에게 고개를 까닥이며 인사를 했다. 오직 소년만이 의자에 앉아, 움직이지 않았다. 그는 마티아스를 시선에서 놓치지 않기 위해 눈동자를 가볍게 움직이는 데 그쳤다.

마티아스는 내미는 손들과 악수를 한 뒤, 그의 "안녕하세요"에도 불구하고 분위기를 좀 더 평온하게 만드는 데 성공하지 못한 채, 결국 벽에 고정된 달력으로 다가가고 말았다.

"아, 얘가 쥘리앵이군요, 세상에! 이렇게 많이 자랐군요! 어디 좀 보자…… 이게 몇 년 만이지……?"

"누가 네게 말을 할 때는 좀 일어설 수 없어?" 아버지가 말했다. "이 녀석이 정말 말을 안 들어요! 빵집에서도 쫓겨났지 뭐요. 바로 어제였소. 거기서 일을 배우고 있었지요. 계속 이럴 거면, 그냥 수습 선원으로 보내 버리고 싶은 심정이오……. 지난주에는 술 취한 어부하고 싸우다가 항구에서 떨어져 익사할 뻔도 하고. 그래서 야단을 좀 치던 중이었소……."

쥘리앵은 일어서서 자기 아버지를 쳐다보고는, 다시 여행자를 쳐다보았다. 그의 닫힌 입술 위로 엷은 미소가 감돌았다. 그는 아무 말도 하지 않았다. 마티아스는 그에게 손을 내밀 엄두를 내지 못했다. 벽은 광택 없는 황토색으로 칠했고, 표면의 칠이 껍질처럼 다각형으로 군데군데 벗겨져 있었다. 달력에는 눈을 가리고 술래잡기 놀이를 하는 계집아이 그림이 그려져 있었다. 그는 할머니

쪽으로 돌아섰다.

"어린애들은 어딜 갔습니까? 그 애들도 보면 좋을 텐데요……."

"학교로 돌아갔소." 로베르 마레크가 말했다.

쥘리앵은 눈에서 여행자를 떠나지 않았고, 그렇게 마티아스를 어쩔 수 없이 말하도록, 빠르게, 가능한 한 빠르게, 그러나 그의 문장들을 침식된 길로 혹은 출구 없는 길로 잘못 들어서게 할지도 모른다는 지속적인 두려움 속에서 말하지 않으면 안 되도록 강요했다. ……어제저녁에 배를 놓쳤고, 뭔가를 잊어버린 것 같아 농가로 다시 오는 길이었다……(아니다). 따라서 그는 금요일까지 기다려야만 했고, 휴식을 취할 기회로 삼을 것이다. 그래도 시계를 한두 개 정도 더 팔 의도로 다시 오는 길이었다……(아니다). 그는 대여한 자전거 때문에 배를 아주 아슬아슬하게 놓쳤었다. 그것이 마지막 순간에 그만…… 체인이 아침부터 고장을 일으키기 시작했다. 마레크 부인이 교차점에서, 분기점에서, 전환점에서 그를 만났을 때 벌써, 그는 체인을 제자리에 끼워 넣고 있던 중이었다. 오늘은 평온한 마음으로 걸어서 다니고 있으며, 가족 전체의 소식을 들으려고 농가까지 다시 오는 길이었다…….

"지금도 손목시계를 갖고 있어요?" 늙은 농부 아낙이 물었다.

마티아스는 그렇다는 대답부터 하려던 순간, 여행 가방을 하숙방에 남겨 두고 왔다는 사실이 생각났다. 그는 손을 반코트 주머니에 찔러 넣어 그가 그 자리에서 갖고 있던 유일한 물건을 꺼냈다. 금박을 입힌 저렴한 모델의 숙녀용 금속 시계였다. 그날 아침에 돌려받은…….

"남은 게 이것밖에 없어요." 그가 궁지에서 빠져나오기 위해 말했다. 마레크 부인이 항상 늦게 출근하는 집안사람에게 하나 마련해 주고 싶다고 하지 않았던가?

가죽점퍼를 입은 남자는 더 이상 귀담아듣지 않았다. 늙은 아낙은 그녀대로 처음에는 무슨 소리인지 이해하지 못하는 것 같다가, 얼굴이 밝아졌다.

"아! 조제핀 말이군요." 그녀가 여자아이를 가리켰다. "아뇨, 아뇨, 저 아이에게 시계를 선물하지는 않을 거예요. 태엽 감는 걸 잊어버릴 거예요. 시계를 어디 뒀는지도 모를 텐데요, 뭘. 게다가 사흘도 되기 전에 잃어버릴 거예요!"

그 생각이 두 여자를 모두 웃게 만들었다. 마티아스는 물건을 주머니에 다시 넣었다. 상황이 약간 나아지고 있다고 생각하며, 그는 용기를 내어 어린 남자 쪽으로 눈길을 던졌다. 그는 그사이 움직이지도 않았고 주시 대상을 포기하지도 않았다. 조금 전부터 침묵하고 있던 아버지가 여행자에게 다짜고짜 말을 걸었다.

"어젠 너무 늦게 귀가하는 바람에 당신을 맞지 못해서 많이 미안했소. 그런데 정확히 몇 시에 여기 왔던 거요?"

"이렇게, 정오 무렵이오." 마티아스가 얼버무리며 대답했다.

로베르 마레크가 그의 아들을 쳐다보았다.

"참 이상하군! 그때 너는 도대체 어디로 사라졌던 거냐?"

다시 어색한 침묵이 그들 사이에 자리 잡았다. 마침내 소년이 입을 열었다.

"마당 구석에, 헛간에 있었어요." 그러나 그는 말을 하는 동안 내내, 여행자의 눈을 뚫어지게 바라보았다.

"아, 그래요, 충분히 그럴 수 있어요." 여행자가 황급히 말을 이었다. "아마 건초 더미 때문에 내가 미처 보지 못한 것 같아요."

"거봐라! 내가 말했잖아." 할머니가 외쳤다.

"그게 도대체 뭘 증명해 줄 수 있어요? 이제 와서 그렇게 말하는 건 너무 쉬워요!"

"아저씨가 자전거에서 내려 문을 두드렸어요. 그런 다음에는 정원 울타리까지 보러 갔어요. 그러고는 떠나기 전에 안장 아래 매어 둔 작은 주머니에서 열쇠를 꺼내더니 변속기의 어딘가를 좀 더 죄었어요."

"맞아, 맞아, 바로 그거야!" 마치 그러한 상상적 행위들이 중요하지 않은 만큼이나 명백한 것처럼, 마티아스는 미소를 지으려고 애쓰며 소년에게 말끝마다 확인을 해 주었다.

그 모든 것은 결국, 그 자신의 알리바이를 강화시켜 줄 뿐이었다. 그가 농가에 들렀고, 부재중인 주인들을 기다리느라 오래 머무르기까지 했다고 쥘리앵 마레크가 그처럼 증언을 해 주는데, 어떻게 여행자가 바로 그 시각에 낭떠러지에 — 다시 말해 반대 방향에 — 그 계집아이가 양들을 지키고 있던 장소에 갔을 수 있겠는가? 그러니까 이제부터 그는 사건과 무관해지는 것이다…….

마티아스는 어쨌든, 온 힘을 다해 자신을 그렇게 확신시키고 싶었다. 그러나 예기치 않던 그 보증인은 오히려 그를 불안하게 만들었다. 그는 지나친 확신을 갖고 이야기를 지어내고 있었다. 소년이 오전이 끝나 갈 무렵에 마당이나 헛간에 정말 있었다면,

어떤 여행자도 문을 두드리지 않았다는 사실을 모를 리 없었다. 다른 한편으로, 그가 그 자리에 없었고, 그의 아버지에게 단지 그 사실을 믿게 하고 싶었을 뿐이라면, 왜 그는 안장 아래의 주머니나 열쇠나 변속기처럼 그렇게 특징적인 세부 사항들을 상상하기까지 했을까? 그렇게 정확한 요소들이 실제와 맞아떨어질 확률이 너무도 희박하므로, 그는 그런 것들을 지어내면서 오히려 즉각적이고 정언적인 반박을 자초하고 있었다. 유일한 설명은 — 광기는 일단 제쳐 두고 — 여행자가 그 자신이 빠져나오기 위해 발버둥 치고 있던 불안정한 상황과 그가 처해 있던 두려움, 어떤 부인(否認)의 — 상호적이다 — 두려움 때문에, 어쨌든 그런 반박을 제시하지는 않을 것이라는 점을 쥘리앵이 미리 알고 있었다는 것일 게다.

그런데 쥘리앵이 여행자의 불리한 상황을 알고 있다면, 물론 그것은 그 가짜 방문이 이뤄진 순간에 그 자신이 농가에 있었기 때문이다. 따라서 그는 아무도 문을 두드리러 오지 않았다는 사실을 아주 잘 알고 있었다. 그래서 그가 그 정밀한 허구 정보들을 지어내는 동안 내내, 무례하게 낯선 사람의 얼굴을 뚫어지게 쳐다보았던 것이다…….

그때 애초의 질문이 다시 제기되었다. 그 경우, 마티아스의 주장을 옹호하는 데서 그는 무슨 이득을 얻을 수 있었을까? 그의 아버지에게 집 문 앞에 앉아 있었다고 처음부터 확언했으면서, 왜 그는 그의 할머니에게 건넸던 한 행인의 진술에 대항하여 자신을 방어할 수 없었던 것일까? 단지 사람들이 그보다는 그자를 믿을까 봐 겁이 났던 것일까?

아니다. 쥘리앵이 거짓말을 하는 — 대담하기까지 했다 — 만큼, 시나리오를 달리 새로 구성하는 것이 더 설득력이 있을 것 같았다. 즉 소년은 그날, 오전이 끝나 갈 무렵, 농가에 있지 않았다. (그는 분명코 — 사람들이 그를 비난하는 것처럼 — 낭떠러지의 그 움푹한 곳에 있지도 않았으며, 아주 단순히 다른 곳에 있었다.) 그리고 그는 여행자가 방문했었다는 사실을 완전히 믿고 있었다. 하지만 그의 아버지가 명백한 증거를 대기를 요구했으므로, 명확한 세부 사항을 되는대로 지어냈음에 틀림없었다. 마티아스의 협조를 부추길 목적으로 — 여행자에게는 그 모든 것이 중요하지 않다고 생각했을 것이다 — 쥘리앵은 그가 처한 곤경을 이해시키고 그의 암묵적인 동조를 얻을 것이라 기대하며 그의 눈을 똑바로 쳐다보았던 것이다. 마티아스가 무례함이라고 간주했던 것이 실은 간청이었다. 그게 아니라면 그 어린 남자가 그에게 최면을 걸 작정이었단 말인가?

비틀린 소나무 둥치들 사이로 좁은 길을 역방향으로 되돌아오면서, 마티아스는 머릿속으로 그 문제의 복잡한 양상들을 되뇌었다. 그는 자신의 모든 수단들을 활용했더라면 이론의 여지가 없는 해결책을 어김없이 세울 수 있었을 터인데도, 두통 때문에 어떤 것도 선택할 수 없다고 생각했다. 냉대받은 부엌과 그 어린 남자의 지나치게 집요한 시선에서 당장 도망치려는 급한 마음에, 그는 예정했던 대로 농부에게 아스피린을 얻지 못하고 떠나 버렸다. 반면, 말과 주의를 집중하려는 노력과 계산에 따라 그의 두통이 명백한 비례로 악화되었다. 그 빌어먹을 농가에 절대 발을 들여놓지 않았더라면 좋았을 것이다.

다른 한편으로, 그 증언을 부추긴 게 더 낫지 않았는가? 쥘리앵 마레크의 공개적인 진술은, 그 의도가 아무리 혼란스럽다 할지라도 11시 30분에서 12시 30분 사이에 사고가 발생한 곳과 아주 멀리 떨어진 한 장소에서 충분히 길게 머물러 있었다는 사실을 뒷받침해 줄 그토록 바라던 증거를, 어느 것 못지않게 잘 구성했다……. '아주' 멀리 떨어진 한 장소? '충분히' 길게 머물러 있었다? …… 무엇을 위해 충분히 길었다는 말인가? 거리로 따지자면, 그것은 가장 긴 거리가 6킬로미터를 넘지 않는 섬의 척도에 머물러 있었다! 성능 좋은 자전거와 함께…….

그 알리바이의 조작에 — 마치 그것이야말로 그에 대한 모든 의혹을 씻어 주었을 성질의 것인 양 — 그토록 끈질기게 몰두한 다음, 지금에 와서야 마티아스는 그것이 불충분하다는 사실을 깨달았다. 낭떠러지 위에서의 체류 시간이 너무 길어서, 그런 식으로는 도저히 그 괴리를 완전히 해소할 수가 없었다. 일정에는 여전히 구멍이 남아 있었다.

마티아스는 카페 겸 담배 가게 겸 차고에서 출발한 이후, 자신이 멈추었던 지점들과 이동 경로를 회고하며 다시 정리하기 시작했다. 출발 시각은 11시나 11시 15분이었다. 르뒤크네 집까지의 이동은 거의 무시할 만했고, 과부의 집에 도착한 시점을 정확히 11시 15분에 고정시켜도 되었다. 그 아낙이 수다를 떠느라 행동이 굼뜬 게 짜증 나긴 했지만, 그 첫 번째 체류 시간이 15분이 채

되지 않았던 것은 확실하다. 그다음에는 멈춘 곳도 드물었고 시간도 아주 짧았다 — 다 합쳐도 2, 3분. 읍내에서 전환점까지 간선도로 위의 2킬로미터는 고속 주행이었던 데다 최소한의 우회도 없어 5분 이상 걸리지는 않았다. 5 더하기 3, 8분. 그리고 다시 더하기 15, 23……. 광장에서 출발한 이후 여행자가 마레크 부인을 만난 곳까지 25분도 채 흐르지 않았다. 따라서 그때는 최대 11시 40분, 아니 더 정확히 11시 35분이 된다. 그런데 늙은 아낙과 만난 시점은 사실, 한 시간 가까이 더 늦게 위치되었다.

그 차이를 가능한 한 줄이기 위해, 마티아스는 '검은 바위' 마을의 카페에서 그의 시계를 들여다보았던 순간, 즉 1시 7분에서 그 시점으로 거슬러 올라갔다. 그는 그때 거기에 대략 10분 — 어쩌면 15분 — 이전부터 있었다. 두 번째 판매를 위해서는 (병든 부부 집에서) 길어야 10분, 첫 번째 판매를 위해서는 (마레크 부인과의 긴 대화를 포함한다) 약 15분이 필요했다. 집들 사이의 이동은 서두르지 않고 이뤄졌으므로, 결산표에는 또 다른 10분의 형태로 나타날 수 있었다. 그 모든 숫자들은 불행하게도 조금 지나친 것 같았다. 하지만 그것들의 합계는 겨우 45분가량이었다. 늙은 아낙과의 만남은 그러니까 적어도 12시 20분, 아니 오히려 12시 25분에 일어났던 게 분명했다.

설명할 수 없는, 수상쩍은, 초과된, 비정상적인 시간은 40분에 달했다 — 아니, 오히려 50분일 수도 있었다. 두 번의 주행 — 농가까지 왕복 — 을 충분히 상쇄하고도 넘치는 시간이었다. 거기에다 닫힌 문 앞에서 자전거를 간단하게 수선하는 시간까지 포함해도 — 그리고 낭떠러지 가장자리까지의 왕복까지 포함해도……
그것은 마티아스가 약간 더 서두르기만 하면 상쇄되었을 시간이었다.

그는 걸음을 재촉했다. 그리고 간선 도로를 건너 맞은편에서 시작되는 그 비포장 도로로 들어섰다. 그것은 처음에는 꽤 넓었지만, 그다음에는 다져진 흙바닥의 단순한 오솔길로 — 히스와 난쟁이 가시양골담초 덤불들 사이로 군데군데 토막난 바퀴 자국들이 선을 두르고 있었다 — 좁아졌다. 밭들은 사라지고 없었다. 돌을 맞물려 쌓은 마지막 담장이 반쯤 허물어진 채, 저기 길 입구를 표시하고 있었다. 이젠 굽이들이 사방으로 연이어 펼쳐져 있었다. 다갈색의 땅에 붙어 자라는 짧은 식물들만 벌판을 덮고 있었고, 드문드문 회색 암석들이나 가시덤불이나, 더욱 흐릿하고 더욱 아득한 어떤 실루엣을 — 첫눈에는 그것에 이름을 부여하기가 더 어렵다 — 제외하면, 그 위로 모습을 드러내는 것은 아무것도 없었다.

땅이 아래로 경사져 있었다. 하늘의 회색은 획일적이었고, 응고되어 있었다. 마티아스는 정면, 눈높이에 그어진 더욱 짙은 선에 주목했다. 그것은 또 다른 회색 표면을 하늘에서 분리시키고 있었다 — 마찬가지로 평평하고 수직적인 평면 — 바다.

오솔길은 먼바다를 향해 열린 말굽 모양의 꼭대기 중심 부분에 이르렀다. 양쪽으로 뻗은 줄기 사이에는 일종의 좁고 길쭉한 분지가 낭떠러지의 가장자리 끝까지 뻗어 있었고, 그 규모는 가로 20미터에 세로 10미터를 넘지 않았다. 어떤 밝은 점 하나가 여행자의 시선을 끌었다. 그는 그쪽으로 몇 발짝 큰 걸음을 내디뎠다. 그리고 몸을 구부려, 그 물건을 집어 들었다. 그것은 그저 조그만 조약돌일 뿐이었다. 매끄럽고 하얀 원통 모양이 착각할 정도로 담배 도막을 닮아 있었다.

분지는 — 그 평평한 바닥에는 조금은 더 무성한 목초가 황원을 대신했다 — 서른 걸음 더 나간 곳에서 소용돌이치는 바닷물 속으로 빠져드는 15미터 높이의 깎아지른 한 암석 자락으로 — 일거에 — 끝이 났다. 거의 수직적인 낙하가 있은 다음에는, 날카로운 부리와 평평한 어깨 모양과 모서리들로 군데군데 튀어나온 비쭉비쭉한 절벽이 계속되었다. 맨 아래에는 더욱 위압적인 바윗덩어리들 사이로 포말이 솟아올랐다. 그리고 원뿔 모양의 암석 한 무리가 뾰족한 꼭지를 공중으로 치켜세운 채 우뚝 서 있었으며, 물결이 그 암석들을 거세게 때렸고, 되밀리는 파도가 다시 그 배후를 덮치며 때로는 벼루를 넘어설 정도로 높이 물 다발을 솟구치게 했다.

또 약간 더 위론, 두 마리의 갈매기가 서로 얽힌 고리들을 — 때로는 각각 엇갈리게 돌아가는 동그라미를 나란히 만들고, 때로는 날갯짓 없이 단순히 기울기의 변화를 통해, 확실하고 느리게, 완벽한 8자 모양으로 그들의 둥근 회로를 교차시키며 — 하늘에 그리고 있었다. 머리를 옆으로 약간 기울인 탓에 아래쪽으로, 곡선의 안쪽으로 향하게 된 표정 없는 동그란 눈이, 마치 어떤 완벽한 무감각으로 인해 전혀 깜박거리지 않게 된 것처럼 눈꺼풀 없는 물고기의 눈과 비슷한, 변화 없는 눈이, 염탐을 하고 있다. 그것은 촉촉하고 반들반들한 암석에 부딪히며 박자에 맞춰 오르락내리락 하는 바닷물을 감시하고 있다. 희끄무레한 긴 포말 레이스들, 정기적으로 솟구치는 물 다발들, 규칙적으로 나타났다 사라지는 폭포수들, 그리고 좀 더 멀리에는 꺼칠꺼칠한 바위들……. 갑자기 마티아스는 약간 오른쪽에서 천 조각 하나를 — 더 정확히는 뜨개질한 옷이다 — 발견했다. 회색 양모 실로 뜨개질한 옷이 낭떠러지 위쪽 가장자리에서 2미터 정도 아래로 내려간 돌출 부분에 — 다시 말해 밀물이 절대 이르지 않는 높이에 — 걸려 있었다.

그 장소는 다행히도, 너무 어렵지 않게 도달할 수 있을 것으로 보였다. 여행자는 잠시도 머뭇거리지 않고 반코트를 벗어 땅에 내려놓았다. 그리고 낭떠러지를 따라 나아가며 몇 미터 우회하여, 하강이 가능할 것으로 보이는 지점에 — 더욱더 오른쪽에 — 이르렀다. 거기서부터 두 손으로 우툴두툴한 표면에 매달려, 틈에서 틈으로 조심스럽게 발을 옮겨 놓으며, 화강암에 몸을 바짝 붙여 절벽 옆구리에 허리를 스치기까지 하며, 그가 추측했던 것보다 훨씬 더 많은 노력의 대가로, 목표물에 이른 것은 아니지만, 약 2미터 아래까지 도달했다. 한 팔로 매달리면서 다른 팔로 갈망하는 그 물건을 잡기 위해서는, 이제 그의 몸 전체를 쭉 펴고 서는 것으로 충분했다. 옷이 저항하지 않고 그에게로 왔다. 그것은 의심할 것도 없이, 비올레트가 입고 있던 — 정확히 말해, 입고 있지는 않았다 — 풀밭 위, 그녀 옆에 누워 있던 회색 양모 웃옷이었다.

하지만 마티아스는 아무것도 중도에 걸리지 않게끔 만전을 기하기 위해 하나씩 하나씩 낙하를 점검하면서 다른 것들과 함께 그 옷까지 모두 잘 던졌다고 확신하고 있었다. 그는 그런 실수가 생길 수 있었던 것을 이해할 수가 없었다. 낭떠러지 위에, 겁먹은 양들이 말뚝 주위를 맴돌던 그 움푹한 곳 안에 카디건을 그냥 놔두었더라면 더 나았을 것이다. 그녀 자신이 그 옷을 벗었으니, 그녀가 그 옷을 벗은 채 떨어진 것이 더 자연스러웠을 것이다. 그녀가 웃옷을 입은 채로 균형을 잃었고, 그녀가 떨어지는 도중에 그 옷이 모양을 잃지도 않고 최소한의 찢김도 없이 뾰족한 암석 끝에 벗겨지는 일은 어쨌든 벌어지기 어려울 것 같았다. 조사 과정에서 아무도 그것을 발견하지 못했다면, 그것은 행운이었다.

그러나 마티아스는 바로 그 순간, 그럴 가능성이 무척 희박하다는 생각을 했다. 왜냐하면 거기에 걸려 있는 옷을 누군가가 목격했다 한들, 그것을 주우러 가는 것은 쓸데없이 위험할 뿐이라는 판단을 했을 것이고, 굳이 위험을 무릅쓰지는 않았을 것이기 때문이다. 그런 상황에서, 그 순간에 그것을 치우는 행위는 더더욱 심각한 실수가 아니었을까? 만약 누군가가 암벽 위에 걸려 있는 그 옷을 머릿속에 새겨 두기라도 했었다면, 오히려 그 구겨진 모양새, 그 배치 상태를 그대로 복원하려고 애쓰면서 그것을 원래 자리에 내려놓는 것이 더 바람직하지 않을까?

그다음, 마티아스는 그 우연적인 증인으로 과연 누가 있을지 의심스러워졌다. 곰곰이 따져 보았을 때, 마리아 르뒤크가 만약 동생의 웃옷에 주목했더라면, 추락으로 단정 짓고 그 방향으로 조사를 진행했을 것이다 — 그러나 어제는 문제 되지 않았다. 그날 아침에 시체를 건져 왔던 어부들로 말할 것 같으면, 그들은 맨 아래,

썰물로 인해 공기에 노출되어 있던 갈색 해조들 사이에 있었으니, 무언가를 정확히 분간하기에는 너무 멀리 있었다. 이 위태로운 물건은 그때까지 모든 시선에서 벗어나 있었다.

다른 한편으로, 그 전날 마리아가 그 움푹한 풀밭에서 그 옷을 발견했다면 즉시 주웠을 텐데, 이제 와서 다시 그것을 그 자리에 놔두는 것은 불가능했다. 그러므로 오직 한 가지 해결책만 남아 있었다. 마티아스는 그 좁은 발판 위에 두 발을 벌리며 자세를 더욱 공고히 했다. 그리고 한 손으로는 그의 뒤편 절벽에 매달린 채, 다른 손아귀로 뭉쳐 쥔 조그만 양모 카디건을 힘차게 앞으로 내던졌다.

옷 뭉치가 물 위로 천천히 떨어져, 암석들 사이로 물 위에 떠다녔다. 두 마리의 갈매기가 소리를 지르며, 그리고 있던 동그라미를 떠나 동시에 낙하했다. 단순한 헌 옷 조각을 알아보기 위해 아래까지 내려갈 필요는 없었다. 새들은 곧이어 낭떠러지 꼭대기를 향해, 더욱 격렬하게 부르짖으며 다시 솟아올랐다. 수직적인 급경사면의 가장자리, 반코트를 내버려 두었던 장소 근처에 서서, 여행자는 허공으로 몸을 기울이고 있는 한 인물을 보았다. 그 또한 마찬가지로 심연 바닥을 들여다보고 있었다. 어린 쥘리앵 마레크였다.

마티아스는 어찌나 황급히 고개를 숙였던지 자칫 바다로 몸을 던질 뻔했다. 그 순간 회색 카디건은 벌써 반쯤 물을 머금고, 밀려오는 파도와 역방향으로 되밀려 오는 물결 사이에 갇혀 있었다. 그것은 두 파동의 충돌 속에 삼켜지더니, 곧 암벽들 저편에서 점

진적으로 침하하며, 서서히 가라앉았다. 그렇게 그것은 곧 먼바다를 향해 빨려 들어갔다. 뒤이은 파도가 밀어 올리는 힘에 의해 해수면이 다시 부풀어 올랐을 때, 그것은 완전히 사라져 보이지 않았다.

소년의 시선을 지금 다시 들어 올려야 했다. 그는 양모 옷과 여행자의 불가사의한 몸짓을 당연히 보았다…… 아니다, 그가 그 몸짓을 본 것은 틀림없었으나, 아마 벌써 말아 놓은 회색 천 뭉치만 보았을 것이다. 그에게 그 사실을 명시하는 것이 중요했다.

마티아스는 그 자신이 이상한 자리에 위치해 있다는 사실을 깨달았다. 그는 그것에 대해서도 어떤 설명을 제공해야 할 것이다. 기계적인 움직임으로, 그는 자신과 꼭대기 사이의 거리를 측정했다. 하늘 위로 선명하게 드러나는 실루엣이 그에게 또 한 번 충격을 일으켰다. 그는 자신의 긴급한 상황을 거의 잊어버리고 있었던 것이다.

쥘리앵은 입술을 꼭 다물고, 얼음과 같은 표정으로 여전히 뚫어질 듯, 아무 말 없이 그를 쳐다보았다.

"앗! 안녕, 꼬마야." 마티아스는 마치 상대를 바로 그 순간에 발견한 것처럼 짐짓 놀란 척하며 소리쳤다.

그러나 소년은 대답하지 않았다. 그는 작업복 위로 낡은 저고리를 입고 있었고, 챙 달린 모자가 그를 더 어른스럽게 보이게 했다. 적어도 열여덟 살 정도로. 그의 얼굴은 야위고 창백했으며, 약간은 공포감을 불러일으켰다.

"새들이 내가 물고기를 던져 주는 것으로 알았나 봐." 여행자가 그들의 머리 위로 교차된 8자를 그리는 갈매기들을 가리키며 말했다. 그리고 완강한 침묵 때문에 덧붙이고야 말았다 — "낡은 모직 쪼가리였어."

그는 그 단어들을 발음하는 동안에도, 풍랑들 사이로 평행선을 그으며 말렸다가 다시 풀리기를 반복하는 거품 아래로 일렁거리는 바닷물을 주의 깊게 관찰했다. 아무것도 해수면으로 돌아오지 않았다…….

"뜨개질한 옷이었어요."

감정 없는, 억양 없는, 반박할 수 없는 목소리가 — "아저씨가 떠나기 전에 안장 아래 매어 둔 작은 짐받이 가방 속에서 열쇠를 꺼내더니……"라고 말하던 바로 그 목소리가 — 위에서부터 떨어졌다. 여행자는 쥘리앵을 향해 돌아섰다. 아이는 정확히 같은 태도, 같은 표정을 — 더 정확히 말해, 같은 무표정을 — 하고 있었다. 소년은 입을 열지 않았던 것만 같았다. "뜨개질한 옷이라고?" 마티아스가 제대로 들었나? 그가 무슨 말을 듣긴 했던가?

7, 8미터 떨어진 거리 덕택에, 바람과 파도 소리(하지만 오늘은 덜 강하다) 덕택에, 또 한 번 그는 알아듣지 못하는 척할 수 있었다. 그의 시선이 상부 돌출과 동굴들로 들쭉날쭉한 회색 절벽을 타고 다시 내려가, 파도들의 소란으로부터 보호받는 움푹 들어간 한 곳, 해수면에서 멈추었다. 그곳에서는 좀 더 잔잔하고 좀 더 규칙적인 리듬으로, 암석의 매끄러운 표현을 따라 물의 높이가 번갈아 높아졌다 낮아지기를 반복하고 있었다.

"낡은 거였어. 내가 여기서 발견했어." 그가 말했다.

"뜨개질한 옷이었어요." 동요되지 않는 감시자의 목소리가 그의 말을 바로잡아 주었다.

소리친 것은 아니었지만, 그는 더 크게 말했다. 어떤 의혹도 남아 있지 않았다. 같은 요소들이 반복되었다 — 낭떠러지 꼭대기를 향해 올라가는 시선, 앞으로 숙인 몸, 꼭 다문 입에 변화 없는 얼굴. 마티아스가 손짓을 하며 명확하게 가리켰다.

"여기, 암벽들 사이에서."

"알아요. 그건 어제부터 거기 있었어요." 어린 사내가 대답했다. 그리고 마티아스가 시선을 떨구었을 때, 덧붙였다. "자키 거였어요."

이번에는 여행자가 상황을 이해하고 취해야 할 행동에 대해 결정할 시간을 갖기 위해, 노골적으로 일시 정지를 선택했다. 그는 내려갈 때 택했던 길을 이용하여 경사진 암벽을 기어오르기 시작했다. 내려갈 때보다 훨씬 더 쉬워서, 그는 금방 꼭대기에 올라왔다.

일단 벌판 위에 올라섰지만, 그는 뭘 해야 좋을지 여전히 알지 못했다. 그는 자신과 쥘리앵 마레크 사이에 아직 남은 몇 걸음을 가능한 한 천천히 내디뎠다. 그는 도대체 무엇에 대해 생각을 가다듬고 싶었을까? 사실, 그는 상대가 그 일에 대해 자발적으로 조금 더 길게 말하기를 기대하며, 위기 앞에서 단지 물러섰을 뿐이었다.

그러나 소년이 반대로 고집스럽게 침묵하고 있었으므로, 여행자가 맨 먼저 차근차근 행한 것은 반코트를 다시 입는 일이었다.

그는 두 손을 주머니에 찔러 넣어, 내용물을 확인했다. 모든 것이 그대로 있었다.

"담배 피우니?" 열린 담뱃갑을 내밀며, 그가 물었다.

쥘리앵은 "아뇨"라고 하기 위해 그저 머리만 가로저었다. 그리고 한 발짝 물러섰다. 여행자는 — 그 또한 담배를 들지 않았다 — 파란색 담뱃갑을 주머니에 다시 넣었다. 다시 한 번, 조그만 셀로판 봉지가 잡혔다.

"그러면 사탕 먹을래?" 그가 알록달록한 사탕 종이들이 든 투명한 봉지를, 팔을 뻗으며 내보였다.

거의 감지되지 않는 변화가 표정에 나타났을 때, 응고된 얼굴은 벌써 똑같은 거절의 신호를 보이기 시작하고 있었다. 쥘리앵이 생각을 바꾼 것 같았다. 그는 봉지를 쳐다보더니, 그다음엔 여행자를, 그다음엔 다시 봉지를 쳐다보았다. 마티아스는 그 순간, 그의 눈 속에서 야릇한 기미를 눈치챘다. 그것은 뻔뻔함이나 적의가 아니었다. 단순히 그의 눈은 아주 경미한 사시의 징후를 겪고 있었다. 그 사실을 확인하자, 그는 안심이 되었다.

더구나 쥘리앵은 마음이 누그러져서, 봉지 속의 사탕을 집으려 그를 향해 다가갔다. 처음 손에 잡히는 것에 만족하지 않고, 자신이 선택한 빨간색 종이를 집기 위해 손가락을 더 앞으로 내밀었다. 그는 종이를 풀지 않은 채 유심히 들여다보았다. 그런 다음, 마티아스를 쳐다보았다……. 어떤 시력의 결함이 소년의 표정을 흔들리게 한 것이 틀림없었다. 그러나 그가 사팔눈은 아니었다. 뭔가 다른 것이 있었다……. 지나친 근시일까? 아니다, 그는 지금 사탕을 정상적인 거리에 두고 관찰하고 있었다.

"그럼, 이제 먹어!" 여행자가 쥘리앵의 머뭇거리는 태도에 웃음을 지으며 말했다. 이 아이의 정신 상태가 오히려 조금 단순한 편은 아니었을까?

소년은 작업복 주머니에 손을 뻗어 저고리의 단추를 끌렀다. 마티아스는 그가 나중에 먹으려고 사탕을 보관하려는 것이라고 상상했다.

"저런, 봉지째로 다 가져."

"그럴 필요 없어요." 쥘리앵이 대답했다. 그리고 그는 다시 여행자를 정면으로 바라보았다……. 아니면 유리알 눈이었던가? 그래서 그의 시선이 그토록 거북스러웠던 것일까?

"아저씨 건가요?" 소년이 물었다.

마티아스는 그의 눈에서 손으로 시선을 옮겼다. 오른손은 여전히 종이에 감싸인 사탕을 쥐고 있었고, 왼손은 엄지와 검지로 집은 구겨진 — 하지만 펴진 채로 비어 있는 — 똑같은 반짝이는 반투명의 빨간색 종이를 앞으로 내밀고 있었다.

"이게 저기, 풀밭에 있었어요." 그들 옆의 조그만 분지를 가리키기 위해 머리를 움직이며, 쥘리앵이 계속했다. "아저씨 건가요?"

"아마 내가 오면서 떨어뜨렸나 봐." 무관심한 척하며 여행자가 말했다. 그러나 사탕 종이는 떨어뜨리는 게 아니라 버리는 것이라는 생각을 했다. 어설픈 실수를 덮기 위해 그는 농담 투로 덧붙였다. "그게 좋으면, 그것까지 가져도 돼."

"그럴 필요 없어요." 쥘리앵이 대답했다.

좀 전에 농가에서 보았던 똑같은 짧은 미소가 그의 입술 위를 스쳤다. 그는 빨간 직사각형 종이를 단단하게 뭉친 뒤, 손가락으로 튕겨 바다 쪽으로 날려보냈다. 마티아스는 그것의 날아가는 궤적을 눈으로 따라갔지만, 그것이 바닷물에 이르기 전에 시야에서 놓쳐 버렸다.

"너는 왜 그게 내 것이었다고 믿는 거니?"

"이것들과 똑같으니까요."

"그래서 어쨌다는 거야? 그것들은 읍내에서 샀어. 누구라도 다 그렇게 할 수 있어. 어쩌면 비올레트가 양들을 지키면서 먹었을 수도 있고……."

"비올레트가 누구예요?"

"그 가엾은 자클린 르뒤크 말이야. 너의 바보 같은 말들 때문에 내가 헷갈리는구나."

소년은 몇 초간 침묵했다. 마티아스는 그 순간을 이용하여 마지막 대꾸들에 정신이 쏠려, 충분히 신경 쓰지 않았던 자신의 얼굴 표정을 유쾌하고 평온하게 재구성했다. 쥘리앵은 종이를 벗기고 사탕을 입에 가져갔다. 그리고 곧장 손바닥에 다시 뱉어, 종이에 다시 싸더니 통째로 바다에 던져 버렸다.

"자키는 언제나 캐러멜을 샀어요." 그가 결국 말했다.

"음, 그러면 다른 사람인 게지."

"맨 처음에는 아저씨라고 했잖아요."

"물론이지. 맞는 말이야. 내가 이리 오면서 방금 하나를 먹고,

풀밭에 종이를 버렸으니까. 그만하자. 네 질문들이 이제 짜증 나는구나."

여행자는 마치 질문들을 하나도 이해하지 못하면서 어린애의 투정에 응해 주듯, 이제 자연스럽고 다정하게 말했다. 갈매기들 중 한 마리가 다이빙을 했다. 그러고는 큰 날갯짓으로 두 남자를 거의 스치며 날아올라 고도를 되찾았다.

"그걸 발견한 건 어제였어요." 쥘리앵이 말했다.

마티아스는 뭐라 대답해야 할지 더 이상 알 수 없어, 정당한 이유로 화가 났을 때 보여 주는 그런 거친 태도로 당장 어린 마레크를 떠나 버릴 태세에 이르렀다. 그러나 그는 거기에 머물러 있었다. 빨간 종이 쪼가리 하나만으로는 아무것도 증명할 수 없긴 하지만, 그토록 고집 센 조사자와의 관계를 악화시키는 일은 하지 않는 게 나았다. 게다가 소년은 그 이야기의 다른 요소들을 알고 있을 것이다. 그러면 그는 도대체 어떤 것들을 알고 있을까?

이미 회색 양모 카디건의 에피소드가 있었다. 쥘리앵은 나머지 사탕 종이 하나도 — 초록색이었다 — 발견했을 가능성이 있었다. 그리고 반만 태운 세 번째 담배도……. 또 뭐가 있었던가? 여행자의 거짓 방문 시, 그가 농가에 있었던가 하는 문제 또한 밝혀져야 할 것이었다. 실제로, 소년이 아침나절이 끝날 무렵에 마당이나 헛간에 있었다면 아무도 방문하지 않았다는 사실을 왜 그의 아버지에게 말하려 하지 않았을까? 마티아스의 거짓말을 옹호함으로써 그는 무슨 이득을 얻을 수 있었을까? 그가 다른 곳에 있었는데도, 왜 그토록 이상한 방식으로 행동했을까? 오랫동안 침묵을 고집한 다음, 마지막 순간에 자전거 변속 장치의 수리 장면을 그렇듯 기상천외하게 지어내다니……. 볼트 나사못을 죄었다고? 순회가 끝나 갈 무렵에 겪었던 불상사들에 대한 대책이 바로 그것이었을지도 모른다.

그러나 쥘리앵 마레크가 농가에 없었다면, 그는 도대체 어디에 있었을까? 그의 아버지가 빵집에서 집으로 가는 길에 낭떠러지로 우회했을 것이라고 가정하는 데는 정당한 이유들이 있지 않았을까? 어떤 돌연한 공포가 마티아스를 엄습했다. 쥘리앵이 그녀의 죽음을 바랄 만큼 앙심을 품으며 비올레트를 만나기 위해 다른 오솔길로 — 그녀의 설명을 기대하며 '그 다른' 오솔길로 — 도착하던 중, 여행자를 발견하고는 움푹한 곳에 웅크리고 숨어서 뭔가를 목격했던 것이다……. 마티아스는 이마에 손을 갖다 댔다. 그 상상은 논리가 서지 않았다. 그는 두통이 너무 심해 사고력을 잃어 가고 있었다.

하찮은 사탕 종이 하나 때문에 이처럼 갑자기 어린 마레크를 당장 심연 속으로 떠밀어 없애 버리고 싶은 욕구에 사로잡히는 것은 순전한 광기가 아니었을까?

마티아스는 그 전날 내버렸던 조그만 종이 두 조각을 그때까지 고려 대상에 넣지 않았었다. 어쨌든 그의 관점에서는 그것들이 사건의 증거를 구성하지는 않았다. 그는 사람들이 그것들을 상황 증거로 제시한다면 그것은 그들의 안목이 시시하기 때문이라 여기고 있었다. 그리고 그것들을 되찾을 생각조차 하지 않았었다. 그만큼, 침착할 때 그는 그것들에 중요성을 거의 부여하지 않았다.

쥘리앵은 스스로 그것을 거리낌 없이 처분함으로써 사람들이 그것에서 아무런 혜택도 끌어내지 못하리라는 것을 보여 주었다……. 그럼에도 불구하고 또 하나의 해석이…….

또 하나의 해석이 강하게 떠올랐다. 오히려 그는 그 인상적인 동작을 통해 자신은 침묵을 지킬 것이며, 대낮에 발각된 범죄자에게 자신을 두려워할 게 아무것도 없음을 알려 주고 싶었던 것은 아니었을까? 아버지의 농장에서 보여 준 그의 기이한 태도에 대해서는 다른 설명이 없었다. 여기서나 거기서나, 그는 마티아스에 대한 그의 권력을 주장하고 있었다. 그는 이미 지나간 시간의 징표들과 여정들을 자기 마음대로 수정하면서, 그에게 새로운 흔적들을 일깨워 줄 때와 마찬가지의 용이함으로 그의 흔적들을 파괴했다. 그러나 그와 같은 자신감을 가능하게 하기 위해서는 의혹과는 다른, 분명한 무엇이 필요했다. 쥘리앵은 '보았' 었다. 그것을 부정하는 것은 더 이상 소용이 없었다. 이제 그 두 눈이 기록한 이미지들만이 견디기 어려운 그 고정 불변성을, 영원히 그 두 눈에 부여할 수 있었다.

하지만 너무도 평범한 — 추하지도 아름답지도 크지도 작지도 않은 — 회색 눈이었다. 각각의 중심에는 검은 구멍이 뚫린, 나란히 위치된, 움직이지 않는 완벽한 두 개의 동그라미.

여행자는 다시 말하기 시작했다. 내면의 혼란을 감추기 위해 쉬지 않고 — 적절함이나 일관성에 대한 고심도 없이 — 빠르게 말하기 시작했다. 상대가 그의 말에 귀를 기울이지 않았으므로 그것은 아무런 지장도 없었다. 닥치는 대로 떠오르는 주제들이 그에게는 무엇이든 다 좋게 느껴졌다. 항구의 가게들, 횡단 거리, 시계들의 가격, 전기, 바닷소리, 이틀 전부터의 날씨, 바람과 햇빛, 두꺼비와 구름. 그는 자신이 어떻게 돌아가는 배를 놓쳤는지, 그 때문에 섬에 체류하지 않으면 안 되게 되었다는 사실도 이야기했다. 그는 출발할 때까지 강제로 갖게 된 그 여가를 친구들의 방문과 산책에 쓰고 있었다……. 그러나 같은 이야기를 너무 반복하지 않기 위해 다른 이야깃거리를 절망스럽게 찾다가, 가쁜 숨을 몰아쉬며 멈추어야 했을 때, 그는 여전히 변화 없고 감정 없는, 쥘리앵의 목소리가 던지는 질문을 들었다.

"그런데 아저씨는 그 뜨개질한 옷을 바다에 던질 거면서 왜 그걸 다시 가지러 간 거죠?"

마티아스는 얼굴 위로 손을 갖다 댔다. 그 뜨개질한 옷을 '가지다'가 아니라 '다시 가지다'라고 했다……. 그는 거의 애원하는 투로 대답했다.

"이봐, 꼬마야, 나는 그게 그 애 것인지 모르고 있었어. 그게 누구의 것이라는 걸 모르고 있었다고. 난 단지 갈매기들이 어떻게 할지 보고 싶었을 뿐이야. 너도 봤다시피, 새들이 물고기를 던져주는 줄로 믿었잖아……."

어린 남자는 침묵했다. 그는 그의 경직되고 기이한 — 무의식적인 것 같은, 혹은 심지어 눈이 먼 것 같은 — 혹은 멍청해 보이는 눈으로 마티아스의 눈을 직시했다.

그리고 이제 마티아스는 황량한 벌판을 통해, 끊임없이 잇달아 나타나는 모래 언덕을 통해 — 거기에는 어떤 식물의 흔적도 잔

존해 있지 않았다 — 그를 뒷걸음치게 만드는 한 유령의 급작스러운 그림자가 여기저기 어둠을 드리우는 자갈과 모래밭을 통해, 물밀듯 밀려오는 수많은 자신의 문장들에 휩쓸려, 최소한의 확신도 없이, 여전히 말을 하고 있었다. 그리고 문장에서 문장으로 말이 이어질수록, 땅바닥은 그의 발아래에서 점점 더 달아나고 있었다.

그는 오솔길들을 따라 그저 다리를 풀어 주기 위한 목적으로, 무턱대고 산책을 하다가 거기까지 왔었다. 그러다 암벽에 매달려 있는 천 조각을 하나 발견했었다. 단순한 호기심에 그곳까지 내려간 그는 그것이 이제는 입지 않는 헌 옷이라 상상했었고(그러나 쥘리앵은 필시 회색 카디건이 아주 양호한 상태였다는 것을 알고 있었다……), 갈매기들이 어떻게 할지 보기 위해 별 뜻 없이 그것을 새들에게 던졌었다. 그 헝겊이 — 그 더러워진(그와 반대로 아주 깨끗했다) 뜨개질 쪼가리가 — 그러니까 그 물건이 꼬마 자클린의 것인지 그가 어떻게 알았겠는가? 그는 그곳이 바로 그 장소인지조차 모르고 있었다 — 그 소녀가 추락했던…… 추락했던…… 추락했던……. 그는 멈췄다. 쥘리앵이 그를 쳐다보고 있었다. 쥘리앵이 말하려 했다 — "그 아이는 추락하지도 않았어요." 그러나 소년은 입을 열지 않았다.

한층 더 빠르게, 여행자는 그의 독백을 다시 시작했다. 그렇게 암벽을 내려가는 것은 무엇보다 투박한 신발 때문에 그다지 쉬운 일이 아니었다. 낭떠러지 위쪽으로는 발아래 돌이 곧잘 허물어졌다. 하지만 그는 그것이 그렇게 위험한 일일 것이라고는 생각하지 않았다. 그렇지 않았다면 그 일을 감행하지도 않았을 것이다. 왜냐하면 그때는 몰랐지만, 그 장소가 마침……. 그러나 아무도 그런 이야기를 해 주지 않았고, 양모 카디건이 자클린의 것이라는 사실이 거기에서 사고가 일어났다는 사실을 의미하지도 않았다. 좀 전에 벌써 사탕 종이에 관해 말하다가, 마티아스는 본인이 그 꼬마가 양들을 지키던 그 장소를 정확히 알고 있다는 사실을 자신도 모르게 실토하고 말았었다. 이제 했던 말을 주워 담기에는 너무 늦었다…… 어쨌든 옷의 위치로 보아, 그는 그것이 추락 도중에 벗겨졌을 것이라고 추측할 수는 없었다…… 등등.

"그것도 아니에요." 쥘리앵이 말했다.

마티아스는 몹시 당황했다. 그는 설명이 조목조목 끼어들까 너무도 두려워서 그냥 도외시했다. 그가 어찌나 빠른 리듬으로 말해대기 시작했는지, 반박들이 — 혹은 자기 자신이 한 말들에 대한 후회가 — 완전히 불가능해졌다. 공백을 메울 목적으로, 그는 종종 같은 문장을 여러 번 반복하기도 했다. 그는 어느새 구구단을 외우고 있는 자신의 모습을 문득 깨달으며 놀라기까지 했다. 돌연 어떤 영감이 그를 엄습해 와서, 그로 하여금 주머니를 뒤져 금박 입힌 조그만 손목시계를 끄집어내게 했다.

"참, 오늘이 네 생일이니까, 내가 너한테 선물을 할게. 이 멋진 시계 좀 봐!"

그러나 쥘리앵은 눈에서 그를 떼지 않은 채, 낭떠러지 가에서 말굽 안쪽으로 떨어져 나와, 움푹한 풀밭 속으로 점점 더 뒷걸음질 쳤다. 그를 급하게 도망치게 할까 봐 두려워서, 여행자는 그를 향해 어떤 움직임도 감히 할 수가 없었다. 고리들을 마디지게 연결시킨 팔찌를 올려놓은 손을 내밀며, 그는 그냥 거기에 서 있었다. 마치 새를 길들이는 자세를 취하기라도 하는 것처럼.

분지를 내륙 쪽에서 경계 짓는 비탈의 발치에 이르렀을 때, 소년은 여전히 시선을 마티아스에게 묶어 둔 채, 걸음을 멈추었다 — 그 또한 그와 20미터 거리에 서서 움직이지 않았다.

"할머니가 내게 더 멋진 시계를 선물할 거예요." 그가 말했다.

그런 다음, 그는 작업복 안으로 손을 찔러 넣더니 잡다한 조각들을 한 줌 끄집어내 보였다. 그것들 가운데 여행자는 기름때로 얼룩진 굵은 노끈을 알아보았다. 그것은 바닷물 속에 담겨 있었던 듯, 색이 바래 보였다. 나머지는 그렇게 멀리서는 구별이 쉽지 않았다. 쥘리앵은 거기서 담배 도막을 — 벌써 4분의 3까지 태운 것이었다 — 집어, 다문 입술 사이에 끼워 넣었다. 가느다란 줄과 다른 잔해 조각들이 그의 주머니 속으로 다시 들어갔다. 그는 저고리의 단추를 다시 채웠다.

꽁초를 오른쪽 입 모서리에 — 불을 붙이지는 않았다 — 물고, 유리알 눈을 여행자에 고정한 채, 왼쪽으로, 귀 위로, 챙을 약간 기울여 쓴 모자 아래, 창백한 얼굴이 버티고 서 있었다. 결국 시선을 떨군 자는 마티아스였다.

"아저씨가 빌린 것은 담배 가게의 새 자전거예요." 그때 목소리가 말했다. "난 그 자전거를 잘 알고 있어요. 안장 아래에 작은 주머니 같은 건 없어요. 도구들은 짐칸 뒤 상자 안에 들어 있어요." 물론이다. 여행자는 그 전날 즉시 그것을 눈여겨보았었다. 니켈로 도금된 직사각형 상자는 고정된 부속품들에 속하는 상자였고, 그 뒷면에는 대개 흙받이에 나사로 고정시키는 빨간불이 있었다. 물론이다.

마티아스는 다시 고개를 들었다. 그는 지금 벌판 위에 홀로 서 있었다. 그 앞으로, 분지 한가운데, 풀밭에서, 그는 짤막한 담배 토막을 보았다. 쥘리앵이 도망치며 거기에 내버렸을 것 — 혹은 그 자신이 아침부터 찾고 있던 것 — 혹은 어쩌면 둘 다 — 일 수도 있었다. 그는 다가갔다. 그것은 그가 그곳에 도착하면서 이미 발견했던 매끄럽고 하얀 원통 모양의 조그만 조약돌일 뿐이었다.

낭떠러지 가장자리에 바싹 붙어 나 있는 세관 오솔길을 통해, 마티아스는 아주 천천히 큰 등대를 향해 걸어갔다. 좀 전에 상대가 새로운 사실을 밝히기 위해 극적으로 뒷걸음치던 장면을 떠올리며, 그는 웃지 않을 수가 없었다. 짐칸 뒤에 고정된 금속 상자라……. 여행자는 그와 반대되는 사실을 말한 적이 결코 없었다! 쥘리앵이 조그만 주머니에 대해 말했을 때 바로잡아 주었어야 할 정도로 그 세부 사항이 그토록 엄청나게 중요했던 것일까? 그가 더욱 진지한 증거를 갖고 있지 않다면…….

그는 회색 양모 카디건이 '암벽들 사이'가 아니라 '암벽의 한 끄트머리'에 누워 있었다고 — 혹은 그 아버지의 농가에는 가시남천들 가운데 오직 한 그루만 곧 꽃을 피울 것이라고 — 말할 수도 있었을 것이다. 또 이렇게 말할 수도 있었을 것이다. "2킬로미터 전환점과 방앗간으로 가는 분기점 사이에는 도로가 평평하지만도 않고, 굽은 곳이 아주 없지도 않아." — "광고판은 카페 겸 담배 가게의 출입문 바로 앞에 서 있지 않아." — "조그만 광장이 진짜로 삼각형은 아니고, 꼭짓점이 공공건물의 조그만 정원으로 납작해져서, 오히려 사다리꼴 모양이야." — "항구 바닥에 개흙 사이로 보이는 에나멜 칠을 한 구멍이 숭숭한 양철 국자는 철물점의 것과 정확히 같은 파란색이 아니야." — "부두의 둑은 직선이 아니라 중간에서 175도 각도로 팔꿈치 모양으로 굽어 있어."

마찬가지로 마레크 교차점까지의 공백 시간이 40분이나 되지는 않았다. 방앗간을 경유한 긴 우회를 고려한다면, 여행자가 그의 회로 속에서 그 지점에 도달한 것이 12시 15분 전이나 12시 10분 전보다 앞선 시점은 아니었다. 다른 한편으로, 12시 20분에 늙은 아낙이 그가 멈춰 있던 지점에 도달한 시점보다 앞서 그가 자전거의 변속 장치를 수리하느라 보낸 시간이 이미 15분가량 되었다 — 상자 안에 들어 있던 도구들을 이용하여…… 등등. 농가까지 갔다 오기에 — 마당의 유일한 가시남천 옆에서의 기다림과, 곁길 위에서, 그다음엔 그 집 앞에서, 체인의 비정상적인 마찰을 수리하기 위한 처음 두 번의 시도까지 포함하여 — 겨우 충분한 시간만 남아 있었다.

세관 오솔길은 따지고 보면, 낭떠러지 가장자리에 계속 바싹 붙어 난 길은 아니었고 — 어쨌든 지속적으로 그렇지는 않았다 — 종종 3, 4미터 정도, 때로는 그보다 훨씬 더 많이 가장자리에서 멀어지곤 했다. 게다가 그 '가장자리'의 영역을 정확히 규정하는 것도 쉽지 않았다. 왜냐하면 깎아지른 절벽이 해안 꼭대기에서 바다를 굽어보는 지대를 제외하면, 바닷물이 있는 곳까지 내려오는, 때로는 질경이가 자라는 비탈들도 있었고, 더러는 벌판 위로 암석들이 들쭉날쭉 들어와 쌓여 있기도 했고, 혹은 부서진 잔돌멩이들이나 흙으로 곡선을 그리며 끝나는, 얕은 경사의 편암 사면들도 있었기 때문이다.

때로는 해안선의 굴곡이 심해지기도 하고, 깊은 균열이 절벽을 잠식하기도 했으며, 모래가 깔린 내포는 더욱 폭이 넓은 굴곡을 그렸다. 벽들과 작은 탑들이 혼재해 있는 부속 건물들이 군집한 가운데, 등대가 갑자기 하늘 높이 그 앞으로 솟아올랐을 때, 여행자는 오래전부터 걷고 있었다 — 그런 느낌이 들었다.

마티아스는 왼쪽으로, 마을을 향해 비스듬히 돌아갔다. 어부 작업복을 입은 남자 하나가 벌써 한참 전부터 그 앞에서 걸어가고 있었다. 그를 따라가며, 그는 간선 도로를 되찾았다. 마을 입구에 맨 먼저 집들이 들어서 있는 지점이었다. 그는 카페로 들어갔다.

그곳에는 많은 사람들, 연기, 소음이 있었다. 천장에는 전기 조명이 조화롭지 못한 푸르스름한 불빛을 밝히고 있었다. 대화 조각들이 거의 이해할 수 없는 상태로 전체의 웅성거림 속에서 순간순간 부각되었다. 어떤 몸짓, 어떤 얼굴, 어떤 비죽거리는 웃음이 희뿌연 담배 연기의 반사광 너머로 여기저기 잠깐씩 떠오르곤 했다.

어떤 테이블도 비어 있지 않았다. 마티아스는 계산대 쪽으로 향했다. 다른 고객들이 그에게 자리를 마련해 주기 위해 서로 약간씩 거리를 좁혔다. 온종일 걸었던 터라 지쳐 버린 그는 앉았더라면 더 좋았을 것이다.

머리카락이 희끗희끗하고 뚱뚱한 아낙이 그를 알아보았다. 그는 또다시 설명해야 했다. 놓쳐 버린 배, 자전거, 방…… 등등. 주인 여자는 다행히 그의 말에 귀를 기울이거나 그에게 질문을 하기에는 일이 너무 많았다. 그는 그녀에게 아스피린이 있는지 물었다. 그녀는 그것을 갖고 있지 않았다. 그는 압생트를 주문했다. 이제 그의 두통은 윙윙거리는 소리로 변했고, 그의 머리통이 그 먹먹함 속에 완전히 잠겨 버려, 오히려 통증은 덜 심했다.

아주 늙은 남자가 그 옆에 서서 한 무리의 등대 고용인들에게 어떤 이야기를 들려주고 있었다. 이들은 — 젊은이들이다 — 낄낄거리며 팔꿈치로 서로를 밀쳐 대거나, 겉보기에는 진지한 표정으로, 새로운 웃음을 폭발시키는 빈정대는 농담들을 해 대며 그의 말을 중단시키곤 했다. 화자의 낮은 목소리는 소란 속으로 사라졌다. 몇 개의 문장만이, 몇 개의 단어만이 마티아스의 귀에 이르렀다. 하지만 그는 늙은이의 느린 말씨와 끊임없는 반복에다 청중의 신랄한 발언들 덕택에 고장의 옛 전설에 관련된 이야기라는 — 하지만 그는 어린 시절에 들은 적이 없었다 — 사실을 알아차렸다. 폭풍우의 신을 진정시키고 여행자들과 뱃사람들에게 관대한 바다가 되게 하기 위해 매년 봄이면 어린 처녀를 낭떠러지 아래로 내던져야 한다는 이야기였다. 뱀의 몸과 개의 아가리를 가진 거대한 괴물이 물거품 속에서 솟아올라, 제사장이 지켜보는 앞에서 제물을 산 채로 집어삼켰다. 틀림없이 어린 양치기 소녀의 죽음이 섬 사람들의 입에 그 이야기를 오르내리도록 부추긴 것이다. 늙은이는 제례의 진행에 대해 많은 세부 사항을 제공했지만, 대부분은 들리지 않았다. 기묘한 것은, 그가 오직 현재 시제로만 표현한다는 점이었다. "그녀에게 무릎을 꿇게 한다", "그녀의 두 손을 등 뒤에 묶는다", "그녀의 눈을 가린다", "일렁거리는 물속에서 용의 끈적끈적한 깊은 주름들이 보인다"……. 한 어부가 계산대에 다가서려고 마티아스와 그 그룹 사이로 미끄러져 들어왔다. 여행자는 그룹 건너편으로 물러섰다. 이제 젊은이들의 감탄 소리들 외에는 아무것도 그에게 들리지 않았다.

"……꼬마 루이도 그 애를 원망하고 있었어……. 그의 약혼이…… 그 애를 위협하는 말을……." 그 목소리는 더 강하고 거만했으며, 건너편으로 서너 명 너머에까지 이르렀다.

마티아스 뒤에는 또 다른 사람들이 그날의 사건에 대해 이야기를 나누고 있었다. 홀 전체가, 섬 전체가 그 비극적인 사건에 관심이 뜨거웠다. 뚱뚱한 여자가 여행자 오른편에 새로 도착한 사람에게 붉은 포도주를 따랐다. 그녀는 왼손으로 병을 쥐고 있었다.

벽 위에는 가장 높이 정렬된 아페리티프 줄 위로 노란색 광고지가 네 개의 압정으로 고정되어 있었다. '시계는 시계방에서!'

마티아스는 압생트를 마저 마셨다. 두 발 사이로 그의 작은 트렁크가 느껴지지 않아 바닥을 내려다보았다. 여행 가방이 사라지고 없었다. 그는 시선을 다시 올려 여행자를 바라보면서, 기름때가 묻은 손가락을 감아 놓은 가느다란 줄에 비비기 위해, 반코트 주머니에 손을 집어넣었다. 주인 여자는 그가 잔돈을 찾으려는 것으로 믿고는, 그에게 술값을 외쳤다. 그러나 그가 지불하려고 생각했던 것은 압생트 잔이었다. 그는 그러니까 뚱뚱한 여자를 향해, 혹은 여자를 향해, 혹은 소녀를 향해, 혹은 어린 종업원 여자아이를 향해 고개를 돌렸다. 그리고 그 뱃사람과 어부가 여행자와 마티아스 사이에 끼어들고, 슬그머니 끼어들고, 들어서는 동안 작은 트렁크를 잡기 위해 여행 가방을 다시 놓았다…….

마티아스는 이마에 손을 갖다 댔다. 거의 밤이 되었다. 그는 거리 한가운데 — 도로 한가운데 — '검은 바위' 마을의 카페 앞에서, 한 의자 위에 앉아 있었다.

"이제 좀 괜찮아졌소?" 가죽점퍼를 입은 남자가 그 옆에서 물었다.

"예, 괜찮아졌어요. 고맙습니다." 마티아스가 대답했다. 그는 이미 그를 어디선가 본 적이 있었다. 그는 그가 기절한 이유를 설명하고 싶었다. "담배 연기가, 소음이, 그 많은 말들이……." 그는 더 이상 말이 생각나지 않았다. 하지만 그는 어렵지 않게 일어섰다.

그는 눈으로 작은 트렁크를 찾았다. 그러나 그것을 방에 놔두고 나왔다는 사실을 곧 기억했다. 그는 다시 감사의 뜻을 표한 뒤 의자를 홀 안에 돌려주기 위해 그것을 움켜잡았다. 그러나 남자가 그에게서 그것을 받아 쥐었다. 여행자에게는 이제 떠나는 일만 남았다 — 그 좁은 내포 깊숙이, 갈대로 뒤덮인 작은 골짜기의 그 외딴집으로 가는 길을 따라.

어둠침침한 빛에도 불구하고, 그는 머뭇거리지 않고 나아갔다. 오솔길이 바다 위로, 절벽을 따라갈 때, 발 내딛는 곳을 간신히 분간할 수 있을 뿐이었음에도 불구하고, 그는 전혀 두렵지 않았다. 확신에 찬 걸음으로, 그는 집을 향해 내려갔다. 그것의 유일한 창문은 — 커튼이 없다 — 파란색 땅거미의 빛을 배경으로 불그스레하게 불이 밝혀져 있었다.

그는 창문 쪽으로 고개를 숙였다. 먼지로 표면이 흐릿해졌음에도 불구하고, 유리창을 통해 내부에서 벌어지는 일을 관찰할 수 있었다. 내부에 특히 구석진 곳은 더 어두웠다. 오직 램프에서 아주 가까운 물건들만 마티아스에게 — 그 자신은 보이지 않게 충분히 유리창 뒤로 물러나 있었다 — 정말로 선명하게 보였다.

흑갈색의 긴 나무 테이블 한가운데 놓인 석유램프가 장면을 밝히고 있다. 그 위에는 램프와 창문 사이에 흰 접시 두 개와 — 서로 나란히 붙어 있다 — 아직 마개를 따지 않은 1리터 병 하나가 있다. 병유리 색깔이 아주 짙어서 그것을 채우고 있는 액체의 색깔을 짐작할 수가 없다. 테이블의 나머지는 몇몇 그림자들만 드리워졌을 뿐, 완전히 비어 있다. 일그러진 거대한 술병 그림자, 창문에 더 가까운 접시를 돋보이게 하는 초승달 모양의 그림자, 램프의 발을 둘러치는 넓은 자국.

테이블 뒤, 홀의 오른쪽 모퉁이(가장 먼 곳이다)에는 안쪽 벽에 등을 맞댄 커다란 부엌 화덕이 약간 열린 재 서랍에서 새어 나오는 오렌지색의 희미한 빛으로만 존재를 표시하고 있다.

두 인물이 서로 마주 보며 서 있다. 장 로뱅 — 피에르라고 불린다 — 그리고 그보다 훨씬 더 키가 작은, 신원 미상의 아주 어린 여자. 두 사람 모두 테이블 건너편(창문에서 볼 때)에 있다. 다시 말해 그는 왼쪽에 — 창문 쪽에 — 그녀는 화덕 가까이, 맞은편 테이블 끄트머리에.

그들과 테이블 사이에는 긴 의자가 있다 — 그것은 테이블의 길이를 모두 차지하지만, 그것 때문에 시선에서 벗어난다. 방 전체가 그렇게 평행하는 요소들의 망으로 재단되어 있다. 맨 먼저 안쪽의 벽, 그것에 기대어 오른쪽에 화덕, 그 옆에 궤짝들 그리고 왼쪽의 어둠침침한 불빛 속에 더 중요한 가구 하나. 그다음, 명시할 수 없는 거리로 그 벽에서 떨어져 사내와 여자가 긋는 선. 더 앞쪽으로 나오면서 보이지 않는 긴 의자, 직사각형 테이블이 구성하는 주축 — 석유램프와 불투명한 술병을 지나간다 — 마지막으로 전면의 창문.

직각을 이루는 선들을 사용하여 그 체계를 다시 재단하면, 앞에서 뒤로 줄지어 있는 것들을 알아볼 수 있다. 창문의 중앙 설주, 두 번째 접시의 초승달 모양 그림자, 술병, 사내(장 로뱅 혹은 피에르), 바닥에 높이 방향으로 세워 둔 궤짝 하나. 그다음 1미터 오른쪽으로 타오르는 석유램프, 다시 약 1미터 더 멀리의 테이블 끄트머리, 신원 미상의 아주 어린 여자, 화덕의 왼쪽 측면.

2미터의 거리가 — 혹은 좀 더 멀리— 사내를 여자와 분리시키고 있다. 그녀의 겁먹은 얼굴이 그를 향해 올려다보고 있다.

그 순간, 사내는 마치 말하는 것처럼 입술을 움직이며 입을 열고 있다. 그러나 어떤 소리도 네모난 유리창 너머에 있는 관찰자의 귀에 이르지 않는다. 창문이 꼭 닫혀 있거나, 아니면, 내포 입구에서 암석을 때리고 부서지는 바다의 배경 소리가 충분히 조심스럽게 조용하지 않은 탓이다. 사내는 발음한 음절의 수를 헤아릴 수 있을 정도로 충분히 기운차게 단어들을 조음하지 않는다. 그가

10여 초 동안, 느리게 말했다 — 아마 적어도 서른 개의 음절은 될 것이다.

대답으로, 어린 여자는 뒤이어 뭔가를 소리치는 것 같다 — 넷 혹은 다섯 개의 음절이다 — 목청껏. 이번에도 역시 아무것도 유리 창문을 통과하지 않는다. 그다음 그녀는 사내를 향해 한 발짝 앞으로 내딛고는, 한 손으로(왼손) 테이블 가장자리를 짚는다.

그녀는 지금 램프 쪽을 바라보며, 또다시 좀 더 낮은 소리로 몇 마디를 말한다. 눈을 주름지게 찡그리며 그녀의 얼굴이 점차 일그러짐에 따라 입술 가장자리가 벌어지고, 콧방울이 위로 올라간다.

그녀가 울고 있다. 광대뼈 위로 천천히 흐르는 그녀의 한 방울 눈물이 보인다. 소녀가 긴 의자에 앉는다. 의자와 테이블 사이로 다리를 옮기지 않은 채, 그녀는 테이블 쪽으로 상체를 돌린다. 그리고 두 손을 맞잡은 채, 팔뚝을 테이블 위에 얹는다. 마침내 그녀는 손으로 얼굴을 가리고 머리를 앞으로 떨군다. 그녀의 금빛 머리카락이 불꽃 아래에서 반짝인다.

사내가 느린 걸음으로 다가가 그녀 뒤에 서서, 그녀를 잠시 응시하다가, 손을 내밀어 손가락 끝으로 오랫동안 목덜미를 쓰다듬는다. 커다란 손, 금발 머리, 석유램프, 첫 번째(오른쪽) 접시의 가장자리, 창문의 왼쪽 설주가 하나의 사선 위로 줄지어 있다.

램프는 노란색 구리와 색깔 없는 유리로 되어 있다. 그것의 정사각형 받침대 위로 세워진, 세로로 홈이 파인 원통형 줄기가, 볼록한 면이 아래로 향하는 반구 모양의 기름통을 떠받치고 있다. 그 기름통은 시중에 파는 석유와는 사뭇 다른 갈색 액체를 반쯤 담고 있다. 그것의 상부 목 부분에는 손가락 두 개 높이로 오려 만든 금속 테두리가 있고, 볼록한 부분 없이 맨 아랫부분만 약간 더 넓은 단순한 유리 튜브가 그 속에 끼워져 있었다. 안에서부터 강렬하게 빛을 받는, 구멍 뚫린 금속 테두리가 방 전체에서 가장 선명하게 보인다. 그것은 두 층으로 서로 밀착된 동일한 동그라미들의 — 더 정확히 말해, 속을 도려내었으므로 고리들이다 — 연속으로 구성되어 있고, 윗줄의 고리들은 각각 아랫줄의 고리 위에 위치해 있으며, 3, 4밀리미터 간격을 두고 두 줄이 똑같이 접합되어 있다.

둥글게 돌며 올라가는 심지에서 불꽃이 피어오른다. 옆에서 볼 때 불꽃은 꼭대기가 초승달 모양으로 넓게 파여서 하나가 아닌 두 개의 꼭짓점을 갖는 삼각형의 형태를 보여 준다. 그 두 점 중 하나는 다른 것보다 훨씬 더 높고 뾰족하다. 그것들은 오목한 — 양쪽이 비대칭적으로 상승하고 가운데가 둥글게 파여 있다 — 곡선에 의해 서로 연결되어 있다.

빛을 너무 오래 응시한 끝에 눈이 부셔서, 마티아스는 결국 눈을 딴 곳으로 돌리고 말았다. 눈을 쉬기 위해, 그는 창문 쪽으로 시선을 향했다. 커튼도, 반쪽짜리 베일 방장도 없는 네 개의 똑같은 크기의 창유리가 캄캄한 밤을 향하고 있었다. 그는 망막에 남아 있던 불빛 동그라미들을 없애 버리기 위해 눈알을 꽉 죄며 여러 차례 힘주어 눈을 감았다.

그는 유리 가까이 얼굴을 갖다 대며 그 너머를 바라보려 했다. 그러나 아무것도, 바다도, 벌판도, 정원조차도 보이지 않았다. 달의 흔적도, 별의 흔적도 없었다. 완벽한 어둠이었다. 마티아스는 벽 깊이 창 구멍 속으로 끼워 넣은 묵직한 책상 위에 놓인, 그날의 날짜에 — 수요일이다 — 열려 있는 회계 수첩으로 되돌아왔다.

그는 그의 마지막 이동 경로들을 요약하면서 수정한 시간표를 다시 읽었다. 전체적으로, 그날에 대해 제거하거나 삽입해야 할 것은 거의 없었다. 게다가 그는 너무 많은 증인들을 만났었다.

그는 한 페이지를 뒤로 넘겼다. 다시 화요일이 되었다. 오전 11시에서 오후 1시 사이의 모든 순간들의 상상적인 연속을 한 번 더 재검토했다. 그는 숫자 8의 잘못 만들어진 동그라미를 연필 끝으로 확고히 다듬는 것으로 그쳤다. 이제 모든 것이 정돈되었다.

하지만 그는 그 작업이 불필요하다는 생각을 하며 미소를 지었다. 그러한 명확성의 고심은 — 평소와는 다르고 과도한 것으로, 의심스럽다 — 그의 무죄를 증명하기는커녕 오히려 그를 고발하는 게 아니었을까? 어찌 되었건, 이제는 너무 늦었다. 어린 쥘리앵 마레크는 필시 저녁에 그를 고발했을 것이다. 역시 낭떠러지 가장자리에서의 대화는, 소년에게 남아 있던 의심을 사라지게 한 것이 확실하다. 그 자신의 눈으로 그를 보았기 때문에 아마 이미 알고 있던 사실을 참작하지 않고서도, 이제는 이론의 여지 없이, 여행자의 말들과 멍청한 행동 자체가 그에게 그 사실을 가르쳐 주고 있는 게다. 내일, 아침 일찍, 늙은 경비원이 "…… 등등의 일을 벌인 파렴치한 한 인간"을 체포하러 올 것이다. 고기잡이배를 타고 도망치는 일 따위는 상상할 필요가 없었다. 설사 그랬다 하더라도, 맞은편 해안의 모든 작은 항구들에 상주하는 공안원들이 그가 하선

하기를 기다렸을 것이다.

섬에는 수갑이 있는지, 그리고 있다면 두 고리를 연결하는 체인의 길이는 어느 정도일지 궁금했다. 수첩 오른쪽 면 위에는 벌어들인 금액들의 덧셈이 판매한 제품들의 목록과 함께 나열되어 있었다. 마티아스가 그 전날 선물로 남겨 두었던 손목시계를 다시 갖게 되었으므로, 그 부분만은 적어도, 어떤 수정도, 어떤 허점도 내포하지 않았다. 그는 그의 거짓 하루의 이야기를 마저 끝내고 싶었다. 수요일 페이지 위쪽에 그는 연필을 꾹 눌러, 두 단어를 썼다. '잘 잤음.'

목요일 페이지에는 아직 아무것도 쓰여 있지 않았다. 그는 같은 문장을 미리 적었다. 그런 다음, 검은 표지를 덮었다.

그는 침대맡에 있는 석유램프를 조그만 원탁에 놓으러 갔다. 그리고 옷을 벗어 차례대로 의자 위에 정돈하고는, 집주인이 빌려준 잠옷을 입고, 시계의 태엽을 감아 램프의 발 옆에 놓은 뒤, 심지를 약간 낮추고는 유리 튜브 속으로 훅 불었다.

그는 잠자리에 들기 위해 더듬더듬 이불 끝자락을 찾는 동안, 전구를 기억해 냈다. 그것이 갑자기 꺼졌을 때, 정전이 벌써 많은 기회에 확인했던 것처럼 스위치의 오작동 때문이라 추측하면서 그는 그것을 여러 번 조작했었다. 그래도 전기는 돌아오지 않았고 곧 주인 여자가 양손에 석유램프를 들고 그의 방문을 두드렸다(발로?). 그녀의 말에 따르면, '지역 전체의 정전'인데, 자주 일어나는 현상으로, 때로는 오래 지속된다고 했다. 때문에 섬의 주민들은 옛 조명 기구들을 간직하고는 과거 시절처럼 언제든 사용할 수 있도록 준비해 두고 있었다.

"저들이 진보라고 그렇게 떠들어 댈 필요는 없었어요." 램프 한 개를 들고 가며 아낙이 결론을 내렸었다.

마티아스는 전기 스위치를 어느 위치에 놔두어야 할지 알 수 없었다. 접촉이 끊어졌다면, 전류는 그가 모르는 사이에 벌써 회복되었을지도 몰랐다. 그리고 그 반대의 경우에는, 램프가 한밤중에 저절로 다시 켜질 가능성이 있었다. 어둠 속에서, 그는 옷을 걸쳐 놓은 의자와 큼직한 서랍장의 대리석 윗면을 손으로 더듬더듬 확인하며, 방문으로 다가갔다.

그는 문틀 가까이 설치된 스위치 단추를 다시 조작했다. 전류는 여전히 흐르지 않았다. 마티아스는 꺼짐의 위치가 어느 방향이었는지 기억하려고 애썼다. 하지만 그것은 불가능했다. 요행을 바라며, 그는 조그만 금속 공을 마지막으로 한 번 더 눌렀다.

더듬어 침대로 되돌아온 다음, 그는 그 속으로 미끄러져 들어갔다. 시트가 차갑고 눅눅하게 느껴졌다. 그는 몸을 쭉 펴고, 다리를 모으고 두 팔을 쫙 편 채, 똑바로 누웠다. 그의 왼손이 벽에 부딪혔다. 반대쪽으로는 팔뚝이 완전히 공중에 늘어졌다. 오른쪽으로, 창문의 네모가 아주 어두운 파란색의 희미한 미광으로 분간되기 시작했다.

그러자 여행자는 몰려오는 피로를 — 엄청난 피로였다 — 한꺼번에 느꼈다. 캄캄한 어둠 속에서, '검은 바위' 마을에서 읍내까지, 간선 도로 위로, 빠른 속도로 걸은 마지막 2킬로미터가 그의 체력을 소진시켰다. 저녁 식사 시간에, 그는 카페 겸레스토랑 주인이 그에게 차려 준 식사를 겨우 건드리기만 했었다. 다행히 주인은 아무 언급도 하지 않았다. 마티아스는 벌판을 마주 보는 숙소로 — 높다랗고 침침한 가구들이 있는 뒷방으로 — 빨리 돌아오기 위해 서둘러 식사를 끝마쳤다.

그렇게, 그는 그의 어린 시절 전체를 — 그래도 그가 태어나자마자 찾아온 급작스러운 어머니의 죽음 이후 처음 몇 년은 제외된다 — 보냈던 그 방에 다시 홀로 있었다. 그의 아버지는 아주 빨리 재혼을 했고, 친아들처럼 그를 키워 주던 이모에게서 어린 마티아스를 곧장 되찾아 왔다. 아버지의 새 부인에 의해 또 그만큼 꾸밈없이 거두어진 아이는 그 두 여자 중에 누가 그의 어머니인지 알기 위해 오랫동안 고민했었다. 그는 어머니가 전혀 없다는 사실을 이해하기까지 아직 더 많은 시간을 보냈어야 했다. 사람들은 종종 그에게 이 이야기를 들려주었었다.

그는 창문과 방문 사이 구석의 커다란 장롱이 여전히 열쇠로 잠겨 있는지 궁금했다. 그것은 그가 그의 노끈 수집을 갈무리해 두던 곳이다. 모든 것은 이제 끝났다. 그는 그 집이 어디에 있는지조차 이제 알지 못했다.

침대 발치에 있는, 등받이를 벽에 기댄 의자 위에 앉아(양탄자에는 수평적인 마모의 흔적이 있었다), 비올레트가 겁먹은 얼굴을 보였다. 그녀는 침대의 높은 나무 가장자리에 두 손을 걸치고 그 위로 앳된 모습의 턱을 납작하게 올려놓고 있었다. 그녀 뒤에는 또 하나의 장롱이 그리고 오른쪽으로 세 번째 장롱, 그 옆에는 화장대, 서로 다르게 생긴 또 다른 두 개의 의자, 그리고 마지막으로 창문이 있었다. 두꺼운 벽 깊숙이 박혀 있는 그 조그맣고 네모난 창문의 커튼 없는 유리창을 주의 깊게 응시하며 그의 온 삶을 보냈던 그 방에 그는 다시 홀로 있었다. 창문은 안마당이나 최소한의 정원도 거치지 않고 직접 벌판에 면해 있었다. 집에서 20미터 떨어진 곳에 굵은 나무 말뚝이 서 있었다. 필시 어떤 것의 흔적일 게다. 그것의 둥근 꼭대기에는 갈매기 한 마리가 내려앉아 있었다.

날씨가 흐렸다. 바람이 불었다. 돌풍이 부는 소리가 들려왔다. 그러나 갈매기는 횃대 위에 꼼짝하지 않고 앉아 있었다. 새는 아주 오래전부터 거기에 있었는지도 모른다. 마티아스는 그 새가 날아오는 것을 보지 못했었다.

새는 머리를 오른쪽으로 향한 채, 옆모습을 보이고 있었다. 그것은 볏 없고, 날개 색깔이 꽤 어두운, 희끄무레한, 굵은 새였다. 지역 사람들이 '고엘랑'이라 부르는 종이었다.

그것은 볏 없는 흰색 머리에, 날개와 꼬리만 색깔이 있는, 흰색과 회색을 띤 커다란 새이다. 그 지역에는 아주 흔한 고엘랑-갈매기이다.

마티아스는 그 새가 날아오는 것을 보지 못했다. 새는 아주 오래전부터 횃대 위에 꼼짝하지 않고 앉아 있었던 게 틀림없다.

그것은 머리를 오른쪽으로 향한 채, 정확히 옆모습을 보이고 있다. 접은 긴 날개는 꽤 짧은 꼬리 위에서 그 끝이 교차한다. 부리는 수평이고, 두껍고 노란색이며, 아주 약간 곡선을 그리지만 끄트머리에서는 확실히 휘어졌다. 좀 더 어두운 색깔의 깃털은 날개 아래쪽 가장자리와 뾰족한 끝을 돋보이게 한다.

오른쪽 발은 유일하게 보이는 것으로(다른 발을 정확히 가리고 있다), 노란색 비늘로 뒤덮인 수직의 가느다란 줄기이다. 그것은 배 아래에서 시작하여 120도 각도로 튀어나온 관절로 더 위쪽으로, 살이 많고 깃털로 덮인 부분에 — 단지 이 부분이 시작되는 것만 겨우 보일 뿐이다 — 연결되어 있다. 발의 끄트머리에는 발가락들 사이로 물갈퀴의 막과 말뚝의 둥그스름한 꼭대기 위에 벌린 뾰족한 발톱들을 알아볼 수 있다.

그 말뚝에 매단, 얇은 판자를 성글게 이어 붙인 쪽문을 통해, 나무 말뚝들에다 철사 줄을 고정시킨 울타리에 의해 분리된 정원과 벌판이 연결되어 있다.

정원에는 잘 유지된 좁은 길들에 의해 분리된 화단들이 나란히 평행하게 정돈되어 있고, 알록달록한 화관들이 태양 아래 반짝이며 흐드러지게 피어 있다.

마티아스는 눈을 뜬다. 그는 이불 속에 누운 채, 어렴풋한 의식 속에서 깨어난다. 그래서 창문의 밝은 (그러나 흐릿한) 이미지가 그의 왼쪽에 있다. 창문이 한 바퀴 빙글 방을 돌기 시작한다. 일정한 움직임으로, 급작스럽지는 않게, 그러나 불가항력적으로, 큰 강물의 느림으로, 가구들이 있어야 할 장소들을 차례차례 지나가며. 침대 발치의 의자, 장롱, 두 번째 장롱, 화장대, 나란히 세워진 두 개의 의자. 창문이 여기, 마티아스의 오른쪽에서 — 그것이 어제 원래 있던 그 장소에서 — 멈춰 선다. 어두운 십자형 설주로 나뉜 네 개의 같은 크기의 창유리들.

날이 훤히 밝았다. 마티아스는 한 번도 깨지 않고, 엄지손가락 한 번 까딱하지 않고 단숨에 잘 잤다. 평안히 휴식을 잘 취한 느낌이다. 그는 십자형 유리창을 향해 고개를 돌린다.

바깥에는 비가 온다. 꿈속에서는 해가 쨍쨍했던 기억이 문득 떠올랐다, 순식간에 곧 사라진다.

바깥에는 비가 온다. 아주 가는 반짝이는 빗방울들이 네 개의 창유리에 점들을 찍는다. 1, 2센티미터 길이의 짧은 사선들로, 하지만 평행하게, 창문 표면 전체를 한쪽 대각선 방향으로 채우며. 작은 비 구슬들이 으깨지는 소리가 들려온다 — 거의 감지되지 않는다.

줄무늬들이 점점 더 촘촘해진다. 곧 물방울들이 서로 합치며 정연하던 그림의 구성을 혼란에 빠뜨릴 것이다. 마티아스의 시선이 그쪽으로 가 닿았을 때, 소나기가 시작되고 있었다. 이제 굵은 방울들이 여기저기서 형성되고, 마침내 유리창을 따라 위에서 아래로 흐른다.

가는 물줄기들이 이미지를 뒤덮으며 줄줄 흘러내린다. 일련의 꾸불꾸불한 선들이 거의 수직 방향으로, 규칙적으로 — 약 10.5센티미터 간격으로 — 분산되어, 이제는 지속적으로 그어지고 있다.

이번에는 방향성도 움직임도 없는 어떤 점 찍기에 자리를 내주며 — 살얼음이 된 굵은 물방울들이 거의 통일된 양상을 띠며 장 전체에 흩뿌려진다 — 수직의 물줄기들이 지워진다. 그 방울들을 하나씩 더 주의 깊게 관찰하면, 각각의 방울은 상이한 형태를 띠는데 — 게다가 모호하기까지 하다 — 그것들이 간직하는 변함없는 특징은 오직 한 가지, 즉 아래가 불룩하고, 둥글고, 검은색 음영이 드리워져 있으며, 가운데는 빛점이 찍혀 있다는 것이다.

마티아스는 그 순간, 천장에(방 한가운데, 즉 창문과 침대 사이에) 매달린 전구를 발견한다. 그것은 줄 끝에 매달려, 물결 모양의 구불구불한 테두리가 둘러 쳐진 반투명 유리 전등갓 아래에서 노란 불빛을 발산하고 있다.

그는 일어난다. 그리고 방문까지 간다. 거기서 그는 문틀에 고정시킨, 크롬으로 도금한 스위치 단추를 눌렀다. 전구의 불이 꺼졌다. 그러니까 전류를 차단하기 위해서는 그 조그맣고 반들거리는 금속 공을 아래로 밀어야 하는 것이다. 이 얼마나 논리적인가. 마티아스는 어제저녁에 그렇게 생각했어야 했다. 그는 바닥을 바라본 다음, 작은 원탁 위에 놓인 석유램프를 바라본다.

그는 맨발 아래로 타일 바닥의 냉기를 느낀다. 다시 침대로 돌아가려는 순간, 돌연 뒤로 돌아 창문 쪽으로 다가가서는, 벽 깊이 창 구멍 속으로 끼워 넣은 책상 위로 몸을 기울인다. 창유리의 바깥 면을 덮고 있는 오톨도톨한 물 입자들 때문에 그 너머를 볼 수가 없다. 마티아스는 잠옷 차림이지만, 그래도 창문을 연다.

날씨가 춥지 않다. 여전히 비가 오지만, 이제는 아주 약하다. 그리고 바람도 불지 않는다. 하늘은 온통 회색이다.

급작스러운 돌풍이, 몇 분 전만 해도 유리창에 붙어 있던 우박을 날려 버려 아무것도 남아 있지 않다. 이제 날씨는 아주 고요하다. 보슬비가 가늘게, 조용히, 지속적으로 내린다. 그것이 수평선을 가로막긴 해도, 아주 가까운 거리의 시야를 흐릴 정도는 아니다. 그와 반대로, 아주 가까운 사물들은 — 특히 그것들이, 예를 들어 남서쪽에서(낭떠러지가 바다를 향해 내려가는 그곳에서) 날아오는 갈매기처럼 밝은 색깔일 때 — 그처럼 씻긴 대기 속에서 광채를 더 발산하는 것처럼 보인다. 새의 비행은 이미 느리지만, 고도를 잃으면서 더욱더 느려지는 것 같다.

창문 맞은편에서 갈매기는 이동하지 않고 거의 그 자리에서 선회한 다음, 고도를 다시 약간 높인다. 그러고는 아주 넓은 나선 모양으로 느리고 확신에 찬 곡선을 그리며, 날갯짓 한 번 하지 않고 땅으로 떨어진다.

그러나 새는 내려앉지 않는다. 대신, 오로지 활짝 펼친 날개의 기울기만을 바꾸면서 힘들이지 않고 다시 올라간다. 마치 먹이를 혹은 횃대를 찾는 듯, 새는 — 집에서 20미터 떨어진 거리에서 — 다시 한 번 맴돈다. 그리고 날개를 크게 몇 번 쳐서 고도를 되찾고는 동그라미를 한 번 그린 다음, 항구를 향해 비행을 계속한다.

마티아스는 침대 가까이 되돌아와, 옷을 입기 시작한다. 간단히 세수를 한 다음, 그는 옷을 마저 입는다. 저고리, 그리고 비가 오므로 반코트까지. 그는 기계적인 동작으로 코트 주머니 속에 두 손을 집어넣는다. 그러나 오른손을 즉시 다시 꺼낸다.

그는 창문 옆, 의자들과 사무용 책상 사이의 모퉁이에 있는 커다란 장롱으로 다가간다. 두 문짝이 꼭 닫혀 있다. 열쇠는 열쇠 구멍 안에 없다. 그는 손가락 끝으로 문짝을 어렵지 않게 움직인다. 장롱은 열쇠로 잠겨 있지 않았다. 그는 장롱을 활짝 연다. 텅 비어 있다. 규칙적으로 간격을 둔 널찍한 선반들 어디에도 보잘것없는 외투걸이나 가느다란 줄 하나 나뒹구는 것이 없다.

장롱 오른쪽의 사무용 책상 또한 열쇠로 잠겨 있지 않다. 마티아스는 접이식 판을 앞쪽으로 내려 책상을 열고, 수많은 서랍들을 열어, 그 안을 면밀히 살핀다. 여기도 마찬가지로 모두 비어 있다.

방문 건너편으로, 서랍장의 커다란 서랍 다섯 개는, 옛 자물쇠의 — 지금은 없다 — 넓어진 구멍들만 있을 뿐, 손잡이가 달려 있지는 않지만, 작동에 따라 순순히 움직인다. 마티아스는 구멍에 새끼손가락을 넣고, 되는대로 나무판자에 걸어 자기 앞쪽으로 끌어당긴다. 그러나 그는 꼭대기에서 맨 아래까지 아무것도 발견하지 못한다. 종잇조각 하나 없고, 오랜 상자 뚜껑 하나 없고, 노끈 조각 하나 없다.

그의 바로 옆에 있는 원탁 윗면에서, 그는 손목시계를 들어, 왼쪽 손목 둘레에 고정시킨다. 9시다.

그는 방을 건너 벽 깊이 창 구멍 속으로 끼워 넣은 네모난 책상으로 간다. 거기에는 수첩이 놓여 있다. 그는 그것을 목요일 페이지에 연 다음 연필을 쥐고, '잘 잤음' 이라는 정보의 아랫줄에 — 그러한 세부 사항을 기록하는 습관은 없지만 — 또박또박 '9시에 기상' 을 덧붙여 쓴다.

그런 다음 그는 몸을 구부려, 책상 아래에 있는 작은 트렁크의 손잡이를 잡는다. 그리고 검은색 수첩을 그 속에 정돈한다. 잠시 생각에 잠겨 있던 그는 트렁크를 텅 빈 커다란 장롱 속, 아랫단 오른쪽 구석에 넣으러 간다.

문짝을 다시 밀어 — 그것이 잘 닫히도록 약간 힘을 준다 — 닫은 다음 그는 기계적인 동작으로 두 손을 반코트 주머니 속에 집어넣는다. 오른손에 다시 사탕 봉지와 담뱃갑이 잡힌다. 마티아스는 담배를 한 개비 꺼내 불을 댕긴다.

그는 저고리 안주머니에서 지갑을 꺼낸다. 그리고 그것에서 다른 종이들보다 가장자리가 약간 삐져나온 조그만 신문 기사 조각을 빼낸다. 그는 인쇄된 텍스트를 처음부터 끝까지 읽고, 거기서 단어 하나를 선택한다. 담뱃재를 떨어낸 다음 빨간 끝을 선호한 곳에 가져간다. 종이가 금방 갈색으로 변한다. 마티아스는 서서히 누른다. 자국이 번진다. 담배는 마침내 종이를 뚫고 다갈색 원으로 둘러싸인 아주 동그란 구멍을 남긴다.

마찬가지로 세심한 주의를 기울이며, 마찬가지로 느리게, 첫 번째 구멍과 계산된 거리에, 마티아스는 또 하나의 똑같은 구멍을 뚫는다. 두 구멍 사이에는 두 원이 거의 접촉할 정도로 좁은, 1밀리미터 너비의 검게 그은 가느다란 경계만 남아 있다.

먼저 두 개씩 짝을 이루는 구멍들이, 그다음엔 그럭저럭 가능한 자리들에 끼워 넣은 구멍들이 새롭게 잇달아 만들어졌다. 곧 신문 종이의 직사각형이 온통 구멍들로 채워진다. 마티아스는 이제 남은 것을 약한 담뱃불로 태워, 신문 조각을 완전히 없애 버리려고 시도한다. 그는 한 귀퉁이에서 시작하여 타 버린 부스러기가 아닌 어떤 조각도 거기에서 떨어져 나가지 않게 방법을 짜내며, 구멍이 송송 난 레이스에서 타지 않은 부분들을 따라 일을 진행한다. 불붙은 점 위로 부드럽게 불면서, 조금 더 빨리 타들어 가는 작열 선을 본다. 때로는 연기를 한 모금 빨아들이며 담배의 연소를 자극한다. 그리고 발아래, 타일 바닥 위로 재를 흔들어 떨어뜨린다.

신문 조각이 다 타 버리고 두 손톱 끝 사이에 집힌 아주 조그만 삼각형만 남았을 때, 마티아스는 그 찌꺼기를 담배 끝에다 바로 놓았다. 그것은 거기서 소진(燒盡)했다. 그렇게 그 잡보 기사에서 육안으로 탐지할 수 있는 흔적은 어떤 것도 남지 않았다. 담배 또한 그 작업이 진행되는 동안 1.5센티미터의 '꽁초'로 줄어들었다. 이제 그것을 창문 밖으로 내던지는 것은 자연스럽다.

마티아스는 낭떠러지의 풀밭에서 되찾은, 지나치게 긴 도막 두 개를 주머니 속에서 찾는다. 그것들을 더욱 그럴 법한 크기로 줄이기 위해, 그것들에 차례로 불을 댕긴다. 그는 그것들을 가능한 한 빠른 속도로 뻐끔뻐끔 피운다. 그리고 그것들도 창문 밖으로 내던진다.

오른손이 다시 주머니 속에 깊숙이 들어가서는, 이번에는 사탕을 하나 끄집어낸다. 풀어진 투명한 종이는 봉지 안으로 다시 들어가고, 갈색 기가 도는 정육면체의 반죽은 입안에 들어 있다. 캐러멜 같은 느낌이다.

마티아스는 반코트의 단추를 채운다. 바람이 불지 않으므로 그처럼 가는 비가 방 안으로 들이칠 가능성은 없다. 그러므로 창문을 닫는 것은 불필요하다. 마티아스는 방문까지 간다.

복도를 통해 집을 나가기 위해 — 도로로 통하는 현관문이 반대편에 있기 때문이다 — 방문을 여는 순간, 그는 집주인과 마주치면 그녀가 틀림없이 그와 말하고 싶어 할 것이라고 생각한다. 그는 소리 내지 않고 방문을 빠끔 연다. 복도 저쪽 끝에 있는 부엌에서 나는 것 같은 불분명한 말소리가 들려온다. 그는 그 목소리들 가운데 주인 여자의 목소리를 포착한다. 두 남자가 — 최소한 그렇다 — 그녀와 대화를 나누고 있는 중이다. 그들은 어조를 높이는 상황을 피하는 듯하다. 그들은 순간순간 속삭이기까지 한다.

마티아스는 조심조심 문을 다시 닫고, 창문으로 돌아선다. 그쪽으로 나가는 것은 아주 쉽다. 조그맣고 묵직한 책상 위로, 밀랍 입힌 나무에 자국을 남기지 않기 위해 무릎으로 기어올라 책상을 성큼 건너, 바깥의 돌 위에 웅크리며 벌판의 납작한 풀밭에 뛰어내린다. 그 두 남자가 말하고 싶어 하는 상대가 그라면, 나중에도 얼마든지 할 수 있을 것이다.

마티아스는 축축한 대기 속에 눈과 이마가 시원해짐을 느끼며 똑바로 나아간다. 그 해안 지역에서, 바닥의 식물이 깔아 준 벨벳 양탄자가 물을 어찌나 많이 머금었는지 신발창이 그곳을 밟을 때마다 스펀지를 짜는 소리가 쩌벅쩌벅 난다. 어둠 속에서 도로를 걸을 때는 걸음마다 발부리가 보이지 않는 돌멩이에 부딪혔던 반면, 반은 물이 된 탄력적인 그 바닥 위로, 지금 걸음은 유연하고 편안하고 자연스럽다. 오늘 아침, 여행자는 모든 피로가 말끔히 가셨다.

그는 곧 낭떠러지 가장자리에 이른다. 그 근방에는 절벽이 그리 높지 않다. 바다는 벌써 꽤 낮지만, 아직도 내려가고 있다. 더할 나위 없이 고요하게. 잔잔한 파도들의 규칙적인 속삭임은 풀밭 속의 신발 소리 사이에서 간신히 더 크게, 그러나 더욱 느리게 들린다. 왼쪽에는 일직선의 커다란 부두의 둑이 보인다. 그것은 먼바다를 향해 비스듬히 뻗어 있다. 그리고 그 끝에는, 항구 입구에 있는 작은 표지등 등대 탑도 보인다.

마티아스는 그 방향으로 계속 길을 간다. 때로는 벌판 위로, 때로는 암석들 사이로, 해안선과 직각 방향으로 길게 파인 틈이 그의 발을 멈추게 한다. 그것의 너비는 꼭대기 부근에서 1미터를 넘지 않고, 아래로 내려가면서 곧장 폭이 줄어들어 어린아이의 몸 하나조차 통과할 수도 없을 정도로 아주 좁아진다. 틈은 아마 암벽 내부에서 훨씬 더 깊이 내려가겠지만, 절벽의 엇갈린 돌출 부분들로 인해 그 바닥이 보이지는 않는다. 게다가 틈이 바다 쪽을 향해 수평 방향으로 점점 벌어지는 대신, 그와 반대로 아래로 내려갈수록 — 어쨌든 표면상으로는 그렇게 보인다 — 점점 좁아져서, 낭떠러지의 절벽 속에서 무질서하게 쌓인 화강암 덩어리들 사이로 자갈밭까지 직통으로 빠져나갈 수 있는 구멍은 한 군데도 없다. 결국 너비로든, 깊이로든, 그 틈새로 떨어지는 것은 불가능하다.

마티아스는 주머니에서 사탕 봉지를 꺼내 연다. 그리고 무게를 싣기 위해 조약돌 하나를 그 속에 넣고는, 셀로판 종이를 여러 번 비틀어 다시 쥔 다음, 틈이 조금 덜 비좁은 곳에서 떨어뜨린다. 물체가 돌에 부딪힌다. 한 번, 두 번. 그러나 그것이 추락하면서 내용물이 흩어지거나 중도에 걸리는 일은 없다. 그다음, 그것은 허공과 어둠 속으로 빨려들며, 시선에서 사라진다.

마티아스는 깊은 구렁 위에 몸을 구부린 채, 귀를 쫑긋 세운다. 봉지가 다시 한 번 단단한 무엇에 부딪히며 튀어 오르는 소리가 들린다. 한 특징적인 소리가, 곧이어 물체가 물구멍 속에서 추락을 끝마쳤다는 사실을 알려 준다. 밀물 때면 그 구멍은 틀림없이 자유로운 바다와 통할 것이다. 하지만 썰물이 그 조그만 봉지를 넓은 세상으로 데려가기에는 수로들이 너무 협소하고 복잡하다. 마티아스는 다시 일어나, 틈을 돌아가기 위해 선회한다. 그리고 중단했던 걸음을 다시 시작한다. 그는 게들이 사탕을 좋아하는지 궁금하다.

그의 발아래에는 곧 큰 둑 도입부의 축대가 되는 평평한 암석들이 — 아주 약간 경사진 넓은 회색 암석 층계가 썰물 때에도 모래밭에 자리를 내주지 않고 바닷물까지 서서히 낮아지고 있다 — 시작된다. 거기서 세관원들의 길이 과거 왕립 도시의 폐허로 보이는 반쯤 허물어진 옛 성벽의 최첨단 끄트머리를 버리고, 안쪽으로 비스듬히 나 있는 좀 더 넓은 오솔길에 연결되어 있다.

마티아스는 바위들의 편안한 배치 덕택에 힘들이지 않고 암벽을 내려간다. 그 앞에는 표지등을 향해 직선으로 아득히 멀어져 가는 둑의 바깥쪽 수직 사면이 서 있다.

그는 비탈의 마지막 부분을 오른 다음, 육중한 난간에 열린 통로를 통해 연안 가두리로 가는 몇 개의 계단을 오른다. 그는 다시 울퉁불퉁한 포도 위에 들어선다. 오늘 아침에는 포석들이 비에 말끔히 씻겨 새로워 보인다. 항구의 물은 얼어붙은 연못처럼 아무런 움직임이 없다. 여기에는 이제 어떤 미세한 잔물결도, 기슭의 잔주름들도, 표면의 떨림도 없다. 부두 끄트머리에는 상자들을 실은 조그만 트롤선이 접안 경사면에 정박해 있다. 세 남자가 — 두 명은 육지에, 한 명은 갑판 위에 있다 — 자동인형 같은 동작으로 손에서 손으로 짐을 싣고 있다.

항구의 연안 가두리를 따라 드러난 개흙 지대는 이제 전날들의 양상을 띠지 않는다. 검은색이 감도는 짙은 회색으로 펼쳐진 그 평면에는 시각에 강한 충격을 주는 어떤 특별한 것도 없다. 하지만 마티아스는 그 변화의 성질을 이해하기 위해 몇 초간 생각에 잠긴다. 그곳은 개펄에 흩어져 있던 모든 잔해들이 단번에 제거되어, 그저 '깨끗할' 뿐이다. 과연, 마티아스는 전날 한사리를 이용하여 세척 작업을 하고 있는 일군의 남자들을 보았던 기억이 떠오른다. 카페 겸 레스토랑 주인의 말에 따르면, 그것은 과거 군항 시절 이래 섬에서 유지되어 온 위생 관습이다. 여행자는 물론 그의 어린 시절 밑바닥에서 그에 관한 기억을 되찾은 척한다. 그러나 그는 다른 모든 것만큼이나 그 세부 사항을 실제로 완전히 잊어버렸고, 그 이미지들은 그의 머릿속에서 아무것도 더 이상 일깨워 주지 않는다.

게 등딱지들, 고철이나 식기 조각들, 반쯤 부패한 갈색 해조들, 모든 것이 사라졌다. 그런 다음 바다는 개흙 층을 평평하게 고르고는 물러나면서 매끄럽고 깨끗한 해변을 남겼다. 거기에는 동그란 조약돌만 드문드문 흩어져 있을 뿐이다.

마티아스가 카페의 홀 안에 들어서자마자, 주인이 그에게 말을 걸었다. 내일 저녁의 증기선을 기다리지 않고 시내로 돌아갈 수 있는 기회가 생겼다는 것이다. 한 트롤선이 — 접안 경사면 아래쪽에 보이는 배이다 — 잠시 후 뭍으로 떠날 예정이며, 아주 엄격한 규칙에도 불구하고 승객 한 사람 정도는 태우기로 승낙했다. 유리문을 통해, 마티아스는 저쪽에 정박해 있는 조그만 파란색 배를 바라본다. 변함없이 활기찬 기계적인 동작으로 계속 짐을 싣고 있다.

"선주가 나와 친구요." 카페 겸 레스토랑 주인이 말한다. "손님을 돕기 위해 허락해 줄 겁니다."

"예, 고맙습니다. 하지만 돌아가는 표는 아직 유효한걸요. 그걸 버리는 게 조금 마음에 걸리는군요."

"저 사람들이 손님에게 뱃삯을 아주 비싸게 요구하지는 않을 겁니다. 그리고 증기선 회사가 아마 환불해 줄 거요."

마티아스는 고개를 설레설레 흔든다. 그는 접안 비탈에서 올라와 지금 둑 위를 걸어가는 한 남자의 실루엣을 눈으로 따라간다.

"설마 그렇게야 하겠습니까." 그가 말한다. "게다가 당장 배를 타야 할걸요, 아마?"

"아직 15분은 좋이 남았소. 소지품들을 챙겨 올 시간은 충분히 되지요."

"하지만 아침 먹을 시간이 없네요."

"내가 급히 블랙커피를 한 잔 뽑아 드리겠소."

카페 겸 레스토랑 주인이 커피 잔을 꺼내기 위해 열린 벽장 쪽으로 얼른 몸을 굽히려 하자, 마티아스는 손짓으로 그를 멈추게 한다. 그리고 입술을 뾰족이 내밀며 말한다.

"버터 바른 토스트 두세 조각과 함께 맛좋은 카페오레를 여유 있게 마시지 않으면, 나는 무용지물입니다."

카페 겸 레스토랑 주인이 두 팔을 공중에 든다. 그리고 할 수 없다는 신호로 미소를 짓는다. 마티아스는 유리창 쪽으로 고개를 돌린다. 붉은색 작업복을 입은 어부가 부두 위로 길을 가고 있다. 사람들이 그를 바라보지 않던 동안에는 그가 같은 자리에 머물러 있었던 것만 같다. 하지만 그의 규칙적인 걸음으로는 이 마지막 대화가 오가던 동안에 그가 눈에 띄게 앞으로 나아갔어야 했을 것이다. 그가 가는 길을 따라 늘어선 바구니들과 낚시 도구들의 도움으로 그의 이동은 어렵지 않게 점검할 수 있다. 마티아스가 눈으로 그와 동행하는 동안, 남자는 그 좌표들을 차례로 뒤로 남기며 빠른 속도로 나아간다.

마티아스는 주인 남자의 미소에 자신의 미소로 답하고는, 덧붙인다.

"또 방 값도 지불해야 하고요. 집주인은 이 시간에 아마 집에 없을 거예요."

유리문을 통해 힐끗 내다보며, 그는 또다시 마찬가지의 놀라움을 경험한다. 잠시 전 그가 시선을 떼는 순간에 보았다고 믿고 있던 바로 그 자리에서 여전히 어부는 어망들과 게 덫들 앞에서 마찬가지의 규칙적이고 빠른 걸음으로 걷고 있다. 그는 관찰자가 감시를 멈추자마자 멈추고, 눈이 그에게 되돌아오는 바로 그 순간 다시 움직임을 시작하는 것이다. 그가 멈추는 것도 다시 움직이기 시작하는 것도 포착하기가 불가능하므로, 그의 움직임은 마치 중단된 적이 없었던 것만 같다.

"마음 내키는 대로 하시죠." 주인 남자가 말한다. "손님이 우리와 함께 그토록 머물고 싶어 하니…… 즉시 테이블을 차리겠소."

"그렇게 해 주세요. 오늘 아침엔 배가 무척 고프네요."

"당연하죠! 어제저녁에 한술도 들지 않았으니."

"나는 보통 아침에 배가 고파요."

"어쨌거나 이 고장이 손님의 마음에 들지 않았다고 말하지는 못할 거요! 여기서 하루를 잃어버리는 걸 끔찍하게 여기지 않으니 말요."

"이 고장으로 말할 것 같으면, 오래전부터 잘 알고 있지요. 이미 말했다시피, 내가 태어난 곳이지 않습니까."

"커피 한 잔 마시고도 소지품들을 챙겨 오기까지 시간은 충분했었는데. 돈은, 여기 머물면서 훨씬 더 많이 쓰게 될 거고요."

"아, 예! 어쩔 수 없죠, 뭐. 나는 막판에 급히 결정하는 걸 좋아하지 않아요."

"마음 내키는 대로 해야지요. 테이블은 금방 차리겠습니다. 이런! 마침 꼬마 루이가 저기 오는군요."

출입문이 열리고, 문틈 사이로 물이 바랜 붉은색 작업복을 입은 뱃사람이 나타난다. 방금 둑 위로 걸어 다니던 자이다. 게다가 마티아스가 모르는 얼굴이 아니다.

"필요 없네, 친구." 주인이 그에게 말한다. "자네의 통통배를 타실 의향이 없네."

여행자가 청년에게 상냥한 미소를 건넨다.

"난 그렇게 바쁘지 않아요." 그가 말한다.

"난 손님이 아마 섬을 서둘러 떠나려 할 거라 생각하고 있었지요." 주인 남자가 말한다.

마티아스는 힐끗 그를 관찰한다. 남자가 그게 어떤 것이든 간에 뭔가를 암시하려는 기색은 아니다. 어린 어부는 문손잡이를 놓지 않은 채, 두 사람을 번갈아 쳐다본다. 그의 얼굴은 마르고 인상이 딱딱하다. 그의 눈은 아무것도 보지 못하는 것만 같다.

"아뇨. 알다시피, 나는 그렇게 바쁘지 않아요." 마티아스가 반복해서 말한다.

아무도 그에게 대답하지 않는다. 카페 겸 레스토랑 주인은 바 뒤에, 내부로 통하는 문틀에 기대어 붉은색 목면 바지와 헐렁한 상의를 입은 어부를 향해 고개를 돌리고 있다. 지금 어린 사내의 눈동자는 중국 당구대가 있는 홀 모퉁이의 안쪽 벽 위에 머물러 있다. 그는 마치 누군가가 도착하기를 기다리는 것처럼 보인다.

그는 서너 마디 말을 웅얼거린다 — 그리고 나간다. 그다음엔 주인 남자가 무대를 떠난다 — 다른 출구를 통해, 가게 뒤편을 향해 — 그러나 곧바로 돌아온다. 그는 계산대를 돌아 유리문까지 가서 바깥을 내다본다.

"오늘은 보슬비가 하루 종일 올 것 같군요."

그리고 날씨 — 일반적인 섬의 기후와 최근 몇 주간의 기상 조건 — 에 대해 몇 마디 언급을 덧붙인다. 마티아스가 그의 거절을 뒷받침하기 위해 내세운 허술한 이유들을 다시 문제 삼지나 않을까 걱정하고 있는 동안, 남자는 그와 반대로 그러한 행동에 전적으로 찬성하는 듯하다. 고기잡이배를 타고 떠나 봤자, 실제로는 하루 차이에 지나지 않을뿐더러, 이처럼 파도가 없고 잔잔한 날에 뱃멀미를 하지는 않겠지만, 저런 초라한 트롤선에는 소나기를 피하기에 적절한 장소가 없어, 여행자는 항구에 도착하기도 전에 이미 뼛속까지 젖어 있을 것이다.

카페 겸 레스토랑 주인은 그런 배들의 지저분함을 다시 비난한다. 배들을 열심히 씻느라 시간을 보내는데도, 마치 씻으면 씻을수록 다시 자라기나 하는 것처럼, 구석구석에는 항상 생선의 잔해들이 남아 있다. 게다가 손을 기름으로 더럽히지 않고 밧줄에 손대는 것은 아예 불가능하다.

마티아스는 남자를 흘깃 쳐다본다. 그에게는 어떤 저의도 — 어떤 종류의 생각조차도 — 없으며, 자신이 하는 이야기에 눈곱만큼의 중요성도 부여하지 않고 오직 말하기 위해 말하는 것이 확연히 보인다. 게다가 그는 거기에 어떤 열의도 두지 않는다. 그에게는 말하든 침묵하든 마찬가지일 것이다.

어린 여자 종업원이 아침 식사를 위한 식기들을 쟁반에 담아 들고 잰걸음으로 걸으며 바 뒤에서부터 등장한다. 그녀는 마티아스가 앉은 테이블 위에 그것들을 내려놓는다. 지금 그녀는 각각의 물건이 차지해야 할 자리를 알고 있고, 첫날처럼 머뭇거리거나 실수하면서 우왕좌왕하지는 않는다. 조금은 지나친 굼뜸이 잘하려고 애쓰는 열의를 무심결에 드러낸다 해도 그것은 아주 미미할 뿐이다. 테이블 차리는 일을 마쳤을 때, 그녀는 그가 만족하는지 보기 위해 크고 어두운 두 눈을 들어 여행자를 쳐다본다. 그러나 1초 이상, 즉 속눈썹 한 번 깜박이는 순간보다 더 길게 끌지는 않는다. 이번에는 그녀가 그에게 미소를 지은 것 같다. 감지할 수 없을 정도로 희미하게.

차려진 테이블을 둘러보며, 마지막으로 한 번 검사한 다음, 마치 물건을 이동시키기 위한 듯 — 커피 주전자인가? — 그녀는 팔을 약간 앞으로 내민다. 하지만 모든 것이 제자리에 있다. 손은 조그맣고, 손목은 지나치게 가늘다고 할 정도이다. 그 가느다란 줄이 두 손목에 붉은 자국들을 깊이 남겼었다. 그러나 줄을 아주 꼭 죈 것은 아니었다. 줄이 살 속으로 파고든 것은 헤어나기 위해 쏟았던 소용없는 노력들 때문이었을 것이다. 그녀의 발목도 움직이지 못하게 해야 했다. 그것도 함께 묶지 않고 — 그것은 너무 쉬웠을 것이다 — 두 발목을 1미터 벌린 상태로 따로 땅에 고정시켜야 했다.

그러기 위해서는, 마티아스는 상상했던 것보다 더 길었기 때문에 간직한 꽤 유용한 끈 조각을 하나 지니고 있었다. 그리고 땅속에 단단히 박힌 두 개의 말뚝도 필요했을 것이다……. 그에게 이상적인 해결책을 제공해 주는 것은, 그들 옆에 있는 양들이다. 어떻게 그가 그 생각을 좀 더 일찍 하지 못했을까? 그는 자신이 동물들의 위치를 바꾸러 갈 동안 그녀를 조용히 있게 하기 위해, 먼저 그녀의 두 발을 한꺼번에 묶는다. 그가 양들을 — 두 그룹으로 나누거나 한 마리씩 따로 떼어 놓지 않고 — 한데 몰아서 묶어 두기 위해 얼마나 신속하게 움직였는지, 동물들이 미처 동요될 새가 없다. 그는 그렇게 두 개의 금속 쐐기 — 대가리가 고리 모양으로 굽은 뾰족한 대못 — 를 확보한다.

그에게 아마 가장 힘들었을 일은 양들을 다시 각각의 그룹으로 되돌려 놓기 위한 작업이다. 그사이 동물들이 겁을 먹어 버렸기 때문이다. 그것들은 팽팽해진 줄 끝에 매달려 허둥지둥 동그라미를 그리며 맴돌고 있었다……. 반면, 그녀는 이제 두 손을 등 뒤에 — 허리 아래, 오목한 곳에 — 감추고, 두 다리는 길게 뻗어 벌리고, 입마개로 인해 입을 벌린 채, 아주 얌전하게 있었다.

다시 모든 것이 고요해진다. 니켈로 도금된 자전거는 낭떠러지의 움푹한 분지를 둘러싼 비탈 위에 누운 채 홀로 남아, 짧은 풀밭을 배경으로 선명하게 윤곽을 드러내고 있다. 그것이 그리는 선들은 기계 장치의 복잡한 모양새에도 불구하고, 무질서의 낌새도, 더욱 흐릿한 지대도 없이 완벽하게 깨끗하다. 반들거리는 금속은 길을 달리는 동안 내려앉은 아주 얇은 먼지층 — 겨우 김이 서린 것 같은 정도이다 — 탓인지, 눈에 거슬리는 어떤 광채도 발산하지 않는다. 마티아스는 사발에 남은 카페오레를 평온하게 마신다.

유리창 너머를 바라보는 자신의 관찰 초소로 되돌아간 카페 겸 레스토랑 주인이 문제의 작은 트롤선의 출발을 그에게 알린다. 배가 비스듬한 돌 기슭에서 천천히 멀어진다. 그 둘 사이로 점점 더 넓어지는 절단면의 바닥에 검은 물이 보인다.

"4시 정도면 댁에 돌아갔을 수 있었을 텐데요." 남자가 돌아보지 않고 말한다.

"오! 아무도 날 기다리지 않는걸요." 마티아스가 대답한다.

상대는 배가 조종되는 광경을 계속 바라보며, 더 이상 아무 말도 하지 않는다. 배는 이제 항구의 입구를 향해 애초의 방향과 직각으로 뱃머리를 돌려 반대편 옆구리를 보여 주고 있다. 그 거리에서도, 선체에 페인트로 쓰인 숫자를 읽을 수 있다.

마티아스는 테이블에서 일어선다. 그를 내일까지 섬에 머물도록 부추기는 마지막 한 가지 이유를 더 들면 — 그가 덧붙인다 — 그것은 그 고장을 떠나기 전에 첫날 저녁에 미완의 상태로 남겨 둔 그의 시장 개척 일주를 여전히 마치고 싶다는 것이다. 이제 필요한 것보다 더 많은 시간이 있으므로, 그는 회로의 마지막 구간을 정상적으로 완주하는 일을 셋째 날로 미루고, 어제는 아무것도 하지 않았다 — 아니, 하마터면 그럴 뻔했다. 그는 주인 남자에게 섬을 가로질러 다닌 경로의 전체적인 형태가 8자 모양을 띤다고 설명했다. 거기서 읍내는 정확히 중심을 차지하지 않고 두 개의 동그라미 중 한쪽, 즉 북서쪽의 것 위에 있고, 그 원의 꼭대기에는 '말 떼' 곶이 있다. 그가 새로 다녀야 할 여정은 — 이번에는 단 한 번의 멈춤도 우회도 소홀히 하지 않고 철저하게 할 것이다 — 거기서부터 항구까지, 따라서 예정된 여정의 4분의 1이 간신히 될 것이다. 화요일에는 시간에 쫓겨, 간선 도로가 통과하지 않는 조그만 주거 지역들은 사실상 대부분 포기했다. 마지막에는 가능한 한 최대 속도로 자전거를 달리느라, 문 앞을 지나치면서도 전혀 멈추지 않을 결정까지 내려야 했다.

오늘, 그는 그 짧은 여정을 위해 자전거를 대여할 필요가 없을 것이다. 그에게는 그 구간을 걸어서 돌아다닐 시간이 충분히 있다. 그래도 그는 즉시 길을 떠나고 싶고, 읍내로 점심 식사를 하러 돌아올 생각은 없다. 그래서 그는 햄 샌드위치 두 조각을 만들어 준비해 줄 것을 카페 겸 레스토랑 주인에게 부탁한다. 손목시계가 든 여행 가방을 들고, 10분 후에 찾으러 올 것이다.

열린 부엌문 너머로, 집주인이 복도를 지나가는 그를 본다. 그녀는 "안녕하세요, 아저씨"를 상냥하게 외친다. 그는 그녀가 그에게 정확히 할 말이 있는 게 아니라는 — 그렇다고 막연히 할 말도 없다 — 사실을 금방 알아차린다. 그녀는 그래도 문을 향해 간다. 그도 멈춘다. 그녀는 그가 잠을 잘 잤는지 묻는다 — 그렇다. 그가 어제저녁에 덧창을 닫지 않았었다 — 그렇다. 하지만 동풍이 불 때에는 낮에도 웬만해선 감히 덧창을 열어 놓지 못한다…… 등등.

방에 들어서자마자, 그의 시선은 가장 먼저 테이블 아래로 향하면서 작은 트렁크가 없다는 사실을 발견한다. 그러나 그는 동시에 오늘 아침 그것을 다른 곳에 정돈해 두었다는 사실을 기억한다. 그는 커다란 장롱을 열어 — 문짝에는 손잡이도 없고, 꽂혀 있는 열쇠도 없으므로 손가락 끝을 이용한다 — 여행 가방을 꺼내고는, 장롱을 다시 닫는다. 이번에는 현관문을 통해 집을 나간다. 그리고 도로를 따라 읍내로 다시 간다. 빗방울들이 너무도 가늘고 성글어져서 그것들을 알아보기 위해서는 특별한 주의를 기울여야 한다.

마티아스는 카페 '희망에서' 안으로 들어가, 노란색 종이에 싼 샌드위치를 반코트의 왼쪽 주머니 속에 넣는다. 그리고 조그만 광장을 향해 포석 위를 걸어간다. 물기가 바닥의 돌에 제 색깔을 돌려준다.

철물점의 진열창은 비어 있다. 진열되었던 모든 물품들이 걷어져 보이지 않는다. 내부에는 회색 점퍼를 입은 남자 하나가 거리와 마주하며 판매대에 기대서 있다. 그렇게, 그의 검은색 펠트 실내화, 양말 그리고 팔의 움직임으로 인해 올라간 바지 아랫단이 바닥보다 1미터 위, 훤한 빛 아래에서 시선들에 노출되어 있다. 그는 양손에 큼직한 걸레를 들고 있다. 왼손은 유리창에 대고만 있고, 오른손은 조그맣게 원을 그리며 표면을 닦고 있다.

가게 모퉁이를 지나가자마자, 마티아스는 한 여자아이와 정면으로 마주친다. 그는 길을 내주기 위해 그녀 앞에서 비켜선다. 하지만 그녀는 마치 그에게 말을 건네고 싶은 듯, 그 자리에 서서, 그의 작은 트렁크와 얼굴 사이로 여러 번 시선을 오가며 그를 응시하고 있다.

"안녕하세요, 아저씨." 마침내 그녀가 말한다. "아저씨가 시계를 파는 여행자 아니신가요?"

마리아 르뒤크이다. 그녀는 마침 마티아스를 만나고 싶어 하고 있었다. 그가 섬에 아직 머물러 있다는 소식을 들었기 때문에, 그녀는 그의 숙소까지 찾아가기까지 했을 것이다. 그녀는 시계를 사고 싶다. 견고한 것으로.

마티아스는 그녀와 함께 그녀 어머니의 집으로 — 읍내를 나오면서 큰 등대로 가는 길목의 마지막 집이다 — 다시 가는 것은 불필요하다고 판단한다. 그러면 그는 현재의 여정에서 멀어질 것이다. 그는 추모비 주위의 보도에 깔린 타일을 그녀에게 가리킨다. 비가 그쳤으므로, 상품을 보기 위해선 그곳이 안성맞춤일 것이다. 그는 작은 트렁크를 젖은 돌 위에 납작하게 내려놓고 자물쇠를 작동한다.

그는 맨 윗줄의 상자들을 고객에게 보여 준 다음 뚜껑 바닥에 차곡차곡 쌓아 올린다. 그는 상자들을 움직이는 동안, 그녀가 스스로 자신의 여동생을 앗아 간 그 비극적인 사건을 빗대어 말할 것이라 기대하며, '검은 바위' 마을에서 놓친 그들의 만남에 대해 말한다. 그러나 여자아이가 그 주제에 접근하려는 어떤 의도도 드러내지 않으므로 그 자신이 좀 더 직접적으로 그녀를 그 이야기로 이끌어 가야 한다. 그녀는 마티아스의 격식을 갖춘 표현을 곧바로 중단시키며, 장례식 시간을 간략하게 알려 준다 — 금요일 아침이다. 그녀의 말에 따르면, 그녀의 가족은 가까운 친척들끼리 최대한 조용히 장례를 치르기를 희망한다. 그녀는 고인이 된 그 아이에 대해 어떤 원한에 가까운 감정을 아직도 갖고 있는 것 같다. 그녀는 자신의 관심거리인 시계 구매로 화제를 돌리기 위해, 지체할 시간이 없다고 말한다. 몇 분 사이에 그녀는 자신의 선택을 결정하고, 그 거래를 성립시키기 위한 최선의 방법에 대해서도 그녀 자신이 결정한다. 여행자는 그가 식사하는 카페에 시계를 남겨 놓기만 하면 될 것이다. 그녀는 그녀대로 그곳에 돈을 남겨 둘 것이다. 마티아스가 여행 가방을 채 닫기도 전에 벌써 마리아 르뒤크는 그 자리를 떠났다.

추모비 건너편으로, 그는 영화관의 광고판을 본다. 판자 표면 전체에 붙인 흰 종이가 광고판을 뒤덮고 있다. 그 순간 차고 주인이 조그만 병 하나와 가느다란 붓 하나를 들고 담배 가게에서 나온다. 마티아스는 그 전날의 얼룩덜룩한 포스터는 어떻게 되었는지 묻는다. 차고 주인의 대답에 따르면, 배급 회사가 보낼 때 실수한 탓에, 필름과 함께 받은 포스터는 영화와 일치하지 않았다. 그래서 오는 일요일의 프로그램을 단순하게 글씨로 써서 알려야 할 것이다. 남자가 확고한 손놀림으로 커다랗게 알파벳 O자를 그으며 벌써 작업에 들어가기 시작했고, 마티아스는 그를 떠난다.

읍사무소 오른쪽으로 돌아가는 거리를 따라간 다음, 여행자는 해묵은 뱃도랑의 끄트머리 쪽으로 지나간다. 그곳은 오래전부터 사용되지 않는 탓에 수문이 더 이상 물을 저장하지 않아 썰물로 인해 바닥이 완전히 드러나 있다. 그곳 역시 개펄을 갈퀴로 긁어 소제한 것이 확연히 보인다.

그다음에는 요새의 높은 성벽을 따라 걷는다. 그 너머로, 도로는 해안 쪽으로 되돌아오긴 하지만, 기슭까지 내려오지는 않고, 왼쪽 방향 안으로 휘며 곶을 향해 계속된다.

마티아스는 예상했던 것보다 훨씬 더 빠르게, '생소뵈르' 마을로 가는 분기점에 이른다. 이 마을은 그가 체계적으로 방문했던 마지막 구역이다. 그곳에서 그는 단 한 개의 시계만 팔았다. 그것이 그날의 마지막 성과였다. 아무튼 그곳의 주요 주택들을 서두르지 않고 열심히 방문했으니, 거기서 또다시 운을 걸어 볼 필요는 없다.

그런 까닭에 그는 간선 도로를 통해 반대 방향으로 읍내를 향해, 성큼성큼 걸으며 다시 길을 떠난다.

50여 미터 정도 걸어갔을 때, 그는 오른쪽 길가에 서 있는 한 외딴집을 다시 만난다 — 화요일에는 별로 유복해 보이지 않은 외관 때문에 그 집에 관심을 두지 않았다. 하지만 그 집은 섬에 있는 대부분의 집들과 다르지 않다. 그것들은 대부분 하나같이 네모난 두 개의 작은 창문들 사이로 나지막한 현관문이 나 있는 단층집이다.

그는 그 집 현관문을 두드리고, 왼손에 작은 트렁크의 손잡이를 쥔 채, 기다린다. 니스가 덧칠된 페인트는 최근에 다시 칠해졌고, 나무의 결들과 불규칙적인 표면을 감쪽같이 모방하고 있다. 얼굴 높이에는 두 개의 동그란 나무 마디가 나란히 그려져 있는데, 그것들은 안경 한 벌과 모양이 비슷하다. 여행자는 그의 굵은 반지로 두 번째 문을 두드린다.

복도에서 발소리가 들려온다. 어떤 표정도 없는 — 찌푸리지도, 신뢰하지도, 불신하지도, 그저 놀라지만도 않는 — 한 여자 얼굴 쪽으로 문이 빠끔히 열린다.

"안녕하세요, 아주머니." 그가 말한다. "시계를 구경해 보지 않으시겠습니까? 지금까지 한 번도 보시지 못한 것들일 겁니다. 깨지지 않고 변질되지 않으며, 고장 나지 않는, 완벽한 제품임을 보증해 드립니다. 게다가 가격은 아마 상상조차 못하실 겁니다! 그러니 한 번 구경해 보시지요! 그냥 보는 데는 1분이면 됩니다. 시간 낭비라는 생각은 절대 하시지 않을 겁니다. 보시고 사지 않으셔도 괜찮습니다."

"좋아요. 들어오세요." 여자가 말한다.

그는 복도로 들어간 다음, 오른쪽으로 첫 번째 문을 통해 부엌으로 들어간다. 그리고 부엌 한가운데를 차지하는 커다란 타원형 테이블 위에 가방을 납작하게 올려놓는다. 밀랍 입힌 새 천은 잔잔한 꽃무늬들로 알록달록 날염되어 있다.

그는 손가락 끝으로 눌러, 찰카닥 자물쇠를 작동한다. 그리고 두 손으로 뚜껑을 — 한쪽에 한 손씩, 구리 리벳을 갖추고 다른 소재로 겹을 댄 모서리 위로 엄지손가락을 대고 — 잡고는 그것을 뒤로 젖힌다. 뚜껑은 바닥에 등을 대고, 앞쪽 가장자리가 밀랍 입힌 천에 닿으며 활짝 열린 상태에 머문다. 여행자는 여행 가방 속에서 오른손으로 검은색 수첩을 들어 뚜껑 바닥에 내려놓는다. 그 다음 안내서들을 들어 수첩 위에 내려놓는다.

그는 이제 왼손으로 첫 번째 직사각형 종이 상자를 왼쪽 아래 귀퉁이에 쥐고, 45도 각도로 뒤로 기울이고, 양쪽의 긴 모서리는 테이블의 면과 평행하게, 가슴 높이에 들고 있다. 오른손으로는, 엄지와 검지로 상자 윗부분에 고정된 보호 용지를 잡는다. 종이를 오른쪽 아래 귀퉁이로 잡아 들어 올리고 수직의 위치를 넘어설 때까지 접합 부분을 축으로 방향을 전환한다. 그러고는 손가락을 종이에서 뗀다. 종이는 여전히 한쪽 가장자리가 상자 위쪽에 고정되어 있으면서 자유롭게 뒤쪽으로 회전을 계속하다가는, 결국 종이의 빳빳함으로 인해, 자연스럽게 약간 휘어지긴 했지만 다시 수직의 위치에 근접하게 멈춘다. 그러는 동안 오른손은 여행자의 가슴께로 돌아온다. 다시 말해 오른손이 왼쪽 측면으로 이동하면서 종이 상자의 중심까지 내려온다. 엄지와 검지는 서로 맞댄 채 앞으로 내밀고 있으며, 나머지 세 손가락은 손바닥 안으로 접혀 있다. 앞으로 내민 검지의 끝이 ……의 손목시계의 문자반 동그라미로 ……

……그의 손목시계의 문자반 동그라미로 다가간다. 그리고 말

한다.

"정확히 4시 15분이군."

볼록한 유리 바탕 위로, 그는 자신의 손가락에 자란 길고 뾰족한 손톱을 본다. 당연히 그것은 그가 손톱을 자르던 방식이 아니다. 오늘 저녁에 당장…….

"오늘은 배가 제 시각에 떠나는군." 여자가 말했다.

그녀는 조그만 증기선 앞쪽으로 멀어져 가더니, 곧 갑판에 어지럽게 몰려 있는 승객들의 무리 사이로 빨려 들어갔다. 그들 대부분은 바다를 건너기 위해 아직 자리를 잡지 않았다. 그들은 편안한 자리를 찾아 이리저리 돌아다니며, 서로 밀치고, 서로 소리쳐 부르고, 짐들을 모아 헤아리고 있었다. 다른 사람들은 육지에 남아 있는 가족들에게 마지막 작별 인사를 몸짓으로 건네기를 원하며, 배 안의 좁은 통로를 따라 둑 쪽을 향해 서 있었다.

마티아스 자신도 뱃전에 팔꿈치를 괴고, 비스듬한 돌 비탈에 와서 스러지는 바닷물을 바라보았다. 접안 경사면의 요각(凹角) 모퉁이에서 해수면은 규칙적인 리듬으로 약하게 찰랑대고 일렁거렸다. 좀 더 오른쪽으로 수직 벽과 함께 경사진 사면이 만드는 능선이 비스듬히 물러서기 시작했다.

고동이 마지막으로 한 번 날카롭고 길게 울렸다. 그리고 선교(船橋)에서 전기 음향의 고동이 들려왔다. 선체에 맞댄, 더욱 짙은 깊은 물의 영역이 눈에 보이지 않게 넓어져 갔다.

저 너머 돌을 얕게 뒤덮은 수면 아래로, 바위들의 우툴두툴한 표면에서, 그것들 사이의 제법 움푹한 시멘트 접합 선들에 이르기까지 세부들이 아주 선명하게 보였다. 그곳에는 강조된 — 아마 과장되었을 것이다 — 그림자들로 인해, 굴곡들이 대기 속에서보다 더욱 뚜렷하게 눈길을 끌었지만, 동시에 돌출 부분은 눈속임 기법으로 그린 사실적인 그림처럼 진짜 불거져 있다는 인상을 주지 않아 더더욱 비실제적으로 보였다.

바다는 그날 아침 증기선이 도착했을 때의 해수면 높이와 비교할 때 벌써 꽤 높아졌지만, 완전히 올라온 것은 아니었다. 여행자는 승객들의 얼굴을 보기 위해 선착장까지 왔던 적이 있었다. 온화한 외양의 민간인들, 부두에서 아이들과 아내의 마중을 받으며 집으로 귀가하는 고장 사람들만 있었다.

경사진 면에는 아직 건조한 부분이 남아 있었고, 그 아래쪽에 조금 더 센 잔물결 하나가 단번에 적어도 50센티미터 너비로 또 다른 지대를 적셨다. 그 물결이 물러났을 때, 화강암 위에는 그전까지 보이지 않던 회색과 노란색 기호들이 새로 나타났다.

물은 요각(凹角) 모퉁이에서 규칙적으로 부풀어 올랐다가 풀썩 주저앉기를 반복하며, 그 조그만 섬으로부터 수천 마일 떨어진 먼 바다의 부표 옆을 지나갈 때 그것에 부딪치던 너울의 움직임을 보았던 기억을 여행자에게 떠올렸다. 그는 약 세 시간이 지나고 나면 육지에 가 있을 것이라고 생각했다. 그는 발아래 놓아둔 목질 섬유로 된 여행 가방을 힐끗 쳐다보기 위해 약간 물러섰다.

그것은 함석으로 된 육중한 부표였고, 물 위에 떠올라 있는 부분은 곧추선 원뿔 위로 금속 막대와 판들이 조립된 복합체였다. 그 결합체 전체는 바다 표면보다 3, 4미터 높이 솟아 있었고, 원뿔 모양 받침대만으로도 그 높이의 절반 가까이는 되었다. 나머지는 보기에도 명백히 균등한 세 부분으로 나뉘어 있었다. 먼저 네 개의 수직 쇠기둥을 가로대들로 결합시킨 정사각형 단면의, 빛이 통과하는 가늘고 작은 탑이 원뿔의 뾰족한 끝 위에 서 있었다. 그 위에는 수직 창살들로 된 일종의 원통형 새장이 중심에 놓인 불빛 신호를 보호하고 있었다. 마지막으로, 세 개의 이등변 삼각형이 그 구조물의 큰 축을 연장하는 한 막대에 의해 원통에서 분리된 상태로 꼭대기에 설치되어 있다. 그것들은 속이 꽉 찼고, 하나의 꼭대기가 그다음 것의 수평적 밑변을 그 중심에서 떠받치는 식으로 포개져 있었다. 건축물 전체가 아주 새까만 색으로 칠해 있었다.

그 장치가 파도의 움직임을 따를 만큼 충분히 가볍지 않았으므로, 해수면이 파도의 리듬에 따라 원뿔의 사면을 타고 올라갔다 내려갔다 하고 있었다. 바닷물의 투명함에도 불구하고 하부 구조의 세부는 보이지 않았고, 단지 춤추는 형태들만 알아볼 수 있었다. 체인들, 암벽들, 기다란 해조들 혹은 그 구조물 전체 덩어리의 단순한 그림자들…… .

다시 한 번, 여행자는 세 시간이 지난 뒤에는 육지에 도착해 있을 것이라고 생각했다.

해설

새로운 인간, 새로운 리얼리티, 새로운 문학

최애영(서울대 강사)

1. 누보로망의 대변인, 로브그리예

알랭 로브그리예는 프랑스 문학계에 첫발을 들여놓던 순간부터 격렬하고 때로는 거의 증오에 가까운 거부감을 불러일으켰으며, 이후 반세기 동안 프랑스 문학과 문화계에 지속적으로 논란을 부추겼던 작가이다. 처음 그가 등장했을 때 어떤 이들은 그의 작품에 정신병을 앓는 환자의 모습을 보기도 했고, 어떤 이들은 19세기 소설 문학의 유산과 결별하겠다는 지극히 정당한 계획으로 인해 그 속에서 오히려 일종의 '살인자'의 모습을 보기도 했다. 당시 프랑스인들의 의식을 지배하던 근대적 인간관을 파괴하기 위한 새로운 글쓰기 시도를 '안티휴머니즘', '인간의 거부', 더 나아가 '비인간적인 것'으로 그들이 오해했던 것이다. 하지만 그의 문학적 시도는 도덕성, 일관성, 동질성, 질서에 대한 근대 부르주아지의 신념을 거부하고, 새로운 시대, 새로운 인식 틀 속에서 인간을 새롭게 바라보는 데 목적이 있었다. 여기에는 근대 문명에 대한 근본적인 환멸이 있었다. 두 차례의 세계 대전, 특히 제2차 대전 당시 질서와 순수와 선의 이름으로 저지른 나치의 반인륜적인 범죄와 그에 대한 암묵적인 공조가 차후에 불러일으킨 환멸이 프랑스 사회를 지탱해 오던 기존의 가치들에 대한 신뢰를 무너뜨린 것이다. 인간에게 존재 양식의 당위성을 보장해 주던 신에게 인간 자신이 죽음을 선고한 이후 누리게 된 실존적 자유가 주체 내에 유발하는 존재의 잉여감, 도저히 이해할 수 없는 세계의 부조리함……. 이런 비관적인 인식들이 두 차례 전쟁을 겪으면서 근대적 인간관에 대한 환멸과, 절대적 신권에 대항했던 근대의 찬란한 인간 중심주의 유산의 부정으로 이어졌던 것이다.

그는 홀로 행동하지 않았다. 공식적인 학파의 형태가 아닌 하나의 '운동'을 형성해 나가던 다양한 작가들 대열의 최전방에서, 그는 소설 형태에 대한 반성을 통해 동시대의 음악과 미술에서 벌어지던 것과 유사한 미학적 변혁을 문학에 가져오겠다는 그들의 공통된 의지를 대변했다. 19세기 전반 프랑스에 출현한 발자크의 사실주의가 이후 한 세기가 넘게 흐르도록 어떤 변화다운 변화도 제대로 겪지 않았기에, 그들의 관건은 그러한 사실주의에 종지부를 찍고 새로운 세계에 걸맞은 새로운 소설 세계의 창작 방식들을 만들어 내는 것이었다. 발자크는 그 부정의 과정에서 거명된 상징적 희생양이었다. 로브그리예의 작용이 중요한 영향력을 행사하던 미뉘(Minuit) 출판사를 거점으로, 이른바 '앙티로망(반소설)'의 기치 아래 '신' 소설가 그룹이 형성되었다. 그렇게 '누보로망'

이라는 카테고리가 만들어졌고, 작가들은 인간에 대한 새로운 비전을 통해 새로운 리얼리티를 재현하는 새로운 사실주의, 새로운 소설 세계를 표방했다.

그들의 공통된 지향점은 궁극적으로 글쓰기에 대한 전망 속에 있었고, 내용보다 형태를 우위에 두는 '글쓰기의 모험'을 통해 추구되었다. 그들에게 작가의 유일한 참여는 오직 치열한 작가 정신에 의해 추동된 글쓰기 행위였다. 그들은 하나의 인물에 이름을 부여하고, 미리 설정된 성격에 부합하는 외모를 결합함으로써 어떤 확고한 정체성의 환상을 심은 다음, 그 인물을 중심으로 환경을 설정하고 정교한 심리 분석의 인과 관계에 따라 그의 과거와 현재와 미래의 일관된 역사를 엮는 전통적인 소설 기법을 거부한다. 20세기 전반에 이미 시작된 '반소설'의 움직임이 이제 소설 기법에 대한 근본적인 소송으로 이어진 것이다. 플로베르, 사르트르, 카뮈만큼이나 베케트, 윌리엄 포크너, 제임스 조이스 등 프랑스 문학 전통과 무관한 작가들이 심리 분석의 전통을 벗어나려는 프랑스 작가들에게 중요한 영향을 끼쳤다는 점은 여기서 시사하는 바가 크다. 그만큼 프랑스 문학은 전통적으로 심리 분석과 프랑스어의 명료함에 최고의 가치를 부여해 왔다. 이러한 사실을 염두에 둘 때, 누보로망의 글쓰기 변혁이 가져온 의미의 파장은 더 잘 짐작할 수 있다. 그리고 그러한 움직임이 가능했던 것은 독일군의 점령에 저항하기 위해 은밀하게 미뉘 출판사를 세웠던 출판인 제롬 랭동(Jérôme Lindon)의 혁신적인 문학에 대한 과감하고 확고한 신념이 큰 역할을 했다는 사실을 간과할 수 없을 것이다.

세월이 흐르면서, '신' 소설가들은 강력하고 일관된 행보를 통해 점차 그 의미를 인정받고 독자층도 조금씩 확보해 나갔다. 그리고 그에 따라 명성도 함께 얻게 되었다. 클로드 시몽(Claude Simon)은 노벨 문학상을 받았고(1985) — 그것은 누보로망이라는 기치 아래 활약했던 프랑스의 작가군 전체에 바친 경의의 표시였다 — 나탈리 사로트(Nathalie Sarraute)는 갈리마르의 '라 플레이아드' 총서에 포함되었다. 노벨 문학상이 '불건전한' 상상 세계를 꿈꾸는 자의 몫이 될 수는 없었다. 그러나 로브그리예는 프랑스 현대 문학을 대표하는, 가장 상징적이면서 미디어에 가장 널리 알려진 작가로서, 또 영화 발전에 뚜렷한 족적을 남긴 영화인으로서 전 세계의 관심을 자신에게 집중시켰으며, 특히 미국에서는 수많은 강의와 강연 등을 통해 왕성하게 활동했다. 그리고 2004년에는 마침내 아카데미 프랑세즈의 이른바 '불멸의 회원'으로 선출된다. 아마도 프랑스 문화를 세계에 널리 알리는 데 크게 기여한 그의 활약 덕분이었을 것이다. 그러나 그는 제도권에 대해 냉소적인 태도를 굽히지 않고 늘 거리를 두었으며, 자신의 '일탈적' 세계에 대한 어떤 종류의 만회도 시도하지 않았다. 만 86세로 운명하기까지 그는 그야말로 '부적절한' 악동의 위치를 한 번도 포기하지 않았다.

2. 글쓰기 모험의 진면모

1955년 『엿보는 자』의 비평가상 수상은 일명 '『엿보는 자』 논쟁(Querelle du Voyeur)' 이라 불리기도 하는 격렬한 논쟁을 일으키며, 프랑스 문학계를 두 진영으로 양분시켰다. 그것은 아카데미 프랑세즈 회원들과 소르본 대학 원로 문학 교수들로 구성된 기성 문학 세대와, 조르주 바타유나 모리스 블랑쇼 등의 신세대 비평가들 사이의 극한 대립 속에 벌어진 프랑스 문학사에 남을 일종의 '신구 논쟁' 이었고, 그의 수상은 소장파의 승리를 넘어 새로운 문학의 승리를 의미했다. 부르주아 가치관을 잣대로 삼아 '발자크류' 소설 읽기에 길들여진 구세대 비평가들은 급기야 자리를 박차고 나가 버렸고, 문학에 대한 새로운 시각을 열어 가던 신세대 비평가들은 독창적인 글쓰기 실험을 통해 새로운 문학 예술을 추구한 노력의 결실을 높이 평가했다. 수상 작품은 플로베르와 말라르메 이래 지탱되어 온, 문학은 언어를 재료로 독특한 형태의 세계를 창조하는 예술이라는 비상한 신념의 맥을 잇고 프랑스 현대 문학의 새로운 장을 여는 문제작으로 인식되었다.

그러면 로브그리예의 소설에서 사람들이 비난한 것은 무엇일까? 이 질문을 다시 표현해 보자. 신비평가들이 열광한 그의 소설 세계의 특징은 무엇일까? 먼저 그것은 그가 이야기를 불명확한 연대기 속에 위치시켰다는 것이다. 그러한 불확정성은 많은 사람들에게 하나의 이야기에서 기대하던 즉각적인 이해 가능성을 명백히 해치는 것으로 느껴졌지만, 사실은 의식이 지각하는 계기적 시간성에 대한 불신의 산물이었다. 그것은 의식과 세계 사이의 균열, 생각의 현재 속에서만 유효한 의식의 불연속성과 비일관성, 지속성을 띤 무의식적 시간과 의식의 단절을 재현하려는 새로운 리얼리즘의 실천이었다. 로브그리예의 기획은 이미 프루스트나 조이스가 시도했던 작업을 극단으로 밀고 나간 실험이었고, 신성한 전통에 대한 우발적인 폭력이 아니라, 앞서 시작된 과정들의 논리적인 계승이자 추구였다.

이처럼 확고한 신념의 행동 주체로서의 의식의 위상을 불신하면서, 그는 세계에 대한 인간의 제어 권리와 능력을 일체 부정할 수밖에 없게 되었다. 세계는, 타인은, 사물은 주체인 '나'의 존재와 마찬가지로 '그저 거기 있을' 뿐이다. 로브그리예에 따르면, 인간은 세계의 중심이라는 나르시스적인 환상을 포기하고, 사물을 있는 그대로 바라보는 현상학적인 태도를 취함으로써, 세계와의 내밀한 소통을 거부해야 한다. 의식의 일관성과 구심력에 대한 회의는 곧 외부 세계와 인간 사이의 인과 관계의 해체를 의미한다. 그의 소설 속에서 영웅의 부재가 그렇게 설명된다. 그 속에는 영웅도 반영웅도, 주인공도 없다. 인물은 단지 목소리와 시선의 소재(所在)일 뿐이다. 이처럼 심리의 깊이와 메타포의 심오함을 거부하는 그의 '평면적' 글쓰기는, 롤랑 바르트가 핵심을 짚었던 것처럼, 무엇보다 먼저 '사물 중심적' 글쓰기로 정리될 수 있으며, 기성세대가 불편해하던 가장 큰 이유도 거기에 있었다. 그들이 비난한 것은 그가 텍스트에서 심리학과 휴머니즘을 비운 법의학자의 치밀함으로 사물들과 그것들의 장소를 복원하고, 그것들을 텍스트 전체에

편재하게 한 것이었다. 하지만 그것은 주관적인 혹은 상징적인 의미에 대한 어떤 참조도 가능하지 않은, 엄격하게 중립적인 물질적 리얼리티 앞에서 그들이 느낄 수밖에 없었던 당혹감의 표현이다. 낭만적 깊이에 대한 거부에서 탄생한 새로운 리얼리즘은 표면적으로는 '고전적'인 것처럼 보이는 작가 플로베르가 처음 시도했던 사실주의를 극단으로 밀고 간 것이다. 사람들은 인간을 문학으로부터 추방시키기 위해, 작자를 자신의 책에서 추방시키기 위해, 그리고 인간 존재들을 사물들로 대체하기 위해 난데없이 불쑥 솟아난 것처럼 그를 취급했지만, 그의 출현은 프랑스 문학의 큰 줄기를 계승하고 있었다.

이처럼 그의 소설은 비록 전대미문의 새로운 양상을 보이고 있다 하더라도, 그의 입장만큼은 결코 전적으로 낯선 시도가 아니었다. 그런데도 그가 등장했을 때 사람들은 왜 그토록 불편해했던 것일까?

로브그리예의 즉물적인 묘사는 그 세밀함과 정확함에도 불구하고 우리에겐 결코 이해하기 쉽지 않은 수수께끼의 세계를 제공한다. 그것은 인물의 행위와 전적으로 무관한, 동기 없는 무상성을 띠는 듯하지만, 역설적으로 극사실적인 배경은 외부 세계와 전혀 동떨어진 허구 세계를 구성하면서 모호한 미로 속으로 독자들을 밀어 넣는다. 게다가 각각의 장면은 자세히 관찰해 보면 아주 미묘한 수정이 가해진 또 다른 장면의 반복임을 알 수 있다. 8자 모양으로 감은 노끈, 부두에서 발견된 고리의 흔적, 해수면 위로 떠다니는 담뱃갑 등 몇몇 사물이나 이미지들은 때로는 그대로 때로는 미세하게 수정된 형태로 반복하여 등장하면서, 독자들로 하여금 그것들이 어떤 의미를, 아니면 적어도 어떤 기능을 수행할 것이라는 생각을 갖게 만든다. 그렇다고 이들 장면 사이의 관계가 한눈에 들어오지도 않는다. 이러한 반복적인 묘사는 익숙하면서도 묘하게 낯설어, 모호하기만 한 환상 세계를 막연히 떠올리게까지 한다. 객관적이고 즉물적인 묘사 중심의 글쓰기는 욕망에 대한 극히 주관적인 환상을 강렬하게 불러일으키는데, 바로 그 지점에서 독서의 난해함이 발생한다.

동일한 사물로 계속 되돌아오는 시선은, 아무리 그 사물을 정밀하게 해부해도 결코 그것에 만족할 만한 하나의 고정된 정체성이나 의미를 부여하지 못한다는 사실을 역설적으로 말해 준다. 사물과 인간 사이에 균열 없는 논리적 관계가 존재할 수 없음을 직감하는 순간, 그 시선은 결코 외부 세계와 완벽한 일체감을 느낄 수 없다. 그러한 단절을 어떻게든 극복하고 의미를 부여하겠다는 낭만주의적, 비극적 정서를 포기하자는 그의 '거리 두기' 원칙은 외부 세계와의 단절에 대한 직관적인 체험에서 비롯된 것이며, 여기서 사물을 향하는 시선은 세계 속에 내던져진 이방인의 것이라고 할 수 있다. 그러나 사물을 향한 그 시선은 결코 사물을 있는 그대로 모사하는 '눈-카메라'가 아니다. 낯설기만 한 사물에 집착하는 시선은 이미 그것의 의미를 묻는 욕망의 표현이며, 사물은 주관적 시선과 만나 무의식적인 환상 작용의 무대가 되면서 보이지 않는 욕망에 따라 미시적으로 변형되고 왜곡된다. 그러나 그 욕망은 철저히 카메라 뒤에 숨어 있어 결코 텍스트의 표면에 적나라하게 고백되지 않으며, 오직 독서의 현장에서 막연히 암시될 뿐이다. 이렇듯, 그의 극사실적 묘사는 언뜻 보기에는 고정불변의 견고한 사물들로 이루어진 너무도 일상적인 세계를 보여 주는 듯하지만, 사실은 그 의미가 끊임없이 의식의 지평 너머로 달아나는 기이하고 불안한 환상 세계로 독자들을 유인한다. 가장 객관적이고 표면적인 물질성이 가장 내밀한 주관성의 표출 통로인 것이다.

이렇게 볼 때, 로브그리예의 작품이 독자들에게 불러일으킨 문제가 무엇인지 짐작할 수 있다. 그것은 객관주의적, 극사실주의적 글쓰기의 산물이 독서 과정에서 일으키는 부인할 수 없는 주관성의 문제이다. 오랫동안 비평가들이 로브그리예의 글쓰기 속에서 주관성을 인정하는 데 주저했던 것은 그들이 그의 작품 속에서 주관성을 예감하지 못했기 때문이 아니었다. 로브그리예가 자신의 소설은 전적인 주관성을 겨냥한다고 고백했음에도 불구하고, 그들은 그가 자신의 이론에 충실하지 않았다고 비난하기 위해서만 주관성에 대해 이야기했을 뿐이었다. 이러한 오류는 부분적으로는 주관성을 그의 글쓰기에 통합시켜 이해할 수 있는 관점의 결여에서 비롯했다고 할 수 있다. 그러나 이러한 오류는 어떤 의미에선 프로이트 이론에 대한 그의 이중적이고 역설적인 태도에 의해서도 야기되었다.

그는 프로이트의 정신 분석에 대해 꽤 정교한 생각을 갖고 있음에도 불구하고, 그것이 형이상학이든 심리학이든 정신 분석이든 간에 모든 종류의 초월적인 가치들에 대해 거리를 유지하는 것의 중요성을 끊임없이 천명했다. 하지만 그것은 소설이 기존의 인식이나 가치의 복제가 아니라 새로운 세계의 창조여야 한다는 신념의 고백이었을 뿐, 결코 프로이트 이론에 대한 미학적 관심이 그에게 없었음을 의미하지는 않는다. 이렇게 우리는 겉보기에 전혀 다른 두 관점, 즉 현상학적이면서 동시에 정신 분석적인 관점에서 그의 글쓰기를 바라봐야 한다. 이를 위해서는 그가 초현실주의자들로부터 받은 영향에 대해 잠시 알아볼 필요가 있다.

초현실주의자들은 프로이트의 꿈의 이론을 문학적으로 탐구한 선구자들이다. 로브그리예가 그들에 대해 취한 태도는 매우 선명하다. 이들을 그와 구분하는 것은 바로 초현실주의자들의 자동기술 원칙이다. 말하자면, 모든 의식적인 능력을 잠재우고 무의식적인 충동 앞에서 전적으로 수동적이어야 한다는 것이다. 그들의 자동 기술 원칙과 합리적 사고에 대한 무관심은 의도적 행위로서의 예술의 부정을 의미했다. 반면, 로브그리예는 예술로서의 문학을 내세우며 가장 의식적이고 계산된 글쓰기를 실천함으로써 그들과 거리를 두고자 했다.

그러나 그가 초현실주의에 빚지고 있는 것은 분명하다. 변두리에 머물러 있던 초현실주의자 조 부스케(Joë Bousquet)에게서 로브그리예는 예술에 바치는 관심과 체계적인 연구 자세를 배운다. 의식 아래의 세계로 하강하는 밤의 체제와 예술적인 재구성이 이루어지는 낮의 체제 사이의 선명한 대립 속에서, 시인은 자동기술의 경계 지점에 미학적인 창작과 지적 · 의식적 작업이 반드시 동반되어야 한다는 입장을 내세운다. 이러한 관점은 그저 거기 있을 뿐인 것으로 현상학적으로 인식되는 사물들이 정서적인 삶과 상관관계를 맺을 수 있는 가능성을 로브그리예에게 암시한다. 즉 마치 꿈속에서 익숙하고도 낯선 사물이 욕망하는 주체의 존재를 입증해 주는 기표인 것처럼, 소설의 공간 속에서 사물이 그렇게 기능할 수 있는 가능성을 그가 본 것이다. 결국 객관적인 글쓰기를 통해 사물들을 그의 소설 공간 여기저기에 위치시키는 것은 허구의 공간 속에서 인물의 심리와 무관하게 존재하는 사물들로써 어떤 환상적인 의미를 창출하기 위한 전략이다. 이때 인물은 그렇게 형성되는 환상이 귀속되는 인격이 아니라, 텍스트 전체가 하나의 허구적 · 환상적 공간으로 조직되는 서사 중심축으로 이해하는 것이 더 타당할 것이다. 심리 분석에 기초한 전통 소설 세계가 깊이에 대한 믿음을 전제로 했다면 그의 소설 세계는 이처럼 불연속적인 사물들의 치밀한 접합을 통해 인간 심리 깊이의, 말하자면 수직적 단층들을 불연속적인 평면으로 재구성한 것이며, 이것이 그의 소설 세계를 환상적으로 만든다.

3. 범죄의 재구성: 현실과 환상의 퍼즐

지금까지 보아 왔던 글쓰기 모험의 원칙들이 소설 『엿보는 자』에서 어떻게 실현되었는가 하는 것은 매우 민감한 문제이다. 왜냐하면 실천은, 다시 말해 글쓰기는 이론의 적용이 아니라, 그것 나름의 고유한 논리에 따라 작가의 존재 전체가 동원되는 매우 복합적인 작업이기 때문이다. 예를 들어, 작자가 원래 '여행자'

로 정했던 작품 제목은 출판사와의 협의 끝에 '엿보는 자'로 바뀌었다. 그의 사물 중심적 글쓰기에 대한 논의는 앞서 『고무지우개』가 발표되었을 때 롤랑 바르트에 의해 전개되었던 것이었지만, 수정된 이 제목은 극사실적 묘사 기법이 가세하면서 이 작품의 독서를 시각적 측면에만 편중되게 만드는 효과를 자아내기도 했다. 그러나 이 소설은 세 번의 뱃고동 소리로 시작하며, 곳곳에 들려오는 크고 작은 파도 소리나 신음 소리는 어떤 성적 폭력을 떠올리는 환상 작업의 촉매제가 된다. 소리의 풍부함에 귀를 막고는 이 소설을 읽을 수가 없다 — 이러한 관점에서 프랑스어와는 달리 의성어가 풍부한 한국어는 소리의 세계를 부각시킬 수 있는 매력이 있다. 게다가 요동치는 물의 움직임과 그림자의 선명한 선들을 지워 버리는 구름은 경계를 허물면서 극사실주의적 글쓰기를 위협한다.

그럼에도 불구하고 이 작품은 지금까지 보아 왔던 그의 글쓰기 모험의 원칙들을 매우 성공적으로 실현한 뛰어난 작품으로 꼽힌다. 이 소설에 나타난 글쓰기 전략의 특징을 한 가지만 들어 보는 것으로도 충분할 것이다. 동그라미, 정사각형, 원뿔, 암시적 혹은 직접적인 방법으로 반복 등장하는 8자 모양 등 예정된 어떤 상징적 가치도 부여할 수 없는 기하학적 도형 이미지의 반복은 사물 중심적 글쓰기의 좋은 예라 할 것이다. 더구나 8자 모양은 고등수학에 상당한 지식을 갖고 있던 로브그리예가 '베르누이의 렘니스케이트 곡선(Bernoulli's Lemniscate)'에서 힌트를 얻은 것이었다. 그런데 그 방정식의 그래프는 누운 8자 모양 하나에 그치지 않고, 방정식의 구성 요소들 사이의 상관관계에 따라 y축을 중심으로 대칭 관계에 있는 두 개의 동그라미, x축을 중심으로 아래위로 두 개의 3자를 포개 놓은 듯한 모양, 혹은 원점을 중심으로 타원이나 동그라미를 그린다. 더욱 감탄할 만한 것은 마치 8자 형태로 꼬이면서 내면과 외면이 만나는 뫼비우스 띠처럼, 8자 모양의 섬의 지형도를 완성하는 마티아스의 외부 공간의 수평적 이동을 따라가며 환상들이 직조된다는 사실이다.

요컨대 로브그리예가 창작하고자 하는 것은 우선 철저하게 중립적이고 극사실주의적인 문학 공간이다. 수학자와 기하학자의 치밀한 객관성으로 구성된 세계 속에서 사물들은 인간 중심적 결정주의를 벗어나며, 묘사는 오직 그 자체로서만 의의를 지닐 뿐, 줄거리의 구성에 참여하지 않는다. 이처럼 사물과 묘사의 우위 속에서 인물들은 더 이상 세계의 지배자가 아니며 오로지 목소리와 시선을 세계에 내려놓는 역할만 수행할 따름이다. 소설 한가운데서 배회하는 인물 마티아스는 나이, 성(姓), 외모 등 전통적으로 한 인간을 구성한다고 여겨 오던 요소들 중 어떤 것도 부여받지 않았을뿐더러, 그러한 결여는 작품 속에서 하등의 중요성도 지니지 않는다. 그는 손목시계를 팔기 위해 한나절을 보내려고 어떤 섬에 찾아온 여행자이며, 그곳은 그가 태어난 곳인 것처럼 보인다. 이렇듯 인물 재현은 겨우 밑그림 정도에 그칠 뿐이다. 반면, 그가 침투해 들어가는 세계는 불확정 상태의 한 시선의 면밀한 관찰 대상이 된다. 그렇다면 마티아스는, 혹은 화자는 과연 무엇을 '엿보는 자' 일까? 실제 장면인가? 아니면 상상 세계에서 벌어지는 환상적 장면인가?

이야기는 같은 날 오후 뭍으로 돌아가는 배를 타기 전에 자신에게 남은 시계를 모두 팔아야 하는 절박한 상황에 놓인 마티아스의 공간 이동과 재고 정리로 요약된다. 그는 우선 항구의 집들에서 작업을 개시한다. 그러고는 자전거 한 대를 빌린 다음, 미리 세운 계획에 따라 섬을 구획 지으며 샅샅이 훑어 나간다. 이야기는 그의 뒤를 걸음걸음 따라가며 현실과 상상이 혼재된 그의 이동과 멈춤의 순간들을 이야기한다. 그럼에도 불구하고 그처럼 철저한 보고서에 공백이 불쑥 드러난다. 약 한 시간가량 마티아스의 행적이 은폐되어 있는 것이다. 마레크의 농가에 가지 않고 낭떠러지 쪽 오솔길을 접어든 다음 그는 무엇을 했을까? 소설은 그 수수께끼에 대해 어떤 것도 말해 주지 않을 것이다. 그러나 이제 이야기는 더 이상 정상적인 흐름을 이어 갈 수 없게 된다. 모든 것이 구멍보다 앞서 이야기되었고, 그 구멍이 있고 나서 — 우연이긴 하지만, 원본에서 1부와 2부 사이의 빈 페이지가 공교롭게도 88페이지이다 — 이야기는 새로 시작된다. 마티아스는, 혹은 화자는 그 껄끄러운 공백을 없애기 위해 그 이전과 이후를 최대한 접근시키려고 한다. 그러나 너무 늦었다. 그 구멍은 독자들의 모든 관심을 빨아들이고, 독자들은 그것이 불러일으키는 환상의 강박에 사로잡힌다.

이제부터 마티아스는 그 공백을 메우기 위해 그의 하루를 끊임없이 재구성한다. 혼란에 빠진 그는 돌아가는 배를 놓치고 섬에서 자야 한다. 다음 날, 낭떠러지 아래에서 어린 자클린의 훼손된 나신이 발견된다. 그 아이는 실족사한 것일까? 아니면 살해된 것일까? 이러한 상황에서 독자에게는 마티아스가 마치 살인자인 듯 행동하는 것으로 보인다. 지난날의 재구성은 곧 알리바이를 찾는 초조한 노력으로 비친다. 게다가 마티아스는 그가 남겨 놓았을 수도 있을 상황 증거들을 제거하기 위해 낭떠러지로 되돌아가기까지 한다. 하지만 그가 정말로 범죄를 저지른 것일까? 낭떠러지에 대한 그의 추억들, 그의 강박들은 그를 둘러싼 세계에 의해 지탱되고 연장된 환상들은 아닐까? 지갑을 꺼낼 때마다 삐죽이 빠져나와 있는 신문 기사 조각, 범죄에 대한 어떤 정보도 제공하지 않는 그 신문 기사 조각을 그는 여행하는 동안 도대체 몇 번이나 꺼내 보았던 것일까? 그의 알리바이를 성립시키려는 강박 속에는 어쩌면 범죄의 상상적 재구성이 들어 있는 게 아닐까? 그런데 은폐된 장면은 마티아스가 새벽에 집을 떠나는 순간부터, 곳곳에 산재해 있다. 생자크 거리의 어느 집 창문, 팔다리가 부러지고 더러워진 인형, 진열창에 비스듬히 기대선 여성 마네킹, 모종의 폭력을 느끼게 하는 영화 포스터, 붉은색 휘장이 마구 헝클어진 텅 빈 침대, 겁에 질린 듯한 카페 여종업원, 뱃사내와 어린 여자가 환기시키는 묘하게 가학적인 분위기, 그리고 환상인지 실제인지 분간할 수 없는 비올레트의 추억……. 어떤 잔혹한 드라마를 구성함 직한 이 모든 세부 사항들이 시간적 순서 밖에서, 어쩌면 유일한 현실이라 할 자클린의 죽음과 무관하게, 범죄의 장면을 연상시킨다. 그 장면은, 그것이 부각되기 훨씬 전부터, 천천히, 연속적이고 반복적으로 등장하는 요소들의 연상을 통해 이야기를 가로지르며 유령처럼 곳곳을 떠다닌다. 그러나 섬에는 마티아스 외 어느 누구도 범죄에는 관심이 없다.

결국, 범죄는 시간과 공간의 틈 이외에 아무것도 아닌지도 모른다. 독자의 머릿속에서 살인자처럼 상상되는 마티아스의 모든 노력은 시계를 파는 것이 아니라, 범죄를 재구성하고, 자기 행적의 기록에서 시간상의 빈틈을 메우는 작업이다. 왜냐하면 그의 무죄는 빈틈없는 매끄러운 표면을 구성하여 섬 공간의 8자 지형학을 완성하고 시간의 연속성을 되찾는 일로 확인될 것이기 때문이다.

끝으로, 낭떠러지에서 보낸 시간의 공백을 메우기 위해 끊임없이 과거를 재구성하면서 일기장을 수정하고 보완하는 마티아스의 노력이 텍스트의 문체상의 전략과 상징적으로 조응한다는 사실을 언급할까 한다. 하나의 표현을 수정하고 보완함으로써 이야기를 치밀하게 엮어 나가는 빈틈없는 화법은 예외적으로 많은 대시들로 부연 설명들을 삽입해 나감으로써 텍스트를 촘촘히 엮어 가는 문체적 특성을 만들어 낸다. 분석적인 프랑스어 구조를 효과적으로 활용한 문체가 한국어에서 잘 살아났을지는 의문이지만, 옮긴이가 가급적 대시를 살리고자 한 것도 원 텍스트의 그런 모양새를 환기시키려는 의도 때문이었다.

판본 소개

*Le Voyeur*의 판본은 1955년 미뉘 출판사(Les Éditions de Minuit)에서 발행된 것이 유일하다.

알랭 로브그리예 연보

1922 **8월 18일** 브르타뉴 지방의 브레스트에서 아버지 가스통 로브그리예와 어머니 이본 카뉘 사이에서 태어났으며, 연년생 누나 안리즈가 있음.

1928~1942 집 근처 초등학교를 마치고(1928~1933), 중학교와 고등학교 2학년까지 파리의 뷔퐁 고등학교를 다니다가(1933~1939), 브레스트의 기초 수학반에서 고등학교를 마치고(1939~1940), 바칼로레아를 우수한 성적으로 통과. 생루이 고등학교에서 국립 농업학교 입학시험 준비반을 거쳐(1940~1942), 1942년 가을에 입학.

1943~1944 소설 창작에 관심을 갖고 습작 시작. 1943년 봄부터 1944년 8월까지 독일 뉘른베르크에서 구축 전차 생산 노동자로 의무 복역. 귀국 후 학업을 마침.

1945~1948 국립 통계 경제 연구소(INSEE)에서 근무하며 글쓰기를 시작. 이때 쓴 『불가리아에서 보낸 나흘(*Quatre jours en Bulgarie*)』이 훗날 『사선들(*Obliques*)』 n° 16~17(1978), '로브그리예'에 실림.

1948~1949 INSEE를 떠남. 이 공백기에 첫 소설 『시역(*Un régicide*)』 창작. 원고는 갈리마르 출판사에 제안되지만 거절당함.

1949~1951 식민지 유실수 연구소(IFAC) 연구원으로 모로코, 기니, 과들

루프, 마르티니크에 두루 체류하다 풍토병에 걸려 귀국, 두 번째 소설 『고무지우개(*Les Gommes*)』를 집필.

1951~1954 1951년 여름, 카트린 르스타키앙(Catherine Rstakian)과의 운명적인 만남. 소설 『고무지우개』 원고를 미뉘 출판사 사장 제롬 랭동(Jérôme Lindon)에게 전달(1952). 이를 계기로 두 사람 사이에 30여 년간 지속될 돈독한 우정이 맺어지고, 로브그리예는 미뉘 출판사와 50여 년간 지속적으로 긴밀한 관계를 유지. 1953년, 이 소설은 동 출판사에 의해 발행되어 페네옹 상(prix Fénéon)을 수상하고, 장 케롤(Jean Cayrol), 롤랑 바르트와 같은 비평가들의 주목을 받음. 1954년, 로브그리예는 농업 부서의 일자리를 잃음.

1955~1956 1955년 1월 미뉘 출판사 원고 심사 위원이 되어 제롬 랭동의 문학 분야 고문으로 활동하면서, 새로운 경향의 글쓰기를 추구하는 작품들을 발굴함. 소설 『엿보는 자(*Le Voyeur*)』 발표(미뉘 출판사, 1955)로, 프랑스 문학계의 파란을 일으키며 '비평가상' 을 수상하고(1955), 이듬해에는 델 뒤카(Del Duca) 재단의 지원금을 받음. 그리고 시사 주간지 『렉스프레스(*L'Express*)』에 '오늘의 문학' 이라는 주제로 9회에 걸쳐 칼럼을 연재.

1957 소설 『질투(*La Jalousie*)』 발표(미뉘 출판사). 첫해의 판매는 프랑스어권 전역에 걸쳐 5백 부에도 미치지 않았지만, 현재는 스테디셀러로 꼽히고 있음. 같은 해 10월, 카트린과 결혼. 그녀는 1956년 장 드 베르(Jean de Berg)라는 필명으로 미뉘 출판사에 소설 『이미지(*L'Image*)』를 발표했으나, 곧 검열로 출판 금지됨. 그리고 1985년에는 잔 드 베르(Jeanne de Berg)라는 필명으로 『여성들의 제식(*Cérémonies de femmes*)』을 그라세 출판사에 발표. 로브그리예는 폴린 레아주(Pauline Réage)라는 여성 이름 혹은 이니셜 P. R.로 그녀의 작품에 서문을 씀.

1958 메디시스 문학상(le Prix Médicis) 창설에 참여.

1959 소설 『미로에서(*Dans le labyrinthe*)』 발표(미뉘 출판사), 대중의

호응을 얻음. 이 기간에 독일 순회강연을 하고 학회에 참가.

1960 **9월 6일** 매거진 『진실-자유(*Vérité-Liberté*)』에 '알제리 전쟁에의 불복종 권리'를 선언하는 이른바 '121인 선언(Manifeste des 121)'에 제롬 랭동과 함께 서명. 영화 「지난해 마리엔바트에서(L'Année dernière à Marienbad)」의 시나리오 집필.

1961 '누보로망' 관련, 몇몇 작가들과 영국 순회강연에 참가. 알랭 레네(Alain Resnais) 연출의 「지난해 마리엔바트에서」가 베니스 영화제에서 황금 사자상을 받고, 그의 텍스트는 미뉘 출판사에서 발행됨.

1962 유일한 단편집 『순간 포착들(*Instantanés*)』을 발표하고(미뉘 출판사), 라틴 아메리카에 누보로망에 관한 순회강연을 함.

1963 『렉스프레스』, 『프랑스 옵세르바퇴르(*France Observateur*)』 등의 주간지와 『크리티크(*Critique*)』 등의 주요 문학지들에 발표했던 누보로망에 대한 논쟁적인 글들을 엮은 책 『누보로망을 위하여(*Pour un nouveau roman*)』를 동 출판사에서 발표. 제롬 랭동의 배려로 노르망디 지방, 메닐오그랭 성(château de Mesnil-au-grain)을 구입. 「불멸의 여인(Immortelle)」으로 영화 연출가 데뷔, 델뤼크상(prix Delluc)을 수상하지만, 관객들의 호응을 얻는 데는 실패. 텍스트는 미뉘에서 출판.

1965 소설 『밀회의 집(*La Maison de rendez-vous*)』(미뉘 출판사) 발표. 이 작품이 대중의 호응을 얻자, 1972년 U. G. E. 출판사 '10-18' 총서에서 문고판으로 재발행하는데, 로브그리예는 여기에 서문을 쓴 오스트레일리아 문학 교수 프랭클린 J. 매슈스(Franklin J. Matthews)는 자신의 등장인물 이름들을 조합한 허구였고, 서문을 쓴 사람은 바로 자신이었다고 훗날 고백.

1966 영화 「유럽 횡단 급행열차(Trans-Europ-Express)」 발표, 대중의 즉각적이고 뚜렷한 호응을 얻음.

1967~1969 영화 「거짓말하는 남자(L'Homme qui ment)」 촬영(1967), 이듬해 봄에 개봉했으나 흥행에 참패. 소설 『고무지우개』가 르네

미샤(René Micha)에 의해 시나리오로 각색되어 뤼시앵 드루아지 (Lucien Deroisy)에 의해 영화로 연출됨. 1969년에는 코파카바나 영화제에 심사 위원으로 초대됨.

1970~1972 소설 『뉴욕에서의 혁명 계획(*Projet pour une révolution à New-York*)』 발표(미뉘 출판사, 1970). 사진작가 데이비드 해밀턴(David Hamilton)과의 공동 작업으로 『처녀들의 꿈(*Rêves de jeunes filles*)』(1970)과 『해밀턴의 아가씨들(*Les Demoiselles d'Hamilton*)』(1972) 출판. '누보로망: 어제, 오늘' 이란 주제로 열린 학술 대회에 참가〔1971년 7월 20일~30일, 스리지라살(Cerisy-la-Salle)에서〕. 1972년에 뉴욕 대학에서 처음으로 강의하기 시작하여, 1997년까지 격년으로 계속 강의하게 됨. 1971년에는 「에덴과 그 이후(L'Éden et après)」가 개봉되고, 1975년에는 텔레필름 형태의 「에덴과 그 이후」와 「N이 주사위를 들었다(N a pris les dés)」를 시리즈로(이 두 제목에서 그는 철자 바꾸기 유희를 시도하고 있다) 채널 FR3에 방영됨.

1974~1975 가학적 에로티시즘을 표현하는 두 편의 영화 「쾌락의 점진적 변화(Glissements progressifs du plaisir)」(텍스트는 1974년 미뉘 출판사에서 발행)와 「불장난(Le jeu avec le feu)」(1975)을 발표. 특히 전자는 프랑스에서 페미니스트들의 거센 반발을 불러일으켰고 이탈리아에서는 미풍양속을 해치는 포르노 영화라고 비난하며 필름을 불태움. 이 영화의 텍스트는 미뉘 출판사에서 출판. 폴 델보(Paul Delvaux)의 에칭 및 드라이포인트 작품들과 결합한 책 『폐허가 된 여신 바나데 사원의 구축(*Construction d'un temple en ruines à la déesse Vanadé*)』 발표(바토라부아르 출판사, 1975). '로브그리예: 분석, 이론' 을 주제로 열린 학술 대회에 참가(1975년 6월 29일~7월 8일, 스리지라살에서). 테헤란 영화제 심사 위원.

1976~1978 르네 마그리트의 그림들을 곁들인 소설 『포로가 된 미녀(*La*

Belle captive)』(비블리오테크 데 자르 출판사, 1976) 발표. 이리나 이오네스코(Irina Ionesco)의 사진들을 곁들인 작품 『거울 사원(*Temple aux miroirs*)』(세게르스, 1977) 발표. 소설 『어떤 유령 도시의 위상 공간론(*Topologie d'une cité fantôme*)』 발표(미뉘 출판사, 1976). 그중 세 개의 장을 발췌하여 화가 로버트 라우셴버그(Robert Rauschenberg)와 공동으로 『표면의 수상한 흔적들(*Traces suspects en surface*)』을 펴냄(1978). 소설 『황금 삼각형의 추억(*Souvenir du triangle d'or*)』과 서랍 속에 넣어 두었던 소설 『시역(*Un régicide*)』을 동시에 발표(미뉘 출판사, 1978). 일본과 한국에 초청됨. 1979년, 쇠유 출판사가 자전적 성격을 띤 책 『로브그리예에 의한 로브그리예(*Robbe-Grillet par lui-même*)』가 총서 '영원한 작가들(Écrivains de toujours)'에 나올 것이라 예고하고, 도입 부분이 잡지 『미뉘』 n° 31에 소개됨. 하지만 이 계획은 결국 취소되고, 1984년에야 실현됨. UCLA에서 강의함.

1979~1983 북아프리카 순회강연. 1980년부터 1987년까지 브뤼셀 대학 문학 사회학 센터장을 역임. 멕시코 순회강연. 미국의 문학 교수와 공동 작업으로, 미국 대학생들을 위한 서사를 통한 프랑스어 문법 교육용 텍스트로 『만남(*Rendez-vous*)』을 편찬(1981)하고, 여기에 프롤로그와 에필로그를 덧붙여 소설 『공기 정령(*Djinn*)』이 탄생함(미뉘 출판사, 1981). 캐나다 순회강연. 『포로가 된 미녀』를 영화로 제작(1982). 1982~1983년, 뉴욕, 보스턴, 워싱턴 등 미국 주요 도시와 스페인, 벨기에 등 세계 여러 나라에 강연 혹은 누보로망 관련 학술 대회를 위해 수차례 여행을 떠남.

1984~1994 '로마네스크(Romanesques)'라 명명한 범주 아래, 자전적인 책 세 권을 미뉘 출판사에 시리즈로 발표 — 『되돌아오는 거울(*Le Miroir qui revient*)』(1984)(이 책은 '히드라의 거울'이란 제목으로 국역되어 있음), 『앙젤리크 혹은 매혹(*Angélique ou l'enchantement*)』(1987), 『코랭트의 최후의 날들(*Les Derniers jours de*

Corinthe)』(1994). 1984년에 순회강연차 일본과 중국을 다녀감. 1985년, 미국 플로리다와 미주리에서 강의하고, 이듬해 노스캐롤라이나에서 강의. 1987년 베니스 영화제 심사 위원장. 세계 각국에서 초청 강연회. 1992년 타오르미나(Taormina) 영화제 심사 위원.

1995~1997 디미트리 드 클레르크(Dimitri de Clercq)와 「미치게 하는 소리(Un bruit qui rend fou)」를 공동 연출(1995). 같은 해 브라질 그라마도(Gramado) 영화제 심사 위원장. 1996년에는 스웨덴, 노르웨이와 일본에 초청되고, 밀라노 아프리카 영화제 심사위원장이 되며, 1997년에는 타이완과 한국에 초청되고, 아르헨티나 마르델 플라타(Mar del Plata) 국제 영화제와 스페인 마드리드 영화제에 심사 위원장이 됨.

1998~1999 파리 죄드폼(jeu de Paume) 미술관에서 영화 회고전(1998년 9월 15일~10월 11일). 현대 출판 기념 연구소(Institut Mémoires de l'Édition Contemporaine)에 자신의 모든 기록물을 증여. 1999년, '언어 사랑' 이란 주제의 프랑스 퐁피두센터-레바논 니콜라 쉬르소크(Nicolas Sursock) 미술관 공동 학술 대회 참가.

2001 잡지 『크리티크』의 '알랭 로브그리예 특집' 과 그의 마지막 소설 『되풀이(*La Reprise*)』(미뉘 출판사), 그리고 1947년부터 2001년까지의 미발표 글이나 대담, 회고담 등을 모은 『여행자(*Voyageur*)』(크리스티앙 부르구아 출판사)가 동시에 발표됨.

2002~2007 2002년 IMEC 기획으로 '누보로망의 여행자, 알랭 로브그리예' 전시회가 열림. 2004년, 아카데미 프랑세즈 회원으로 선출. 2006년, 시네로망 『그라디바가 그대를 부른다(*C'est Gradiva qui vous appelle)*』가 미뉘 출판사에서 출판되고, 영화는 2007년 5월에 발표됨.

2008 **2월 17일~18일 밤** 심장 마비로 사망.

새롭게 을유세계문학전집을 펴내며

을유문화사는 이미 지난 1959년부터 국내 최초로 세계문학전집을 출간한 바 있습니다. 이번에 을유세계문학전집을 완전히 새롭게 마련하게 된 것은 우리가 직면한 문화적 상황에 적극적으로 대응하기 위해서입니다. 새로운 을유세계문학전집은 세계문학의 역할이 그 어느 때보다 중요해졌다는 인식에서 출발했습니다. 오늘날 세계에서 타자에 대한 이해는 우리의 안전과 행복에 직결되고 있습니다. 세계문학은 지구상의 다양한 문화들이 평등하게 소통하고, 이질적인 구성원들이 평화롭게 공존할 수 있는 문화적인 힘을 길러 줍니다.

을유세계문학전집은 세계문학을 통해 우리가 이런 힘을 길러 나가야 한다는 믿음으로 만들어졌습니다. 지난 5년간 이를 준비하기 위해 많은 노력을 기울였습니다. 세계 각국의 다양한 삶의 방식과 문화적 성취가 살아 있는 작품들, 새로운 번역이 필요한 고전들과 새롭게 소개해야 할 우리 시대의 작품들을 선정했습니다. 우리나라 최고의 역자들이 이들 작품 속 한 문장 한 문장의 숨결을 생생히 전하기 위해 심혈을 기울였습니다. 또한 역자들은 단순히 번역만 한 것이 아니라 다른 작품의 번역을 꼼꼼히 검토해 주었습니다. 을유세계문학전집은 번역된 작품 하나하나가 정본(定本)으로 인정받고 대우받을 수 있도록 최선을 다했습니다. 세계문학이 여러 경계를 넘어 우리 사회 안에서 주어진 소임을 하게 되기를 바라며 을유세계문학전집을 내놓습니다.

을유세계문학전집

BC 401 **오이디푸스 왕 외**
소포클레스 | 김기영 옮김 |42|
수록 작품: 안티고네, 오이디푸스 왕, 콜로노스의 오이디푸스
그리스어 원전 번역
동아일보 선정 〈세계를 움직인 100권의 책〉
서울대 권장도서 200선
고려대 선정 교양 명저 60선
시카고 대학 선정 그레이트 북스
클리프트 패디먼 선정 〈일생의 독서 계획〉

1191 **그라알 이야기**
크레티앵 드 트루아 | 최애리 옮김 |26|
국내 초역

1496 **라 셀레스티나**
페르난도 데 로하스 | 안영옥 옮김 |31|

1608 **리어 왕 · 맥베스**
윌리엄 셰익스피어 | 이미영 옮김 |3|

1630 **돈 후안 외**
티르소 데 몰리나 | 전기순 옮김 |34|
국내 초역 「불신자로 징계받은 자」 수록

1699 **도화선**
공상임 | 이정재 옮김 |10|
국내 초역

1719 **로빈슨 크루소**
대니얼 디포 | 윤혜준 옮김 |5|

1749 **유림외사**
오경재 | 홍상훈 외 옮김 |27, 28|

1774 **젊은 베르터의 고통**
요한 볼프강 폰 괴테 | 정현규 옮김 |35|

1799 **휘페리온**
프리드리히 횔덜린 | 장영태 옮김 |11|

1804 **빌헬름 텔**
프리드리히 폰 쉴러 | 이재영 옮김 |18|

1831 **예브게니 오네긴**
알렉산드르 푸슈킨 | 김진영 옮김 |25|

1835 **고리오 영감**
오노레 드 발자크 | 이동렬 옮김 |32|
서머싯 몸 선정 세계 10대 소설
연세 필독 도서 200선

1836 **골짜기의 백합**
오노레 드 발자크 | 정예영 옮김 |4|

1847 **워더링 하이츠**
에밀리 브론테 | 유명숙 옮김 |38|
서머싯 몸 선정 세계 10대 소설
서울대 선정 동서고전 200선
미국대학위원회 SAT 권장 도서

1850 **주홍 글자**
너새니얼 호손 | 양석원 옮김 |40|

1855 **죽은 혼**
니콜라이 고골 | 이경완 옮김 |37|
국내 최초 원전 완역

1880 **워싱턴 스퀘어**
헨리 제임스 | 유명숙 옮김 |21|

1888 **꿈**
에밀 졸라 | 최애영 옮김 |13|
국내 초역

1896 **키 재기 외**
히구치 이치요 | 임경화 옮김 |33|
수록 작품: 섣달그믐, 키 재기, 탁류, 십삼야, 갈림길, 나 때문에

1899 **어둠의 심연**
조지프 콘래드 | 이석구 옮김 |9|
수록 작품: 어둠의 심연, 진보의 전초기지, 『청춘과 다른 두 이야기』 작가 노트, 『나르시서스호의 검둥이』 서문
미국대학위원회 SAT 권장 도서
연세 필독 도서 200선

1900 **라이겐**
아르투어 슈니츨러 | 홍진호 옮김 |14|
수록 작품: 라이겐, 아나톨, 구스틀 소위

1909 **좁은 문 · 전원 교향곡**
앙드레 지드 | 이동렬 옮김 |24|
1947년 노벨 문학상 수상

1924 **마의 산**
토마스 만 | 홍성광 옮김 |1, 2|
1929년 노벨 문학상 수상
서울대 권장 도서 100선
연세 필독 도서 200선
『뉴욕타임스』 선정 20세기 최고의 책 100선
미국대학위원회 SAT 권장 도서

1925 **소송**
프란츠 카프카 | 이재황 옮김 |16|

요양객
헤르만 헤세 | 김현진 옮김 |20|
수록 작품: 방랑, 요양객, 뉘른베르크 여행
1946년 노벨 문학상 수상
국내 초역 「뉘른베르크 여행」 수록

1927 **젊은 의사의 수기 · 모르핀**
미하일 불가코프 | 이병훈 옮김 |41|
국내 초역

1930 **식(蝕) 3부작**
마오둔 | 심혜영 옮김 |44|
국내 초역

1935 **루쉰 소설 전집**
루쉰 | 김시준 옮김 |12|
서울대 권장 도서 100선
연세 필독 도서 200선

1936 **로르카 시 선집**
페데리코 가르시아 로르카 | 민용태 옮김 |15|
국내 초역 시 다수 수록

1938 **사형장으로의 초대**
블라디미르 나보코프 | 박혜경 옮김 |23|
국내 초역

1954 **이즈의 무희 · 천 마리 학 · 호수**
가와바타 야스나리 | 신인섭 옮김 |39|
1952년 일본 예술원상 수상
1968년 노벨 문학상 수상

1955 **엿보는 자**
알랭 로브그리예 | 최애영 옮김 |45|
1955년 비평가상 수상

1964 **개인적인 체험**
오에 겐자부로 | 서은혜 옮김 |22|
1994년 노벨 문학상 수상

1970 **모스크바발 페투슈키행 열차**
베네딕트 예로페예프 | 박종소 옮김 |36|
국내 초역

1979 **천사의 음부**
마누엘 푸익 | 송병선 옮김 |8|

1981 **커플들, 행인들**
보토 슈트라우스 | 정항균 옮김 |7|
국내 초역

1982 **시인의 죽음**
다이허우잉 | 임우경 옮김 |6|

1991 **폴란드 기병**
안토니오 무뇨스 몰리나 | 권미선 옮김 |29, 30|
국내 초역
1991년 플라네타상 수상
1992년 스페인 국민상 소설 부문 수상

1996 **아메리카의 나치 문학**
로베르토 볼라뇨 | 김현균 옮김 |17|
국내 초역

2001 **아우스터리츠**
W. G. 제발트 | 안미현 옮김 |19|
국내 초역
전미 비평가 협회상
브레멘상
「인디펜던트」 외국 소설상 수상
「LA타임스」, 『뉴욕』, 『엔터테인먼트 위클리』 선정 2001년 최고의 책

2002 **야쿠비얀 빌딩**
알라 알아스와니 | 김능우 옮김 | 43 |
국내 초역
바쉬라힐 아랍 소설상
프랑스 툴롱 축전 소설 대상
이탈리아 토리노 그린차네 카부르 번역 문학상
그리스 카바피스상

새로운 을유세계문학전집은 구 을유세계문학전집(1959~1975, 전100권)에서 단 한 권도 재수록하지 않았습니다.
을유세계문학전집은 계속 출간됩니다.